中国语言文学文库·学人文库　吴承学　彭玉平　主编

宋元文体与文体学论稿

夏令伟　著

·广州·

版权所有 翻印必究

图书在版编目（CIP）数据

　宋元文体与文体学论稿/夏令伟著.—广州：中山大学出版社，2018.11

（中国语言文学文库·学人文库/吴承学，彭玉平主编）
ISBN 978-7-306-06469-1

　Ⅰ.①宋…　Ⅱ.①夏…　Ⅲ.①中国文学—古典文学—文体论—研究—宋元时期　Ⅳ.①I206.2

　中国版本图书馆 CIP 数据核字（2018）第 240464 号

出　版　人：王天琪
策划编辑：嵇春霞
责任编辑：李艳清　靳晓虹
封面设计：曾　斌
版式设计：曾　斌
责任校对：罗雪梅
责任技编：何雅涛
出版发行：中山大学出版社
电　　话：编辑部 020-84110283，84111996，84111997，84113349
　　　　　发行部 020-84111998，84111981，84111160
地　　址：广州市新港西路 135 号
邮　　编：510275　传　真：020-84036565
网　　址：http://www.zsup.com.cn　E-mail：zdcbs@mail.sysu.edu.cn
印　刷　者：佛山市浩文彩色印刷有限公司
规　　格：787mm×1092mm　1/16　19.75 印张　344 千字
版次印次：2018 年 11 月第 1 版　2018 年 11 月第 1 次印刷
定　　价：66.00 元

如发现本书因印装质量影响阅读，请与出版社发行部联系调换

中国语言文学文库

主　编　吴承学　彭玉平

编　委（按姓氏笔画排序）

　　　　王　坤　王霄冰　庄初升

　　　　何诗海　陈伟武　陈斯鹏

　　　　林　岗　黄仕忠　谢有顺

总　　序

吴承学　彭玉平

中山大学建校将近百年了。1924年，孙中山先生在万方多难之际，手创国立广东大学。先生逝世后，学校于1926年定名为国立中山大学。虽然中山大学并不是国内建校历史最长的大学，且僻于岭南一地，但是，她的建立与中国现代政治、文化、教育关系之密切，却罕有其匹。缘于此，也成就了独具一格的中山大学人文学科。

人文学科传承着人类的精神与文化，其重要性已超越学术本身。在中国大学的人文学科中，中国语言文学学科的设置更具普遍性。一所没有中文系的综合性大学是不完整的，也几乎是不可想象的。在文、理、医、工诸多学科中，中文学科特色显著，它集中表现了中国本土语言文化、文学艺术之精神。著名学者饶宗颐先生曾认为，语言、文学是所有学术研究的重要基础，"一切之学必以文学植基，否则难以致弘深而通要眇"。文学当然强调思维的逻辑性，但更强调感受力、想象力、创造力和语言表达能力。有了文学基础，才可能做好其他学问，并达到"致弘深而通要眇"之境界。而中文学科更是中国人治学的基础，它既是中国文化根基的重要组成部分，也是中国文明与世界文明的一个关键交集点。

中文系与中山大学同时诞生，是中山大学历史最悠久的学科之一。近百年中，中文系随中山大学走过艰辛困顿、辗转迁徙之途。始驻广州文明路，不久即迁广州石牌地区；抗日战争中历经三迁，初迁云南澄江，再迁粤北坪石，又迁粤东梅州等地；1952年全国高校院系调整，始定址于珠江之畔的康乐园。古人说："艰难困苦，玉汝于成。"对于中山大学中文系来说，亦是如此。百年来，中文系多番流播迁徙。其间，历经学科的离合、人物的散聚，中文系之发展跌宕起伏、曲折逶迤，终如珠江之水，浩浩荡荡，奔流入海。

康乐园与康乐村相邻。南朝大诗人谢灵运，世称"康乐公"，曾流寓广州，并终于此。有人认为，康乐园、康乐村或与谢灵运（康乐）有关。这也许只是一个美丽的传说。不过，康乐园的确洋溢着浓郁的人文气息与诗情画意。但对于人文学科而言，光有诗情是远远不够的，更重要的是必须具有严谨的学术研究精神与深厚的学术积淀。一个好的学科当然应该有优秀的学术传统。那么，中山大学中文系的学术传统是什么？一两句话显然难以概括。若勉强要一言以蔽之，则非中山大学校训莫属。1924 年，孙中山先生在国立广东大学成立典礼上亲笔题写"博学、审问、慎思、明辨、笃行"十字校训。该校训至今不但巍然矗立在中山大学校园，而且深深镌刻于中山大学师生的心中。"博学、审问、慎思、明辨、笃行"是孙中山先生对中山大学师生的期许，也是中文系百年来孜孜以求、代代传承的学术传统。

　　一个传承百年的中文学科，必有其深厚的学术积淀，有学殖深厚、个性突出的著名教授令人仰望，有数不清的名人逸事口耳相传。百年来，中山大学中文学科名师荟萃，他们的优秀品格和学术造诣熏陶了无数学者与学子。先后在此任教的杰出学者，早年有傅斯年、鲁迅、郭沫若、郁达夫、顾颉刚、钟敬文、赵元任、罗常培、黄际遇、俞平伯、陆侃如、冯沅君、王力、岑麒祥等，晚近有容庚、商承祚、詹安泰、方孝岳、董每戡、王季思、冼玉清、黄海章、楼栖、高华年、叶启芳、潘允中、黄家教、卢叔度、邱世友、陈则光、吴宏聪、陆一帆、李新魁等。此外，还有一批仍然健在的著名学者。每当我们提到中山大学中文学科，首先想到的就是这些著名学者的精神风采及其学术成就。他们既给我们带来光荣，也是一座座令人仰止的高山。

　　学者的精神风采与生命价值，主要是通过其著述来体现的。正如司马迁在《史记·孔子世家》中谈到孔子时所说的："余读孔氏书，想见其为人。"真正的学者都有名山事业的追求。曹丕《典论·论文》说："盖文章，经国之大业，不朽之盛事。年寿有时而尽，荣乐止乎其身，二者必至之常期，未若文章之无穷。是以古之作者，寄身于翰墨，见意于篇籍，不假良史之辞，不托飞驰之势，而声名自传于后。"真正的学者所追求的是不朽之事业，而非一时之功名利禄。一个优秀学者的学术生命远远超越其自然生命，而一个优秀学科学术传统的积聚传承更具有"声名自传于后"的强大生命力。

为了传承和弘扬本学科的优秀学术传统，从2017年开始，中文系便组织编纂中山大学"中国语言文学文库"。本文库共分三个系列，即"中国语言文学文库·典藏文库""中国语言文学文库·学人文库"和"中国语言文学文库·荣休文库"。其中，"典藏文库"（含已故学者著作）主要重版或者重新选编整理出版有较高学术水平并已产生较大影响的著作，"学人文库"主要出版有较高学术水平的原创性著作，"荣休文库"则出版近年退休教师的自选集。在这三个系列中，"学人文库""荣休文库"的撰述，均遵现行的学术规范与出版规范；而"典藏文库"以尊重历史和作者为原则，对已故作者的著作，除了改正错误之外，尽量保持原貌。

　　一年四季满目苍翠的康乐园，芳草迷离，群木竞秀。其中，尤以百年樟树最为引人注目。放眼望去，巨大树干褐黑纵裂，长满绿茸茸的附生植物。树冠蔽日，浓荫满地。冬去春来，墨绿色的叶子飘落了，又代之以郁葱青翠的新叶。铁黑树干衬托着嫩绿枝叶，古老沧桑与蓬勃生机兼容一体。在我们的心目中，这似乎也是中山大学这所百年老校和中文这个百年学科的象征。

　　我们希望以这套文库致敬前辈。
　　我们希望以这套文库激励当下。
　　我们希望以这套文库寄望未来。

2018年10月18日

吴承学：中山大学中文系学术委员会主任、教授，长江学者特聘教授
彭玉平：中山大学中文系系主任、教授，长江学者特聘教授

绪　　论

一、本书的撰述缘起与研究对象

宋元是我国古代文学发展的关键时期，其间文体的盛衰升降尤为引人注目。传统的抒情文体（如诗、词等）在发展、演化的同时，叙事文体（如杂剧、话本等）也应运而生，彼消此长，构成了一道复杂而壮丽的文体发展景观。在这一景观的背后，雅俗文化的涨落、易位无疑是主要的推动力。宋代推行重文抑武之策，士大夫阶层地位较高，与此同时，城市经济发达，市民阶层的文艺需求也很旺盛，这就使雅俗文学存在共融式发展，但总的趋势则如王水照先生所说："宋代文学正处于由'雅'向'俗'的倾斜、转变时期，在整个文体盛衰升降过程中，处于一个承前启后的阶段。"[1] 到了元代，由于科举长时间废止，儒生地位下降，传统的士大夫文化受到冲击，而市民文化则迅速占据历史舞台。在此情形下，"元代文学有两个基本特点：一是自宋代开始明显的俗文学和雅文学的分裂局面继续发展；二是雅文学即传统的诗文领域内出现新变现象。这两个基本特点又以前者最为重要，作为俗文学的元杂剧的产生、完备和盛行，不仅为我国古典戏曲的表演艺术奠定了基础，还在实际上争得了与传统的文学形式——诗词歌赋文相颉颃的地位，在很大的程度上代表着元代文学的成就"[2]。正是在这种文学发展、演变的格局中，宋元时期孕育了异常丰富而有价值的文体现象与文体理论，有待于深入研究。当然，鉴于宋元文体的复杂性与研究现状，本书拟重点关注以下问题：

（一）词曲

在这一时期，词、曲无疑最为重要。一则，宋之词、元之曲，皆为一

---

[1] 王水照主编：《宋代文学通论》，河南大学出版社1997年版，第51页。
[2] 邓绍基主编：《元代文学史》，人民文学出版社1991年版，第1页。

代文学之代表。它们不仅完成了自身的体式建构，如词在唐时已经常规化的词调、词题、正文等基本构件的基础上，发展出了词序、自注等非常规部件，二者之间还存在着非常复杂的纠葛，如词曲嬗变问题，大曲到了宋代便出现了"以摘遍为大曲""以词调入大曲"的现象。① 二则，这两种文体本身也在不断演进。有种说法即为"词兴于唐，盛于宋，衰于元……"②，以《渔父》词为例，其自唐至宋，很典型地展现了词之文人化的历程，是唐宋词发展演进的一个例证；对于词"衰于元"，学界有所辨证③，虽然元词整体不如宋词，但亦有突破与发展的地方，其中值得重视的有元好问以传奇为词的做法。这实际上是继苏轼以诗为词、辛弃疾以文为词之后的重要突破与发展。此外，王国维先生在《宋元戏曲考》中曾专门论及宋代滑稽戏，视之为宋代戏曲的重要方面。本书注意到宋代滑稽戏与宰辅制度之间存在着千丝万缕的联系，从政治文化的视角出发，则有助于揭示其所蕴含的独特的文化意义。要之，宋元词曲丰富而复杂的发展、演变现象为本书带来了丰富的论题。

（二）论体文

除词曲外，文的受关注程度也很高。鉴于文的二级文体（如诏、敕、章、表、记、序等）甚多，本书选择最契合宋人议论精神的论体文进行专题研究。宋代论体文是宋人议论精神的载体之一，多用于读书辩难、谈史论文、交游仕进等，宋初徐铉、田锡、王禹偁三家的论体文即体现了这种精神。除此之外，它更用于考试场合，其发达亦与此密切相关。陈植锷先生说："科举考试形式的重视策论，又给'议论'两字成为宋学与生俱至的基本特征与时代精神以积极的带动。"④ 作为最具代表性的论体文分支，宋代试论类型多样，与科举、士风、学风关系密切，最为值得研究。

---

① 参见夏令伟《王国维论史浩大曲辨——兼论两宋大曲之变》，载《黄钟》2011年第1期；又见夏令伟《南宋四明史氏家族研究》第三章《史氏家族文学论》，科学出版社2018年版。

② 陈廷焯：《白雨斋词话》卷一，见唐圭璋编《词话丛编》，中华书局2005年版，第3775页。

③ 具体研究成果可参见赵维江师《金元词论稿》第一篇《金元词创作述略》之第三节《独特的词史地位》，中国社会科学出版社2000年版，第14～16页；陶然《金元词通论》第四章《"词衰于元"辨》，上海古籍出版社2001年版，第90～126页。

④ 陈植锷：《北宋文化史述论》，中国社会科学出版社1992年版，第95页。

此外，宋代论体文名家名作层出不穷，如欧阳修及其《朋党论》《为君难论》《本论》，苏洵及其《六国论》《辨奸论》，苏轼及其《晁错论》，等等，皆为后世所推崇。鉴于宋代论体文的巨大成就与特殊价值，对其进行专门的研究，显然是很必要的。

（三）日记、谣谚等

宋元文献典籍异常丰富，为我们进行文体形态研究提供了大量的基础资料。仅就元代而言，也可谓汗牛充栋。孔齐《至正笔记》卷一"国朝文典"曾列举了元代著述的一般状况：

> 大元国朝文典，有《和林志》《至元新格》《国朝典章》《大元通制》《至正条格》《皇朝经世大典》《大一统志》《平宋录》《大元一统纪略》《元真使交录》《国朝文类》《皇元风雅》《国初国信使交通书》《后妃名臣录》《名臣事略》《钱唐遗事》《十八史略》《后至元事》《风宪宏纲》《成宪纲要》；赵松雪、元复初、邓素履、杨通微、姚牧庵、卢疏斋、徐容斋、王肯堂、王汲郡等三王、袁伯长、虞伯长、揭曼硕、欧阳圭斋、马伯庸、黄晋卿诸公文集；《江浙延祐首科程文》《至正辛巳复科经文》及诸野史小录，至于今隐士高人漫录日记，皆为异日史馆之用，不可阙也。中间惟《和林》《交信》二书，世不多见。①

从通典、通志之类的官修政治、法律典籍到文人文集，从科举时文到笔记日记，等等，皆可见元代著述的丰富程度。本书从这些文献典籍中广事收集，如在前贤时彦工作的基础上，得81条元代谣谚，并作为专题加以研究。又如日记一体，宋代即相当发达，学界研究也较多，而元代日记则尚有一定的开掘空间，本书也列为一章加以论述。

（四）文体理论

本书对文体理论的研究涉及三个方面：一是古文理论。宋文的成就有

---

① 孔齐：《至正直记》卷一，见《宋元笔记小说大观》，上海古籍出版社2001年版，第6577～6578页。

目共睹，在古文八大家中，除韩柳外，其余六位皆出自宋代。他们不仅创作了数量甚众、造诣很高的作品，为后学提供了可供学习、模仿的典范，还成为文体理论的言说对象，客观上推动了文学批评的发展。元代出现的诸如陈绎曾《文章欧冶》与《文说》、倪士毅《作义要诀》等一批颇有建树并对明清文体学有所影响的著作，便常常对宋代作家作品加以评骘，以为当时的教学、科考而用。本书即以这些著作对苏轼的言说为中心来管中窥豹。二是词学理论。本书主要以作词数量居元代之冠的王恽为例，探究他的词学渊源与词学观念。三是试图在文学类著述之外开掘新的文体理论研究对象，如对《吏学指南》这种吏学启蒙之书的关注，并从中发掘出了它的文体学意义。

二、本书的研究思路与研究现状

本书是以文学为本位、文体为核心的研究，是以文体学史料为基石，文体形态与文体理论为两翼的研究。本着"文献—问题—理论"的思路，先是进行文献资料的细致阅读，从中发现值得深入研究的学术问题，然后结合历史语境分析、推演这些学术问题的要义与范畴，并加以实证性研究，最后借助比较的方法、文化的视角，抽绎、阐释这些问题的理论内涵与价值。考虑到研究对象的特点，本书将研究时限适当地上溯下延，以期更准确地描述研究对象。

就文献资料而言，宋元文学典籍的整理情况较为充分，《全宋文》《全宋词》《全宋诗》《全元文》《全元诗》《全金元词》《全元戏曲》《全元散曲》等先后获得出版，宋元文话、诗话、词话、曲话以及大量笔记小说中的批评材料也得到了广泛的整理。所有这些都为宋元文体学研究的开展提供了可能的条件。

那么，如何去认知这些典籍著述的性质与价值？单纯依赖文学的手段显然只能解决一部分问题，因此，寻找一种新的理论方法便迫在眉睫。文体学的理论与方法就是在这种情况下被引进来，不仅可以用于观照那些传统的研究领域，还可以将上述著述予以独特的阐释。吴承学先生曾经指出："中国文体学研究的兴盛具有深远的学术史意义，意味着中国文学研究内部已出现一种悄然而自觉的学术转向。简要地说，中国文体学兴盛，标志着古代文学学术界的两个回归：一个是对中国本土文学理论传统的回归,一个是对古代文学本体的回归。"① 显然,借助于文体学,不仅能推进宋元文学研究,还可以更广泛、更契合民族特色地切入宋元文化的研究。

文体学研究从星星之火发展到燎原之势,宋元文体学也受到了一定关注。从 20 世纪 80 年代起,我国古代文体学研究逐渐兴起,呈现出良好的发展势头,一批古代文体学方面的论文和专著相继获得发表和出版。仅就专著而言,有的综论古代文体,如褚斌杰《中国古代文体概论》、吴承学《中国古代文体形态研究》等;有的专论某一文体,如陈必祥《古代散文文体概论》、程毅中《中国诗体流变》、木斋《宋词体演变史》等;有的论析文体理论,如王运熙、顾易生主编的《中国文学批评通史》中的某些章节、马建智《中国古代文体分类研究》等;有的侧重某一时代,如李士彪《魏晋南北朝文体学》、贾奋然《六朝文体批评研究》、郗文倩《中国古代文体功能研究——以汉代文体为中心》等;此外,郭英德《中国古代文体学论稿》、吴承学《中国古代文体学研究》作为两位学者多年来古代文体学研究论文的结集,无论在实证还是理论建构方面,都堪称标志性著作。

从文体学角度研究宋元文学,这在学界早已存在②,但就研究的普遍性与深度而言,还有待进一步加强。本书试图将这一视角延伸到其他文体,解读某些重要的文体形态与文体理论,从而为宋元文体学研究的深入发展贡献自己的力量。要之,从文体学角度研究宋元文学,有助于纠正宋元文体研究失衡的局面,推进"亚文学""次文体"的研究,完善古代文体学研究史的链条;有助于厘清宋元诸文体的嬗变轨迹,把握某些重要的文体现象,揭示时人的文体与文学观念,展示宋元文学与文化的成就;有助于把握文体和文学的关系,探索古代文学发展的规律,确立宋元文体学在古代文学史及文学批评史上的地位。

三、本书的章节安排与研究内容

本书采取宏观研究、专题研究与个案研究相结合的方式,既着力于文体形态研究,又不废文体理论研究,对相关文献亦有一定涉猎。除绪论

---

① 吴承学:《中国古代文体学研究》,人民出版社 2011 年版,第 2 页。
② 具体研究成果将在本书相关章节中加以介绍,可参考。

外,全书分为三编:上编"文体形态研究",共六章;中编"论体专题研究",共七章;下编"文体理论研究",共三章。附录四种。下面对各部分的主要内容做一介绍。

(一)上编"文体形态研究"

第一章"唐宋《渔父》词的文人化发展"认为文人化是唐宋词发展、演变的重要方式,《渔父》词更是如此。其文人化主要表现在:①自唐代张志和首作《渔父》以来,凡赋此调者,皆以渔隐为词旨、以清逸为词风,而这正契合唐宋文人以雅为尚的生活、审美情趣,故受到了一个上至皇帝、下至文士的接受与创作群体的喜爱与追捧。②《渔父》原为民间渔歌,经由文人之手,才转为稳定的词调以供"依调填词"。之后,为了歌唱或内容上的需要,文人借由檃栝类曲内容、变非类曲为类曲或扩大类曲范围等方式打破该调的稳定性,完成了改造与变奏。③该调突破了词体本身,同符合文人意趣的书画、歌舞相结合,实现了艺术互通。张志和的画,苏轼、黄庭坚等人的书以及史浩的《渔父舞》都与《渔父》词密切相关,便是证明。

第二章"宋词之自注"认为宋词自注是词体结构的一个非常规组成部分,主要起到解释说明的作用。它一方面受到经史之注的影响和规范,另一方面取决于宋代词人的主体性。在其发展过程中,宋词自注越来越受到词人的重视,内容得到了丰富,艺术也有了提高。宋词自注具有文体学、文献学以及阐释学上的意义。

第三章"宋代滑稽戏与宰相"指出宋代滑稽戏多有嘲谑宰相的现象,这与宰相的地位职权、演出场合,以及伶人的讽谏精神有关。谚语"台官不如伶官"的出现,既是台官受制于宰相,不能或不敢行使纠弹权所致,又是伶人依附于皇权并向士大夫靠拢,讽谏精神得到维持并增强的结果。而由于立场、需求不同,皇帝、宰相及其他人对滑稽戏的接受情况各异,对滑稽戏发展的影响也有差别。

第四章"元好问以传奇为词现象"认为元遗山在东坡"以诗为词"和稼轩"以文为词"的道路上继续开拓,以传奇为词,即在词里不避险怪,述奇事,记奇人,写奇景,在选材和作法上都呈现出一种明显的传奇色彩。这一现象是词体自身传奇因子的发展结果;它的形成也与小说、诗歌等文体好奇风尚的影响有关;它体现了元好问的仙道思想与好奇的审美观。

第五章"元代日记及其形态"指出，古代日记从渊源上可分为3种形态：实录型、日课型及行纪型。元代日记现存10种，数量虽然不多，但基本涵括了上述形态。其中，实录型日记有《中堂事记》《征缅录》《平宋录》《西使记》《安南行记》等，可分别归入政事类、征伐类及燕行类中，是元朝帝国不同政治活动的记录，反映了作者存史与颂世的自觉心态；日课型日记源自宋元教育活动中的日课及日簿，并逐渐推广至士人的日常生活中，《云山日记》即体现了其日常化的发展方向；行纪型日记与游记密切相关，《长春真人西游记》《金华洞天行纪》作为代表性作品，记录了元代道士或遗民的行踪、见闻及歌咏，有其独特的时代审美价值在。

第六章"元代谣谚研究"汇辑了81条目前可搜集到的元代谣谚，指出其主要类型可分为谶谣与俗谚。前者作为舆论鼓动工具，与元代历史相始终，尤盛于兵乱时期；后者内容广泛，既涉及对元代特定社会群体的认知，又体现了元代社会的价值规范，浓缩了人们的社会生活经验。元代谣谚被引入墓志、话本、时文之中，亦被用作论据，使语体与文体相结合，促进了元代文学的发展。

（二）中编"论体专题研究"

第七章"宋代论体文研究引论"先分析了宋代论体文观念，认为其在因袭魏晋六朝时人如刘勰、刘熙等的主张的基础上有所调整与发展。一方面，认为论主于理，但格外强调理为儒理，同时视论为"有用文字"，突出其实用性；另一方面，借鉴《文心雕龙》《文选》对论体文的分类而有因变，如《文苑英华》对《文选》"史论"的去取、《唐文粹》新立"辨析"一体等。宋代论体文观念与创作相辅相成，对后世亦有一定的借鉴意义。后探究了宋代论体文的概况，论述了它的两大特征，即多样的实用场合与丰富的名家名作。

第八章"宋代试论的类型及发展"主要论述了学校试论、省试试论、特科试论（包括童子科试论、特奏名试论及宾贡科试论）、铨选试论（主要是馆职试论）四种类型。其中论及刘筠与省试试论的关系，指出"以策论升降天下士，自筠始"实际出现在刘筠第二、第三次权知贡举期间，从而说明了他对宋代省试的发展的作用及意义。这一做法既顺应了宋真宗朝以来的省试"兼考策论"的改革呼声，又导源了宋仁宗时庆历贡举改革中的先策论、后诗赋的意见。刘筠以文坛主盟身份权知贡举，亦左右了当时崇尚骈俪的试论文风。

第九章"宋代制科与士风——以仁宗朝为中心"首先探讨了宋仁宗朝制科与士风之关系，指出了这一时期制科的发展特征，揭示了贤良方正能直言极谏科对激扬士人议政精神、茂材异等科对激发布衣精神的作用，并探讨了制科对朝野士人交游风习的影响。

第十章"宋代制科与学风"认为宋代制科有助于士人求名、求知与入仕，是推动宋人尚学风气的重要因素。宋代制科采取资格审查、阁试、御试三级考试制，以论、策为考试科目，要求应试者博学与才用兼备，但由于论、策题目的设置偏重于考察博学一面，对学风影响甚大。一方面，博习强记成为必要的备考工夫，士人要博览众书，谙熟政事，同时沉潜心志，积年而为；另一方面，节取题目成为有效的备考方式。制科与宋人崇尚博通的整体学风有一定契合，不应因其存在弊端就予以全盘否定。

第十一章"宋代皇帝与论体文"指出宋代皇帝与论体文相关的活动有皇帝作论、士人进论于皇帝及皇帝书论三种。比之前代，宋代皇帝作论较多，内容专以发明政事，典谟色彩浓厚。这些论体文各有价值，如讨论朝政、引导公议、和乐君臣、绍述家法等，非一般士人之论所可比。宋代皇帝以论进退士人，成为进论繁荣的原因之一，而皇帝作为接受主体，也影响了一些士人进论的用字、风格。宋代皇帝书写前人之论以赐臣下的行为，无论出于书法之赏还是借以寓意，都具有接受与传播意义。

第十二章"宋代论体文特征论——以北宋前期为中心"认为北宋前期是宋代论体文的发轫阶段，这一时期的论体文的整体特征较为明显。思想内容由于受时代思潮与现实政治的影响，呈现出以儒为主、三教融合的趋势，创作主体则集官僚、文士、学者三位于一身，对论体文的品格有较大影响，艺术上的整体特征也开始显现，如体制上普遍要求主于求理（儒家之理），以资于用，风格上则有义尽语简与致密奥博的不同，语言上间用偶俪，但以散语为主。

第十三章"宋代论体文个案论——君臣关系视阈下的宋初三家"认为宋初论体文以徐铉、田锡、王禹偁三家最为重要。现存徐铉的论体文几乎全部是关于君臣关系的讨论，他以"赤心"作为君臣彼此相处的准则，强调儒家伦理，推重士臣作用，为宋人重建儒家君臣秩序及防止皇帝专断提供了一定借鉴，而其中关于朋党及君子、小人之辩的内容也为宋人导夫先路；田锡的论体文多与科考、论谏活动有关，这是因为宋初皇帝好文、重谏的政策影响了当时的君臣关系，塑造了田锡致君为用的精神及好直敢谏的政治个性，并进一步影响了其论体文的创作与品格；王禹偁的论体文与其史观有相通之处，他作史注重"君臣事迹"，强调"善恶鉴诫"，并善于史实辨正，这在其论体文尤其关于君臣关系的论述中得到了体现。

（三）下编"文体理论研究"

第十四章"元代文章学中的苏轼资源"认为苏轼在元代文章学撰述与建构中占有重要地位，是不同文章学著作加以言说和利用的共同对象。不过，不同类型的文章学著作在利用苏轼资源时有所差别。如同为讲义型著作，《修辞鉴衡评文》具有鲜明的语录体特点，而《文章精义》则为示人以门径的资料汇编；《居家必用事类全集》《东坡文谈录》作为工具书型著作，部分或整体汇辑苏轼评论资料，暗寓是非立场，富含阐释意蕴；读书记型著作如《隐居通议》则于苏文有一定发现。有元一代，朱学与苏学、古文与时文相互冲突、相互调试，上述文章学著作对苏轼资源的取资即在此背景下完成的。

第十五章"王恽的词学观念与词学渊源"是以王恽为中心展开的探讨。王恽的词学观念渊源于苏、辛、元三家，在情致、法度、风格诸方面皆有所取。其所谓情致有雅正之情与闲情雅意二端；词以美刺观是苏、辛词之议论化的发展；豪放疏快、清浑超逸则得益于对前人风格的学习与借鉴。

第十六章"《吏学指南》的文体学意义"通过《吏学指南》这一辞书性质的典籍揭示文体学的宽广视野及深刻意义。元代吏学发达，《吏学指南》的出现即与之有关。其显然将文书文体及相关知识作为吏学之一部加以对待，不仅对文书文体进行了简单分类，具有一定的辨体意味，还涉及文书的结构、用语，隐含着文书撰作、署押、传递的流程，一定程度上呈现了文书的"活"的状态。本着对儿童进行吏学启蒙的目的，《吏学指南》在具体编纂方法上颇类字书，释名以章义，体现出求古而不离今的诠解特色。《吏学指南》与元代官方及民间的文书文化紧密相关，是认识与研究元代文书文化的重要文献。

附录四种：①《〈四库全书总目〉四种宋代词籍提要辨正》辨明了

《四库全书总目》于晏殊、苏轼、黄庭坚、叶梦得等人词籍提要中的谬误；②《〈全宋文〉〈全元文〉补遗》辑录了5篇为《全宋文》《全元文》失收的文章，分别是：徐元瑞《习吏幼学指南序》、石抹允敬《吏学指南序》、潘畤《司臬箴》、佚名《提刑箴》与徐琰《吏学三尚》；③《〈吏学指南〉的误传与原貌》通过梳理《吏学指南》元刻本、明刊本的流传情况，查证明代书目，并据徐元瑞自序钅且察该书体例，确定了《吏学指南》与《为政九要》实为二书，不应混为一体；④《元代王恽生平及著述辨证》一是纠正了《元史·王恽传》记载王恽生平行迹的舛误，二是勘正了《全金元词·王恽词》的疏误。

文体形态研究

第一章 唐宋《渔父》词的文人化发展

我国古代多种文体的演进都受到起于民间、成于文人这一规律的支配。对于词的起源和发展，过去多从宫廷文化、文人创作的角度观之论之，敦煌曲子词的发现，纠正了这一认识误区。

纵观唐宋词的文人化发展，固然能做出一般规律的探寻，而选择、"解剖"一些典型的词调，则能使人更清晰地看到这种文人化创作的发展趋势和结果。鉴于此，本章拟论述唐宋《渔父》词的"改进"过程及表现，从而为解读词之文人化提供一个范例。

一、以雅为尚的文人情趣

论述《渔父》词的文人化，首先应注意的是，此调的创作皆以雅为尚，体现出文人的生活、审美情趣。

自周朝以来的三千年，就是一部缓慢发展的农业文化史。在农业文化的社会格局中，虽有士农工商的职业之别，却无疑仍以"农"为最多，因得山水之利，樵采或渔钓，则小别于农，实质仍无改之。但是，对于"士"来说，其生存方式与社会职业，却因政治的清明昏浊而导致不同的选择，于是，《楚辞》的《渔父》出现了作为隐者的渔父原型，通过屈原与渔父的对话，阐明了士人的进退之由：

> 屈原既放，游于江潭，行吟泽畔，颜色憔悴，形容枯槁。渔父见而问之曰："子非三闾大夫与？何故至于斯？"屈原曰："举世皆浊而我独清，众人皆醉而我独醒，是以见放。"渔父曰："夫圣人者不凝滞于物，而能与世推移。举世皆浊，何不淈其泥而扬其波？众人皆醉，何不餔其糟而歠其醨？何故怀瑾握瑜而自令见放为？"……渔父莞尔而笑，鼓枻而去，歌曰："沧浪之水清兮，可以濯吾缨；沧浪之

水浊兮，可以濯吾足。"遂去，不复与言。①

此后，本为打鱼为生的渔夫逐渐在文人的笔下变为隐士，成为遗世独立、悠然自得的渔父。

盛唐时期虽如孟浩然也有"端居耻圣明"之叹，但由于古代渔隐文化的影响，或因"终南捷径"的存在，隐逸之士仍然不少。经历了安史之乱，文人济苍生、安社稷的志向更不复从前，不待白居易的《中隐》出，中唐文人已或行"吏隐"，或有真隐者。屈原笔下恬然自适的渔父遂成为文人企慕的对象，一个上至皇帝、下至文士的广泛群体，都或多或少将渔隐作为词题来歌咏抒发。

词起于宫廷，先有唐中宗时期沈佺期所作的《回波乐》，后有唐玄宗的《好时光》、李白的《清平乐》。到中唐时期，刘长卿的《谪仙怨》、戴叔伦的《转应词》，分别体现了贬谪文化与边塞文化，而隐逸文化之见于词，则以张志和词为最早，且恰为《渔父》一调。张志和的《渔父》引起了一时名流如颜真卿、陆羽等人的纷纷唱和，唐代沈汾记载了当时的情形：

> 真卿为湖州刺史，与门客会饮，乃唱和为《渔父》词。其首唱即志和之词，曰："西塞山边白鸟飞，桃花流水鳜鱼肥。青箬笠，绿蓑衣，斜风细雨不须归。"真卿与陆鸿渐、徐士衡、李成矩共和二十五首，递相夸赏。②

此次唱和《渔父》者凡五人，作品达 25 首。其中，张志和的五首流传最广，也最确凿无疑。张志和年十六已游太学，擢明经，曾献策唐肃宗，命待诏翰林；因后来坐事被贬，赦还而不复仕，才隐居越州会稽，被《旧唐书》列入《隐士传》。张志和本为文人，终又成为隐士，《渔父》确实是他隐士生活的真实体验，又是真正的文人词。值得重视的是，此次

---

① 刘向编集，王逸章句：《楚辞》卷七《渔父章句第七》，见《丛书集成初编》第 1811 册，中华书局 1985 年版，第 89~90 页。
② 李昉等：《太平广记》卷二七"玄真子"条引沈汾《续仙传》语，中华书局 1961 年版，第 180 页。

参与唱和者多有文学创作实绩,如颜真卿,今传《颜鲁公集》15卷,《全唐诗》存诗一卷。颜真卿在任湖州刺史期间,广招门客,陆鸿渐、徐士衡、李成矩等皆为其所用,编书唱和,文学活动频繁。所以说,《渔父》在首唱之初就形成了较为可观的文人创作群体,他们之间"递相夸赏"的风习对后人影响很大,宋代陈振孙曾对此加以揄扬:

> 玄真子《渔歌》,世止传诵其"西塞山前"一章而已。尝得其一时倡和诸贤之辞各五章,及南卓、柳宗元所赋,通为若干章。因以颜鲁公碑述、唐书本传,以至近世用其词入乐府者,集为一编,以备吴兴故事。①

在此,陈振孙把张、颜等人唱和《渔父》之举提到了"吴兴故事"的高度,究其原因,一方面固然是后人的崇古心态在起作用,另一方面则与张志和《渔父》词的题旨、风格有关。

现存张志和《渔父》词5首,皆以歌咏渔隐为题旨,与之相适应,其词语淡意远,有清逸之风。黄苏评论道:"黄山谷曰:'有远韵。'按数句只写渔家之自乐,其乐无风波之患。对面已有不能自由者,已隐跃言外,蕴含不露,笔墨入化,超然尘埃之外。"② 所谓"超然尘埃之外",即《渔父》词以渔隐为题旨、以清逸为词风而达到的超然之境。唐宋词人大多追慕这一境界,"凡赋《渔父》词者,多作高隐之语"③,而这恰是唐宋《渔父》词文人化的一个特征。

我们不妨对唐宋《渔父》词的接受与创作群体略作分析。唐宋《渔父》词由接受到创作,其主体的身份不同,可分为两类:一为皇帝,主要有唐宪宗李纯、南唐后主李煜、宋高宗赵构等;一为文士,五代有和凝、李珣、欧阳炯等,入宋,创作此调者颇多,有徐积、苏轼、黄庭坚、周紫芝、陆游、戴复古、薛师古、王湛、蒲寿宬、孙锐、张炎等人。

最早对张志和《渔父》感兴趣的皇帝是唐宪宗李纯。李德裕云:"德

---

① 陈振孙:《直斋书录解题》卷十五《玄真子渔歌碑传集录一卷》,上海古籍出版社1987年版,第449页。
② 黄苏:《蓼园词评》,见唐圭璋编《词话丛编》,中华书局2005年版,第3023页。
③ 俞陛云:《唐五代两宋词选释》,上海古籍出版社1985年版,第43页。

裕顷在内庭，伏睹宪宗皇帝写真，求访元真子《渔歌》，叹不能致。余世与元真子有旧，早闻其名，又感明主赏异爱才，见思如此，每梦想遗迹，今乃获之，如遇良宝。"① 《太平广记》载"唐宪宗好神仙不死之术"②，虽为小说家言，但证之以《旧唐书·宪宗下》史臣论赞所作的"惜乎服食过当"③的微词，这一说法应是可信的。因此，唐宪宗写真求访张志和《渔父》词当是出于这种好道尚仙的心理。不过，这一行为却开启了该调进入宫廷的大门，对《渔父》词的传播起了推波助澜的作用。

时至南唐，后主李煜作有《渔父》2首，是帝王填写此调之始。词云：

  阆苑有情千里雪，桃李无言一队春。一壶酒，一竿身。快活如侬有几人。

  一棹春风一叶舟。一纶茧缕一轻钩。花满渚，酒盈瓯。万顷波中得自由。④

纳兰性德云："花间之词如古玉器，贵重而不适用；宋词适用而少贵重。李后主兼有其美，更饶烟水迷离之致。"⑤ 这一评语令人有些费解，李煜的词本色自然、明白如话，难以用"烟水迷离"状之；不过，此处所引两首词极写渔隐之乐，飘逸洒脱，颇得张志和《渔父》神髓。就表达文人之情怀言，可谓"适用"；就用语造色言，可谓"贵重"而不轻浮。而且山光水色，得渔隐之真味。

宋高宗赵构有《渔父》词15首，试举一首："一湖春水夜来生。几叠春山远更横。烟艇小，钓丝轻。赢得闲中万古名。"陈岩肖评曰："清

---

  ① 李德裕：《李卫公会昌一品集》别集卷七《元真子渔歌记》，见《丛书集成初编》第1858册，中华书局1985年版，第225页。
  ② 李昉等：《太平广记》卷四七"唐宪宗皇帝"条，中华书局1961年版，第290页。
  ③ 刘昫等：《旧唐书》卷十五《宪宗下》，中华书局1975年版，第472页。
  ④ 本章所引唐五代词均据曾昭岷等编《全唐五代词》，中华书局1999年版；所引宋词则据唐圭璋编纂，王仲闻参订，孔凡礼补辑《全宋词》，中华书局1999年版。
  ⑤ 纳兰性德：《渌水亭杂识》卷四，见《清代笔记丛刊》第1册，齐鲁书社2001年版，第441页。

序

彭玉平

文学研究的路径变化繁多，不一而足，大而言之，知人论世是一途，寄托出入是一途，审美勘察是一途，等等。但在以上列出的或尚未列出的研究路径中，文体考量则始终贯穿于其中，堪称文学研究之基石。体制为文章之先，不仅是已有文学之事实，也是诸多文学观念中最为稳固者。职是之故，从文体角度切入文学研究，无疑是最切实可行、便捷可信者。或者说，一切的文学研究，如果忽略了文体因素，则难免有根基未稳、立说失衡之处。昔刘勰综论文心，以一半篇幅就各种文体考镜源流；严羽评说诗歌，以"诗体"为一书之重。文学史的发展，无论是尊体，抑或是破体，两者的交替与互动实构成一体文学之源流。王国维承焦循等之论而有"一代有一代之文学"之说，所谓"一代之文学"，也大体以一代之新文体为主要考察对象。而文学批评史的发展，也大率以文体正变为立论之基。文体之于文学、文论之关系，确实至为紧要。

令伟君本科学的是历史，从硕士阶段开始转习古典文学，文史结合遂成为他读书治学不自觉的基本方式。而在文史互勘中，文体又一直是他的关注中心。我此前从邮件中读了他不少有关文体与文体学的研究论文，但因为在时间上并不连贯，印象便也散漫，所以居然未察觉出他的体系建构意识。日前他将一部厚厚的《宋元文体与文体学论稿》书稿放在我的案头，我才恍然觉出他有章可循的研究格局。原来他一直在打造宋元文体与文体学的研究体系，多年经营，不懈探索，而今终有所成。他的研究避开了先立宏大框架，然后一一填塞章节的方式，而是在一领域系统读书，并就有兴趣、有新见的话题展开专论，积成规模，再敷理举统，整合为专著，这颇切合我本人的研究理念。我曾在旧著《倦月楼论话》中说：

> 非有新文献或新观点，勿刻意为文。盖文非一事，关涉多方，若不能自作主张，稍一布置，则左支右绌，难免落入他人窠臼，而不能

成自家篇章矣。

我一直认为如令伟君这样的研究方式，可能稍欠体系的完整性，但却避免了以简单的综述充塞篇幅的弊端。每一章都努力呈现出强烈的问题意识和创新观念，这样的研究显然更具原创的价值，也更契合"学术"之精义。

此书分上、中、下三编，凡十六章。上编六章分论唐宋《渔父》词、宋词自注、宋代滑稽戏与宰相、元好可以传奇为词、元代日记、元代谣谚等，虽以词体为中心，但亦兼及戏剧、日记、谣谚等不同文体。中编七章则是对宋代论体文的专题研究，这个专题是令伟君来此间博士后流动站工作时，我给他建议的题目。推荐这一论题的具体起因是我曾费去数年时间研究宋代乐语，翻检诸多宋代别集与总集，发现论体文的种类与篇幅甚多，而被关注者则极少，觉得这显然是一个值得研究的领域。我在二十多年前曾一一爬梳过魏晋南北朝的论体文，浸染于这一时期益人神智的文章之中而流连忘返，深知论体文是各体文学中深具政治智慧、历史眼界和人生哲理者。只是后来我个人的研究兴趣转向词学，遂逐渐荒芜了这一领域。令伟君以七章之篇幅，分别探讨宋代试论、制科、书论以及皇帝和宋初三家论体文之源流本末及其特征所在，尤其注重制科与学风、士风之关系。宋代论体文之荦荦大端，约略具在。这也是令伟此书用力特勤的一编。下编以文体学为中心，分论苏轼与元代文章学之关系、王恽的词学观念与词学渊源以及《吏学指南》的文体学意义。虽仅三章，但各据一端，不为空论，也可见其踏实之风。尤其是《吏学指南》一书似为学界隔膜已久，经彼抉发，始见光彩。余昔在《倦月楼论话》中曾云：

> 表述理论之文献，须一一勘察语境，细致寻绎其脉络，明乎其落脚点及旁涉处。否则，千说万说，只是自说，岂关乎原论哉！

令伟君重视文献并善于从文献中发掘其价值，相关文献不惜蒙尘而待沽于他，也不枉此前久久的沉寂了。

书稿中不少章节，虽此前已浏览过，但此次我重读一过，更增其感。如关于宋词之自注，虽后人辑本多有删略，但各家别集，也多有存其旧者。作为词体结构的一个部分，自注往往提示着解读的方向，不仅具有文体学的意义,也实兼有阐释学的意义。虽然从接受美学的角度来说,文本产生之后,作者就失去了对文本意义的主宰权,而将其阐释权归属于读者,这其实也是谭献所谓"作者未必然,读者何必不然"的学理依据所在。据我有限的闻知,关于词的自注,词人其实也颇有纠葛其间者。况周颐《蕙风词话》卷一云:

> 吾词中之意,唯恐人不知,于是乎勾勒。夫其人必待吾勾勒而后能知吾词之意,即亦何妨任其不知矣。曩余词成,于每句下注所用典,半塘辄曰:"无庸。"余曰:"奈人不知何。"半塘曰:"倘注矣,而人仍不知,又将奈何。刻填词固以可解不可解,所谓烟水迷离之致,为无上乘耶。"

这是在《蕙风词话》中颇受冷落的一则,其实况周颐与王鹏运的对话,正可见其重要的词学思想。况周颐曾经在词中多方勾勒其用意,这种勾勒除了通过词句展现之外,也包括自注的方式。但况周颐的这种努力尤其是自注的方式受到了王鹏运的断然否定,王鹏运认为词之是否为人知,要看彼此机缘,不宜强求。而词之审美本身就以"烟水迷离之致"为上,这种审美特征注定了词之可解是一种状态,不可解也是一种状态,而且对这两种状态不应预存轩轾之心。尤其是由这一节对话,我们可以知道况周颐"词乃为己之学"的观念应该多少得益于王鹏运的强力启迪。

但在这一观念形成之前,况周颐对读者应该是多有期待的,其一再勾勒、自注,目的无非是获得读者更多的认同,包含着极大的阅读期待。其自注的习惯当然可以遥相对应宋词之自注现象,只是后来在王鹏运的教诲之下霍然悟出词意由人的道理而已。

破体是各体文学常见之现象,也是文体学关注的重要内容。此前若韩愈的"以文为诗"、苏轼的"以诗为词"、辛弃疾的"以文为词"等皆已有学人专题探析,剩义无多。但元好问"以传奇为词"的创作现象尚基本被冷落在学术视野之外。令伟君敏锐地抓住这一问题,对元好问在词中不避险怪,述写奇事、奇人、奇景等明显带有传奇色彩的现象进行了细致的分析,认为这一方面与词体发展到一定阶段必然会融入传奇因子的文体拓展有关;另一方面也与传奇小说、诗歌等文体尚奇风尚的直接影响有关,这是立足于文体学本身的考察。但令伟在勘察了元好问的仙道思想与好奇的审美观之后，认为彼此之间也有着重要的关联，如此知人论世，结论显然就更为稳健了。

　　凡此等等，书稿中的章节在选题、论证、结论等方面确多发明，体现了令伟君学术思想的成熟。如果假以时日，令伟君更多地关注宋元不同的文体现象及彼此关系，对宋元文体学充实更多的个案研究，在此基础上对作为一个整体的"宋元"文体与文体学有更全面、更有体系、更具逻辑内涵的勘察，相信他在这个领域的学术话语权也将更大更有力量。

　　令伟君勉乎哉！

2018 年 10 月 24 日

目 录

绪 论 ·· 1
 一、本书的撰述缘起与研究对象 ·· 1
 二、本书的研究思路与研究现状 ·· 4
 三、本书的章节安排与研究内容 ·· 5

上编　文体形态研究

第一章　唐宋《渔父》词的文人化发展 ·· 13
 一、以雅为尚的文人情趣 ·· 13
 二、词调的定型与变奏 ·· 18
 三、与书画歌舞相结合 ·· 22

第二章　宋词之自注 ·· 26
 一、词之自注的形式、功能及产生原因 ································ 26
 二、宋词自注的发展历程 ·· 31
 三、宋词自注的价值与意义 ·· 35

第三章　宋代滑稽戏与宰相 ·· 39
 一、现象：宰相成为主要嘲谑对象 ·· 39
 二、谚语："台官不如伶官" ·· 46
 三、接受："至尊亦解颜"与"语禁始益繁" ······························ 50

第四章　元好问以传奇为词现象 ·· 54
 一、遗山乐府以传奇为词现象述略 ·· 55
 二、词体传奇性叙事的内在动因及传统 ································ 60
 三、元好问以传奇为词的文化与文学背景 ································ 64

第五章　元代日记及其形态 ·· 71
 一、实录型日记 ·· 71

二、日课型日记 …………………………………………… 78
　　三、行纪型日记 …………………………………………… 80
第六章　元代谣谚研究 ………………………………………… 83
　　一、元代谣谚的现存情况 ………………………………… 83
　　二、元代谣谚的类型价值 ………………………………… 90
　　三、元代谣谚的文体意义 ………………………………… 97

中编　论体专题研究

第七章　宋代论体文研究引论 ………………………………… 103
　　一、宋代论体文观念 ……………………………………… 104
　　二、宋代论体文概况 ……………………………………… 114
第八章　宋代试论的类型及发展 ……………………………… 121
　　一、学校试论 ……………………………………………… 122
　　二、省试试论 ……………………………………………… 125
　　三、特科试论 ……………………………………………… 132
　　四、铨选试论 ……………………………………………… 138
第九章　宋代制科与士风
　　　　——以仁宗朝为中心 ………………………………… 143
　　一、仁宗朝制科的设置及影响 …………………………… 143
　　二、仁宗朝士风丕变中的制科因素 ……………………… 147
　　三、"有官者举贤良方正"与议政精神的激扬 …………… 149
　　四、"无官者举茂材异等"与布衣精神的新变 …………… 153
　　五、荐举、自荐、进卷及行卷与士人交游之风 ………… 157
　　六、余论 …………………………………………………… 162
第十章　宋代制科与学风 ……………………………………… 164
　　一、制科对宋人尚学风气的推动 ………………………… 164
　　二、制科考试方式及其对学风的导向 …………………… 166
　　三、博习强记：必要的备考工夫 ………………………… 169
　　四、节取题目：有效的备考方式 ………………………… 171
　　五、制科与宋代学风的契合意义 ………………………… 173

第十一章　宋代皇帝与论体文 ………………………… 176
一、宋代皇帝作论的风气与特征 …………………………… 176
二、宋代皇帝作论的意图及作用 …………………………… 179
三、宋代士人进论与皇帝之关系 …………………………… 184
四、宋代皇帝书论的简况及意义 …………………………… 186

第十二章　宋代论体文特征论
　　　　　——以北宋前期为中心 ………………………… 189
一、以儒为主、三教融合的思想特征 ……………………… 189
二、集官僚、文士、学者三位于一身的主体特征 ………… 194
三、体制、风格及语言上的特征 …………………………… 197

第十三章　宋代论体文个案论
　　　　　——君臣关系视阈下的宋初三家 ……………… 202
一、徐铉的论体文关于君臣关系的讨论及意义 …………… 202
二、好文、重谏政策影响下的科考、论谏活动与田锡的
　　论体文 …………………………………………………… 206
三、王禹偁的史观与其论体文关于君臣关系的讨论 ……… 211

下编　文体理论研究

第十四章　元代文章学中的苏轼资源 ………………… 217
一、讲义型著作与苏轼资源的利用 ………………………… 217
二、工具书型著作与苏轼资源的利用 ……………………… 220
三、读书记型著作与苏轼资源的利用 ……………………… 224
四、元代文章学利用苏轼资源的背景 ……………………… 226

第十五章　王恽的词学观念与词学渊源 ……………… 231
一、情致观的双重取向 ……………………………………… 231
二、法度的继承与偏重 ……………………………………… 235
三、词风上的转益多师 ……………………………………… 237

第十六章　《吏学指南》的文体学意义 ……………… 246
一、吏学之一部与《吏学指南》所载文书类目 …………… 246
二、求古而不离今：《吏学指南》的诠解特色 …………… 251

三、《吏学指南》与元代文书文化 …………………………… 255

附　录 ……………………………………………………………… 258
　　一、《四库全书总目》四种宋代词籍提要辨正 ……………… 258
　　二、《全宋文》《全元文》补遗 ………………………………… 263
　　三、《吏学指南》的误传与原貌 ……………………………… 272
　　四、元代王恽生平及著述考辨 ………………………………… 279

参考文献 …………………………………………………………… 289
后　记 ……………………………………………………………… 298

绪　　论

一、本书的撰述缘起与研究对象

宋元是我国古代文学发展的关键时期，其间文体的盛衰升降尤为引人注目。传统的抒情文体（如诗、词等）在发展、演化的同时，叙事文体（如杂剧、话本等）也应运而生，彼消此长，构成了一道复杂而壮丽的文体发展景观。在这一景观的背后，雅俗文化的涨落、易位无疑是主要的推动力。宋代推行重文抑武之策，士大夫阶层地位较高，与此同时，城市经济发达，市民阶层的文艺需求也很旺盛，这就使雅俗文学存在共融式发展，但总的趋势则如王水照先生所说："宋代文学正处于由'雅'向'俗'的倾斜、转变时期，在整个文体盛衰升降过程中，处于一个承前启后的阶段。"① 到了元代，由于科举长时间废止，儒生地位下降，传统的士大夫文化受到冲击，而市民文化则迅速占据历史舞台。在此情形下，"元代文学有两个基本特点：一是自宋代开始明显的俗文学和雅文学的分裂局面继续发展；二是雅文学即传统的诗文领域内出现新变现象。这两个基本特点又以前者最为重要，作为俗文学的元杂剧的产生、完备和盛行，不仅为我国古典戏曲的表演艺术奠定了基础，还在实际上争得了与传统的文学形式——诗词歌赋文相颉颃的地位，在很大的程度上代表着元代文学的成就"②。正是在这种文学发展、演变的格局中，宋元时期孕育了异常丰富而有价值的文体现象与文体理论，有待于深入研究。当然，鉴于宋元文体的复杂性与研究现状，本书拟重点关注以下问题：

（一）词曲

在这一时期，词、曲无疑最为重要。一则，宋之词、元之曲，皆为一

---

① 王水照主编：《宋代文学通论》，河南大学出版社1997年版，第51页。
② 邓绍基主编：《元代文学史》，人民文学出版社1991年版，第1页。

代文学之代表。它们不仅完成了自身的体式建构,如词在唐时已经常规化的词调、词题、正文等基本构件的基础上,发展出了词序、自注等非常规部件,二者之间还存在着非常复杂的纠葛,如词曲嬗变问题,大曲到了宋代便出现了"以摘遍为大曲""以词调入大曲"的现象。① 二则,这两种文体本身也在不断演进。有种说法即为"词兴于唐,盛于宋,衰于元……"②,以《渔父》词为例,其自唐至宋,很典型地展现了词之文人化的历程,是唐宋词发展演进的一个例证;对于词"衰于元",学界有所辨证③,虽然元词整体不如宋词,但亦有突破与发展的地方,其中值得重视的有元好问以传奇为词的做法。这实际上是继苏轼以诗为词、辛弃疾以文为词之后的重要突破与发展。此外,王国维先生在《宋元戏曲考》中曾专门论及宋代滑稽戏,视之为宋代戏曲的重要方面。本书注意到宋代滑稽戏与宰辅制度之间存在着千丝万缕的联系,从政治文化的视角出发,则有助于揭示其所蕴含的独特的文化意义。要之,宋元词曲丰富而复杂的发展、演变现象为本书带来了丰富的论题。

(二)论体文

除词曲外,文的受关注程度也很高。鉴于文的二级文体(如诏、敕、章、表、记、序等)甚多,本书选择最契合宋人议论精神的论体文进行专题研究。宋代论体文是宋人议论精神的载体之一,多用于读书辩难、谈史论文、交游仕进等,宋初徐铉、田锡、王禹偁三家的论体文即体现了这种精神。除此之外,它更用于考试场合,其发达亦与此密切相关。陈植锷先生说:"科举考试形式的重视策论,又给'议论'两字成为宋学与生俱至的基本特征与时代精神以积极的带动。"④ 作为最具代表性的论体文分支,宋代试论类型多样,与科举、士风、学风关系密切,最为值得研究。

---

① 参见夏令伟《王国维论史浩大曲辨——兼论两宋大曲之变》,载《黄钟》2011年第1期;又见夏令伟《南宋四明史氏家族研究》第三章《史氏家族文学论》,科学出版社2018年版。
② 陈廷焯:《白雨斋词话》卷一,见唐圭璋编《词话丛编》,中华书局2005年版,第3775页。
③ 具体研究成果可参见赵维江师《金元词论稿》第一篇《金元词创作述略》之第三节《独特的词史地位》,中国社会科学出版社2000年版,第14~16页;陶然《金元词通论》第四章《"词衰于元"辨》,上海古籍出版社2001年版,第90~126页。
④ 陈植锷:《北宋文化史述论》,中国社会科学出版社1992年版,第95页。

此外，宋代论体文名家名作层出不穷，如欧阳修及其《朋党论》《为君难论》《本论》，苏洵及其《六国论》《辨奸论》，苏轼及其《晁错论》，等等，皆为后世所推崇。鉴于宋代论体文的巨大成就与特殊价值，对其进行专门的研究，显然是很必要的。

（三）日记、谣谚等

宋元文献典籍异常丰富，为我们进行文体形态研究提供了大量的基础资料。仅就元代而言，也可谓汗牛充栋。孔齐《至正笔记》卷一"国朝文典"曾列举了元代著述的一般状况：

> 大元国朝文典，有《和林志》《至元新格》《国朝典章》《大元通制》《至正条格》《皇朝经世大典》《大一统志》《平宋录》《大元一统纪略》《元真使交录》《国朝文类》《皇元风雅》《国初国信使交通书》《后妃名臣录》《名臣事略》《钱唐遗事》《十八史略》《后至元事》《风宪宏纲》《成宪纲要》；赵松雪、元复初、邓素履、杨通徽、姚牧庵、卢疏斋、徐容斋、王肯堂、王汲郡等三王、袁伯长、虞伯长、揭曼硕、欧阳圭斋、马伯庸、黄晋卿诸公文集；《江浙延祐首科程文》《至正辛巳复科经文》及诸野史小录，至于今隐士高人漫录日记，皆为异日史馆之用，不可阙也。中间惟《和林》《交信》二书，世不多见。①

从通典、通志之类的官修政治、法律典籍到文人文集，从科举时文到笔记日记，等等，皆可见元代著述的丰富程度。本书从这些文献典籍中广事收集，如在前贤时彦工作的基础上，得81条元代谣谚，并作为专题加以研究。又如日记一体，宋代即相当发达，学界研究也较多，而元代日记则尚有一定的开掘空间，本书也列为一章加以论述。

（四）文体理论

本书对文体理论的研究涉及三个方面：一是古文理论。宋文的成就有

---

① 孔齐：《至正直记》卷一，见《宋元笔记小说大观》，上海古籍出版社2001年版，第6577~6578页。

目共睹，在古文八大家中，除韩柳外，其余六位皆出自宋代。他们不仅创作了数量甚众、造诣很高的作品，为后学提供了可供学习、模仿的典范，还成为文体理论的言说对象，客观上推动了文学批评的发展。元代出现的诸如陈绎曾《文章欧冶》与《文说》、倪士毅《作义要诀》等一批颇有建树并对明清文体学有所影响的著作，便常常对宋代作家作品加以评骘，以为当时的教学、科考而用。本书即以这些著作对苏轼的言说为中心来管中窥豹。二是词学理论。本书主要以作词数量居元代之冠的王恽为例，探究他的词学渊源与词学观念。三是试图在文学类著述之外开掘新的文体理论研究对象，如对《吏学指南》这种吏学启蒙之书的关注，并从中发掘出了它的文体学意义。

二、本书的研究思路与研究现状

本书是以文学为本位、文体为核心的研究，是以文体学史料为基石，文体形态与文体理论为两翼的研究。本着"文献—问题—理论"的思路，先是进行文献资料的细致阅读，从中发现值得深入研究的学术问题，然后结合历史语境分析、推演这些学术问题的要义与范畴，并加以实证性研究，最后借助比较的方法、文化的视角，抽绎、阐释这些问题的理论内涵与价值。考虑到研究对象的特点，本书将研究时限适当地上溯下延，以期更准确地描述研究对象。

就文献资料而言，宋元文学典籍的整理情况较为充分，《全宋文》《全宋词》《全宋诗》《全元文》《全元诗》《全金元词》《全元戏曲》《全元散曲》等先后获得出版，宋元文话、诗话、词话、曲话以及大量笔记小说中的批评材料也得到了广泛的整理。所有这些都为宋元文体学研究的开展提供了可能的条件。

那么，如何去认知这些典籍著述的性质与价值？单纯依赖文学的手段显然只能解决一部分问题，因此，寻找一种新的理论方法便迫在眉睫。文体学的理论与方法就是在这种情况下被引进来，不仅可以用于观照那些传统的研究领域，还可以将上述著述予以独特的阐释。吴承学先生曾经指出："中国文体学研究的兴盛具有深远的学术史意义，意味着中国文学研究内部已出现一种悄然而自觉的学术转向。简要地说，中国文体学兴盛，标志着古代文学学术界的两个回归：一个是对中国本土文学理论传统的回归,一个是对古代文学本体的回归。"① 显然,借助于文体学,不仅能推进宋元文学研究,还可以更广泛、更契合民族特色地切入宋元文化的研究。

文体学研究从星星之火发展到燎原之势,宋元文体学也受到了一定关注。从20世纪80年代起,我国古代文体学研究逐渐兴起,呈现出良好的发展势头,一批古代文体学方面的论文和专著相继获得发表和出版。仅就专著而言,有的综论古代文体,如褚斌杰《中国古代文体概论》、吴承学《中国古代文体形态研究》等;有的专论某一文体,如陈必祥《古代散文文体概论》、程毅中《中国诗体流变》、木斋《宋词体演变史》等;有的论析文体理论,如王运熙、顾易生主编的《中国文学批评通史》中的某些章节、马建智《中国古代文体分类研究》等;有的侧重某一时代,如李士彪《魏晋南北朝文体学》、贾奋然《六朝文体批评研究》、郗文倩《中国古代文体功能研究——以汉代文体为中心》等;此外,郭英德《中国古代文体学论稿》、吴承学《中国古代文体学研究》作为两位学者多年来古代文体学研究论文的结集,无论在实证还是理论建构方面,都堪称标志性著作。

从文体学角度研究宋元文学,这在学界早已存在②,但就研究的普遍性与深度而言,还有待进一步加强。本书试图将这一视角延伸到其他文体,解读某些重要的文体形态与文体理论,从而为宋元文体学研究的深入发展贡献自己的力量。要之,从文体学角度研究宋元文学,有助于纠正宋元文体研究失衡的局面,推进"亚文学""次文体"的研究,完善古代文体学研究史的链条;有助于厘清宋元诸文体的嬗变轨迹,把握某些重要的文体现象,揭示时人的文体与文学观念,展示宋元文学与文化的成就;有助于把握文体和文学的关系,探索古代文学发展的规律,确立宋元文体学在古代文学史及文学批评史上的地位。

三、本书的章节安排与研究内容

本书采取宏观研究、专题研究与个案研究相结合的方式,既着力于文体形态研究,又不废文体理论研究,对相关文献亦有一定涉猎。除绪论

---

① 吴承学:《中国古代文体学研究》,人民出版社2011年版,第2页。
② 具体研究成果将在本书相关章节中加以介绍,可参考。

外，全书分为三编：上编"文体形态研究"，共六章；中编"论体专题研究"，共七章；下编"文体理论研究"，共三章。附录四种。下面对各部分的主要内容做一介绍。

（一）上编"文体形态研究"

第一章"唐宋《渔父》词的文人化发展"认为文人化是唐宋词发展、演变的重要方式，《渔父》词更是如此。其文人化主要表现在：①自唐代张志和首作《渔父》以来，凡赋此调者，皆以渔隐为词旨、以清逸为词风，而这正契合唐宋文人以雅为尚的生活、审美情趣，故受到了一个上至皇帝、下至文士的接受与创作群体的喜爱与追捧。②《渔父》原为民间渔歌，经由文人之手，才转为稳定的词调以供"依调填词"。之后，为了歌唱或内容上的需要，文人借由檃栝类曲内容、变非类曲为类曲或扩大类曲范围等方式打破该调的稳定性，完成了改造与变奏。③该调突破了词体本身，同符合文人意趣的书画、歌舞相结合，实现了艺术互通。张志和的画，苏轼、黄庭坚等人的书以及史浩的《渔父舞》都与《渔父》词密切相关，便是证明。

第二章"宋词之自注"认为宋词自注是词体结构的一个非常规组成部分，主要起到解释说明的作用。它一方面受到经史之注的影响和规范，另一方面取决于宋代词人的主体性。在其发展过程中，宋词自注越来越受到词人的重视，内容得到了丰富，艺术也有了提高。宋词自注具有文体学、文献学以及阐释学上的意义。

第三章"宋代滑稽戏与宰相"指出宋代滑稽戏多有嘲谑宰相的现象，这与宰相的地位职权、演出场合，以及伶人的讽谏精神有关。谚语"台官不如伶官"的出现，既是台官受制于宰相，不能或不敢行使纠弹权所致，又是伶人依附于皇权并向士大夫靠拢，讽谏精神得到维持并增强的结果。而由于立场、需求不同，皇帝、宰相及其他人对滑稽戏的接受情况各异，对滑稽戏发展的影响也有差别。

第四章"元好问以传奇为词现象"认为元遗山在东坡"以诗为词"和稼轩"以文为词"的道路上继续开拓，以传奇为词，即在词里不避险怪，述奇事，记奇人，写奇景，在选材和作法上都呈现出一种明显的传奇色彩。这一现象是词体自身传奇因子的发展结果；它的形成也与小说、诗歌等文体好奇风尚的影响有关；它体现了元好问的仙道思想与好奇的审美观。

第五章"元代日记及其形态"指出，古代日记从渊源上可分为3种形态：实录型、日课型及行纪型。元代日记现存10种，数量虽然不多，但基本涵括了上述形态。其中，实录型日记有《中堂事记》《征缅录》《平宋录》《西使记》《安南行记》等，可分别归入政事类、征伐类及燕行类中，是元朝帝国不同政治活动的记录，反映了作者存史与颂世的自觉心态；日课型日记源自宋元教育活动中的日课及日簿，并逐渐推广至士人的日常生活中，《云山日记》即体现了其日常化的发展方向；行纪型日记与游记密切相关，《长春真人西游记》《金华洞天行纪》作为代表性作品，记录了元代道士或遗民的行踪、见闻及歌咏，有其独特的时代审美价值在。

第六章"元代谣谚研究"汇辑了81条目前可搜集到的元代谣谚，指出其主要类型可分为谶谣与俗谚。前者作为舆论鼓动工具，与元代历史相始终，尤盛于兵乱时期；后者内容广泛，既涉及对元代特定社会群体的认知，又体现了元代社会的价值规范，浓缩了人们的社会生活经验。元代谣谚被引入墓志、话本、时文之中，亦被用作论据，使语体与文体相结合，促进了元代文学的发展。

（二）中编"论体专题研究"

第七章"宋代论体文研究引论"先分析了宋代论体文观念，认为其在因袭魏晋六朝时人如刘勰、刘熙等的主张的基础上有所调整与发展。一方面，认为论主于理，但格外强调理为儒理，同时视论为"有用文字"，突出其实用性；另一方面，借鉴《文心雕龙》《文选》对论体文的分类而有因变，如《文苑英华》对《文选》"史论"的去取、《唐文粹》新立"辨析"一体等。宋代论体文观念与创作相辅相成，对后世亦有一定的借鉴意义。后探究了宋代论体文的概况，论述了它的两大特征，即多样的实用场合与丰富的名家名作。

第八章"宋代试论的类型及发展"主要论述了学校试论、省试试论、特科试论（包括童子科试论、特奏名试论及宾贡科试论）、铨选试论（主要是馆职试论）四种类型。其中论及刘筠与省试试论的关系，指出"以策论升降天下士，自筠始"实际出现在刘筠第二、第三次权知贡举期间，从而说明了他对宋代省试的发展的作用及意义。这一做法既顺应了宋真宗朝以来的省试"兼考策论"的改革呼声,又导源了宋仁宗时庆历贡举改革中的先策论、后诗赋的意见。刘筠以文坛主盟身份权知贡举,亦左右了当时崇尚骈俪的试论文风。

第九章"宋代制科与士风——以仁宗朝为中心"首先探讨了宋仁宗朝制科与士风之关系,指出了这一时期制科的发展特征,揭示了贤良方正能直言极谏科对激扬士人议政精神、茂材异等科对激发布衣精神的作用,并探讨了制科对朝野士人交游风习的影响。

第十章"宋代制科与学风"认为宋代制科有助于士人求名、求知与入仕,是推动宋人尚学风气的重要因素。宋代制科采取资格审查、阁试、御试三级考试制,以论、策为考试科目,要求应试者博学与才用兼备,但由于论、策题目的设置偏重于考察博学一面,对学风影响甚大。一方面,博习强记成为必要的备考工夫,士人要博览众书,谙熟政事,同时沉潜心志,积年而为;另一方面,节取题目成为有效的备考方式。制科与宋人崇尚博通的整体学风有一定契合,不应因其存在弊端就予以全盘否定。

第十一章"宋代皇帝与论体文"指出宋代皇帝与论体文相关的活动有皇帝作论、士人进论于皇帝及皇帝书论三种。比之前代,宋代皇帝作论较多,内容专以发明政事,典谟色彩浓厚。这些论体文各有价值,如讨论朝政、引导公议、和乐君臣、绍述家法等,非一般士人之论所可比。宋代皇帝以论进退士人,成为进论繁荣的原因之一,而皇帝作为接受主体,也影响了一些士人进论的用字、风格。宋代皇帝书写前人之论以赐臣下的行为,无论出于书法之赏还是借以寓意,都具有接受与传播意义。

第十二章"宋代论体文特征论——以北宋前期为中心"认为北宋前期是宋代论体文的发轫阶段,这一时期的论体文的整体特征较为明显。思想内容由于受时代思潮与现实政治的影响,呈现出以儒为主、三教融合的趋势,创作主体则集官僚、文士、学者三位于一身,对论体文的品格有较大影响,艺术上的整体特征也开始显现,如体制上普遍要求主于求理(儒家之理),以资于用,风格上则有义尽语简与致密奥博的不同,语言上间用偶俪,但以散语为主。

第十三章"宋代论体文个案论——君臣关系视阈下的宋初三家"认为宋初论体文以徐铉、田锡、王禹偁三家最为重要。现存徐铉的论体文几乎全部是关于君臣关系的讨论,他以"赤心"作为君臣彼此相处的准则,强调儒家伦理,推重士臣作用,为宋人重建儒家君臣秩序及防止皇帝专断提供了一定借鉴，而其中关于朋党及君子、小人之辩的内容也为宋人导夫先路；田锡的论体文多与科考、论谏活动有关，这是因为宋初皇帝好文、重谏的政策影响了当时的君臣关系，塑造了田锡致君为用的精神及好直敢谏的政治个性，并进一步影响了其论体文的创作与品格；王禹偁的论体文与其史观有相通之处，他作史注重"君臣事迹"，强调"善恶鉴诫"，并善于史实辨正，这在其论体文尤其关于君臣关系的论述中得到了体现。

（三）下编"文体理论研究"

第十四章"元代文章学中的苏轼资源"认为苏轼在元代文章学撰述与建构中占有重要地位，是不同文章学著作加以言说和利用的共同对象。不过，不同类型的文章学著作在利用苏轼资源时有所差别。如同为讲义型著作，《修辞鉴衡评文》具有鲜明的语录体特点，而《文章精义》则为示人以门径的资料汇编；《居家必用事类全集》《东坡文谈录》作为工具书型著作，部分或整体汇辑苏轼评论资料，暗寓是非立场，富含阐释意蕴；读书记型著作如《隐居通议》则于苏文有一定发现。有元一代，朱学与苏学、古文与时文相互冲突、相互调试，上述文章学著作对苏轼资源的取资即在此背景下完成的。

第十五章"王恽的词学观念与词学渊源"是以王恽为中心展开的探讨。王恽的词学观念渊源于苏、辛、元三家，在情致、法度、风格诸方面皆有所取。其所谓情致有雅正之情与闲情雅意二端；词以美刺观是苏、辛词之议论化的发展；豪放疏快、清浑超逸则得益于对前人风格的学习与借鉴。

第十六章"《吏学指南》的文体学意义"通过《吏学指南》这一辞书性质的典籍揭示文体学的宽广视野及深刻意义。元代吏学发达，《吏学指南》的出现即与之有关。其显然将文书文体及相关知识作为吏学之一部加以对待，不仅对文书文体进行了简单分类，具有一定的辨体意味，还涉及文书的结构、用语，隐含着文书撰作、署押、传递的流程，一定程度上呈现了文书的"活"的状态。本着对儿童进行吏学启蒙的目的，《吏学指南》在具体编纂方法上颇类字书，释名以章义，体现出求古而不离今的诠解特色。《吏学指南》与元代官方及民间的文书文化紧密相关，是认识与研究元代文书文化的重要文献。

附录四种：①《〈四库全书总目〉四种宋代词籍提要辨正》辨明了

《四库全书总目》于晏殊、苏轼、黄庭坚、叶梦得等人词籍提要中的谬误；②《〈全宋文〉〈全元文〉补遗》辑录了5篇为《全宋文》《全元文》失收的文章，分别是：徐元瑞《习吏幼学指南序》、石抹允敬《吏学指南序》、潘畤《司臬箴》、佚名《提刑箴》与徐琰《吏学三尚》；③《〈吏学指南〉的误传与原貌》通过梳理《吏学指南》元刻本、明刊本的流传情况，查证明代书目，并据徐元瑞自序细察该书体例，确定了《吏学指南》与《为政九要》实为二书，不应混为一体；④《元代王恽生平及著述辨证》一是纠正了《元史·王恽传》记载王恽生平行迹的舛误，二是勘正了《全金元词·王恽词》的疏误。

文体形态研究

第一章　唐宋《渔父》词的文人化发展

我国古代多种文体的演进都受到起于民间、成于文人这一规律的支配。对于词的起源和发展，过去多从宫廷文化、文人创作的角度观之论之，敦煌曲子词的发现，纠正了这一认识误区。

纵观唐宋词的文人化发展，固然能做出一般规律的探寻，而选择、"解剖"一些典型的词调，则能使人更清晰地看到这种文人化创作的发展趋势和结果。鉴于此，本章拟论述唐宋《渔父》词的"改进"过程及表现，从而为解读词之文人化提供一个范例。

一、以雅为尚的文人情趣

论述《渔父》词的文人化，首先应注意的是，此调的创作皆以雅为尚，体现出文人的生活、审美情趣。

自周朝以来的三千年，就是一部缓慢发展的农业文化史。在农业文化的社会格局中，虽有士农工商的职业之别，却无疑仍以"农"为最多，因得山水之利，樵采或渔钓，则小别于农，实质仍无改之。但是，对于"士"来说，其生存方式与社会职业，却因政治的清明昏浊而导致不同的选择，于是，《楚辞》的《渔父》出现了作为隐者的渔父原型，通过屈原与渔父的对话，阐明了士人的进退之由：

> 屈原既放，游于江潭，行吟泽畔，颜色憔悴，形容枯槁。渔父见而问之曰："子非三闾大夫与？何故至于斯？"屈原曰："举世皆浊而我独清，众人皆醉而我独醒，是以见放。"渔父曰："夫圣人者不凝滞于物，而能与世推移。举世皆浊，何不淈其泥而扬其波？众人皆醉，何不餔其糟而歠其醨？何故怀瑾握瑜而自令见放为？"……渔父莞尔而笑，鼓枻而去，歌曰："沧浪之水清兮，可以濯吾缨；沧浪之

水浊兮，可以濯吾足。"遂去，不复与言。①

此后，本为打鱼为生的渔夫逐渐在文人的笔下变为隐士，成为遗世独立、悠然自得的渔父。

盛唐时期虽如孟浩然也有"端居耻圣明"之叹，但由于古代渔隐文化的影响，或因"终南捷径"的存在，隐逸之士仍然不少。经历了安史之乱，文人济苍生、安社稷的志向更不复从前，不待白居易的《中隐》出，中唐文人已或行"吏隐"，或有真隐者。屈原笔下恬然自适的渔父遂成为文人企慕的对象，一个上至皇帝、下至文士的广泛群体，都或多或少将渔隐作为词题来歌咏抒发。

词起于宫廷，先有唐中宗时期沈佺期所作的《回波乐》，后有唐玄宗的《好时光》、李白的《清平乐》。到中唐时期，刘长卿的《谪仙怨》、戴叔伦的《转应词》，分别体现了贬谪文化与边塞文化，而隐逸文化之见于词，则以张志和词为最早，且恰为《渔父》一调。张志和的《渔父》引起了一时名流如颜真卿、陆羽等人的纷纷唱和，唐代沈汾记载了当时的情形：

真卿为湖州刺史，与门客会饮，乃唱和为《渔父》词。其首唱即志和之词，曰："西塞山边白鸟飞，桃花流水鳜鱼肥。青箬笠，绿蓑衣，斜风细雨不须归。"真卿与陆鸿渐、徐士衡、李成矩共和二十五首，递相夸赏。②

此次唱和《渔父》者凡五人，作品达25首。其中，张志和的五首流传最广，也最确凿无疑。张志和年十六已游太学，擢明经，曾献策唐肃宗，命待诏翰林；因后来坐事被贬，赦还而不复仕，才隐居越州会稽，被《旧唐书》列入《隐士传》。张志和本为文人，终又成为隐士，《渔父》确实是他隐士生活的真实体验，又是真正的文人词。值得重视的是，此次

---

① 刘向编集，王逸章句：《楚辞》卷七《渔父章句第七》，见《丛书集成初编》第1811册，中华书局1985年版，第89～90页。
② 李昉等：《太平广记》卷二七"玄真子"条引沈汾《续仙传》语，中华书局1961年版，第180页。

参与唱和者多有文学创作实绩，如颜真卿，今传《颜鲁公集》15 卷，《全唐诗》存诗一卷。颜真卿在任湖州刺史期间，广招门客，陆鸿渐、徐士衡、李成矩等皆为其所用，编书唱和，文学活动频繁。所以说，《渔父》在首唱之初就形成了较为可观的文人创作群体，他们之间"递相夸赏"的风习对后人影响很大，宋代陈振孙曾对此加以揄扬：

  玄真子《渔歌》，世止传诵其"西塞山前"一章而已。尝得其一时倡和诸贤之辞各五章，及南卓、柳宗元所赋，通为若干章。因以颜鲁公碑述、唐书本传，以至近世用其词入乐府者，集为一编，以备吴兴故事。①

在此，陈振孙把张、颜等人唱和《渔父》之举提到了"吴兴故事"的高度，究其原因，一方面固然是后人的崇古心态在起作用，另一方面则与张志和《渔父》词的题旨、风格有关。

现存张志和《渔父》词 5 首，皆以歌咏渔隐为题旨，与之相适应，其词语淡意远，有清逸之风。黄苏评论道："黄山谷曰：'有远韵。'按数句只写渔家之自乐，其乐无风波之患。对面已有不能自由者，已隐跃言外，蕴含不露，笔墨入化，超然尘埃之外。"② 所谓"超然尘埃之外"，即《渔父》词以渔隐为题旨、以清逸为词风而达到的超然之境。唐宋词人大多追慕这一境界，"凡赋《渔父》词者，多作高隐之语"③，而这恰是唐宋《渔父》词文人化的一个特征。

我们不妨对唐宋《渔父》词的接受与创作群体略作分析。唐宋《渔父》词由接受到创作，其主体的身份不同，可分为两类：一为皇帝，主要有唐宪宗李纯、南唐后主李煜、宋高宗赵构等；一为文士，五代有和凝、李珣、欧阳炯等，入宋，创作此调者颇多，有徐积、苏轼、黄庭坚、周紫芝、陆游、戴复古、薛师古、王谌、蒲寿宬、孙锐、张炎等人。

最早对张志和《渔父》感兴趣的皇帝是唐宪宗李纯。李德裕云："德

---

① 陈振孙：《直斋书录解题》卷十五《玄真子渔歌碑传集录一卷》，上海古籍出版社 1987 年版，第 449 页。
② 黄苏：《蓼园词评》，见唐圭璋编《词话丛编》，中华书局 2005 年版，第 3023 页。
③ 俞陛云：《唐五代两宋词选释》，上海古籍出版社 1985 年版，第 43 页。

裕顷在内庭，伏睹宪宗皇帝写真，求访元真子《渔歌》，叹不能致。余世与元真子有旧，早闻其名，又感明主赏异爱才，见思如此，每梦想遗迹，今乃获之，如遇良宝。"① 《太平广记》载"唐宪宗好神仙不死之术"②，虽为小说家言，但证之以《旧唐书·宪宗下》史臣论赞所作的"惜乎服食过当"③ 的微词，这一说法应是可信的。因此，唐宪宗写真求访张志和《渔父》词当是出于这种好道尚仙的心理。不过，这一行为却开启了该调进入宫廷的大门，对《渔父》词的传播起了推波助澜的作用。

时至南唐，后主李煜作有《渔父》2 首，是帝王填写此调之始。词云：

阆苑有情千里雪，桃李无言一队春。一壶酒，一竿身。快活如侬有几人。

一棹春风一叶舟。一轮茧缕一轻钩。花满渚，酒盈瓯。万顷波中得自由。④

纳兰性德云："花间之词如古玉器，贵重而不适用；宋词适用而少贵重。李后主兼有其美，更饶烟水迷离之致。"⑤ 这一评语令人有些费解，李煜的词本色自然、明白如话，难以用"烟水迷离"状之；不过，此处所引两首词极写渔隐之乐，飘逸洒脱，颇得张志和《渔父》神髓。就表达文人之情怀言，可谓"适用"；就用语造色言，可谓"贵重"而不轻浮。而且山光水色，得渔隐之真味。

宋高宗赵构有《渔父》词 15 首，试举一首："一湖春水夜来生。几叠春山远更横。烟艇小，钓丝轻。赢得闲中万古名。"陈岩肖评曰："清

---

① 李德裕：《李卫公会昌一品集》别集卷七《元真子渔歌记》，见《丛书集成初编》第 1858 册，中华书局 1985 年版，第 225 页。
② 李昉等：《太平广记》卷四七"唐宪宗皇帝"条，中华书局 1961 年版，第 290 页。
③ 刘昫等：《旧唐书》卷十五《宪宗下》，中华书局 1975 年版，第 472 页。
④ 本章所引唐五代词均据曾昭岷等编《全唐五代词》，中华书局 1999 年版；所引宋词则据唐圭璋编纂，王仲闻参订，孔凡礼补辑《全宋词》，中华书局 1999 年版。
⑤ 纳兰性德：《渌水亭杂识》卷四，见《清代笔记丛刊》第 1 册，齐鲁书社 2001 年版，第 441 页。

新简远，备骚雅之体。"① 所谓"清新简远"，亦不脱张志和《渔父》词境。

再看文士群体。他们是《渔父》词创作的中坚力量，多恪守张志和的题旨风格，追求超然之境。其中又以词体革新的旗帜性人物——苏轼和黄庭坚为代表。

宋初，词为小道，词人局限于"花间"传统，偎红依翠，多写闺情闺思，风格香艳绮靡，难以同诗一样抒情言志。苏轼旨在变革，"以诗为词"，用词来抒发士大夫的情志意趣，推动和实现了词的士大夫化。其中，由于《渔父》词所特有的言志传统与清逸词风，有别于花间词，故而成为他进行词体革新的一大资源。

苏轼自己作有4首《渔父》，又曾将张志和的词檃栝为《浣溪沙》，目的虽是合乐歌唱，但在词句意境上多是袭用，见出苏轼对张志和原作题旨风格的认同。更为重要的是，这种认同已经有了理论上的意味。他对黄庭坚的檃栝之作《浣溪沙》（新妇矶头眉黛愁）评论道：

> 鲁直作此词，清新婉丽。问其得意处，自言以水光山色替其玉肌花貌，此乃真得渔父家风也。然才出"新妇矶"，又入"女儿浦"，此渔父无乃太澜浪乎？②

虽然黄庭坚主观上希望此词能摆脱"玉肌花貌"的香艳色彩而归于"水光山色"，但在实际创作中却没能洗尽铅华，因而受到了苏轼的批评。由此可见，苏轼所谓的"渔父家风"须是合乎士大夫的价值取向与审美理想的风雅之思、清丽之姿，这显然不出张志和所开创的词境范围。

苏轼、黄庭坚等人对《渔父》的改编与揄扬，对后世词人影响至大，一如宋代吴曾所言："东坡、山谷、徐师川，既以张志和《渔父》词填《浣溪沙》《鹧鸪天》，其后好事者相继而作。"③

上述皇帝与文士，作为唐宋《渔父》词接受与创作的两大群体，并

---

① 陈岩肖：《庚溪诗话》卷上，见《丛书集成初编》第2552册，中华书局1985年版，第2页。
② 苏轼：《跋黔安居士渔父词》，见施蛰存、陈如江辑录《宋元词话》，上海书店出版社1999年版，第44页。
③ 吴曾：《能改斋漫录》卷十七，上海古籍出版社1979年版，第498页。

不是截然分开的，而是存在着密切的互动关系，这也可视为唐宋《渔父》词文人化的一种特殊形态。唐宪宗求访张志和《渔歌》之事被后人看作一大故事，屡屡被写入词中，为文士所企慕。如黄庭坚在其改编后的《鹧鸪天》中云："朝廷尚觅玄真子，何处如今更有诗。"周紫芝《渔父》亦云："禁中图画访玄真。晚得歌词献紫宸。天一笑，物皆春。依旧扁舟钓白苹。"李煜在词的文人化进程中具有极其重要的地位，王国维云："词至李后主而眼界始大，感慨遂深，遂变伶工之词而为士大夫之词。"①李煜的《渔父》词虽非"眼界始大，感慨遂深"的代表作，却在审美情趣上与中唐文人一脉相承，并下开宋代《渔父》词之士大夫化。而苏轼、黄庭坚等接踵前贤，借《渔父》词来表达士大夫的情志，净化了词风，扩大了词境，推动了词的真正士大夫化。反过来，他们对皇帝也有影响。宋高宗的 15 首《渔父》词，就是"因览黄庭坚所书张志和渔父词十五首，戏同其韵"（词序）之作。

唐宋《渔父》词重视渔隐题旨，自与唐宋渔隐文化盛行、文人士大夫的生活情趣有关；而追求清逸的词风亦与唐宋文人的审美情趣相合。传唐代司空图《二十四诗品》有"清奇""飘逸"二目，在唐人丰富的审美理想、众多的艺术风格中，对二者很见倾心。宋代文人多尚风雅，清逸之格亦为所重。就词而言，宋人将导源于温、韦的密丽与清疏发展为重要的两派，到总结一代雅词的张炎《词源》，更崇尚清奇、飘逸一类，所推尊者为苏轼词的"清丽舒徐，高出人表"②，姜夔词的"如野云孤飞，去留无迹"，"不惟清空，又且骚雅，读之使人神观飞越"③，不仅说明了清逸的审美内涵，更对这种风格做了感观上的描绘。在众多词调的选择中，《渔父》之所以得到青睐，其词风与唐宋文人的这一审美倾向正相契合是不容忽视的原因之一。

二、词调的定型与变奏

论唐宋《渔父》词的文人化，也应看到词调的发展变化。先是经由文人之手，将民间渔歌转为相对稳定的词调《渔父》，为文人"依调填

---

① 王国维：《人间词话》，见唐圭璋编《词话丛编》，中华书局 2005 年版，第 4242 页。
② 张炎：《词源》，见唐圭璋编《词话丛编》，中华书局 2005 年版，第 267 页。
③ 张炎：《词源》，见唐圭璋编《词话丛编》，中华书局 2005 年版，第 259 页。

词"提供了范例；然后为了适应在歌唱或内容上的要求，文人也打破《渔父》词调的稳定性，进行了某些改造和变奏。这是《渔父》词调文人化的两个方面。

先论第一个方面。敦煌曲子词以民间词为主体，形式上字数不定、平仄不拘、叶韵有变，而张志和的《渔父》则显然不同，可见出文人词与民间词的区别。唐代民间渔歌流行，唐诗多有零星线索可见斑窥豹，如许棠《过洞庭湖》"渔父闲相引，时歌浩渺间"，孟宾于《怀连上旧居》"明月夜舟渔父唱"，刘禹锡《自江陵沿流道中》"月夜歌谣有渔父"等，皆可证。而且从刘禹锡的诗句来看，当时的渔歌之中可能就有了《渔父》这一曲调，这为其被用作词调提供了可能。从现存文献看，《渔父》转为词调自张志和始，其《渔父》词5首是最早的运用该调的作品。这一创举当得益于张志和"扁舟垂纶，逐三江，泛五湖，自谓'烟波钓徒'"①的生活经历，从其《渔父》词中"巴陵渔父棹歌还"一句来看，张志和对民间渔歌十分熟悉，因此通过对民间渔歌的借鉴、加工与改造，《渔父》词调才在张志和手中定型化，在句式、格律上具备了较强的稳定性。

从唐代其他人对《渔父》的运用上也可看出该调的稳定性。后于张志和五六十年的唐代船子和尚有《渔父拨棹歌》39首，除前3首外，其他皆与张志和《渔父》词的句法相同，船子和尚仅居华亭一地，但由于此地距湖州不远，数十年中《渔父》一调或能得闻，故运用得颇为熟练，这也可证明此调到船子和尚时期已相当成熟和稳定。

这种词调定型化的意义在于：使《渔父》脱离了民间词的不稳定状态而变得规范，令文人"依调填词"甚至彼此唱和都有章可循，容易产生广泛的影响，这是积极的一面；消极的一面则是这种定型化会造成《渔父》在歌唱或内容表达上的局限，一旦它不能为词人提供更大的创作空间，那么实现某种变奏就非常必要，这是《渔父》词调在文人化进程中的第二个方面。

黄昇云："唐词多缘题，所赋《临江仙》则言仙事，《女冠子》则述道情，《河渎神》则咏祠庙，大概不失本题之意。尔后渐变，去题远

---

① 颜真卿：《浪迹先生玄真子张志和碑铭》，见颜真卿著，黄本骥编订，凌家民点校、简注、重订《颜真卿集》，黑龙江人民出版社1993年版，第130页。

矣。"① 诚如黄氏所言，唐词多咏本题，调、题关系密切，同调异题现象尚不多见，只是"尔后渐变，去题远矣"。不过，《渔父》似乎例外，同题异调者却多，以渔隐为题的词调除《渔父》外，尚有《摸鱼儿》《拨棹子》《渔父引》等。如果从"同题"的角度来看，可以把这些"异调"视为"同类曲"。正是有同类曲的存在，《渔父》在唐宋文人手中才有了变奏的可能，其方式有三。

1. **檃栝同类曲的内容，实现内容的变奏**

《渔父引》是咏叹渔隐的词调，见于唐教坊曲中。顾况有六言声诗体之词："新妇矶边月明，女儿浦口潮平，沙头鹭宿鱼惊。"黄庭坚檃栝其语句，融合在他改编《渔父》后的《浣溪沙》中：

> 新妇滩头眉黛愁。女儿浦口眼波秋。惊鱼错认月沉钩。　　青箬笠前无限事，绿蓑衣底一时休。斜风吹雨转船头。

这首词兼采顾况和张志和二人的词句，扩充了《渔父》的内容含量。另外，《渔父》的内容被檃栝为别调的，还有张元干的《渔家傲·题玄真子图》：

> 钓笠披云青嶂绕。橛头细雨春江渺。白鸟飞来风满棹。收纶了。渔童拍手樵青笑。　　明月太虚同一照。浮家泛宅忘昏晓。醉眼冷看城市闹。烟波老。谁能惹得闲烦恼。

此词不仅化用了张志和的词句，而且对他的生平与精神也做了概括。这种内容上的扩充实际上基于同类曲的缘故，调虽不同，题乃相似，因此为《渔父》实现内容变奏提供了前提条件。

2. **《渔父》与《渔歌子》：从异类曲变为同类曲，导致了词调的混同**

《渔父》为单调27字，呈"七七三三七"句式；《渔歌子》为双调50字，呈"三三七三三六"句式，二者在句式、格律上绝不相类。而南宋张炎作有《渔歌子》10首，词序云："张志和与余同姓，而意趣亦不相远。庚戌春，自阳羡牧溪放舟过苕画溪，作《渔歌子》十解，述古调

---

① 黄昇：《花庵词选》，中华书局1958年版，第32页。

也。"然而张炎此作虽云调依《渔歌子》，实际采用的却是《渔父》格律，这就将《渔父》与《渔歌子》二调混为一谈，后世遂沿其误。问题在于，张炎作为南宋词学大家，不仅工于填词，而且对词学理论也颇有建树，为何会将《渔父》与《渔歌子》二调混为一谈呢？这要从同类曲的角度去寻找答案。

唐代《渔歌子》是否也咏本题，尚没有例证。不过从现存敦煌词中的四首《渔歌子》来看，主题皆是闺情闺思，这与以渔隐为题的《渔父》可谓大异其趣，也就是说，唐时《渔父》与《渔歌子》二调还只是异类曲。然而到了五代，情况发生了改变，《渔歌子》亦以渔隐为题，李珣、孙光宪的词作都是如此。试看李珣的一首：

<blockquote>
楚山青，湘水渌。春风澹荡看不足。草芊芊，花簇簇。渔艇棹歌相续。　　信浮沉，无管束。钓回乘月归湾曲。酒盈樽，云满屋。不见人间荣辱。
</blockquote>

因此，可以肯定地说，此时《渔歌子》与《渔父》已经属于同类曲了。

既然是同类曲，二者就有了混同的前提条件。苏轼作有《渔父》词4首，其一云："渔父饮，谁家去。鱼蟹一时分付。酒无多少醉为期，彼此不论钱数。"施蛰存先生认为："《花间集》有孙光宪、李珣所作渔歌子，万红友录入《词律》之'又一体'，与此词实同，彼则双调，此为单片，句度虽小异，固同为二十五字，未必不协旧律也。"[①] 苏轼所作虽名为《渔父》，但在内容、格律上已与孙、李二人的《渔歌子》相仿，从这层意义上来讲，二者可谓同调异名。因此，张炎将《渔父》与《渔歌子》混为一谈，并不能算是他的失误，而是承继了苏轼等人以来的约定俗成之见。

3. 改编后入于其他可歌词调，扩大了同类曲的范围，实现了歌唱的变奏

《花间集》收有《渔父》多篇，而该集又是用来"拍按香檀"（《花间集序》）的歌本，因此可知当时《渔父》是可以合乐歌唱的。但至宋时

---

① 舍之（施蛰存）：《东坡渔父词》，载《词学》第9辑，华东师范大学出版社1992年版，第223页。

已不能歌，因此，为了合乐歌唱，对其改编以入他调就成为一种可行的办法。

苏轼将《渔父》改编成《浣溪沙》以入乐歌唱。《浣溪沙》句式整齐，音节明快，具有较强的音乐效果。在保持原作意境美的前提下，苏轼仅对张志和的《渔父》增添数语，使合于《浣溪沙》的声律要求，从而实现了《渔父》在歌唱上的变奏。苏轼此举实际上将《浣溪沙》变成《渔父》的同类曲，扩大了《渔父》同类曲的范围，为其歌唱上的变奏提供了范例。

前文提及黄庭坚亦将《渔父》改编成《浣溪沙》，除了内容上的考虑之外，可歌性是很重要的一个因素。黄氏晚年又将《渔父》改编成《鹧鸪天》，其小序云："表弟李如箎云：'玄真子《渔父》语，以《鹧鸪天》歌之，极入律，但少数句耳。'因以玄真子遗事足之。"这样改编后的《鹧鸪天》亦可视为《渔父》的同类曲，不过，虽然同为《渔父》的同类曲，《鹧鸪天》与《浣溪沙》相比，其歌唱效果要优越得多。可以说，从《浣溪沙》到《鹧鸪天》，词人在实现《渔父》的可歌性上进行了不断的探索。

三、与书画歌舞相结合

唐宋《渔父》词的文人化还表现在它突破了词体本身，走向了同书画、歌舞相结合的道路。由于书画、歌舞同文人关系密切，《渔父》词与之相结合，有助于创作艺术的沟通与拓展。

1.《渔父》词同书画的结合

唐代的山水画有两种不同的风格，一派是青绿勾勒，以李思训及其子李昭道为代表；另一派为水墨渲染，以王维、张璪为代表。王维能画"泼墨山水"，苏轼评曰："味摩诘之诗，诗中有画；观摩诘之画，画中有诗。"（《东坡题跋》卷四）从追求含蓄、悠远、纯净的境界来看，王维之诗与其水墨山水画是相通的。

张志和也擅长水墨山水画，颜真卿说他"性好画山水，皆因酒酣乘兴，击鼓吹笛，或闭目，或背面，舞笔飞墨，应节而成"[①]。可见其技法

[①] 颜真卿：《浪迹先生玄真子张志和碑铭》，见颜真卿著，黄本骥编订，凌家民点校、简注、重订《颜真卿集》，黑龙江人民出版社1993年版，第131页。

已很纯熟。

以这样的功底为《渔父》词作画，自然深得水墨山水之神髓，遂开词、画相通之途。朱景玄云："张志和或号曰'烟波子'，常渔钓于洞庭湖。初，颜鲁公宦吴兴，知其高节，以《渔歌》五首赠之。张乃为卷轴，随句赋象，人物、舟舡、鸟兽、烟波、风月，皆依其文，曲尽其妙，为世之雅律，深得其态。"① 张志和"随句赋象"、依文作图能"曲尽其妙"，从某种意义上来说，其画是写词画，其词是题画词。

张志和之所以能于《渔父》词、画二端兼得其美，可从唐代水墨山水的另一代表人物张璪的创作原则中找到答案。张璪作画提倡"外师造化，中得心源"②，与刘勰所说的"思理为妙，神与物游。神居胸臆，而志气统其关键；物沿耳目，而辞令管其枢机"③ 正同一机杼，即谓创作主体只有对外在之物了然于胸，使内在之心通之于外，才能达到写情状物的完美状态。张志和既得山水渔隐之机，故能于词于画出其神态。

不仅同画相结合，《渔父》词也同书法有不解之缘。

颜真卿是中唐《渔父》唱和者之一，他的书法端庄雄伟，自树一格，人称"颜体"。虽然没有材料证明此时《渔父》已开词、书相通之途，但以常理推之，颜氏和作必留有墨宝，词书结合已见端倪。

及至宋代，善书者有"苏黄米蔡"四大家。苏轼书有《渔父》词，其书为后人所宝藏，楼钥《攻媿集》卷七八有《跋李晋明所藏东坡书渔父词》一文可证。黄庭坚之书重"韵"，疏朗有致，深具人文气质。他曾书有《渔父》词15首，书意与词境相得益彰。宋"高宗皇帝……爰自飞龙之初，颇喜黄庭坚体格"④，所以当他看到黄庭坚所书该帖时，便作和词十五首，这可视为《渔父》词、书相结合的典型例子。

2.《渔父》词同歌舞的结合

《渔父》词同歌舞的结合，主要体现为原属于《渔父》词的一些诸如内容、题旨、风格等方面的元素融入大型歌舞曲中，成为其中不可或缺的

---

① 朱景玄：《唐朝名画录》，见黄宾虹、邓实编《中华美术丛书》2集第6辑，北京古籍出版社1998年版，第38页。
② 张彦远：《历代名画记》卷十，见《丛书集成初编》第1646册，中华书局1985年版，第318页。
③ 刘勰著，范文澜注：《文心雕龙注》，人民文学出版社1958年版，第493页。
④ 王应麟：《玉海》卷三四，江苏古籍出版社、上海书店1987年版，第644页。

组成部分。这以史浩《渔父舞》为代表。

南宋史浩的《鄮峰真隐大曲》是宋代保存较为完整的大曲,其中,《渔父舞》结合了念、唱、乐、舞等多种符合文人审美趣味的表演艺术形式,塑造了一个诗意化了的逍遥自在的渔父形象,再现了一个文人化了的渔父棹舟垂钓场景。这可从两方面来看:

(1) 从题旨风格上看,调依《渔家傲》,既寓颂圣之意,又得富贵气象,契合词人身份。

宋代较早用《渔家傲》填词的有宰相晏殊,其词曰:

> 画鼓声中昏又晓。时光只解催人老。求得浅欢风日好。齐揭调。神仙一曲渔家傲。　绿水悠悠天杳杳,浮生岂得长年少。莫惜醉来开口笑。须信道。人间万事何时了。

晏殊此词感慨遥深却具超然之态,用语雅淡,深造"富贵""气象"(吴处厚《青箱杂记》卷五)。史浩亦曾官至宰相,退隐鄞县之后,啸傲湖山,酣玩岁月,《渔父舞》即此时所作(勾队词"鄮城中有蓬莱岛"可证),其整体风格亦不减晏词之富贵气象。

史浩《渔父舞》与晏词的不同之处在于其深寓颂圣之意,如"勾队诗"云"升平一曲渔家傲",就是化用晏词的"神仙一曲渔家傲",但变换两字,而有歌舞升平之感。又如末章"莫惜清尊长在手。圣朝化洽民康阜。说与渔家知得否。齐稽首。太平天子无疆寿",则与渔父生活无关,纯粹是文人士大夫的颂谀之词。

(2) 从演出上看,念、乐、歌、舞次第展开,构成了一幅文人化了的渔父棹舟垂钓图。

史浩《渔父舞》中,表演者共有四人(据"四人分作两行迎上,对筵立"可知),主要负责念、唱、舞的表演。另有乐队负责吹奏《渔家傲》曲,以与歌、舞相配。从晏词"神仙一曲渔家傲"一句看,该曲有神仙缥缈之意,正契合《渔父舞》的渔隐主题。

念是《渔父舞》的第一个环节,念辞主要是七言绝句,以描写景物环境为主,旨在为接下来的歌、舞虚拟场景。

"念了,齐唱《渔家傲》。"《渔家傲》词以念辞的末句为首句,形成一种顶真格,起着衔接呼应的作用,体现了文人的精巧构思。而就全篇内容来看,则以刻画渔父的动作心理为主,表演性较强。

接下来的一个环节是舞蹈,这是《渔父舞》的重点部分,较为复杂。其一,渔父舞的动作序列化:如"戴笠子""披蓑衣""取楫鼓动""将楫作摇舻势""取钓竿作钓鱼势""钓,出鱼""取鱼在杖头,各放鱼,指酒尊""取酒尊,斟酒对饮"等,先后相接,勾勒出了完整的渔父棹舟垂钓图。其二,渔父舞的文人化色彩比较浓厚:史浩笔下的"取酒尊,斟酒对饮"的场景,严格说来只是文人生活理想的一种投射。至于末章的舞蹈动作"起,面外稽首祝圣",则不离文人高官的颂圣心态。

史浩《渔父舞》体制庞大,非体制短小的《渔父》词可比,但这并不意味着后者对前者毫无意义。实际上,《渔父》词的很多元素都融入了《渔父舞》中。以内容风格言,张志和以来所形成的以渔隐为词旨,以清逸为词风的《渔父》传统为史浩所遵循并有所发展;以调式言,《渔家傲》与《渔父》可视为同类曲,二者实现了在内容或歌唱上的变奏,如张志和《渔父》词中的"斜风细雨不须归"一句就被《渔父舞》所化用,其"青箬笠,绿蓑衣"一句更直接演化为《渔父舞》中"戴笠子""披蓑衣"两个舞蹈场景。因此可以说,《渔父舞》是《渔父》词的进一步文人化,是同歌舞相结合的结果。

总之,词兴起于民间,但并没有停留于此,而是经历了一个文人化过程,唐宋《渔父》词便是最好的一个例证。在词境、词风的塑造与文人的参与程度上,在词调的变奏及同其他文艺门类的结合上,《渔父》词都取得了很大的成绩,反映了词之文人化的一些普遍特点,值得我们重视。

第二章　宋词之自注

一般认为，词之文体结构主要由调名和正文两部分组成。随着词的发展，逐渐加入了题目与小序。但是，在这四大要素之外，尚有一个非常规部分长期为论者所忽视，这就是自注。鉴于此，本章专就词之自注展开讨论，以期对词体研究有所贡献。

一、词之自注的形式、功能及产生原因

词之自注是指词人在填词的过程中对字、词、句或全篇所做出的注释。这些自注大多长短不拘，从一字到数十字不等，通常用比正文小的字体排印。根据所处位置的不同，我们可以把它们分为"夹注"和"尾注"。其中，穿插于正文之中的是夹注，出现在正文末尾的为尾注。就句式而言，词之自注既有散文式的，也有韵文式的；前者多用于解释说明的场合，后者多为引用他人的诗词原句。

总体来讲，自注多是词人有意为之，但是有些却出于词体声律的要求，作为一种格式被固定下来，一般不随词人的主观意志而改变。且看唐代皇甫松的词：

芙蓉并蒂（竹枝）一心连（女儿）。花侵隔子（竹枝）眼应穿（女儿）。

——《竹枝》[1]

菡萏香连十顷陂（举棹）。小姑贪戏采莲迟（年少）。晚来弄水船头湿（举棹），更脱红裙裹鸭儿（年少）。

——《采莲子》[2]

---

[1] 曾昭岷等：《全唐五代词》，中华书局1999年版，第94页。
[2] 曾昭岷等：《全唐五代词》，中华书局1999年版，第92页。

清代康熙敕撰的《钦定词谱》卷一录上引《竹枝》词①云："所注'竹枝''女儿'，叶韵，乃歌时群相随和之声。枝儿，犹采莲之有'举棹''年少'也。"②又录这首《采莲子》云："其'举棹''年少'，乃歌时相和之声，与《竹枝》体同。但《竹枝》以'竹枝'二字和于句中，'女儿'二字和于句尾，此则一句一和声耳。"③可见，所谓"竹枝""女儿""举棹""年少"等自注都属于和声，是词体声律上的要求。

当然，这类属于和声、受词体声律限制的自注很少；大多数自注具有训释字词、点明出典或说明本事、引申意旨的功能并取决于两个方面：其一，以"注"——笺释之体的完善与成熟为前提，受其影响和规范；其二，以"自"——词人的主体性为决定因素，因为词之自注作为词人创作的一个组成部分，其内容、艺术离不开创作主体的限定。先来看前一方面。

注是用来解释古书意义的一种体例、名称，它经历了一个从经学到史学再到文学的发展过程。两汉时期，在"古文家言详于训诂，穷声音、文字之原"④的情况下，解经著作丰富起来，所用的体例、名称也各有不同，马宗霍先生在《中国经学史》中就列举了"传""故""章句""注""笺""释"等22种，并认为"立名虽繁，而通行之体，则不外乎传、注、章句三者"。其中，对于"注"的含义，又罗列孔颖达、皇侃、贾公彦、刘知几等人的意见来加以说明。⑤这就表明注早在汉代便成了经学训释的一种重要的体例、方法，受到了汉儒的欢迎。

在史学领域，随着史籍的不断丰富，到了汉末魏晋时期，不少人借鉴经注的体例、方法对史书加以注解，使史注也发展起来。如《汉书》一家，唐代颜师古在《汉书序例》中列举的属于这一时期的注释家有23人，其中，"至典午中朝，爰有晋灼，集为一部，凡十四卷，又颇以意增

---

① 陈廷敬等编的《钦定词谱》与《全唐五代词》所录的这两首词相比，文字略有出入。又，虽然本文论题是宋词自注，但考虑到自注的延续性，必要时会上溯到唐五代词。
② 陈廷敬等编：《钦定词谱》，中国书店1983年版，第7～8页。
③ 陈廷敬等编：《钦定词谱》，中国书店1983年版，第65页。
④ 刘师培：《经学教科书序例》，见《刘师培全集》第4册，中共中央党校出版社1997年版，第171页。
⑤ 参见马宗霍《中国经学史》，台湾商务印书馆1979年版，第54～56页。

益,时辩前人当否,号曰《汉书集注》"①,就明确地使用了注的名称。当然,史注的体例、方法还并不完善,即如较为著名的裴松之《三国志》注,也有"或详或略,或有或无,亦颇为例不纯"②的缺点。

从经学到史学,注都有着显赫的地位。随着魏晋文学的觉醒,注也开始受到理论上的关注。刘勰在《文心雕龙·论说》篇中把"主解"之"注"作为论体的一种,并认为"义贵圆通,辞忌枝碎"是论体的精要所在。③ 在这里,刘勰对注的内容、艺术做出了明确的规范,为注在文学中的实践做了理论上的铺垫。梁朝萧统编的《文选》以"文为本"(《文选序》),多收文学名篇,到了唐代,就有李善、五臣及陆善经等为之作注;在诗歌领域,杜诗在宋代颇受推崇,注书也开始出现,"宋荦谓杜诗评点自刘辰翁始"④。而词虽为小道,但有些词集的注书也在宋代便已出现,如东坡词有傅幹、顾禧等注⑤,周邦彦词则有曹杓、陈元龙等注⑥。这表明作为笺释之体的注,在文学包括小道之词中都得到了应用,这就为词之自注的出现创造了前提。

但是,作为笺释之体的注与词之自注是有区别的:就注而言,注的作者与所注之书的作者并非同一个人,前者应该晚于后者,也就是说,创作主体与客体是分离的,这些注相对于所注之书来说只是"他注";而对于词之自注来说,无论注文本身还是所注之文,创作主体皆为一人,主体与客体具有统一性。因此,只有当注为词人所掌握并为创作所必需时,它才会在词人主体性的支配下转变为自注。下面便着重探讨决定词之自注出现的宋代词人主体性的具体表现,主要有两个重要方面:

其一,宋人崇学尚博的精神气质造成了宋词的才学化,表现为大量地化用前人诗句,频繁地运用典故等。这种才学因素的加强就常常需要词人对典故出处、写作意图等做出解释说明,一方面可以减少读者的接受障碍,另一方面又起到炫学耀才的作用。

宋人出入经史子集,于书无所不读。如钱惟寅"平生唯好读书,坐

---

① 参见王先谦《汉书补注》,中华书局1983年版,第13~15页。
② 永瑢等:《四库全书总目》卷四五,中华书局1965年版,第404页。
③ 刘勰著,范文澜注:《文心雕龙注》,人民文学出版社1958年版,第326~328页。
④ 永瑢等:《四库全书总目》卷一四九,中华书局1965年版,第1281页。
⑤ 参见吴熊和《唐宋词通论》,浙江古籍出版社1989年版,第347页。
⑥ 参见吴熊和《唐宋词通论》,浙江古籍出版社1989年版,第351页。

则读经史，卧则读小说，上厕则读小辞，盖未尝顷刻释卷也"①。王安石在《答曾子固书》里自称："某自百家诸子之书，至于《难经》《素问》《本草》、诸小说，无所不读。"② 都可见出宋人的崇学尚博精神。

宋人的崇学尚博对宋代文学有很大影响，最明显的是以才学为诗、以才学为词。钱钟书先生批评道："嫌孟浩然'无材料'的苏轼有这种倾向，把'古人好对偶用尽'的陆游更有这种倾向；不但西昆体害这个毛病，江西派也害这个毛病，而且反对江西派的'四灵'竟传染着同样的毛病。他们给这种习气的定义是'资书以为诗'，后人直率的解释是：'除却书本子，则更无诗。'宋代诗人的现实感虽然没有完全沉没在文山字海里，但是有时也已经像李逵假洑水，探头探脑的挣扎。"③ 诗如此，词亦如此。苏轼以诗为词，辛弃疾以文为词，将词之才学化发展到了极致，这样做的一个结果就是大量地化用前人的诗句入词，频繁地运用典故。对此，刘辰翁《辛稼轩词序》说："词至东坡，倾荡磊落，如诗如文，如天地奇观，岂与群儿雌声学语较工拙；然犹未至用经用史，牵雅颂入郑卫也。自辛稼轩前，用一语如此者，必且掩口。及稼轩横竖烂熳，乃如禅宗棒喝，头头皆是。"④ 不唯豪放词人，即如婉约大家也是如此。北宋周邦彦善于融化前人诗句，形成了刘熙载《词概》所谓的"富艳精工"⑤ 之风，南宋张炎则在《词源》卷下提倡"词用事最难，要体认着题，融化不涩"⑥，都可见出才学对词的影响。

才学因素的增多，主体性的加强，使词人在作品的命意、结构的安排、典故的化用等创作层面上往往别出心裁，自出机杼。为了显示这些"得意"之处，词人常用自注加以说明。如辛弃疾的《六州歌头》（晨来问疾）一词，就是在该词小序所说的"属得疾，暴甚，医者莫晓其状。小愈，困卧无聊，戏作以自释"的情况下，借鉴汉代枚乘的《七发》而

---

① 欧阳修：《归田录》卷二，见《宋元笔记小说大观》，上海古籍出版社2001年版，第620页。
② 王安石：《临川文集》卷七三，见《文渊阁四库全书》第1105册，台湾商务印书馆1986年版，第612页。
③ 钱钟书：《宋诗选注序》，人民文学出版社1989年版，第13页。
④ 施蛰存主编：《词籍序跋萃编》，中国社会科学出版社1994年版，第201页。
⑤ 唐圭璋编：《词话丛编》，中华书局2005年版，第3692页。
⑥ 唐圭璋编：《词话丛编》，中华书局2005年版，第261页。

作。《七发》一赋假托楚太子有病，吴客前去探望，说七事来启发太子而暗含讽喻之意。辛弃疾此词即仿此而列举三种致病缘由并以自注"其一""其二""其三"点明，最后尾注云"事见《七发》"，恰可使人明白作者"戏作"的本意。通过自注，词人不仅点明了创作中的"神来之笔"，还为读者的顺利解读扫清了障碍。

其二，宋人精通注的体例、方法，故而在诗词的创作过程中能够引入注来作为补充说明的重要手段，这在一定程度上促进了词之自注的产生。

前文讲到注在由经学到史学再到文学的发展过程中逐渐形成了自身的体例、方法，而对于这种体例、方法，宋人又是十分熟稔的。宋学向与汉学并称，《四库全书总目》"经部总叙"云："洛、闽继起，道学大昌，摆落汉唐，独研义理，凡经师旧说，俱排斥以为不足信，其学务别是非，及其弊也悍。"① 宋人"摆落汉唐，独研义理"，似乎是全面否定了汉唐笺释之学，其实不然，宋人所标立的虽在义理一途，而其出发点却仍在汉唐经注。

经注之外，他们对文学作品的注解也相当熟悉。洪迈《容斋随笔》卷一"五臣注《文选》"载：

> 东坡诋五臣注《文选》，以为荒陋。予观选中谢玄晖和王融诗云："贴危赖宗衮，微管寄明牧。"正谓谢安、谢玄。安石于玄晖为远祖，以其为相，故曰宗衮。而李周翰注云："宗衮谓王导，导与融同宗，言晋国临危，赖王导而破苻坚。牧谓谢玄，亦同破坚者。"夫以宗衮为王导，固可笑，然犹以和王融之故，微为有说。至以导为与谢玄同破苻坚，乃是全不知有史策，而狂妄注书，所谓小儿强解事也。惟李善注得之。②

苏轼认为"五臣注《文选》""荒陋"，已能看出其对注的不凡眼光。洪迈接踵苏轼，指出该书所注之失，评为"狂妄注书，所谓小儿强解事也"，而对李善注则给予肯定。由此也可看出宋人对注的体例、方法非常精通，对注的得失也有了一定的评价标准，这就为注进入诗词提供了

---

① 永瑢等：《四库全书总目》卷一，中华书局1965年版，第1页。
② 洪迈著，孔凡礼点校：《容斋随笔》卷一，中华书局2005年版，第7页。

可能。

事实上，自注已经较为普遍地存在于宋代诗歌中。查北京大学出版社1991年版《全宋诗》，收录最早带有自注的作品是由五代入宋的范质的《诫儿侄八百字》一诗，其自注凡有8处之多。宋代后来诗家如苏轼多喜欢运用自注，集中所在多有。他的《壬寅二月……作诗五百言以记凡所经历者寄子由》一诗有自注11处，其中9处标以时间，宛如纪游之文，可以说自注在宋代诗歌中已经高度成熟了，这无疑对词之自注的出现起着"导夫先路"的作用。所以，当苏轼以诗为词之后，自注也在词中占据了一席之地。今苏轼词中带自注的作品有5首，多是关于典故出处、写作背景的介绍，从中也可看出自注在宋代诗词中的互通精神。

综上所述，建立在崇学尚博的精神之上，宋人将传统的笺注之体带入到诗，又由诗带入到词，最终促使了词之自注的诞生。

二、宋词自注的发展历程

词之自注出现甚早，如《采莲子》《竹枝》等调，都有自注。据《全唐五代词》所收，唐代皇甫松有《采莲子》2首、《竹枝》6首，刘瞻有《竹枝》残句1句，五代孙光宪亦有《竹枝》2首。无论《采莲子》的自注"举棹""年少"，还是《竹枝》的自注"竹枝""女儿"，都属于和声，是应词体的声律要求而出现的，因此对宋词自注的影响不大。

此外，《全唐五代词》著录的《易静词》720首，其中有注者多达84首。这些注或引经据典、列举事例来证成观点，或对词正文未尽之意加以申说，从功能上讲，同自注没有任何区别。但是，这些注究竟是否为作者自作，尚存疑问。《全唐五代词》曾作"考辩"云："词中原注，有言及宋末时事者，乃后人所加无疑。"[①] 所以，本文对易静词注能否称为自注姑且存疑，不做论述。

如果说唐五代词的自注还处于萌芽和酝酿状态的话，那么，到了宋代，随着词人主体性的增强，自注获得了足够的重视，有了较高程度的发展，尤其在南宋中后期，更是如此。据唐圭璋先生编的《全宋词》统计，带有自注的宋词有350首，其中，作者姓名可考的有85人，具体情况如下：

---

① 曾昭岷等：《全唐五代词》，中华书局1999年版，第439页。

张先1首；苏轼5首；李之仪1首；郭祥正1首；黄庭坚2首；陈师道4首；毛滂3首；叶梦得3首；朱敦儒1首；周紫芝1首；胡世将1首；赵鼎1首；蔡伸2首；陈袭善1首；李弥逊2首；王以宁1首；刘豢1首；杨无咎1首；胡铨1首；吴芾1首；仲并7首；葛立方1首；洪适1首；韩元吉2首；赵彦端1首；王千秋5首；向滈1首；程大昌2首；曹冠4首；姚述尧15首；甄龙友1首；管鉴4首；周必大3首；王质5首；沈瀛30首；朱熹1首；吕胜己4首；京镗1首；辛弃疾9首；程垓1首；石孝友1首；赵师侠1首；张镃2首；姜夔1首；汪莘11首；郭应祥6首；韩淲1首；程珌3首；戴复古1首；邹应龙2首；史达祖1首；魏了翁17首；卢祖皋3首；刘学箕1首；洪咨夔2首；冯镕1首；吴泳3首；王迈2首；葛长庚1首；刘克庄29首；赵癯斋1首；冯取洽4首；张榘1首；吴潜4首；李曾伯2首；方岳1首；祖吴1首；陈著1首；姚勉1首；牟巘2首；何梦桂1首；林自然1首；刘辰翁56首；王奕3首；邓剡1首；赵必璆1首；熊禾1首；张炎2首；刘将孙1首；高子芳2首；彭子翔4首；伍梅城2首；丁几仲1首；江史君1首；留晚香1首；无名氏33首。

单就数量而言，有自注的词在《全宋词》中所占的比例不大，但是上面的数据只是宋词自注的不完整统计。因为在人们的词体观念中，调、题、序、正文才是词体结构的组成部分，这就使自注在宋词的流传过程中得不到应有的重视，更容易亡佚散失。现存的宋词自注虽然不能代表宋词自注的原貌，但是却可以起到窥一斑而知全豹的作用。从上面的统计看，北宋词人运用自注的自觉意识尚不明显，但到了南宋，情况大为改观，不但词人增多，而且作品增幅也很大。实际上，宋词自注在发展过程中形成了两大倾向，分别如下：

第一，创作主体：从随意性到自觉性，创作个性越来越突出。

词之自注的兴起和发展，其实就是创作主体的自觉意识不断增强的过程。词之自注在北宋时期尚处于原始状态，受到词人的关注不多，作品数量很少。即如这些数量不多的自注，内容也多是解释声调音律、典故出处，为词人随手注下，并无太多考究。以黄庭坚词为例，其带自注的词有两首，一首为《醉落魄》（陶陶兀兀），尾注为"石曼卿云：'村里黄番绰，家中白侍郎。'"另一首为《青玉案》（烟中一线来时路），夹注为"旧诗云：'我自只如常日醉，满川风月替人愁。'"山谷词被李清照《词论》认为有"尚故实"的特点，化用诗句、运用典故之作颇多，但仅有上引二词出以自注，可见此时自注还没有得到词人的充分认识，随意性比较大。

随着词的发展，尤其在南宋中后期，词人在运用自注时才有了较为强烈的自觉性。这表现在：有自注的词作数量增多；在同一首词中，自注有的达5条之多，几乎逐句而注；运用自注的词人数量增多，且创作个性越来越突出，试举几例如下：

1. 沈瀛，南宋人，有《竹斋词》

其文能"不为奇险，而瑰富精切，自然新美"，且"销愠忘忧，心舒意闲"，别具一格。为了做到"融释众疑，兼趋空寂"①，沈瀛之词常常就古籍所载之儒道释语或前贤事大发议论，而主于适性，如其《减字木兰花》：

> 擎拳仰止。不是凡人名尹喜。（尹喜为关尹，识老子，及关从而问道）道骨仙风。与帝神游结信通。（《真诰》：结信通神交）　献花跪酒。清彻云璈歌益寿。（老子父为上御大夫，娶益寿氏女婴敷，生老子。《广记》）所愿维何。愿得升平乐事多。

该词自注有三：一记尹喜从老子问道事，二引《真诰》语，三引《广记》所载有关老子事。正文皆就自注所载事、语而发，相互映衬，说教意味颇为浓郁。沈瀛其他词自注皆类此，取自古籍语、事，仙道气息浓厚。

2. 宋代有两个姚述尧，皆存词

此处所论者，乃南宋人，有《箫台公余词》一卷。姚词多节序词，尤钟情于重阳节，所作重阳词多化用杜甫《九日》诗句，仅自注标明的就有6处之多，这实际体现了姚词自注偏重出处尤重杜诗的特点，反映了词人的审美倾向。

3. 刘辰翁，宋末元初人，有《须溪词》

刘辰翁当宋亡之际，词多黍离之悲。其自注亦每涉时事，如《乌夜啼》下阕："江南女，裙四尺，合秋千。（北装短，后露骭，秋千合而并

---

① 叶适：《沈子寿文集序》，见《叶适集》，中华书局1961年版，第205页。

起。)昨日老人曾见、久潸然。"其中，自注为解释词句而发，却能引起下句，使人不禁"潸然"。又如《兰陵王·丙子送春》于"正江令恨别，庾信愁赋"一句下自注云："二人皆北去。"虽属纪实，却是针对丙子年（1276年）风雨飘摇中的局势而言，可谓寓意深刻。

第二，内容技巧：从单纯说明性到内容的多样化，叙事性有所增强。

北宋词之自注多是圈点声律或者解释典故出处，起到简要说明的作用。到了南宋，自注的内容则有所拓展，手法也有所变化，有的还具备了一定的叙事性。如魏了翁的《次韵西叔兄访王宣干万（江城子）》自注为："王氏之门枇杷花正开"；"时闻山东河北归附之人方费区处。"此二注实为作词的缘起，起到了突出作词背景、解释创作意图的作用。同时，因为它们有一定的叙事性，所以即使单列出来，也会因其完整性而不令人感到突兀。

此外，在宋人的一些词中，自注往往十分必要，具有独特价值。第一，在犯调词中，自注用来标明所犯之调为何。如卢祖皋有《锦园春三犯》2首，自注分别为"解连环""醉蓬莱""雪狮儿"，代表该词所犯之三调。第二，在集句词中，自注用来标明所集之句取自于谁。如《采桑子·闺怨集句》于每句之下分注作者"朱淑真""李季兰""吴淑姬""王幼玉""李易安""宝夫人""苏小小""陶氏""胡夫人""王娇姿"等，可谓别致。又有集姓词、集事词等，皆以自注做出说明。第三，最为特别的当数嵌字词，如杨无咎的《飐人娇·曾韵寿词》分别把寿主的"小名""名""第行""字"等嵌入词中，见出作者的匠心独具。如果不用自注标明，那么就很难领悟作者的创新之处。

通过上面的论述，可以看出宋词自注在发展过程中越来越受到创作主体的重视，内容技巧也有了很大发展。其实，这种发展是有原因的。清人周济在《介存斋论词杂著》中说："北宋有无谓之词以应歌，南宋有无谓之词以应社。"① 的确，一方面，就北宋而言，词多为应歌而作，故而词人所看重的是谐音合律，如秦观词被叶梦得认为是"语工而入律"②，周

---

① 唐圭璋编：《词话丛编》，中华书局2005年版，第1629页。
② 叶梦得：《避暑录话》卷三，见《宋元笔记小说大观》，上海古籍出版社2001年版，第2629页。

邦彦工于持律，被许为"最为知音"①等，都是强调词句与乐律的谐和。因此，在创作过程中，他们注重的是选调择曲、审音下字，注重的是正文而非不能入律的自注。另一方面，在苏轼以诗为词，"指出向上一路"②之后，词越来越摆脱它的音乐属性而成为一种抒情诗体，这种趋势又由于南宋词乐的散失而得以强化。在不需要"应歌"而多"应社"的情况下，词就越来越像诗一样成为宋人抒情言志、交际结社的工具，自注涌入词中，为词人抒情言志服务便理所当然了，这就直接促进了宋词自注的发展。

三、宋词自注的价值与意义

相对于词题、词序而言，词之自注虽然不甚普遍，但是同样有着重要的价值和意义，具体说来，有以下三个方面：

第一，从文体学上看，自注成为词体的组成部分，既有效地扩充了词体的功能，完成了词体结构的自足，又符合宋代文学"破体"的趋势，标志着词体的开放。

通常认为，词的文体结构，最多有四个部分：调名、题目、序及正文。调名与正文作为词体的基本结构要素，所受到的研究也最多；而词题与词序也一向为论者所注意。如施蛰存先生就在《词学名词释义》中专节讨论了词题、词序的问题。③但遗憾的是，几乎没有论者注意到词之自注的存在，更遑论它对词体的意义。

缘情被视为词体的一大功能。王国维《人间词话》云："词之为体，要眇宜修，能言诗之所不能言，而不能尽言诗之所能言。诗之境阔，词之言长。"④可以说，言情是词体的一大优势。但是，优点也是缺点，专主言情，则势必不能容纳丰富的社会内容，造成叙事功能的减弱。为弥补这一缺失，词人们相继以词题、词序等来加强叙事，扩充词的内容含量。梁启勋说："有题犹不足，且更须知本事，庶几可得其回荡之精神。"⑤正可

---

① 沈义父：《乐府指迷》，见唐圭璋编《词话丛编》，中华书局2005年版，第277页。
② 王灼著，岳珍校正：《碧鸡漫志校正》，巴蜀书社2000年版，第37页。
③ 参见施蛰存《词学名词释义》，中华书局1988年版，第92～95页。
④ 王国维：《人间词话》，见唐圭璋编《词话丛编》，中华书局2005年版，第4258页。
⑤ 梁启勋：《曼殊室随笔·词论》，见《民国丛书》第3编第89册，上海书店1991年版，第89页。

印证词题、词序的意义所在。实际上，和词题、词序的意义类似，词之自注以其补充说明、简单叙事的功能正可弥补词体的不足，应该得到论者的注意。

宋代文学存在着大量的"尊体"和"破体"现象，王水照先生主编的《宋代文学通论》指出："在宋代，文体问题无论在创作中或在理论上都被提到一个显著的突出地位。一方面极力强调'尊体'，提倡严守各文体的体制、特性来写作；一方面又主张'破体'，大幅度地进行破体为文的种种尝试……如以文为诗、以赋为诗、以古入律、以诗为词、以文为词、以赋为文、以文为赋、以文为四六等，令人目不暇接，其风气日益炽盛，越来越影响到宋代文学的面貌和发展趋向。"① 而在词的创作过程中，所谓"破体"，不但有"以诗为词""以文为词"等，还有以注为词。当然，不同于前二者从体式、风格到语言的全盘吸收，以注为词只是把注作为词的文体结构的一部分，对词体的影响也相对较小。但是，自注的出现，毕竟是宋人革新词体的一个结果，是词体开放的一个标志。

第二，从文献学上看，自注往往如实地记载了词人的所见、所闻、所感，为我们提供了一些人物生平、交游乃至词学音乐方面的资料，从而具备了一定的文献功能，具体表现在以下方面。

1. 人物传记资料

南宋词人王质《泛兰舟·谯天授画像》尾注云："谯名定，涪陵人。受道于伊川。后弃乡里，隐河洛。复归蜀，居青城之老人村，至今尚存。"指出谯定晚年所居之所为"老人村"，与《宋史》所载不同。《宋史》卷四五九《谯定传》云："（谯定）复归蜀，爱青城大面之胜，栖遁其中，蜀人指其地曰谯岩，敬定而不敢名，称之曰'谯夫子'，有绘像祀之者，久而不衰。……定后不知所终，樵夫牧童往往有见之者，世传其为仙云。"② 《宋史》将谯定列入"隐逸传"中，"传其为仙"之说，特为神化其人而发，与之相比，王质该词自注所言"至今尚存"一语更具有人间色彩。

2. 词人交游资料

刘克庄《贺新郎·甲子端午》有夹注云："水心评余诗，有建大将旗

---

① 王水照主编：《宋代文学通论》，河南大学出版社1997年版，第64～67页。
② 脱脱等：《宋史》卷四五九《谯定传》，中华书局1977年版，第13461页。

鼓，非子孰当之语。"水心即叶适，南宋著名哲学家、文学家，比刘克庄早生37年。叶适评刘克庄诗语见其《题刘潜夫南岳诗稿》，该文认为刘克庄"思益新，句愈工，涉历老练，布置阔远，建大将旗鼓，非子孰当"，做到了"参雅、颂，轶风、骚可也，何必四灵哉"①，肯定了刘克庄于四灵之外的独造之处。刘克庄在其词中特别出以自注，体现了他对叶适此评的认同，这就为我们了解叶、刘二人之间的交游互动提供了宝贵的资料。

3. 词学音乐资料

宋代词学音乐资料流传下来的并不多见，因此，零言只语也往往具有重要的研究价值，词之自注恰恰有这方面的内容，如王奕《霜天晓角·和韩南涧采石蛾眉亭》夹注云"三十年前，江南笛声有哭襄阳调"，就有助于音乐考证。

第三，从阐释学上看，词之自注可以帮助我们了解词人的用语习惯、创作目的等，做出合乎词人本意的解读与阐释。

前人对词的阐释解说，往往有不同的意见。如苏轼《卜算子》（缺月挂疏桐）一词，阐释意见就不一样。鲖阳居士《复雅歌词》云：

> 缺月，刺明微也。漏断，暗时也。幽人，不得志也。独往来，无助也。惊鸿，贤人不安也。回头，爱君不忘也。无人省，君不察也。拣尽寒枝不肯栖，不偷安于高位也。寂寞吴江冷，非所安也。此词与《考槃》诗极相似。②

清代常州词派奠基人张惠言继承了鲖阳居士的意见，在其《词选》中运用"贯穿比附""沉深解剥"（《周易虞氏义序》）的方法，对苏轼此词逐句笺解，引起极大争议。一派赞同张氏此种阐释之法。如谭献就说："皋文《词选》，以《考槃》为此，其言非河汉也。此亦鄙人所谓'作者未必然，读者何必不然'。"③ 在这里，谭献对张氏笺注苏词的肯定，实际

---

① 叶适：《题刘潜夫南岳诗稿》，见《叶适集》，中华书局1961年版，第611页。
② 鲖阳居士：《复雅歌词》，见唐圭璋编《词话丛编》，中华书局2005年版，第60页。
③ 谭献：《复堂词话》，见唐圭璋编《词话丛编》，中华书局2005年版，第3993页。

上是以其"作者之用心未必然,而读者之用心何必不然"① 的阐释理论进行观照的必然结果。他们更强调读者的作用,而对"作者之用心"多有牵强附会之处。

另一派则反对这种牵强附会的阐释方法,而要求尊重作者本意。谢章铤认为:"(鲖阳居士)字笺句解,果谁语而谁知之。虽作者未必无此意,而作者亦未必定有此意。可神会而不可言传,断章取义,则是刻舟求剑,则大非矣。"② 王国维《人间词话删稿》亦批评道:"固哉,皋文之为词也。飞卿《菩萨蛮》、永叔《蝶恋花》、子瞻《卜算子》,皆兴到之作,有何命意?皆被皋文深文罗织。"③ 谢、王二人的意见是基于作者本意而发的,因而反对对作品的过度阐释,这也是笔者所赞同的一种正确态度。苏词如此,对其他词的阐释也当遵循这一方式。在对词的文本阐释中,自注作为词人创作的一部分,对避免过度阐释,正确了解"作者之用心"便具有重要的参证意义。

---

① 谭献:《复堂词录序》,见唐圭璋编《词话丛编》,中华书局2005年版,第3987页。
② 谢章铤:《赌棋山庄词话》续编一,见唐圭璋编《词话丛编》,中华书局2005年版,第3486页。
③ 王国维:《人间词话删稿》,见唐圭璋编《词话丛编》,中华书局2005年版,第4261页。

第三章　宋代滑稽戏与宰相

滑稽戏在宋代颇为盛行，无论在宫廷内宴、官员私宴，还是瓦舍戏场，都经常上演。王国维《宋元戏曲史》曾汇集相关材料达 38 条之多，但仍有遗漏，如苏象先《丞相魏公谭训》卷十有伶人讥"执政诸公和诗多用'徘徊'""邓绾为中丞不尽言""哲宗为假承务郎" 3 条，范公偁《过庭录》有"丁线见就吕大防""刘挚拜相各作俳语" 2 条，田汝成《西湖游览志余》卷五有"执石钻弥远" 1 条，均未见著录。综观这 44 条材料，宋代宰相的"出镜率"很高，与滑稽戏的关系十分密切，堪称宋代特有的文化现象，本章即就此论之。

一、现象：宰相成为主要嘲谑对象

唐五代时期，滑稽戏已较为发达。任半塘云："王国维《优语录》列唐五代十一事，王考内另见四事；其中为戏剧者，有十事。兹加增辑，称《优语集》，列唐四十二事，附八事，内为戏剧者仅十三事；列五代二十八事，附二事，内为戏剧者仅八事。——合得二十一剧。"① 考任半塘所言 21 剧，涉及宰相者有二：一为"系囚出魈"，缘于"侍中宋璟疾负罪而妄诉不已者，悉付御史台治之……由是人多怨者"② 而发；一是"朱相非相"，讥唐昭宗时宰相"朱朴自《毛诗》博士登庸，恃其口辩，可以立致太平……洎操大柄，无以施展"③。于宫廷内宴之际，二戏针对当朝宰相，或嘲其当政举措，或谑其执政才量，遂开滑稽戏嘲谑宰相之先河。及至宋代，这种风气更为炽烈。笔者翻检目前所见 44 条宋代滑稽戏材料，其中竟有 23 条涉及宰相，见表 3-1：

---

① 任半塘：《唐戏弄》，上海古籍出版社 2006 年版，第 726 页。
② 司马光：《资治通鉴》卷二一二，中华书局 1976 年版，第 6739 页。
③ 孙光宪：《北梦琐言》卷六，中华书局 2002 年版，第 132 页。

表 3-1 宋代滑稽戏嘲谑宰相情况一览

序号	戏名	演出场合	演员	宰相	嘲谑事由	演出效果	文献出处
1	"徘徊"太多	仁宗时，赏花钓鱼宴	教坊伶人	韩琦	仁宗赐诗，"诸公进和篇皆押'徘徊'"		苏象先《丞相魏公谭训》卷十，《四部丛刊》本
2	僧道献图	熙宁九年（1076年），太皇生辰	丁仙现	王安石	时叔献兴水利以图恩赏，百姓苦之，故伶人有此语		《续墨客挥犀》卷五，《委宛别藏》本
3	跨驴上殿	神宗时，对上作俳	伶人	王安石	熙宁间，王介甫行新法，欲用人材……其时多引人上殿	荐者少沮	朱彧《萍州可谈》卷三，《丛书集成初编》本。《丞相魏公谭训》卷十亦载，文字有所不同
4	甜采即溜	神宗时，衙宴	教坊伶人	王安石	颇有秉政者，深被眷倚，言事无不从	左右皆笑	王辟之《渑水燕谈录》卷十，《丛书集成初编》本
5	打哄趁浪	元祐年间	丁线见、丁石	吕大防	吕汲公忠宣拜相，日以任重为忧，容色愁厉，未尝少解	忠宣亦为一噱	范公偁《过庭录》，《丛书集成初编》本

续表 3－1

序号	戏名	演出场合	演员	宰相	嘲谑事由	演出效果	文献出处
6	赶逐不上	元祐间	丁线见、丁石	刘挚	莘老拜相，（丁石）与丁线见同贺莘老。……丁石曰："某忆昔与相公同贡，今贵贱相去如此"	刘为大笑	范公偁《过庭录》，《丛书集成初编》本
7	饮浆索余钱	徽宗时，内宴	伶人	蔡京	崇宁二年，铸大钱，蔡元长建议俾为折十，民同不便之	上为之动。法由是改	曾敏行《独醒杂志》卷九，《丛书集成初编》本
8	宰相理事	崇宁初，对御为戏	伶人	蔡京	崇宁初，斥远元祐忠贤，禁锢学术，凡偶涉其时所为所行，无论大小，一切不得进	是时至尊亦解颜	洪迈《夷坚志·夷坚支志》乙卷四，中华书局1981年版
9	救护夫人	徽宗时	伶人	蔡京、王安石	蔡京作相，下乃王安石婿，尊卞为元枢，崇妇翁，当孔庙释奠时，跻于配享而封舒王	时方议欲升安石于孟子之右，为此而止	洪迈《夷坚志·夷坚支志》乙卷四，中华书局1981年版

续表 3-1

序号	戏名	演出场合	演员	宰相	嘲谑事由	演出效果	文献出处
10	司马丞相	宣和间	徽宗、蔡攸	蔡攸	徽宗与蔡攸辈在禁中，自为优戏		周密《齐东野语》卷二十，《丛书集成初编》本
11	三十六髻	宣和中，内宴	教坊优伎	蔡京、郑居中	童贯用兵燕蓟，败而窜		周密《齐东野语》卷十三，《丛书集成初编》本
12	二圣镮	绍兴十五年（1145年）秦府赐宴	教坊优伶	秦桧	秦桧为相，不顾徽宗、钦宗为金人所掳之耻辱，力主和议，苟安江南	一坐失色。桧怒，明日下伶于狱，有死者。于是语禁始益繁。肉烨令衿等禁吻驷，盖其末流焉	岳珂《桯史》卷七，《丛书集成初编》本
13	仁政自经界始	绍兴中	优者	秦桧	绍兴中，李椿年行经界量田法，方事之初，郡县奉命严急，当其职者颇困苦之	时秦主李议，闻者畏获罪，不待此段之毕，以谤亵圣贤，叱执役者下狱，明日杖而逐出境	洪迈《夷坚志·夷坚支志》乙卷四，中华书局1981年版
14	韩信取三秦	乙丑春首，戏场	优者	秦桧	壬戌省试，秦桧之子熺、侄昌时、昌龄皆获名，公议籍籍而无敢辄语	四座不敢领略，一哄而出。秦亦不敢明行行遣诃云	洪迈《夷坚志·夷坚支志》乙卷四，中华书局1981年版

第三章 宋代滑稽戏与宰相　43

续表 3-1

序号	戏名	演出场合	演员	宰相	嘲谑事由	演出效果	文献出处
15	钱眼内坐	绍兴间，内宴	优人	秦桧	俊最多资，故讥之	殿上大笑	田汝成《西湖游览志余》卷二一，《文渊阁四库全书》本
16	大小韩	庆元初，内宴	优人	韩侂胄	韩平原在庆元初，其弟仰胄为知阁门事，颇与密议，时人谓之大小韩，求捷径者争趋之。……优盖径以寨为韩	侍宴者皆缩颈匿笑	岳珂《桯史》卷七，《丛书集成初编》本
17	客人卖伞，不由里面	嘉泰末年，内宴	伶人王公瑾	韩侂胄	平原公侍有扶日之功，凡事自作威福，政事皆不由内出		张仲文《白獭髓》，《丛书集成初编》本
18	禁脑自取	赐侂胄宴	优伶	韩侂胄	韩侂胄用兵既败，困闷莫知所为		叶绍翁《四朝闻见录》戊集，《丛书集成初编》本
19	满朝朱紫贵，尽是四明人	史府开宴	杂剧人	史弥远	史弥远为相，取士多四明乡党	自后相府有宴，二十年不用杂剧	张端义《贵耳集》卷下，《丛书集成初编》本

续表 3-1

序号	戏名	演出场合	演员	宰相	嘲谑事由	演出效果	文献出处
20	孔子弟子钻弥远	制阃大宴	优人	史弥远	当史丞相弥远用事，选人改官，多出其门	其离析文义，可谓侮圣言；而巧发微中，有足称言者焉	周密《齐东野语》卷十三，《丛书集成初编》本。《西湖游览志余》卷五亦载，文字有所不同
21	执石钻弥远	宫宴时	伶人	史弥远	当其时权势赫烜，引布衣王李知孝、梁成大等为之鹰犬，搏击善类。十流无耶者多以钻刺进秩	举座并栗。翌日，弥远杖伶人而出之境	田汝成《西湖游览志余》卷五，《文渊阁四库全书》本
22	一动也动不得	理宗时	临安优人	真德秀、魏了翁	端平间，真西山参大政，未及有所建置而薨。魏鹤山督视师，亦未及有设施而罢	或谓有使其为此以姗侮君子者，京尹乃悉黥其人	罗大经《鹤林玉露》卷三，《丛书集成初编》本
23	丁丁董董	理宗，内宴	伶人	丁大全	丁大全作相，与（董）宋臣日进用		田汝成《西湖游览志余》卷二，《文渊阁四库全书》本

注：①"戏名"为笔者根据该戏所演内容拟定。②有些记载未云宰相名，经笔者考证后补上。如"俳倡"大多"一戏，《丞相魏公谭训》未载执政姓名，考韩琦有《和御制赏花钓鱼》诗，其颔联为"仙吹彻云终缥缈，恩鱼逢饵几俳倡"，所押正是"俳倡"，因此知该戏所涉宰相中有韩琦。

表 3-1 基本涵盖了宋代滑稽戏与宰相之间的关系，据此可见以下两个重要现象。

（一）宰相成为伶人的主要嘲谑对象

在表 3-1 所据的 44 条滑稽戏材料中，以宰相为嘲谑对象的多达 23 条，占一半以上，远超唐五代，成为滑稽戏发展的新情况。以笔者所见，原因有三：

一是与宋代宰相位高权重密切相关。唐宋时期，宰相职权变动很大，但总体来讲，宋代相权要强于唐代。唐代以中书、门下、尚书三省的长官为宰相，其职权分立，相互制约，权力膨胀有限，他们所造成的影响不仅远远弱于皇帝，甚至在某些特定时期连后宫、外戚、宦官、藩镇等政治集团都赶不上。而到了宋代，宰相的地位、职权得到了极大的提升。《宋会要辑稿·职官》一之一六云："掌邦国之政令，弼庶务，和万邦，佐天子，执大政。"①司马光等奏曰："凡宰相上则启沃人主、论道经邦，中则选用百官、赏功罚罪，下则阜安百姓、兴利除害，乃其职也。"②从政策的制定、命令的发布，到官员的选任、百姓的管理，所有的国家事务，宰相都有权参与。而随着形势的变化，宋代宰相的职权更进一步膨胀，以致出现了君弱相强、宰相擅权的局面，如南宋的韩侂胄、史弥远、贾似道等，皆是如此。在这种情况下，由于位高权重，宰相的所作所为牵涉到国计民生的各个方面，所造成的影响遍及社会各个阶层，故而成为人们关注、议论的焦点。从表 3-1 "嘲谑事由"一栏所列来看，这类滑稽戏基本上是就宰相的执政问题而发的，题材取向正与宋代宰相的特殊地位相一致。

二是与演出场合密切相关。一般来讲，特定的演出场合与受众往往会对戏剧演什么、怎么演产生极大的影响。从表 3-1 "演出场合"一栏所列来看，宫廷内宴是这类滑稽戏演出的主要阵地，皇帝是最重要的受众，因此，演出内容便多选择皇帝所熟知的人或事，方式上则力图寓讽谏之意于诙谐调笑之中，化严肃为轻松，以使皇帝解颐，达到娱乐效果。而在宋代，宰相身负朝政重任，乃皇帝最为熟悉之臣，又常有机会参与内宴，故

---

① 徐松辑：《宋会要辑稿》一之一六，中华书局 1957 年版，第 2337 页。
② 李焘：《续资治通鉴长编》卷三八三，中华书局 2004 年版，第 9328 页。

滑稽戏选择宰相作为嘲谑对象既是为了调节宴会气氛,增强演出的现场感,又是皇帝作为特殊受众的身份使然。

三是与伶人的讽谏精神密切有关。此留待下文详论。

(二) 在所有被嘲谑的宰相之中,又出现向个别集中的现象

从表3-1看,共有13位宰相成为被嘲谑对象,其姓名及次数如下:韩琦(1)、王安石(4)、吕大防(1)、刘挚(1)、蔡京(4)、蔡攸(1)、郑居中(1)、秦桧(4)、韩侂胄(3)、史弥远(3)、真德秀(1)、魏了翁(1)、丁大全(1)。其中,被嘲谑对象又集中在王安石、蔡京、秦桧、韩侂胄、史弥远等五人身上。

这种现象与此五人身为强相或权相有关。如王"安石性强忮,遇事无可否,自信所见,执意不回。至议变法,而在廷交执不可"①,其主导着宋神宗统治前期的政治。蔡京于宋徽宗时期四任宰相,"天资凶谲,舞智御人,在人主前,颛狙伺为固位计,始终一说,谓当越拘挛之俗,竭四海九州之力以自奉。……暮年即家为府,营进之徒,举集其门,输货僮隶得美官,弃纪纲法度为虚器。患失之心无所不至,根株结盘,牢不可脱"②,可见其势。及至南宋,秦桧相宋高宗19年,韩侂胄于宋宁宗时期擅权12年,史弥远则在宋宁宗、宋理宗时期前后专权达26年之久,皆权倾朝野,致使民心多有不平。因此,舆论风向所至,滑稽戏亦较多涉及。

二、谚语:"台官不如伶官"

从表3-1"演员"一栏可见,这类滑稽戏的演员基本为伶人。伶人虽然地位不高,但在宋代某些特殊时期,却能凭借其讽谏精神与行为产生重要影响,宋神宗时甚至有"台官不如伶官"之谓。蔡絛云:

> 熙宁初,王丞相介甫既当轴处中,而神庙方赫然,一切委听,号令骤出,但于人情适有所离合。于是故臣名士往往力陈其不可,且多被黜降,后来者乃寖结其舌矣。当是时,以君相威权而不能有所帖服者,独一教坊使丁仙现尔。丁仙现,时俗但呼之曰"丁使"。丁使遇

---

① 脱脱等:《宋史》卷三二七《王安石传》,中华书局1977年版,第10550页。
② 脱脱等:《宋史》卷四七二《蔡京传》,中华书局1977年版,第13727~13728页。

介甫法制适一行，必因燕设，于戏场中乃便作为嘲诨，肆其诮难，辄有为人笑传。介甫不堪，然无如之何也，因遂发怒，必欲斩之。神庙乃密诏二王，取丁仙现匿诸王邸。二王者，神庙之两爱弟也。故一时谚语，有"台官不如伶官"。①

这段文字记录了丁仙现针对王安石变法而设滑稽戏的背景，在同台谏的对比中，见出伶人"作为嘲诨，肆其诮难"的果敢精神。这不仅使"介甫不堪"，"因遂发怒，必欲斩之"，还"辄有为人笑传"，产生了更大的接受与舆论效应，至有"台官不如伶官"之说。

本来，御史台与谏院作为宋代监察机构，享有讽谏弹奏之权力。《宋会要辑稿·职官》一七之一六云："谏官职在拾遗补阙，凡朝政阙失，悉许论奏。则自宰臣至百官、自三省至百司，任非其人，事有失当，皆得课正。台官职在绳愆纠缪，凡官司稽违，悉许弹奏。则宰臣至百官、自三省至百司，不循法守，有罪当劾，皆得纠正。"② 据此可知，宰相亦在台谏监察之列，若"任非其人，事有失当"，或"不循法守，有罪当劾"，台谏官都有权"课正""纠正"。相比之下，伶人地位不高，即使担任教坊官，亦不过是司马相如所说的"俳优侏儒，狄鞮之倡，所以娱耳目乐心意者"③。所谓"娱耳目乐心意"的职责定位，与讽谏之意原无交涉。然而，不论台官还是伶官，却都在现实政治生活中脱离了既定职能，出现了台谏噤声而伶官发难的换位现象，这就是"台官不如伶官"一说的含义所在。

应予说明的是，这种现象并非仅限于王安石当政之际，在宋代其他权相执政时期，亦较为普遍地存在，表3-1所列诸戏已可见一斑。而究其原因，可从以下两个方面来看：

（一）台官受制于权相，不能或不敢行使纠弹权

在宋代政治制度设计中，台谏是君权制衡相权的重要力量，哲宗时御史中丞邢恕的奏疏说明了这一点：

---

① 蔡絛：《铁围山丛谈》卷三，中华书局1983年版，第58～59页。
② 徐松辑：《宋会要辑稿》一七之一六，中华书局1957年版，第2742页。
③ 班固：《汉书》卷五七，中华书局1962年版，第2569页。

> 执政大臣欲擅权者，必先摧沮台谏官。台谏气夺，则无敢议己者，然后得以专辄用事，封殖朋党。明圣有为之主欲收揽权纲者，必先择台谏，非其人则或废黜，或他迁之。如得其人，则须听用其言。然后执政大臣不得专权用事，威福不出于己，则朋党自然破散，群下莫不一意以事君，忘私而徇公，则主势隆于上，治道成于下，非小补也。①

在此，邢恕勾勒出了实现"主势隆于上，治道成于下"的流程图，而起点就在"择台谏"，可见台谏对君权的重要作用。而对于"执政大臣欲擅权者"来说，"摧沮"、控制台谏官亦是"得以专辄用事，封殖朋党"的不二法门。因此，只有避免被相权侵蚀，维持自身独立性，台谏才能在制衡相权方面发挥良好作用。北宋前中期，因君主强势，台谏尚能维持独立监察职能，制衡相权，但到了后来，王安石为相，大肆废黜属于反对派的台谏官，"专用其所亲爱之人"②，致使这一时期"台谏之臣，默默其位而不敢言事，至有规避百为，不敢居是职者"③，在宣告台谏失势的同时，亦出现了邢恕所谓宰相"专权用事"的局面。

王安石"摧沮台谏官"的做法影响深远，"安石作俑，始于钳天下之口"④，后来的权相如蔡京、秦桧、韩侂胄、史弥远、贾似道等无不把控制台谏作为打击异己、独揽朝纲的重要手段，并最终造成了台谏讽谏纠弹精神的缺失。南宋理宗时监察御史吴昌裔的奏疏云："窃谓数十年来，台谏言人主者易，言大臣者难。攻及上身者，犹能旷度有容。议及宰相者，往往罪在不测。所以朝廷阙政，不敢尽言。"⑤ 这就点明了台谏在宰相持续打压之下的失语窘境。

---

① 李焘：《续资治通鉴长编》卷四九三，中华书局 2004 年版，第 11717 页。
② 李焘：《续资治通鉴长编》卷二五二，中华书局 2004 年版，第 6161 页。
③ 李焘：《续资治通鉴长编》卷二五二，中华书局 2004 年版，第 6153 页。
④ 章如愚：《群书考索》续集卷三六，见《文渊阁四库全书》第 938 册，台湾商务印书馆 1986 年版，第 441 页。
⑤ 杨士奇：《历代名臣奏议》卷一五〇，见《文渊阁四库全书》第 437 册，台湾商务印书馆 1986 年版，第 202 页。

（二）伶人依附于皇权并向士大夫靠拢，讽谏精神得到维持并增强

前文提到伶人的职责在于"娱耳目乐心意"，但是由于其特殊的身份及自身的努力，亦能在调笑娱乐之际，对君主进行讽谏。苏象先《丞相魏公谭训》卷十云："祖父尝云：'俳优非滑稽，捷给善中事情，能讽谏，有足取者。'"（《四部丛刊》本）这就点明了该情形。

对于伶人的讽谏精神，任半塘云："东方古优有不但不以邪淫换取衣食者，且溅颈血以伸张人间之正义，牺牲自身以争取大众之存荣。东方古优能使危者振，惫者兴，昏暴者醒，不但自己有灵魂，且赋统治者以灵魂。人讥笑古优者在形，若古优讥笑人者在心，生死以之，正大光明。"①然而仅仅给予热情歌颂还只是停留在问题的表面，尚不能解释伶人以地位之卑而能"伸张人间之正义"、抨击宰相乃至权相的原因。在笔者看来，有两个因素较为重要：

一是得益于对皇权的依附，伶人享有皇权派生出来的某些权力。

封建社会，伶人一般为皇帝所私有，为其服务，受其保护，例如唐五代时期，伶人多受宠于皇帝，黄幡绰之于唐玄宗、敬新磨之于后唐庄宗，都堪称代表。在皇权笼罩下，伶人享有某些潜在的权力，亦敢于藐视相权，《太平广记》载："唐宰相张濬常与朝士万寿寺阅牡丹而饮，俄有雨降，抵暮不息，群公饮酣未阑。左右伶人皆御前供奉第一部者，恃宠肆狂，无所畏惮。其间一辈曰张隐，忽跃出，扬声引词曰：'位乖燮理致伤残，四面墙匡不忍看。正是花时堪下泪，相公何必更追欢。'告讫遂去，阖席愕然，相眄失色，一时俱散，张但惭恨而已。"②伶人"恃宠"而"肆狂，无所畏惮"，故敢于讽刺宰相，以致"阖席愕然，相眄失色"，而宰相张濬"但惭恨而已"，并没能打击伶人而解恨，原因即在于伶人背后的皇权，其于伶人可"狐假虎威"，而于宰相则不能不"投鼠忌器"。

虽然宋代伶人地位不及唐五代，但在北宋大部分时期仍以皇帝私有的面目出现。据表3-1"演员"一栏可见，北宋伶人多来自属于皇家私有机构的教坊，自然受到皇权的保护。前引《铁围山丛谈》云："当是时以君相威权而不能有所帖服者，独一教坊使丁仙现尔。"其实所谓"君相威

---

① 任半塘：《唐戏弄》，上海古籍出版社2006年版，第387页。
② 李昉等：《太平广记》卷二五七，中华书局1961年版，第2003~2004页。

权"只是施加于变法反对派,并不适用于伶官丁仙现。诚然,丁仙现受到了王安石的打压,"因遂发怒,必欲斩之",但由于其依附、服务于皇权的特殊身份,反而受到了皇帝的保护,"神庙乃密诏二王,取丁仙现匿诸王邸",就说明了这一点。

二是得益于士大夫化,某些伶人亦具备了讽谏精神。

南宋时期,教坊几经废弃,伶人多来自民间,地位远较北宋为不如,但却在皇权保护减弱甚至消失的情况下,还敢于嘲谑宰相,讽谏君主,原因即伶人的士大夫化。这一过程在北宋已经开始,叶梦得云:"丁仙现自言及见前朝老乐工,间有优诨及人所不敢言者,不徒为谐谑,往往因以达下情,故仙现亦时时效之。非为优戏,则容貌俨然如士大夫。"① 可见,丁仙现从"前朝老乐工"那里汲取了讽谏营养,并"时时效之",这已是士大夫敢言人所不敢言的行为表现;同时,"非为优戏,则容貌俨然如士大夫",亦可见其锻炼士大夫人格的日常努力。

南宋伶人亦能向士大夫看齐,周密《齐东野语》卷十三云:"蜀优尤能涉猎古今,援引经史,以佐口吻,资谈笑。"(《丛书集成初编》本)虽然伶人"涉猎古今,援引经史"的目的不像士大夫那样在于出仕,而仅是为了滑稽戏的表演,"佐口吻,资谈笑",但其做法却同士大夫无二,故而得到了周密的肯定。这也可看作宋代伶人士大夫化的一种努力和结果。

总之,基于伶人特殊的身份及一定程度上的士大夫化,伶人才能以讽谏自任,并在实际表演中赋予了滑稽戏以强烈的讽谏性,以至于出现了"台官不如伶官"这样的谚语。

三、接受:"至尊亦解颜"与"语禁始益繁"

表3-1"演出效果"一栏,可见这类滑稽戏的大致接受情况。这里根据接受群体的不同,对其加以分析,并见出宰相对滑稽戏发展所产生的极大影响。

---

① 叶梦得:《避暑录话》卷四,见《宋元笔记小说大观》,上海古籍出版社2001年版,第2674页。

（一）皇帝："至尊亦解颜"，"上为之动"（出处见表3－1）

在内宴上演出的滑稽戏，直接服务于皇帝，娱乐性是必不可少的。为达此目标，伶人往往巧设机关以博君主一笑。王季思曾论道："吕本中《童蒙训》云：'作杂剧打猛诨入，却打猛诨出。'打猛诨入，谓先发为种种痴呆可笑之举动、形状或语言也；打猛诨出，谓答以出乎寻常意想以外之解释也。吾国初期戏剧，不论其为金之院本，宋之杂剧，大抵不脱此一类型，而在两宋尤为流行。此就王静安先生《优语录》之所采缀，盖可想见。"① 滑稽戏亦是宋时所谓"杂剧"，其"打猛诨"之法一如王季思所作解释，寓庄于谐，滑稽调笑，故能产生"至尊亦解颜"的演出效果。

此外，讽谏性亦是这类滑稽戏的重要目标。为了顺利使皇帝纳谏，往往如吴自牧所言：杂剧"大抵全用故事，务在滑稽唱念，应对通遍。此本是鉴戒，又隐于谏诤，故从便跣露，谓之'无过虫'耳，于上颜亦无怒也"②。可见这类滑稽戏并非犯颜直谏，而是"隐于谏诤"，于滑稽唱念之际，选择最为恰当的时机与方式表露讽谏意图，即所谓"从便跣露"。这样，既可"于上颜亦无怒"，甚至使"上为之动"，实现讽谏目的，又可保全自己，成为"无过虫"，可说是委婉机智，寓谏于乐。如表3－1所列"引驴登殿"一戏，优人特以一驴为道具，既具滑稽幽默之趣，又暗讽王安石"引人上殿"的用人之策，因而取得了"荐者少沮"的效果。

当然，此两种目的一般同时为滑稽戏所具备。皇帝作为接受者，可以从滑稽戏尤其是以宰相为嘲谑对象的滑稽戏中窥探舆论风向，调整或修正既定政策。反过来，演出目标的实现，也会提升伶人的讽谏勇气与热情，使之敢于就热点问题嘲谑宰相乃至权相，客观上增强了滑稽戏的思想性与生命力。

（二）权相："语禁始益繁"，"二十年不用杂剧"（出处见表3－1）

这类滑稽戏虽为皇帝所喜爱，但毕竟站在了宰相的对立面，触犯了他们的利益，因此也受到了一定的打击与压制。有的对伶人施行惩罚，如王

---

① 王季思：《打诨、参禅与江西诗派》，见康保成编《王季思文集》，中山大学出版社2004年版，第11页。

② 吴自牧：《梦粱录》卷二十，《丛书集成初编》本。

安石"欲斩"丁仙现,临安优人设戏嘲弄魏了翁、真德秀为相无所作为而招致"京尹乃悉黥其人"等,都可见伶人的艰难处境。有的则针对滑稽戏整体而发,所产生的影响也最著,比较严重的有以下两个时期:

一是秦桧专权时期。

优人设"二圣镮"戏讥讽秦桧的和议苟安之策,导致"桧怒,明日下伶于狱,有死者"。更为严重的是,"于是语禁始益繁"。和议是高宗与秦桧的既定国策,自然不准异议存在。"桧擅政以来,屏塞人言,蔽上耳目,凡一时献言者,非诵桧功德,则讦人语言以中伤善类。欲有言者恐触忌讳,畏言国事。"① 如此舆论失声的局面由滑稽戏发端,及至语禁益繁,伶人更是动辄得咎。表3-1列涉及秦桧之滑稽戏有四而语涉讽刺者实三:"二圣镮"已论;次则"仁政自经界始"一戏嘲谑李椿年行经界量田法,结果"时秦主李议,闻者畏获罪,不待此段之毕,即以谤亵圣贤,叱执送狱,明日杖而逐出境",可见观众的畏祸心理与伶人的悲惨命运;至如"韩信取三秦"一戏嘲谑秦桧子侄省试奏名不公,结果"四座不敢领略,一哄而出",在语禁益繁的情况下,观众接受心理的扭曲正侵蚀着滑稽戏的嘲谑性。虽谓"秦亦不敢明行谴罚",但这只是慑于"公议籍籍"的压力而做出的姿态罢了。

二是史弥远专权时期。

《宋史》载:"初,弥远既诛韩侂胄,相宁宗十有七年。追宁宗崩,废济王,非宁宗意。立理宗,又独相九年,擅权用事,专任憸壬。……济王不得其死,识者群起而论之,而弥远反用李知孝、梁成大等以为鹰犬,于是一时之君子贬窜斥逐,不遗余力云。"② 史弥远亦致力于舆论控制,不仅"一时之君子贬窜斥逐,不遗余力",还打压文艺以平息异议,如江湖诗禁的推行。在这种背景之下,滑稽戏的处境变得十分困难,如伶人设"执石钻弥远"戏嘲谑史弥远的用人之策,结果是不仅观者"举座并栗",连自身也遭受迫害,"弥远杖伶人而出之境"便是。与之相比,伶人设"满朝朱紫贵,尽是四明人"戏嘲谑史弥远重用同乡而招致的厄运更为严重,"自后相府有宴,二十年不用杂剧",堪与江湖诗禁相提并论。

---

① 脱脱等:《宋史》卷四七三《秦桧传》,中华书局1977年版,第13763页。
② 脱脱等:《宋史》卷四一四《史弥远传》,中华书局1977年版,第12418页。

（三）其他接受者：矛盾心态，各有侧重

因这类滑稽戏兼具娱乐性与讽谏性，所以皇帝、宰相之外的其他接受者往往心态矛盾，对演出的领略、侧重各有不同，具体有以下三种情况：

其一，皇帝侍从如太监、宫女等，有些因侍应需要得以观看滑稽戏，往往会因表演的滑稽可笑而忍俊不禁，但又慑于宰相之威而不敢放肆。如伶人设"大小寒"一戏，"侍宴者皆缩颈匿笑"，就形象地传达了这种情况。

其二，一般官员或士民，在语禁益繁的情况下，往往畏祸而"四座不敢领略，一哄而出"，这已见前述。

其三，最可玩味的是士大夫群体的观念。洪迈《夷坚志·夷坚支志》乙卷四云："俳优侏儒，固技之最下且贱者，然亦能因戏语而箴讽时政，有合于古矇诵工谏之义，世目为杂剧者是已。"① 既云"俳优侏儒，固技之最下且贱者"，便只是将滑稽戏视为小道而已，却又云"亦能因戏语而箴讽时政，有合于古矇诵工谏之义"，因其讽谏性而又予以了一定程度的肯定。其间心态之矛盾、所取之侧重，不难体会。

综上所述，宋代滑稽戏作为小道，服务于皇帝，兼重娱乐与讽谏，其将宰相作为嘲谑对象符合这种属性的要求，同时也造成了极强的舆论与讽谏效果；而宰相则试图打压伶人，排斥此类滑稽戏，以求控制舆论，从而影响了人们对滑稽戏的接受方式与态度。所以说，结合宰相来研究宋代滑稽戏是十分必要的。

---

① 洪迈：《夷坚志》，中华书局1981年版，第822页。

第四章　元好问以传奇为词现象[①]

在古代文学诸体裁中，词体相对后起，所以对其他体裁的借鉴也往往成了词体变革的重要手段。宋词发展过程中，曾出现过柳永引赋法入词、苏轼以诗为词、辛弃疾以文为词等重要的词体革新实践，传统体制不断解放，创作路子逐渐拓宽。但词体的演化并未就此止步。自宋始，文学体裁的价值序列开始发生逆转。伴随着文学通俗化的进程，叙事文体迅速崛起，小说、戏曲的创作一片繁荣，逐渐取得了与诗、赋、词等抒情文体同样重要的地位。这种文体生态格局对词体自身的嬗变有着不容忽视的影响，随着文体间的交集、互化，叙事因素向词体悄然渗入，催化着其体制的新变革，由此而出现了以遗山词为典范的以传奇为词的现象。

所谓传奇，本为小说、戏曲等叙事文体的一个门类，后世又以之泛称情节离奇或人物行为非常的故事。谓元好问以传奇为词并非说他以词的形式写传奇故事，而是指这类词作有着传奇的某些要素和特色，具有更强的叙事性和故事性。陈廷焯后期不满意遗山词的一个主要理由是其背离词体"正声"[②]，"刻意争奇求胜"[③]，陈氏实际上指出了元词的一个重要的艺术创新点。通观遗山词，我们会发现其"刻意争奇"不仅表现在语言风格上，还表现在词的选材、作法等方面。元好问的许多词作不避险怪，述奇志异，呈现出一种明显的"传奇"特征，不妨称其为"传奇体"。其中典型的作品，大致呈现为一种词序叙述故事而正文咏叹故事的结构形式。但这种传奇体并未改变词体的抒情特质，只是改变了传统词体表达方式上的比重和抒情效应，即使那些直接以正文述奇的作品，其着力点仍在对故事

[①]　本章是与赵维江师合作完成的，原载于《文学遗产》2011年第2期。此次蒙先生俞允，收入本书，特为致谢！

[②]　陈廷焯：《白雨斋词话》卷三，见唐圭璋编《词话丛编》，中华书局2005年版，第3822页。

[③]　元好问著，姚奠中主编，李正民增订：《元好问全集》（增订本），山西古籍出版社2004年版，第1043页。本文所引元好问作品皆出此书，不另加注。

的惊叹感慨之上。

以传奇为词可以说是元好问在苏、辛的词体革新基础上最富于创造意义的开拓。东坡"以诗为词"和稼轩"以文为词"的典型作品并不多，但其词体革新的意义和词学史意义则十分重大；就遗山词整体而言，虽然取材、造意上"刻意争奇"的倾向普遍存在，但其中典型的传奇体作品数量也只是一小部分，不过，它们却往往是遗山最有代表性和影响力的佳作，如《摸鱼儿·雁丘词》《摸鱼儿·双蕖怨》《水调歌头·赋三门津》等。遗山词中奇人、奇事及奇景的叙写，拉近了词与自然和社会的距离，大大增强了词体文学的叙事功能，扩大了词的表现范围，提高了词的艺术表现力和可读性。同时进一步密切了叙事文学与抒情文学的关系，为二者的有机结合提供了一条富于启发性的思路，客观上促进了后世戏曲、小说中诗文结合形式的形成和成熟。以传奇为词的作用和意义尚可讨论，但可以肯定的是，已开始边缘化的词体由此被注入了新的活力。

一、遗山乐府以传奇为词现象述略

关于遗山乐府的传奇现象，大致可从如下三方面来考察。

（一）述奇事

这一类作品当以两首著名的《摸鱼儿》（雁丘词、双蕖怨）为代表。两首词前分别以序文形式叙述了两件奇事，一为亲历，一为耳闻；一为人事，一为物情，然皆行事罕异，情节离奇，又皆旨归情爱，感泣人神。遗山乐府中还有一篇同类题材的《梅花引》，小序所述故事情节更为复杂和详尽：

> 泰和中，西州士人家女阿金，姿色绝妙。其家欲得佳婿，使女自择。同郡某郎独华腴，且以文彩风流自名，女欲得之。尝见郎墙头，数语而去。他日又约于城南，郎以事不果来。其后从兄官陕右。女家不能待，乃许他姓。女郁郁不自聊，竟用是得疾，去大归二三日而死。又数年，郎仕，驰驿过家。先通殷勤者持冥钱告女墓云："郎今年归，女知之耶？"闻者悲之。此州有元魏离宫，在河中潬。士人月夜踏歌和云："魏拔来，野花开。"故予作《金娘怨》，用杨白花故事。词云："含情出户娇无力，拾得杨花泪沾臆。春去秋来双燕子，

愿衔杨花入窠里。"郎,中朝贵游,不欲斥其名,借古语道之。读者当以意晓云。"骨化形销,丹诚不泯;因风委露,犹托清尘",是崔娘书词,事见元相国《传奇》。

长达 250 余字的序文写得一波三折,首尾相应,引人入胜,其本身可以说就是一篇传奇小说。

此类爱情传奇也出现在《太常引》一词中,其序云:"予年廿许,时自秦州侍下还太原,路出绛阳。适郡人为观察判官,祖道道傍。少年有与红袖泣别者。少焉,车马相及,知其为观察之孙振之也。所别即琴姬阿莲。予尝以诗道其事。今二十五年。岁辛巳,振之因过予,语及旧游,恍如隔世。感念今昔,殆无以为怀,因为赋此。"词文接着对此深情地歌咏道:

渚莲寂寞倚秋烟,发幽思,入哀弦。高树记离筵,似昨日、邮亭道边。　白头青鬓,旧游新梦,相对两凄然。骄马弄金鞭,也曾是、长安少年。

大家公子流连青楼鲜有付之真情者,而振之竟如此痴情,也实属奇闻。此事为遗山亲见并深为感动,当年他赋诗以纪,25 年后又咏之以词。

遗山乐府中所述奇闻多为凄艳情事,但也不乏其他方面的奇闻异事,如《水调歌头》(云山有宫阙)就是一篇题材特异的词体"传奇"。其序交代,作者与友人同访嵩山少姨庙,于残壁间发现了一段字迹模糊的古辞,便"磴木石而上,拂拭淬涤,迫视者久之,始可完读",之后又推测辞文所属年代,并将壁文加以整理而题为《仙人词》。这样,一次意外的发现,一件扑朔迷离的悬案,引发出遗山一段奇思妙词:

云山有宫阙,浩荡玉华秋。何年鸑鷟同侣,清梦入真游?细看诗中元鼎,似道区区东井,冠带事昆丘。坏壁涴风雨,醉墨失蛟虬。　问诗仙,缘底事,愧幽州?知音定在何许,此语为谁留?世外青天明月,世上红尘白日,我亦厌嚣湫。一笑拂衣去,崧顶坐垂钩。

遗山所记奇事,多采自民间传闻,并不深究虚实,而是"实录"于笔下，以为诗料谈资，并借之抒写怀抱。如《摸鱼儿》（笑青山）一词，记述了一件十分怪诞的"正月龙起"故事。据词序，作者与友人同游龙母潭，相传当年韩愈垂钓于此，"遇雷事，见天封题名"，夜里果然"雷雨大作，望潭中火光烛天。明日，旁近言龙起大槐中"。于是，词人在一片神异幻诞的语境中开始了他隐逸淡泊情怀的歌唱。再如《江城子》（纤条袅袅雪葱茏）一词咏酴醿花，词序先引入一段艳丽而怪诞的传说："内乡县庙芳菊堂前，大酴醿架芳香绝异。常年开时，人有见素衣美妇。迫视之，无有也。或者以为花神。"借此神异事，作者在词文中想象天上花神于"月明中，下瑶宫"，种下了千百亩兰蕙，由此引发出词人"只恐行云，归去卷花空"的忧思和"剩着琼杯斟晓露，留少住，莫匆匆"的痴举。

词人皆爱写梦，遗山也不例外，不同的是遗山笔下的梦境有时被演绎成一个荒诞不经的故事。梦境是遗山词传奇述异的一个重要途径。如《永遇乐》（绝壁孤云）即写了一个幻生于真，真通于幻的怪梦。据词序，词人"梦中有以王正之乐府相示者"，并记住了末尾数句，但梦魂始定之后，恍然省悟"正之未曾有此作"。及至次日，在友人的鼓励下，"作《永遇乐》补成之"，续完了这段梦缘。又如《品令》一词，写的是他"清明夜，梦酒间唱田不伐《映竹园啼鸟》乐府"之事，词中写道："梦中行处，数枝临水，幽花相照。把酒长歌，犹记竹间啼鸟。"梦中唱词，令人称绝。

（二）记奇人

元遗山编《中州集》以诗系人，以小传记人，有意识地保留下百年以来诗坛上众多"苦心之士"的身影，集中特设"异人"一目，专为特立独行之士立传写真。其实遗山词中也多有此类奇士异人的形象。

元好问在志怪小说《续夷坚志》中曾写过许多身手不凡的僧道，而其词作《满庭芳》也描述了这样一位奇人，其序云：

> 遇仙楼酒家杨广道、赵君瑞皆山后人，其乡僧号李菩萨者，人颇以为狂。尝就二人借宿。每夜客散，乃从外来，卧具有闲剩则就之，不然赤地亦寝。一日天寒，杨生与之酒，僧若愧无以报主人者。晨起持酒碗出，同宿者闻嗅酒声。少之，僧来说云："增明亭前花开矣，

公等往观之。"人熟其狂,不信也。已而视庭中牡丹,果开两花。是后僧不复至。京师来观者车马阗咽,醉客相枕藉,酒垆为之一空。赵礼部为雷御史希颜所请,即席同予赋之。时正大四年之十月也。

牡丹花开寒冬,可谓一大奇观,而此奇观竟由奇人点化而成,又是奇中之奇。作者在序文中侧面点染,悬念巧设,着重描写李菩萨的狂怪个性和神奇道术,写得活灵活现,如睹其人,如闻其声。

遗山乐府涉及各色各样的人物,但直接写人的篇目并不多,不过除一般寿词外,所纪者多为特异非常之人。如《水龙吟》(少年射虎名豪)写商州守帅斜列(又作:色埒默)的传奇生平,《满江红》(画戟清香)述战功赫然的武将郝仲纯"风流有文词"的儒雅风度。遗山乐府中也记载了一些下层人物的传奇故事,如前面提到的"大名民家小儿女"(《摸鱼儿》)、"西州士人家女阿金"(《梅花引》)等,此外还有一篇为一对乐人夫妇立传的《木兰花慢》:

  要新声陶写,奈声外有声何?怆银字安清,珠绳莹滑,怨感相和。风流故家人物,记诸郎、吹管念奴歌。落日邯郸老树,秋风太液沧波。 十年燕市重经过。鞍马宴鸣珂。趁饥凤微吟,娇莺巧啭,红卷钿螺。缠头断肠诗句,似邻舟、一听惜蹉跎。休唱贞元旧曲,向来朝士无多。

据词序和词文,这位被称作"张嘴儿"的乐人长于吹觱篥,其妇田氏为歌者。他们在贞元年间曾走红京师的乐坛歌台,也属当时特异之人。10年后,词人又与他们邂逅于"燕京",听到他们演唱当年的歌曲,然而"向来朝士无多",张氏夫妇也历尽了磨难,"断肠诗句"令作者不胜感慨。短短一首小词,画出了一幅梨园"风流故家人物"图。

实际上,人与事难以截然分开,人以事传,事以人明,遗山乐府所记奇事、奇人常常是交织在一起的,在具体描写中只是有所侧重而已。

(三) 写奇景

雄壮的北方山水、奇特的中州物象,相对于宋词所写的小桥流水而言,本身就具有一种陌生感,遗山以之人词,或为歌咏对象,或为人事背景，显得奇特异样。有时，作者还有意地选择一些怪异景象入词，或者以志怪手法写景，从而使许多词中景观物态蒙上了一层异光奇彩。

有学者根据计算机统计数据指出，在两万余首宋词中，真正以山水为主要描写对象的作品并不多，特别是写北方奇山异水的词作更为罕见。即使写山水，也多是清秀婉丽之景，少有雄奇壮阔的境界。东坡笔下"大江东去"的壮伟景观，罕有继响。辛稼轩以豪杰之气纵横词坛，但限于经历，笔下也少有险峻雄奇的北方山川景象。① 这一论断是符合词史实际的。真正以词写出北方山水奇观的是元好问。元氏以其得天独厚的条件，挟幽并豪侠之气，遨游于北国名山大川之中，将一幅幅雄丽的山水画图摄入词中。如《水调歌头·赋三门津》所写黄河三门峡景象雄奇险峻，被认为"崎岖排奡，坡公之所不可及"②。又如《念奴娇》（钦叔、钦用避兵太华绝顶，有书见招，因为赋此）一词上片对华山神奇景象的描写：

> 云间太华，笑苍然尘世，真成何物。玉井莲开花十丈，独立苍龙绝壁。九点齐州，一杯沧海，半落天山雪。中原逐鹿，定知谁是雄杰。

本词为步韵东坡《念奴娇·赤壁怀古》之作，所写华山壮奇之景和险峻之势，酷肖东坡，其宏阔境界或有过之。

遗山词所写奇景也包括一些奇特的人文物象，如《清平乐》（丹书碧字）一词曾写到他所目睹的"天坛石室"所藏《金华丹经》，其词序云：

> 夜宿奉先，与宗人明道谈天坛胜游，因赋此词。司马子微开元十七年中元日，藏《金华丹经》于天坛石室。中兴乱后，人得之，字画如《洛神赋》，缣素亦不烂坏。予于山阳一相识家尝见之。

遗山将所见珍奇文物，纪之以词，表达他的惊叹之情。再如一首《八声甘州》，似写秦汉故宫风物，极具梦幻感：

---

① 参见王兆鹏《神通之笔绘神奇之景——元好问〈水调歌头·赋三门津〉》，载《古典文学知识》1998 年第 2 期。
② 况周颐：《蕙风词话》卷三，见唐圭璋编《词话丛编》，中华书局 2005 年版，第 4464 页。

玉京岩、龙香海南来。霓裳月中传。有六朝图画，朝朝琼树，步步金莲。明灭重帘画烛，几处锁婵娟。尘暗秦王女，秋扇年年。一枕繁华梦觉，问故家桃李，何许争妍？便牛羊丘陇，百草动苍烟。更谁知、昭阳旧事，似天教、通德见伶玄。春风老、拥鬟颦黛，寂寞灯前。

词人透过眼前的"丘陇""苍烟"，居然看到一座如真如幻的仙苑神殿，正若作者另一首《沁园春》中所写："腐朽神奇，梦幻吞侵，朝昏变迁。"无疑，作者已将对现实中华屋丘墟的巨大悲慨投进了这幻化如梦的奇异景观之中。

二、词体传奇性叙事的内在动因及传统

由上可见，元好问以传奇为词的作品，较之于抒情言志的传统词体形态，明显地增强了叙事成分，语言风格更为通俗化，而且有意追求一种戏剧化的艺术效果，可以清楚地看到一种向当时流行的小说、戏曲等通俗叙事文体靠拢的迹象。它作为一种创作方法和词体形态，并非纯由元好问个人兴趣所致，实为东坡"以诗为词"和稼轩"以文为词"的词体革新进程的继续，是唐宋以来词体形式及其观念不断演化的结果，有着深刻的内在动因和历史渊源。

（一）词序篇幅与功能的扩张

从词体结构形式看，遗山词中传奇故事的主要载体是作品的序文。词序作为词体的衍展部分，主要作用是交代写作缘起及背景，而以之述奇志异，当是伴随着词体表现领域的不断扩大和词序功能进一步扩展，篇幅相应增长，并由此获得相对独立地位的结果。就表达特性而言，诗、词皆长于抒情而拙于叙事，然古体诗中也不乏《孔雀东南飞》《长恨歌》这样的长篇叙事之作，一个重要原因是古体没有篇幅的限制；相反，格律严格且篇幅短小的近体中，叙事就难以展开。在这一点上，词体颇类似，格律和篇幅的限制注定了它缺少叙事功能。然而，随着创作中主体意识和写实性的增强，作品所言之情的个性化愈加突出，产生其情意的事由便需要做必要的交代，于是作者借用诗歌题序的形式来突破词体有限的空间。从唐以来文人创作来看，词序经历了一个从无到有，从短到长，从词文补叙到独

立成章的过程。这个过程也是词体叙事功能和传奇色彩不断增强的过程。

苏轼对词序功用的扩展具有标志性意义。他不但大量写作长序，而且通过序文记载了一些富有传奇色彩的人与事。如《水龙吟》（古来云海茫茫）述谢自然求仙奇遇，《戚氏》（玉龟山）"言周穆王宾于西王母事"，《洞仙歌》（冰肌玉骨）以近百字长序述花蕊夫人作词的传说。至南宋，词有题序已成常例，小序在作品中具有了独立的审美价值，叙事传奇因而有了更大的操作空间。如稼轩词题序数量在两宋词中最多，有些词序的内容明显有传奇性叙事的性质，如《兰陵王》（恨之极）即以篇幅长于本词的序文记述了一个情节完整而奇异的梦境。在共时异域的金词中，词序的运用同样十分普遍，如曾为辛弃疾业师的蔡松年，其词序动辄数百言，最长的近600字，清张金吾《金文最》收其词序12篇，足见其独立的文体学价值。词序篇幅的扩张和相对独立，使较为完整的叙事成为可能，如蔡松年《水调歌头》（云间贵公子）一词表达对曹浩然人品的钦敬及与他志趣的投合。词前以约200字长序介绍曹浩然"人品高秀"却"流离顿挫"的遭际和流连诗酒，"悠然得意"的独特个性。无疑，这样的词序等于在词的正文之外又搭建了一个供词人腾挪跌宕、显露才情的平台，这时序文的作用已经不再限于揭示主旨，或简单地交代写作背景及缘起了，实际上它已成为一个相对独立的表现空间，凡是与词情相关且不适合或无法在正文中表现的人、事、物、理等内容都可展示于此。与正文以抒情为主不同，序文最重要的功能是叙事，奇闻逸事的叙述便由此在词作中得到更为完整、更为具体的展开。

（二）词体传奇性叙事传统的嬗变

以词序为主要载体的传奇体，经过东坡、稼轩等词人的不断实践，到元好问时已形成规模并构成了一种新型的词体范式。虽然词序内容十分丰富，并非一定要传奇述异，但传奇性叙事始终是词体的一个基本因子和传统，元好问作传奇体只不过是这一因子发育成熟和这种传统发扬光大的结果。我们可以从曲子词与民间通俗文艺的关系上来探求这一发展的线索。

作为燕乐歌词的曲子词，除了其基本形式的只曲小唱外，在民间还有"转踏""缠达""鼓子词"等歌舞剧形式。如"转踏"多用《调笑》曲，故又称"调笑转踏"，它由一个曲调连续歌唱以表演一个或多个故事，其文本多为一组联章体词。所叙故事，多为奇人异闻。今存文人作品如北宋郑仅的《调笑转踏》分咏罗敷、莫愁、卓文君、桃花源等十二事；秦观的《调笑转踏》10首分咏王昭君、崔莺莺等10位古代美女的传奇艳情。这类词一般在词文前有一段独白和七言诗。诗、词相配，吟唱结合，共同演绎故事，如秦观写崔莺莺的一首：

> 诗曰：崔家有女名莺莺，未识春光先有情。河桥兵乱依萧寺，红愁绿惨见张生。张生一见春情重，明月拂墙花树动。夜半红娘拥抱来，脉脉惊魂若春梦。
>
> 春梦。神仙洞。冉冉拂墙花树动。西厢待月知谁共。更觉玉人情重。红娘深夜行云送。困嚲钗横金凤。

由本首作品看，诗歌部分主要用来叙事，曲词部分虽然也有叙事成分，但侧重于抒情咏叹，这在调笑转踏词中有一定普遍性。苏、辛、元等人的以传奇为词的作品，在内容的尚奇倾向和叙事性等特点上，可以说与这类调笑转踏词一脉相承；此外，在叙事结构上二者也有些类似，只是传奇体词以序文代替了诗歌。又因为序为散文形式，故叙事也更为完整具体。

在叙事内容和结构上，宋代流行的说唱性质的联章鼓子词可能与传奇体词关系更为密切。如欧阳修《采桑子》11首，咏西湖胜景，前有短序，作为开场。又如赵令畤的《商调蝶恋花》，用12首曲子演唱元稹传奇小说《莺莺传》故事，他采用一段散文、一首歌词的形式，以散文讲述情节，以歌词咏叹故事。这种说唱结合的形式对中国传统文艺有着两个极向的启示：在表演艺术方面，它的导向是更大规模且采用套曲形式的诸宫调；在词体演化方面，其结构形式和题材特点为单篇传奇体的形成提供了参照系。在这个意义上，传奇体词可谓联章体说唱词的简约化。

转踏、鼓子词等演唱文本与传奇体词在体制、受众和传播方式等方面都有明显的不同，然而在传奇性叙事和序词结合的结构形式上，二者则明显地呈现出某种趋同性。虽然不能说后者是在前者影响下形成的，但这种情况至少可以说明，自唐宋以来词坛上一直存在着以传奇性叙事的传统，词体传奇性叙事的因子在社会文化消费需求的推动下，不断强化和扩张，最终形成以遗山词为典范的传奇体。可见，以传奇为词现象的产生实有其体制内的必然性。

(三) 以文为词的延展与深化

从词体革新角度看,以传奇为词实质上是稼轩以文为词的延展和深化。以文为词必然增强词体的叙事功能。词体语言和手法的散文化,可使其摆脱诗化语系整饬、沉凝、雅奥、套路化等因素的束缚,大大增加表达的丰富性和灵活性,从而使故事的叙写更具有可操作性。事实上,在稼轩以文为词的篇章里已有许多述奇志异之作,如《摸鱼儿》(问何年)写一块"惊倒世间儿女"的"状怪甚"的石头,为了突出词中怪异的描写,作者索性将调名改为《山鬼谣》,但这首词的序文却很短,故事主要通过词文散体化的描述展开。遗山的以传奇为词继承了稼轩以文为词的传统并积极开拓,它将"文"的外延由一般的传统古文扩展到小说、俗曲、戏剧等通俗文学形式,其语言、结构及表现手法由一般的散文化倾向进一步向传奇性叙事凝聚。因而,在传奇体词作中,传奇精神并非仅仅体现在词序里,而是弥散在作品的各个层面。

如前所述,遗山词的传奇性叙事一般放在词序中,而词文重在咏叹,诧怪惊奇,旨归于感怀。如元氏《摸鱼儿·双蕖怨》词序详叙故事,词文则着意于赞叹"小儿女"那种"海枯石烂情缘在"的情爱。不过,即使这一类作品,其词文仍然有一定的叙事性质。如写阿金故事的《梅花引》,其词云:

> 墙头红杏粉光匀,宋东邻,见郎频。肠断城南,消息未全真。拾得杨花双泪落,江水阔,年年燕语新。　见说金娘埋恨处,蒹葭沙,草不尽。离魂一只鸳鸯去,寂寞谁亲。唯有因风,委露托清尘。月下哀歌宫殿古,暮云合,遥山入翠颦。

词中叙述虽简,但梗概清晰,从墙头相见到城南爽约,从阿金相思而殁到郎归月下哀歌,人物、时地、经过等主要的叙事因素都披文可见,事明而情真。遗山词语言并不像稼轩词那样有明显的古文之风,其散体化叙事因素主要体现在作品的内在结构上。

在遗山词中,传奇性描述有时也主要靠词文来承担,这种情况多出现在写景之作中,这些词作一般为短序或无序,作者在词文中以描写性语言渲染气氛,形容景象,营造气势,如《水调歌头·赋三门津》等。不过,遗山专以词文传奇叙事写人的作品很少，偶尔为之，则风调令人耳目一新，如《眼儿媚》写其子叔仪儿时之事：

> 阿仪丑笔学雷家，绕口墨糊涂。今年解道，疏篱冻雀，远树昏鸦。　乃公行坐文书里，面皱鬓生华。儿郎又待，吟诗写字，甚是生涯。

词中所写内容并无甚奇特，但作者将儿子学字吟诗的天真样子与自己老而无用仍"行坐文书里"的处境相比照，便顿然生出一种强烈的戏剧性传奇效果，揭示出一个难解的人生悖论。词的行文也有异于元词常态，写得俗白流利，犹若话本曲词。

三、元好问以传奇为词的文化与文学背景

元好问以传奇为词现象是词体演化的结果，但这种演化不是孤立进行的，它实质上是一种文学、文化现象，有着广泛的背景和深厚的土壤，下面从三个方面分述之。

（一）仙道思想及好奇尚异的审美观

元好问以传奇为词现象的产生，与他所处时代的词学观念、文学思潮有密切的关系，但这些关系之于作者创作的效应，归根结蒂还是取决于作者的世界观和价值信仰，特别是审美观。具体而言，以传奇为词是遗山好奇尚异审美观的产物，而仙道思想则是元氏以奇异为美观念形成的重要思想基础。

詹石窗先生曾著文阐述元好问的仙道思想，他指出："残酷的现实使他遁入老庄的思想幽宫之中。在长期的生涯里，他又与许多道门中人来往。尽管他在个别场合表白'神仙非所期'，但在许多情况下却又借仙境的想象或道门典故以抒写情怀。"从元好问的相关诗词作品中"不仅可以看出他对道门圣迹之谙熟，而且也可追踪他试图通过仙家胜境之神游而排遣烦恼之心迹"[①]。金元之际，全真道教十分流行，元好问在《通仙观记》中谈到他的神仙观：

[①] 詹石窗：《论元好问诗词的仙家情思》，载《厦门教育学院学报》1999 年第 4 期。

予尝究于神仙之说。盖人禀天地之气，气之清者为贤；至于仙，则又人之贤而清者也。黄、老、庄、列而上不必置论，如抱朴子、陶贞白、司马炼师之属，其事可考，其书故在，其人可想而见。不谓之踔宇宙而遗俗、渺翩翩而独征者，其可乎？使仙果不可成，彼称材智绝出，事物变故皆了然于胸中，宁若世之昧者蔽于一曲之论，侥幸万一，徒以耗壮心而老岁月乎？

由此可见，元好问对仙的存在深信无疑，只是认为仙是"人之贤而清者"。尽管这种认识一定程度上把仙俗世化了，但是他并不否认这些仙人的神奇法力。这一点在他描述仙道者流的诗文中可以看得十分清楚。如《普照范炼师写真三首》其三赞美范炼师的法力："鹤骨松姿又一奇，化身千亿更无疑。人间只说乘风了，觌面相呈却是谁。"《通玄大师李君墓碑》记通玄大师李君的神奇本领："莘公镇平阳，以岁旱请君致祷，车辙未旋而澍雨沾足，时人以神人许之。"《华岩寂大士墓铭》写到"丛竹"不死长生的神奇："龛前丛竹，既枯而华，随采随生，人以为道念坚固之感。"在专述异闻的《续夷坚志》中，此类例子更多。作品所记奇人异事多是作者耳闻目见并有意识地记录积累下来的，这些材料的时间跨度几乎覆盖了他的一生，可见元好问对奇闻异事的广泛而持久的兴趣。他曾在《紫虚大师于公墓碑》一文中解释离峰子苦行得道说："夫事与理偕，有是理则有是事，三尺童子以为然。然而无是理而有是事，载于书、接见于耳目，往往有之，是三尺童子不以为然，而老师宿学有不敢不以为然者。"元氏认为，这些怪异现象虽然无法用目前已知的事理解释，但并不能因此而否认它们真实地发生过。

道人法力和仙家胜境在元遗山心目中不但真实存在，而且甚令他向往之。仙道所具有的超自然能力可以让人摆脱俗世的恶浊和残酷，这对于在现实生活中由于家破国亡和人生抱负破灭而备受灵魂煎熬的元好问而言，无疑是一个极大的诱惑。在这里，奇异成了自由的语符，神怪成了人性的寄托。由此，神奇怪异被赋予了美好的品质。正是这样的审美理想，引导着元遗山去关注、寻找并传述奇人异事。由是观之，遗山词中出现诸如大雁殉情、花开并蒂的千古奇观和可令牡丹花开寒冬的李菩萨等神异之人也就不足为怪了。需要指出的是，元好问所秉持的仙道信仰及其好奇审美观并不完全出于他个人的喜好,南宋金元时期是仙道文化的黄金时代,特别是全真道教在北方蓬勃发展,以奇异为美是当时文人的普遍好尚,元好问作为文坛领袖,其思想有着深厚的社会基础和代表性。

(二) 小说志怪传统及诗歌好奇风尚

金元时代普遍的仙道信仰与尚奇审美观直接影响着人们的文学价值认知和创作趣向,无论是作为主流文体的诗歌,还是方兴未艾的小说、剧曲等通俗叙事文学,都呈现出一种喜写奇异险怪的创作倾向。处于这样一种文学环境中,以传奇为词现象的出现当是顺理成章之事。

志怪传奇小说,可以说是词坛传奇体的近亲。从遗山以传奇为词的作品中,可明显地看到此类词作与传奇类小说之间的密切联系。如《梅花引》在序文中讲完故事后,特别引用了元稹的小说《莺莺传》中的莺莺诗句,并特别注明"崔娘书词,事见元相国《传奇》",由此可窥传奇小说影响之一斑。小说一体经志怪、传奇和话本等不同形式的演变,至金、元时代已呈勃兴之势。元好问本人曾著笔记小说《续夷坚志》,多记荒诞怪异之事,称由此可"恶善惩劝","知风俗而见人心"[①]。这种道德功利说突破了儒家"不语怪、力、乱、神"(《论语·述而》)的正统观念,从而让作者放手去志怪述异。以言情见长的词不同于小说,遗山以之传奇述异,实际上是将小说的功能部分地转移到了词里。如《摸鱼儿》(恨人间)写大雁殉情,奇事奇情,感人至深。有趣的是,《续夷坚志·贞鸡》也是一则动物殉情的故事:

> 房睟希白宰卢氏时,客至,烹一鸡。其雌绕舍悲鸣,三日不饮啄而死。文士多为诗文。予号之为"贞鸡"。

二作虽体裁不同,情节却惊人地相似。不同的只是小说文字简略平淡,尽管也以"贞"字表明了赞赏之情,但限于体裁,主观情感并不明显;而《摸鱼儿》则序、词配合,表达了词人十分强烈的爱憎态度,"绵

---

① 宋无:《续夷坚志跋》,见元好问著,姚奠中主编,李正民增订《元好问全集》(增订本),山西古籍出版社2004年版,第1115页。

至之思，一往而深，读之令人低徊欲绝"①，同样体现了"知风俗而见人心"的意义。

与笔记小说性质十分接近的"本事"词话与传奇体词的关系可能更亲近一些。词体因短于叙事而致所叙事物简略模糊，这却给词的内容造成了更大的解读空间。词本为娱宾遣兴的通俗歌词，多写丽情艳事，不但歌词本身有很大的吸引力，而且歌词背后的"本事"也撩拨着人们的好奇心。于是，揭秘"本事"的词话便随之而生。今见的几部早期词话，内容多为词人风流韵事的记载，而"奇"则是编者选材的一个主要标准。《本事曲子》是宋代第一部纪"本事"的词话，苏轼赞赏它"足广奇闻"②，还把"其人甚奇伟"的陈恺等人的事及词提供给杨绘以作该书增补之用。这些"本事"许多为小说家言，实际上是一些借词作和词人之名而"炒作"的传奇故事。不过，这类词话与作品密切相关，对作品的解读和传播有着超越文本自身的意义。这类"本事"词话与传奇体的词序在内容取向上极类似，又皆用散文形式，而且对词作都有着"助读""促销"的功用；不同的是，词序为文本的有机部分，而词话游离于词作之外，属于体制外的附加物。宋人中柳永、苏轼的"本事"词话最多，但苏词中凡有词序详细交代写作缘起背景的作品，则少有所谓"本事"流传。是否可以将词序的传奇性叙事看作逸闻类"本事"词话的体制内转移呢？

此外，诗体作为词体之同宗，其好奇尚异的风气对以传奇为词现象的产生当有更大更直接的影响。中晚唐以来，受通俗叙事文学影响，诗歌的叙事功能不断强化，其中不乏述奇志怪之作。如白居易《长恨歌》兼传奇与志怪于一体，李贺诗风险怪，杜牧称其"鲸呿鳌掷，牛鬼蛇神，不足为其虚荒诞幻也"③。宋诗中也有许多如苏轼《游金山寺》中"江中似有炬火明"，"非鬼非人竟何物"一类的怪异描写。金代诗坛南渡后由赵秉文和李纯甫主导，曾形成了一种好奇风尚，李纯甫尤甚。对此，元好问《论诗三十首》之十六借对孟郊、李贺诗的批评说道："切切秋虫万古情，灯前山鬼泪纵横。鉴湖春好无人赋，岸夹桃花锦浪生。"元氏虽然更欣赏

---

① 许昂霄：《词综偶评》，见唐圭璋编《词话丛编》，中华书局2005年版，第1574页。
② 孔凡礼点校：《苏轼文集》卷五五，中华书局1986年版，第1652页。
③ 杜牧：《李贺集序》，见吴在庆《杜牧集系年校注》，中华书局2008年版，第774页。

李白明朗清新的写法，但对李贺诗虽写鬼怪但真情感人的特点也给予了明确的肯定。

实际上，遗山诗也多有纪咏离奇故事和怪异景象的内容。如《水帘记异》所写情景：

> 神明自足还旧观，涌浪争敢徽灵通。何因狡狯出变化，胜概转盼增清雄。天孙机丝拂夜月，佛界珠网摇秋风。……东坡拊掌应大笑，不见蛰窟鞭鱼龙。

而比这首诗晚一天所作的《栱谷圣灯》，所纪景象更为怪异：

> 山空月黑无人声，林间宿鸟时一鸣。游人烧香仰天立，不觉紫烟峰头一灯出。一灯一灯续一灯，山僧失喜见未曾。金绳脱串珠散迸，玉丸走桦光不定。飞行起伏谁控抟，华丽清圆自殊胜。北荒烛龙开晦冥，南极入地多异星。

这两首诗分别记载了作者游黄华、栱谷的奇遇异闻，多用灵怪意象写奇特之境。元好问向来主张诗词一理，因此在诗里纪写奇异的做法也顺理成章地移到了词里。如遗山乐府中《摸鱼儿》（笑青山）和《水调歌头·赋三门津》等词，与上述两首诗在取材取法上都十分接近。

（三）以词存史观念与词中的奇闻实录

从词学观念角度看，以词存史的"词史"意识当是以传奇为词现象形成的最终的有力推手。南宋后，随着"尊体"意识的兴起，词史意识也逐渐凸现出来。至元好问，一种自觉的词史意识已形成，并成为他词学活动的一个重要动因。所谓词史意识有三层意义：一是"词亦有史"之意，即词有其自身的发展史；二是将词作为历史文献保存；三是以词体负载史实内容。直接影响元氏以传奇为词的主要是后两个方面所体现的以词存史观念。

词史意识是元好问以其史学观观照词学的产物。需要指出的是，元好问的史学观并不囿于正统的正史中心意识，他治史的目的在于"不可遂令一代之美泯而不闻"①，所以他所关注的不仅有帝王社稷的废立兴亡，还包涵了广泛的社会文明发展历史。因而野史逸闻，三教九流，凡被认为属"一代之美"者皆被采撷入囊。在这种开放的"野史"视野中，民间流传的离奇怪异之事自然也具有了"史"的价值而引起作者极大的兴趣。他以"野史亭"名其书斋正说明这一点。这种继承于司马迁以传奇为史的"野史"观使作者在以词存史时不避险怪，乐述奇异。

作为一代名臣和文宗，元好问"存史"的使命感十分强烈，他不仅自撰史志，还广泛辑录整理各类文献以存金源百余年史料。《中州集》是他以诗存史的举措。《中州集》的一部分为金词总集《中州乐府》，元好问将金词作为与金诗有同样价值的历史文献和文体自身发展资料加以搜集、选编，其目的同样是存史。在体例上，《中州乐府》同于《中州集》，每位作者名下均列小传，叙其生平，论其文学。值得注意的是，小传所记的人、事也多有奇特怪异的性质。就提供传奇叙事空间这一点来看，小传与词序确有着类似的功用。

此外，元好问还有意识地利用各类文体的创作来纪乘存史。《续夷坚志》是以小说存史，纪时事之诗是以诗存史，所撰碑志铭记是以文存史，同样，元好问也将词视为"史"之载体。这种观念促使他在创作中自觉地以词来记录他耳闻目睹的有意义的人和事，与其"野史"观一致，这些记载往往呈现出浓重的传奇色彩。元好问以传奇为词的存史性质还可从这类作品的写作特征上得到证明。我们注意到，词序中的这类传奇故事多以史传笔法出之。凡所涉之人，皆写明姓甚名谁、里籍家世等；凡所录之事，皆记下事发地点、甲子月日等。人或怪异非常，事或荒诞不经，然在作者笔下皆写得信而有征、言之不虚。这一点与魏晋以来的志怪传奇小说如出一辙。如那首写情侣殉情化荷的《摸鱼儿·双蕖怨》，其序曰：

泰和中，大名民家小儿女，有以私情不如意赴水者，官为踪迹之，无见也。其后踏藕者得二尸水中，衣服仍可验，其事乃白。是岁，此陂荷花开无不并蒂者。沁水梁国用时为录事判官，为李用章内翰言如此。此曲以乐府双蕖怨命篇，咀五色之灵芝，香生九窍，咽三

---

① 郝经：《遗山先生墓铭》，见《陵川集》卷三五，《文渊阁四库全书》第 1192 册，台湾商务印书馆 1986 年版，第 394 页。

清之瑞露，春动七情，韩偓《香奁集中》自叙语。

故事时地清楚，人物名姓官职皆具，可谓言之凿凿，一派史家"实录"风格。这种史笔为词的作法清楚地表明了以词存史观念对传奇体词创作的推动作用。

第五章　元代日记及其形态

元代日记是中国日记发展史上的重要一环，但人们对它的重视尚嫌不够。陈左高《中国日记史略》认为其处于"衰落"期："日记一体，始于唐而盛于宋，相形之下，元代仅仅九十年历史，日记作品留存较少，佳作更为少见。一般知名文家无勤写日记习惯，即使写些记事性的篇章，也屈指可数。"① 在该书中，他提到的元代日记仅有无名氏《征缅录》、徐明善《安南行记》、刘敏中《平宋录》、刘郁《西使记》、郭畀《云山日记》五种而已。② 事实上，元代日记还有以下数种：姚燧《西林日记》③、李志常《长春真人西游记》、王恽《中堂事记》、方凤《金华洞天行纪》及萧泰登《使交录》④。如此，则元代日记现存10种之多。

元代日记具有深刻的文化意义与独特的文体价值。一方面，它植根于当时的政治、教育等活动中，与元代制度文化、社会风俗密切相关，反映了元朝时代的文化精神与审美趣味；另一方面，它在继承唐宋日记创作精神的基础上，运用实录型、日课型、行纪型等三种日记形态进行创作。通过研究这些日记，有助于探究日记的多种生成因素。因此，本章着力梳理元代日记的不同形态，试图揭示元代日记的独特性与重要性，并期待对日记起源问题的研究有所贡献。

一、实录型日记

实录是我国古代史书的传统形式之一，按年月日记述某一皇帝统治时期的各种大事。实录早在南北朝时期便已出现，后世皆有编修。在元代，"其编修机构是翰林国史院而具体从修人员不固定，其资料基础有起居

---

① 陈左高：《中国日记史略》，上海翻译出版公司1990年版，第25页。
② 参见陈左高《中国日记史略》，上海翻译出版公司1990年版，第25～29页。
③ 该日记收入李德龙、俞冰主编《历代日记丛钞》第1册，学苑出版社2006年版。
④ 以上4部日记收入顾宏义、李文整理标校《金元日记丛编》，上海书店出版社2013年版。

注、时政记、百司进呈的档案资料、当事人的口述档案、翰林国史院的部分藏书等,还需要经过把关才能定稿和缮写进呈,最终为其展现一个清晰的编修流程"①。作为官方修史的一种,实录享有崇高地位。这导致人们在创作与时政相关的文献时,常持有为实录提供资料的目的,故在写法上有步趋实录的情形。元代日记中有一类即如此,可统称为实录型日记。若根据题材再进行细分的话,元代实录型日记又可分为政事类、征伐类、燕行类三种。兹结合具体作品论述于下。

1. 王恽《中堂事记》:政事类日记

据霍艳芳的研究,元代实录的编修机构为翰林国史院,"院官中,地位最高者为翰林学士承旨,其下依次为翰林学士、翰林侍读学士、翰林侍讲学士和翰林直学士",而在210卷《世祖实录》的编修人员中,王恽即赫然在列。② 王恽为元初名臣,一生"三入翰林","遇事论列,随时记载,未尝一日停笔"③,以著述为己任。他于中统元年(1260年)担任中书省详定官;次年五月,翰林院设立后,转任翰林修撰、同知制诰,兼国史院编修官;不久又兼任中书省左司都事。《中堂事记》三卷是他这两年在任期间的作品,"载中统元年九月在燕京随中书省官赴开平会议,至明年九月复回燕京之事。于时政缀录极详,可补史阙"④。事实上,王恽此书确实源自"当日直省日录",编纂目的也是补史,期望"异时有索野史,求史臣中舍之所遗逸者,不无一得于斯焉"⑤。王恽有史才,"论事诸作有关时政者,尤为疏畅详明,了如指掌。史称恽有才干,殆非虚语,不止词藻之工也"⑥,《中堂事记》就很好地体现了这一点。通观整部日记,内容丰富,叙事明白,流露出了一种强烈的盛世史臣心态。这可从以下三个方面来看:

第一,该日记于各项制度措施做了详细载录。如"中统元宝交钞体

---

① 霍艳芳:《元代实录编纂研究》,载《档案学通讯》2016年第2期。
② 参见霍艳芳《元代实录编纂研究》,载《档案学通讯》2016年第2期。
③ 王公儒:《秋涧先生大全文集后序》,见李修生主编《全元文》第13册,江苏古籍出版社1999年版,第252页。
④ 永瑢等:《四库全书总目》卷一六六,中华书局1965年版,第1433页。
⑤ 王恽:《中堂事记序》,见顾宏义、李文整理标点《金元日记丛编》,上海书店出版社2013年版,第89页。
⑥ 永瑢等:《四库全书总目》卷一六六,中华书局1965年版,第1433页。

例"2条、"省府议所有合行事理,札付各路宣抚司榜谕者"9条、"诸相入朝,奏准七道宣抚司所行条画"7条、"堂议定省规"10条、"都堂为诸投下种田户奉旨逐款施行"11条等,于其条文,皆不厌其烦,一一载录。

第二,该日记注重载录当时政府机构职员名单,以彰显一时人物之盛。如记行中书省官多至100余人,记国史院官10人,大多列其官职、籍贯、出身、行事等。此外,王恽常在行文中插入传记性注解,以介绍人物。兹列三例如下:

> 详定官杨威以星变陈书,省官宜解机务,以避贤者,不然且有大咎。(先生名威,字震亨,洛之永安人。资刚直敢言,通天文,知兵。金末,尝从军陕右,以劳充帅府议事官。至元十年,襄阳降,安抚吕文焕过磁。先生以诗讥之,有云:"设若汝不来,宋祚能有几?须知李陵生,何若张巡死。"吕以白金赠之,不受。寿八十,终州教官。有文集若干卷。其为文,思致甚敏,诗乃其所长云。)①

> 癸酉,左司都事刘郁被谴,既而辞退。堂议以前进士杨恕代焉。(恕字诚之,金内相文献公子,皋落人。经义第,成德君子也。后为翰林侍制,终易州尹。)②

> 六日丁酉,诸相会左丞张仲谦第。(左丞名文谦,字仲谦,邢州沙河人。资安和恭,内敏于政,不大声以色。恽为都司时,公来催帐竿棋工事,因教曰:"朝家事有大小,大事需议可取敢奏,稍缓无妨,余则不然。吾子切念之。"今日思之,可为至言也。)③

《中堂事记》首重记事,故人以事传。但这种做法容易导致人物生平

---

① 王恽:《中堂事记》上,见顾宏义、李文整理标点《金元日记丛编》,上海书店出版社2013年版,第99页。
② 王恽:《中堂事记》上,见顾宏义、李文整理标点《金元日记丛编》,上海书店出版社2013年版,第100页。
③ 王恽:《中堂事记》中,见顾宏义、李文整理标点《金元日记丛编》,上海书店出版社2013年版,第109页。

行实略而难知,故王恽在记事之余,兼而记人,采用小传形式对人物进行补充说明。上述三例中,括号内的文字皆是如此,寥寥数言,即将人物介绍完毕,既清晰明白,又对记事有所补充,很好地呈现了实录型日记的独特文体效果。

第三,元朝实现了疆域的极大扩充,建立了大一统帝国,为前此历朝所不及。该日记描述了作者目击神接的江山之胜,体现了无比的自豪之情。王恽曾从大都出发,北行至上京,其将途中所见载入日记,十分精美,可作游记读。兹节录两段文字如下:

> 庚午,泊统墓店。询其名,土人云店北旧有统军墓,故称。是夜,宿雷氏驿亭。地形转高,西望鸡鸣山,南眺桑干上流,自奉圣东诸山下注,白波汹涌,若驱山而东。鸡鸣山者,昔唐太宗东征至其下,闻鸡鸣,故名。东南距怀来七十里之远。
> ……
> 十五日丙子,停午至察罕脑儿,时行宫在此。申刻,大风作,玄云自西北突起,少顷四合,雪花掌如,平地尺许。乱滦河而北,次东北土楼下,群山纠纷,川形平易,因其势而广狭焉。泉流萦纡,揭衣可涉,地气甚温,大寒扫雪,寝以单韦,煦如也。沙草虈茂,极利畜牧。按《地志》,滦野,盖金人驻夏金莲、凉陉一带,辽人曰王国崖者是也。①

所记移步换景,娓娓道来。既有眼前之景,又载历史掌故,可谓目接八荒,神游千载。

要之,《中堂事记》作于元帝国初建之时,反映了作者特有的盛世心态,体现了作者存史、颂世的创作追求。

2.《征缅录》《平宋录》:征伐类日记

元朝帝国的形成是建立在一系列战争讨伐的基础上的。"在几乎整个13世纪中,蒙古统治阶级在国内外进行了连续不断的战争,其战争时间之长,用兵规模之大,行踪范围之广,不仅在中国历史上罕见,而且在世

---

① 王恽:《中堂事记》上,见顾宏义、李文整理标点《金元日记丛编》,上海书店出版社2013年版,第106～107页。

界历史上也是不多的。"① 其中就包括三次征讨缅甸及同南宋长达 40 年的战争。对这些战争的逐日记录便形成了元代征伐类日记,现存有《征缅录》《平宋录》等。

《征缅录》被陈左高《中国日记史略》列为日记,按年月日排列元朝征缅战事,长达 3600 余言。该书世有单行之本,元代苏天爵所编《元文类》卷 41 亦见收录,而更早的版本当为《经世大典·政典·征伐》。《经世大典》为元代官修政书,于元文宗至顺元年(1330 年)由奎章阁学士院负责编纂,赵世延任总裁,虞集任副总裁,次年五月修成。全书 880 卷,目录 12 卷,附公牍 1 卷、纂修通议 1 卷,现多已散佚。据《元文类》所收《经世大典序录》记载,全书分为 10 篇:君事 4 篇,即帝号、帝训、帝制、帝系;臣事 6 篇,即治典、赋典、礼典、政典、宪典、工典,各典复分若干目。在"政典"中,"天造草昧,西东梗阻,式涣其群,以一万有,作征伐第一"。② 而在"征伐"目中,《经世大典》所列征伐对象分别为"宋""高丽""日本""安南""云安""建都""缅朝""占城""海外诸番"等,《征缅录》即为"缅朝"部分的内容。《征缅录》的作者为谁?尚不可知。但据其中"臣作《政典》,高丽有林衍、承化公、金通精之乱,今缅亦似之,皆蕞尔国而屡有弗靖,至烦朝廷兵镇抚,可怜哉"③ 之语,可知该书作者为《经世大典·政典》作者群中的一员。该书之作出于史臣自觉的实录意识,体现了由元朝帝国威加海内而生的自豪之情。

《平宋录》的作者为刘敏中。他于至元十一年(1274 年)至至元二十一年(1284 年)担任兵曹主事,期间参与了"平宋"战争,这部书便是这一战争过程的实录。后应朝廷宣传需要,"开板印造《平宋录》"④,以广其传。该书极力赞美丞相巴延(现译作"伯颜")的平宋之功,针对"自我大元国以来,梯航所至,万国来朝,靡不臣属"⑤ 的崭新形势,表

---

① 罗旺扎布等:《蒙古族古代战争史》,民族出版社 1992 年版,第 1 页。
② 佚名:《政典总序》,见苏天爵《元文类》卷四一,商务印书馆 1958 年版,第 554 页。
③ 佚名:《缅朝》,见苏天爵《元文类》卷四一,商务印书馆 1958 年版,第 565~566 页。
④ 刘敏中:《平宋录》卷下,见《丛书集成初编》第 3910 册,中华书局 1985 年版,第 23 页。
⑤ 刘敏中:《平宋录》卷上,见《丛书集成初编》第 3910 册,中华书局 1985 年版,第 1 页。

达了强烈的自豪感。它逐年记录平宋之事，充分展示了元军的摧枯拉朽之势，于元军英勇善战处及宋人望风而降处皆着力写之，以为鲜明对照。如：

> 沙洋南五里，至于新城，其将边都统镇守焉。丞相令军众，将戮沙洋军人首级列于城下，执缚沙洋将串楼王等，望城呼曰："边都统宜速归降。如其不然，则祸在于目前。"至暮，其将黄都统踰城而降。丞相拟授招讨使，即以金符佩之。①

于新城一役，采取招降之策，威逼与厚赏并行，以此显出元军统帅的高明之处。这段记载处处突显丞相巳延的筹划处置之功，恰恰体现了作者鲜明的褒扬立场。

3.《西使记》《安南行记》《使交录》：燕行类日记

元朝为我国历史上的大一统时代，疆域极为辽阔，中央派使者出使四方与四方之使者来朝络绎不绝，因此记录出使日程以便汇报便成为一种公务行为。《经世大典》有"遣使"一目，云："昔我国家之临万方也，未来朝者，遣使喻而服之，不服则从而征伐之，事在政典，此记使事而已。天下既定，郡县既立，有所询问、考察则遣使，致命遐远则遣使，皆事已而罢。汇有司之存牍，为此篇。"② 又有"朝贡"一目，云："我国家幅员之广，极天地覆焘，自唐虞三代声教威力所不能被者，莫不执玉贡琛以修臣职，于是设官治馆以待之。梯山航海，殊服异状，不可胜纪。案牍不具，不得备书。立此篇，以俟考补。"③ 由此可知这些燕行类文献产生的背景及利用的去向。其中，以年月日形式记载出使行程及见闻的文献，可称为燕行类日记。

《西使记》为中书省都事刘郁于中统四年（1263 年）所记。"是书记常德西使皇弟锡里库军中往返道途之所见。……郁所纪录，本不足道，然据其所述，亦足参稽道里，考证古今之异同。"④ 可见，该书对考证元朝

---

① 刘敏中：《平宋录》卷上，见《丛书集成初编》第 3910 册，中华书局 1985 年版，第 3 页。
② 苏天爵：《元文类》卷四一，商务印书馆 1958 年版，第 550 页。
③ 苏天爵：《元文类》卷四一，商务印书馆 1958 年版，第 550 页。
④ 永瑢等：《四库全书总目》卷五八，中华书局 1965 年版，第 530 页。

疆域有一定价值与意义。其中描写充满了异域风情，如："又南，有赤木儿城。居民多并、汾人。有兽似虎，毛厚，金色无文，善伤人。有虫如蛛，毒中人则烦渴，饮水立死。唯过醉蒲萄酒，吐则解。有畜酒。字罗城迤西，金、银、铜为钱，有文而无孔方。"① 这段描述与中原大地的日常所见确实迥然不同。

《安南行记》《使交录》则属于与越南相关的燕行类日记。此类文献不少，张秀民提及以下数种：

> 《天南行记》　元·徐明善撰，商务印书馆铅印《说郛》本卷五十一题《安南行记》，记至元二十五年奉使安南经过及诏文表章进贡物品单，陈氏《世善堂书目》史部亦作《安南行记》。
>
> 《张尚书行录》　至元二十八年，以黎氏《安南志略》卷三附录。
>
> 《交州稿》　元·陈孚撰，至元二十九年，以吏部尚书梁曾使安南，陈孚为副，孚留交五十二日，记其山川城邑风俗为图一卷，谕以顺逆祸福，为书八篇，悉上于史馆，道中得诗一百余首，目之曰《交州稿》……
>
> 《元贞使交录》　元·萧泰登撰，成宗元贞元年萧方崖《使交录序》，见《志略》卷三。萧氏"自上都（开平）至安南州郡，山川人物，礼乐故实，异政殊俗，怪草奇花，人情治法，愈病药方，逐日编次成一集"。板行于世，元刊本已佚。
>
> 《安南行记》　元·文矩撰，文矩，字子方，长沙人，英宗至治元年使安南副使。
>
> 《南征稿》　元·傅与砺撰，元统三年副使傅若金，江西新喻人，稿有诗歌百余篇，今四库本傅与砺诗集中尚存数十首。
>
> 《安南图》　元·陈孚上于史馆。②

---

① 刘郁：《西使记》，见顾宏义、李文整理标点《金元日记丛编》，上海书店出版社2013年版，第145页。

② 张秀民：《中越关系书目（国人著述）》，见《中越关系史论文集》，台湾文史哲出版社1992年版，第216～217页。

其中,《安南行记》乃徐明善所作。徐明善字志友,号芳谷,德兴人,与弟嘉善以理学名,时称"二徐",有《芳谷集》二卷。《使交录》乃萧泰登所作。史称萧氏"精悍细密,发必中节。或劝以太刚必折,泰登曰:'人患不刚耳,折不折天也。'故自号方崖,以见其志"①。这两部燕行类日记皆为作者出使安南时所作,展现了出使者的大国心态,如徐"明善相副两山礼侍使安南,常例赆币,皆却而不受"②,便可与《元史·姚燧传》中所载一事相参证:

  时高丽沈阳王父子,连姻帝室,倾赀结朝臣。一日,欲求燧诗文,燧靳不与,至奉旨,乃与之。王赠谢币帛、金玉、名画五十篚,盛陈致燧。燧即分散诸属官及史胥侍从,止留金银,付翰林院为公用器皿,燧一无所取。人问之,燧曰:"彼藩邦小国,唯以货利为重,吾能轻之,使知大朝不以是为意。"其器识豪迈过人类如此。③

  面对高丽沈阳王父子的重金答谢,姚燧表现出极强的大局观念与轻利意识,反映了他在处理国家关系时的"器识豪迈过人"。这样的心态正是元帝国的大一统局面带来的,也奠定了上述燕行类日记创作的心理基础。

二、日课型日记

  日记之兴固然与日历、实录存在着密切联系,但另外一个因素尚未引起重视,那就是日课。所谓日课,是古人为学为文按日计划与践行的一种做法。宋元理学兴盛,教育发达,日课遂成为士人读书问学的重要方式。其具体要求多如下文所载:

  凡作工夫须立定课程(日日有常,不可间断),日须诵文字一篇,或量力念半篇,或二三百字编文字一卷或半卷(须分两册,一

---

① 柯劭忞:《新元史》卷一九五,吉林人民出版社1998年版,第3014页。
② 徐明善:《安南行记》,见顾宏义、李文整理标点《金元日记丛编》,上海书店出版社2013年版,第171页。
③ 宋濂等:《元史》卷一七四《姚燧传》,中华书局1976年版,第4060页。

册编题，一册编语。卷帙太多，编六七板亦得）；作文字半篇或一篇。熟看程文及前辈文字各数首，此其大略也。（纵使出入及宾客之类，亦须量作少许，念前人文百字，编文字半板。非谓写半板，但如节西汉半板，作文字数句，熟看程文及前辈文一首，虽风雨不移。欲求繁冗中不妨课程之术，古人每言"整暇"二字，盖整则废矣。）①

在此，日课实际上将士人读书问学的任务做了分解，通过设定每日需完成的诵读、编类及作文任务，积少成多，以此实现教育的总体目标。这是南宋以来理学家对士人读书问学的具体安排，确实行之有效。同时，为了便于计划安排与记录总结，特意印制日簿，用于学子每日读书问学情况的记录与查验。《宋元学案》卷八七《静清学案》载有《读书分年日程》，其中所言日簿与日记在形式上已无太大区别：

> 以前日程，依序分日，定其节目，写作空眼，刊定印板，使生徒每人各置一簿，以凭用功。次日早，于师前试验，亲笔句销，师复亲标所授起止于簿。庶日有常守，心力整暇，积日而月，积月而岁，师生两尽，皆可自见。施之学校公教，尤便有司拘钤考察。……人若依法读得十余个簿，则为大儒也，孰御？他年亦须自填以自检束，则岁月不虚掷矣。今将已刊定空眼式连于次卷，学者诚能刊印，置簿日填，功效自见也。②

理学家要求士人读经、读史、习字读文等皆须有日程，每个日程又须用日簿的形式记录下来，一方面可以检验自己每日所学，收日积月累以致远之效，另一方面，既方便老师检查，也"尤便有司拘钤考察"，做到有据可依。此外，更着重强调的是，日簿并不限于士人求学阶段，还可推广至一生的修身治学，"置簿日填，功效自见"。如是，日簿已与日记无甚差别。事实也是如此，宋元时人即多有运用此法者，如吕祖谦有《庚子辛丑日记》，黄震谓："（此日记）盖病中编诗记、大事记也。晦翁跋其后

---

① 王应麟：《玉海》卷二〇一，江苏古籍出版社、上海书店1987年版，第3671页。
② 黄宗羲原著，全祖望补修，陈金生、梁运华点校：《宋元学案》，中华书局1982年版，第2921～2922页。

云：'气候之暄凉，草木之荣悴，亦必谨焉。'"① 又如吴炎，"其所著有《阳山猥稿》若干卷及《日记》，以自课其所学，其进未已也"②。到了元代，刘因也有日记之作，不过在写作内容上更加日常化："予平生所与往还通问讯者，皆有日录，而以时考之，庶其有自警者焉。"③ 他的日记虽保留了日簿"自警"的功能，但也载入了"所与往还通问讯者"等，内容范围进一步扩大。

现存元代日课型日记有郭畀《云山日记》。郭畀（1280—1335年），字天锡，又字祐之，别号北山，开沙（今江苏省镇江市丹徒区）人。元初，被荐为淮海书院山长。20岁即为镇江儒学学录，后为学正，历任鄱江书院山长，调平江路任儒学教授，未及赴任，又改任江浙行省掾史。精于书画。从履历看，郭畀有着丰富的教育经验，对日课、日簿之类应十分熟悉，《云山日记》之作即可能与此背景有关。"元郭天锡手书《日记》墨迹四册，始于至大元年戊申八月廿七日，止于二年己酉十月三十日，并闰月共十六阅月。逐日详书天气之阴晴寒暑，人事之往来酬答，委曲琐屑，弥不备尽。所尤详者，遇饮必书，求书画者必书，所游寺观必书。称谓之间，褒讥寓焉。感叹之际，义理昭焉。细读一过，如见其人之性情心事，而与之周旋谈笑于十有六月之久也。"④ 所作概括十分精当。或者可以说，《云山日记》之所以呈现出如此面貌，固然取决于作者"其人之性情心事"，但也与日课型日记到了元代已经成熟、定型密不可分。

三、行纪型日记

行纪型日记在宋代已蔚为大观，堪为代表的有欧阳修《于役志》、陆游《入蜀记》等。近人傅增湘说："宋人行役多为日录，以记其经历之详，其间道里之迤迤、郡邑之更革，有可概见，而举山川、考古迹、传时

---

① 黄震：《黄氏日钞》卷四〇"日记"条，见《文渊阁四库全书》第708册，台湾商务印书馆1986年版，第163页。
② 包恢：《吴主簿墓志铭》，见曾枣庄、刘琳主编《全宋文》第320册，上海辞书出版社、安徽教育出版社2006年版，第6页。
③ 刘因：《玉田杨先生哀辞并序》，见李修生主编《全元文》第13册，江苏古籍出版社1999年版，第456页。
④ 宋葆淳：《云山日记跋》，见顾宏义、李文整理标点《金元日记丛编》，上海书店出版社2013年版，第247页。

事，在博洽者不为无助焉。"① 即指出了此类日记的内容及价值。元代行纪型日记虽不如宋代之多，但亦有特别者，如李志常《长春真人西游记》。这部日记记录了长春真人丘处机西行觐见成吉思汗的行程，历时5年之久。举凡途中的气候景观、山川草木、风土人情等，常被采择入诗，加以咏歌，遂增强了这部日记的文学性。兹引一段文字如下：

> 五月，师至德兴龙阳观度夏，以诗寄燕京士大夫云："登真何在泛灵槎？南北东西自有嘉。碧落云峰天景致，沧波海市雨生涯。神游八极空虽远，道合三清路不差。弱水纵过三十万，腾身顷刻到仙家。"……观居禅房山之阳，其山多洞府，常有学道修真之士栖焉，师因挈众以游。初入峡门，有诗云："入峡清游分外嘉，群峰列岫戟查牙。蓬莱未到神仙境，洞府先观道士家。松塔倒县秋雨露，石楼斜照晚云霞。却思旧日终南地，梦断西山不见涯。"其地爽垲，势倾东南，一望三百余里。观之东数里，平地有涌泉，清泠可爱。师往来其间，有诗云："午后迎风背日行，遥山极目乱云横。万家酷暑熏肠热，一派寒泉入骨清。北地往来时有信，东皋游戏俗无争。（耕夫牧竖，堤阴让坐）溪边浴罢林间坐，散发披襟畅道情。"②

丘处机游德兴龙阳观、峡门、东泉等地，因作三诗以纪。这3首诗于景物描写中抒发道情，可见丘处机观物得道的优游心态。如果说这3首诗所记尚为中原常见之境，那么其游至西域时所作的诗篇则充满了奇异之感，如下面这段文字所载：

> 四日，宿轮台之东，迭屑头目来迎。南望阴山，三峰突兀倚天。因述诗赠书生李伯祥，生相人。诗云："三峰并起插云寒，四壁横陈绕涧盘。雪岭界天人不到，冰池耀日俗难观。（人云向此冰池之间观看，则魂识昏昧）岩深可避刀兵害，（其岩险固，逢乱世坚守，则得免其难）水众能滋稼穑干。（下有泉源，可以灌溉田禾，每岁秋成）

---

① 傅增湘：《藏园群书经眼录》第2册，中华书局1983年版，第452页。
② 李志常：《长春真人西游记》，见顾宏义、李文整理标点《金元日记丛编》，上海书店出版社2013年版，第45页。

名镇北方为第一，无人写向图画看。"①

轮台已入大漠之地，在阴山之北，所见之景则一变为雄奇，如所谓"三峰突兀倚天"之类，因此诗作也一改之前的闲适容与之状，而变为刚健有力，令人咨嗟。而在诗作正文中间穿插自注，交代背景、意义，更丰富了这部日记的内涵与价值。

元代行纪型日记尚有方凤《金华洞天行纪》。作者方凤，"宋时未及仕，而宋亡遂抱其遗经，隐仙华山，往往遇遗民故老于残山剩水间，握手嘘唏，低回而不忍去。缘情托物，发为歌诗，以寓麦秀之遗意"②，可见其遗民立场。这部日记记录了至元十六年（1279年）他与友人同游金华的经历，凡15天。在日记中，他详细记录了此游的行踪与见闻，写景物多见清幽之趣，言古迹往往详其来历，充满了访古寻幽之思，确能引人入胜。对于此游，他有诗纪曰："赤松上下雨霏微，八咏楼头重拂衣。西港晴来汀草长，北岩幽处洞泉飞。风敲定磬鹿春过，月满丹台鹤夜归。历览因知古词客，盛夸云梦未全非。"③ 此诗虽不见得高明，但道出了所游的景点及其特色，从而印证了"古词客"的"盛夸"之不虚。

众所周知，日记是在古代中国即已发达成熟、到了今天依然沿用不衰的文体形式。无论硕学大儒还是学子俗客，多有涉笔之作；无论邃思鸿识还是人情世故，皆可纳入一编。因此，其复杂性、涵括性都是不容忽视的。就其渊源来看，日记形态实可分为实录型、日课型、行纪型三种。这三种日记又分别对应实录、日簿、行纪三种书写方式，是中国古代史官文化、教育活动及行旅文化的反映。元代日记虽然存世不多，但在继承唐宋日记创作精神的基础上，完整地运用了这三种日记形态，并彰显了元朝时代的文化精神与审美趣味，因此自有其不朽价值在焉。

---

① 李志常：《长春真人西游记》，见顾宏义、李文整理标点《金元日记丛编》，上海书店出版社2013年版，第55页。
② 郭霙：《金华洞天行纪跋》，见顾宏义、李文整理标点《金元日记丛编》，上海书店出版社2013年版，第161页。
③ 方凤：《金华洞天行纪》，见顾宏义、李文整理标点《金元日记丛编》，上海书店出版社2013年版，第160页。

第六章　元代谣谚研究

在古代社会生活中，人们用来交流信息的语言往往因为传播方式的不同而产生分化，形成不同的语体类型。如《韩诗章句》谓"有章句曰歌，无章曲曰谣"，"歌"与"谣"的分别在于合乐与否，说明"谣"乃无需配乐但有一定声韵特点、易于上口的语言。又如《说文解字》谓"谚，传言也"，道出了谚语流播于众口的特点。古人常将谣谚连类言之，二者在传播方式、语体特征上有共通之处。一般而言，谣谚借助于口头传播，短小精悍但含蕴丰富，价值不菲。通过对其发生与流播情境的还原，实有助于我们了解那些逝去的相关历史。进一步讲，有些谣谚因为凝结着人们的智慧与经验，即使时过境迁，依然在当下具有一定的适用性。基于这种认识，本章聚焦于元代谣谚，意在揭示其在元代政治社会、世俗生活及文学文化当中的价值与意义。

一、元代谣谚的现存情况

由于多数谣谚是经口头传播的，只有借助物质媒介如碑刻或典籍才容易流传下来，为后人所知悉，因此人们对谣谚的收集与考释便主要通过这些媒介来进行。清代杜文澜辑录的《古谣谚》可谓此方面的集大成之作，在1958年由中华书局出版后，影响更大。山西人民出版社1986年出版的尚恒元、彭普俊所编《二十五史谣谚通检》则将分散在二十五史中的谣谚辑出并做了阐释。这两部书都收录了为数不少的元代谣谚，为做进一步的收集工作打下了良好基础。笔者在二书的基础上，复从元代各类文献中对谣谚广事辑录，总计得81条。兹不避烦冗，一一列举于下：

(1) 苇生成旗，民皆流离；苇生成枪，杀伐遭殃。[①]

[①] 宋濂等：《元史》卷五一《五行志》，中华书局1976年版，第1101页。

（2）塔儿黑，北人作主南人客；塔儿红，朱衣人作主人公。①
（3）李生黄瓜，民皆无家。②
（4）白雁望南飞，马札望北跳。③
（5）富汉莫起楼，穷汉莫起屋，但看羊儿年，便是吴家国。④
（6）石人一只眼，挑动黄河天下反。⑤
（7）一阵黄风一阵沙，千里万里无人家，回头雪消不堪看，三眼和尚弄瞎马。⑥
（8）天雨牦，事不齐。⑦
（9）天雨线，民起怨，中原地，事必变。⑧
（10）摇摇罟罟，至河南，拜阏氏。⑨
（11）杀人一万，自损三千。⑩
（12）焉卤为田兮，孙父之教。渠之泱泱兮，长我秔稻。自今有年兮，无旱无涝。⑪
（13）归旸出角，吴炳无光。⑫
（14）欲学孝妇，当问俞母。⑬
（15）鸡啼不拍翅，鸦鸣不转更。⑭
（16）由人而穷，穷者有十：一要贫，学烧银；二要贫，孝空门；三要贫，好相论；四要贫，好移坟；五要贫，置宠人；六要贫，陪女门；七要贫，要宅新；八要贫，酒赌频；九要贫；宴贵宾；十要

---

① 宋濂等：《元史》卷五一《五行志》，中华书局1976年版，第1103页。
② 宋濂等：《元史》卷五一《五行志》，中华书局1976年版，第1104页。
③ 宋濂等：《元史》卷五一《五行志》，中华书局1976年版，第1107页。
④ 宋濂等：《元史》卷五一《五行志》，中华书局1976年版，第1107页。
⑤ 宋濂等：《元史》卷五一《五行志》，中华书局1976年版，第1107页。
⑥ 宋濂等：《元史》卷五一《五行志》，中华书局1976年版，第1107页。
⑦ 宋濂等：《元史》卷五一《五行志》，中华书局1976年版，第1109页。
⑧ 宋濂等：《元史》卷五一《五行志》，中华书局1976年版，第1109页。
⑨ 宋濂等：《元史》卷一四九《郭宝玉传》，中华书局1976年版，第3520页。
⑩ 宋濂等：《元史》卷一四九《洪君祥传》，中华书局1976年版，第3631～3632页。
⑪ 宋濂等：《元史》卷一六三《乌古孙泽传》，中华书局1976年版，第3835页。
⑫ 宋濂等：《元史》卷一八六《归旸传》，中华书局1976年版，第4270页。
⑬ 宋濂等：《元史》卷二〇〇《闻氏传》，中华书局1976年版，第4490页。
⑭ 杨瑀：《山居新语》，见《宋元笔记小说大观》，上海古籍出版社2001年版，第6073页。

贫，好赛神。①

（17）人有十可富：一可富，孝亲族；二可富，少奴仆；三可富，省追逐；四可富，效勤苦；五可富，不高屋；六可富，长忍辱；七可富，粗衣服；八可富，养六畜；九可富，多粪土；十可富，没名目。②

（18）死不怨泰州张，生不谢宝庆杨。③

（19）侬家种，籴家收。④

（20）满城都是火，府官四散躲，城里无一人，红军府上坐。⑤

（21）火殃来矣。⑥

（22）雾凇重雾凇，穷汉置饭瓮。⑦

（23）世情看冷暖，人面逐高低。⑧

（24）相马失之瘦，相士失之贫。⑨

（25）三十八，十八子，寅卯年，至辰巳，合收张翼，同为列国。不在常，不在祥，切须款款细思量；旦卜水，暮愁米，浮图倒地莫扶起；修右岸，重开河，军民拍手笑呵呵。日出屋东头，鲤鱼山上游；星从月里过，会在午年头。⑩

---

① 赵素：《为政九要》，见佚名《居家必用事类全集》辛集，北京图书馆古籍出版编辑组编《北京图书馆古籍珍本丛刊》第 61 册，书目文献出版社 1988 年版，第 338 页。
② 赵素：《为政九要》，见佚名《居家必用事类全集》辛集，北京图书馆古籍出版编辑组编《北京图书馆古籍珍本丛刊》第 61 册，书目文献出版社 1988 年版，第 338 页。
③ 姚桐寿：《乐郊私语》，见《宋元笔记小说大观》，上海古籍出版社 2001 年版，第 6102 页。
④ 黎崱：《安南志略》卷十五，中华书局 2000 年版，第 360 页。
⑤ 陶宗仪：《南村辍耕录》卷九，见《宋元笔记小说大观》，上海古籍出版社 2001 年版，第 6248 页。
⑥ 陶宗仪：《南村辍耕录》卷九，见《宋元笔记小说大观》，上海古籍出版社 2001 年版，第 6253 页。
⑦ 刘埙：《隐居通议》卷七，见《丛书集成初编》第 212 册，中华书局 1985 年版，第 75 页。
⑧ 刘埙：《隐居通议》卷二五，见《丛书集成初编》第 215 册，中华书局 1985 年版，第 257 页。
⑨ 刘埙：《隐居通议》卷二五，见《丛书集成初编》第 215 册，中华书局 1985 年版，第 267 页。
⑩ 李翀：《日闻录》卷一，见《丛书集成初编》第 328 册，中华书局 1985 年版，第 7 页。

(26) 三世仕宦，方会着衣吃饭。①

(27) 雁孤一世，鹤孤三年，鹊孤一周。②

(28) 铁板《尚书》，乱说《春秋》。③

(29) 明悭越薄。④

(30) 温贼台鬼，衢毒婺痦，鄞不知耻，越薄如纸。⑤

(31) 东南生气，西北战场。⑥

(32) 年年防火起，夜夜防贼来。⑦

(33) 三不了事件。⑧

(34) 席上不可无，家中不可有。⑨

(35) 五子最恶。⑩

(36) 不惜衣裳，得冻死报。不惜饮食，获饿死报。寻常过分，获贫穷报。⑪

(37) 惜衣得衣，惜食得食。⑫

---

① 李翀：《日闻录》卷一，见《丛书集成初编》第328册，中华书局1985年版，第9页。
② 孔齐：《至正直记》卷一，见《宋元笔记小说大观》，上海古籍出版社2001年版，第6579页。
③ 孔齐：《至正直记》卷二，见《宋元笔记小说大观》，上海古籍出版社2001年版，第6587页。
④ 孔齐：《至正直记》卷二，见《宋元笔记小说大观》，上海古籍出版社2001年版，第6590页。
⑤ 孔齐：《至正直记》卷二，见《宋元笔记小说大观》，上海古籍出版社2001年版，第6590页。
⑥ 孔齐：《至正直记》卷二，见《宋元笔记小说大观》，上海古籍出版社2001年版，第6590页。
⑦ 孔齐：《至正直记》卷二，见《宋元笔记小说大观》，上海古籍出版社2001年版，第6591页。
⑧ 孔齐：《至正直记》卷二，见《宋元笔记小说大观》，上海古籍出版社2001年版，第6592页。
⑨ 孔齐：《至正直记》卷二，见《宋元笔记小说大观》，上海古籍出版社2001年版，第6592页。
⑩ 孔齐：《至正直记》卷二，见《宋元笔记小说大观》，上海古籍出版社2001年版，第6593页。
⑪ 孔齐：《至正直记》卷二，见《宋元笔记小说大观》，上海古籍出版社2001年版，第6606页。
⑫ 孔齐：《至正直记》卷二，见《宋元笔记小说大观》，上海古籍出版社2001年版，第6606页。

（38）结交须胜己，似我不如无。①
（39）成人不自在，自在不成人。②
（40）善恶有报，只争迟早。③
（41）穷吃素，老看经。④
（42）使新人骑旧马。⑤
（43）家有万贯，不如出个硬汉。⑥
（44）万顷良田，不如四两薄福。⑦
（45）日进千文，不如一艺防身。⑧
（46）玛瑙无红一世穷。⑨
（47）玛瑙红多不直钱。⑩
（48）与人不足，撺掇人起屋。与人无义，撺掇人置玩器。⑪
（49）宁可死，莫与秀才担担子。肚里饥，打火又无米。⑫

---

① 孔齐：《至正直记》卷二，见《宋元笔记小说大观》，上海古籍出版社2001年版，第6606页。
② 孔齐：《至正直记》卷二，见《宋元笔记小说大观》，上海古籍出版社2001年版，第6606页。
③ 孔齐：《至正直记》卷二，见《宋元笔记小说大观》，上海古籍出版社2001年版，第6615页。
④ 孔齐：《至正直记》卷二，见《宋元笔记小说大观》，上海古籍出版社2001年版，第6616页。
⑤ 孔齐：《至正直记》卷三，见《宋元笔记小说大观》，上海古籍出版社2001年版，第6627页。
⑥ 孔齐：《至正直记》卷三，见《宋元笔记小说大观》，上海古籍出版社2001年版，第6632页。
⑦ 孔齐：《至正直记》卷三，见《宋元笔记小说大观》，上海古籍出版社2001年版，第6632页。
⑧ 孔齐：《至正直记》卷三，见《宋元笔记小说大观》，上海古籍出版社2001年版，第6632页。
⑨ 孔齐：《至正直记》卷三，见《宋元笔记小说大观》，上海古籍出版社2001年版，第6636页。
⑩ 孔齐：《至正直记》卷三，见《宋元笔记小说大观》，上海古籍出版社2001年版，第6636页。
⑪ 孔齐：《至正直记》卷四，见《宋元笔记小说大观》，上海古籍出版社2001年版，第6647页。
⑫ 孔齐：《至正直记》卷四，见《宋元笔记小说大观》，上海古籍出版社2001年版，第6650页。

（50）馩香、吸髓、倚阑干。①

（51）巴豆未开花，黄连先结子。②

（52）苍蝇变黑白。③

（53）无土不成人。④

（54）山朝不如水朝，水朝不如人朝，人朝不如鸟朝。⑤

（55）忍事敌灾星。⑥

（56）凡事得忍且忍，饶人不是痴汉，痴汉不会饶人。⑦

（57）得忍且忍，得诫且诫。不忍不诫，小事成大。⑧

（58）不哑不聋，不做大家翁。⑨

（59）刀疮易没，恶语难消。⑩

（60）生员不如百姓，百姓不如祗卒。⑪

（61）六十年前岁庚午，雷氏出粟活饥者。后庚午岁岁复饥，霜

---

① 孔齐：《至正直记》卷四，见《宋元笔记小说大观》，上海古籍出版社 2001 年版，第 6650 页。

② 孔齐：《至正直记》卷四，见《宋元笔记小说大观》，上海古籍出版社 2001 年版，第 6650 页。

③ 孔齐：《至正直记》卷四，见《宋元笔记小说大观》，上海古籍出版社 2001 年版，第 6660 页。

④ 孔齐：《至正直记》卷四，见《宋元笔记小说大观》，上海古籍出版社 2001 年版，第 6664 页。

⑤ 孔齐：《至正直记》卷四，见《宋元笔记小说大观》，上海古籍出版社 2001 年版，第 6670 页。

⑥ 吴亮：《忍经》，见《四库全书存目丛书》子部第 120 册，齐鲁书社 1995 年版，第 15 页。

⑦ 吴亮：《忍经》，见《四库全书存目丛书》子部第 120 册，齐鲁书社 1995 年版，第 15 页。

⑧ 吴亮：《忍经》，见《四库全书存目丛书》子部第 120 册，齐鲁书社 1995 年版，第 15 页。

⑨ 吴亮：《忍经》，见《四库全书存目丛书》子部第 120 册，齐鲁书社 1995 年版，第 15 页。

⑩ 吴亮：《忍经》，见《四库全书存目丛书》子部第 120 册，齐鲁书社 1995 年版，第 15 页。

⑪ 李继本：《与董涞水书》，见《一山文集》卷八，《文渊阁四库全书》第 1217 册，台湾商务印书馆 1986 年版，第 779 页。

氏出粟如当时。雷氏子孙力为善，文章贵重当复见。①

（62）伊丞之来，吾民不知。吏胥既荒，吾民相忌。彼庭开明，维丞之平。雍雍其堂，富民恐伤。有亭是休，思贤悠悠。丞之庋止，毋哗以喜。后今今今，维今是似。②

（63）扬汤止沸，莫若灶下撤薪。③

（64）轻诺必寡信。④

（65）丰年积谷。⑤

（66）车无余材。⑥

（67）不啼之儿，谁不能持？⑦

（68）两姑之间难为妇。⑧

（69）江南若破，百雁来过。⑨

（70）平生避车，不远一舍。⑩

（71）生子如狼，犹恐如尪。⑪

（72）御寒必须重裘，弭谤莫若自修。⑫

---

① 虞集：《故修职郎建昌军军事判官雷君则顺（昇）墓志铭》，见《虞集全集》，天津古籍出版社 2007 年版，第 913～914 页。

② 袁桷：《鄞县兴造记》，见《清容居士集》卷十八，《四部丛刊》本。

③ 胡祗遹：《寄子方郎中书》，见《紫山大全集》卷十二，《文渊阁四库全书》第 1196 册，台湾商务印书馆 1986 年版，第 226 页。

④ 胡祗遹：《论作养士气》，见《紫山大全集》卷二十，《文渊阁四库全书》第 1196 册，台湾商务印书馆 1986 年版，第 354 页。

⑤ 胡祗遹：《论积贮》，见《紫山大全集》卷二二，《文渊阁四库全书》第 1196 册，台湾商务印书馆 1986 年版，第 397 页。

⑥ 胡祗遹：《即今弊政》，见《紫山大全集》卷二二，《文渊阁四库全书》第 1196 册，台湾商务印书馆 1986 年版，第 400 页。

⑦ 姚燧：《寿庞礼部母夫人诗序》，见《牧庵集》卷三，《文渊阁四库全书》第 1201 册，台湾商务印书馆 1986 年版，第 435 页。

⑧ 姚燧：《送李茂卿序》，见《牧庵集》卷四，《文渊阁四库全书》第 1201 册，台湾商务印书馆 1986 年版，第 446 页。

⑨ 王恽：《玉堂嘉话》卷四，中华书局 2006 年版，第 103 页。

⑩ 王恽：《玉堂嘉话》卷四，中华书局 2006 年版，第 108 页。

⑪ 王恽：《画虎》，见《秋涧集》卷四四，《文渊阁四库全书》第 1200 册，台湾商务印书馆 1986 年版，第 579 页。

⑫ 王恽：《谤解》，见《秋涧集》卷四五，《文渊阁四库全书》第 1200 册，台湾商务印书馆 1986 年版，第 598 页。

（73）画地为囹不可入，削木为吏期不对。①
（74）生事事生，省事事省。②
（75）非尔之高，我之下也。③
（76）遗子黄金满籯，不如一经。④
（77）目耕夜分李好文。⑤
（78）浦夹辅洲，如岗如丘，实安衮衮流。⑥
（79）狼狞不若犬众。⑦
（80）捉贼见赃，捉奸见双。⑧
（81）人无前后眼。⑨

古代典籍在记录谣谚时常标以"谣曰""谚曰"之类的字眼，这是辨别谣谚最为明显的标志。这些谣谚一般采用比较、递进、比喻、对仗、谐音等方式，在寥寥数字之中，寄寓较为深刻的道理。不过应当注意的是，由于谣谚具有时代累积性特征，即有些起源很早，但到了后世才被记录下来，因此不排除上列谣谚存在在前代已经出现的情况。

二、元代谣谚的类型价值

元代谣谚包蕴丰富，深刻地反映了当时社会、政治、文化的方方面

---

① 王恽：《吏解》，见《秋涧集》卷四六，《文渊阁四库全书》第1200册，台湾商务印书馆1986年版，第606页。
② 吴澄：《李安道字说》，见《吴文正集》卷九，《文渊阁四库全书》第1197册，台湾商务印书馆1986年版，第114页。
③ 吴师道：《高士传序》，见《敬乡录》卷九，《文渊阁四库全书》第451册，台湾商务印书馆1986年版，第344页。
④ 吴师道：《教经堂记》，见《礼部集》卷十三，《文渊阁四库全书》第1212册，台湾商务印书馆1986年版，第162页。
⑤ 王逢：《目耕轩后序》，见《梧溪集》卷四，《文渊阁四库全书》第1218册，台湾商务印书馆1986年版，第705页。
⑥ 王逢：《文犀洲倡咏序》，见《梧溪集》卷六，《文渊阁四库全书》第1218册，台湾商务印书馆1986年版，第823页。
⑦ 王德渊：《角觝说》，见周南瑞《天下同文集》卷二六，《文渊阁四库全书》第1366册，台湾商务印书馆1986年版，第658页。
⑧ 洪楩：《清平山堂话本》，江苏古籍出版社1990年版，第19页。
⑨ 洪楩：《清平山堂话本》，江苏古籍出版社1990年版，第37页。

面。根据表现形式与使用功能的不同,前文所列81条谣谚可分为两个主要类型:谶谣与俗谚。下面即对它们分别加以论述。

(一)谶谣

谶谣是古代的预言家、方士、政客或别有图谋者为了各种目的而制作的一种经由儿童、铭文或其他方式传播的神秘语言形式,以隐喻朝代兴亡、社会战乱、自然灾变等。谶谣在历史中大量存在,北宋吴处厚云:"谣谶之语,在《洪范》'五行',谓之诗妖,言不从之罚,前世多有之,而近世亦有焉。"[①] 元代前后仅维持98年,在此期间,民族矛盾、社会矛盾丛生,各种抗争、起义活动此起彼伏,而借助谶谣来鼓动人心,集聚力量便成为这些活动常常利用的手段。某种意义上来说,一部元代兴衰史,始终不免谶谣的影子。

元朝攻宋,即广为散布谶谣来动摇南宋民心,为自身服务。王恽《玉堂嘉话》卷四载:"宋未下时,江南谣云:'江南若破,百雁来过。'当时莫喻其意。及宋亡,盖知指丞相百颜也。夫荧惑之精下散而为童谣。不尔,何先事如此。"[②] 宋元对峙40年,及至元丞相百颜(现在一般写作"伯颜")任统帅,南宋已岌岌可危。为了打击对手,元军有意制造"江南若破,百雁来过"这一谶谣,以"百雁"暗喻"百颜",既关合百姓日常习见的大雁南飞过江的自然现象,易于引起广泛的关注,又刻意使前后句之间生硬搭配,造成逻辑不通的情况,从而引导人们去寻找、揣测话语背后的神秘信息。一旦百颜破江南的寓意被释放出来,则此谶谣便能在传统观念下的民众接受心理中产生摧枯拉朽的舆论力量,从而配合元朝的军事进攻,达到攻心为上的良好效果。在王恽的记载中,此谶谣被归结为"荧惑之精下散",仿佛天意使然,可见其俨然具有的不可抗拒性。

及至元末天下大乱,义军四起,谶谣更加层出不穷。《元史》卷五一《五行志》载:

　　至元五年八月,京师童谣云:"白雁望南飞,马札望北跳。"至正五年,淮、楚间童谣云:"富汉莫起楼,穷汉莫起屋,但看羊儿

---

① 吴处厚:《青箱杂记》卷七,中华书局1985年版,第69页。
② 王恽:《玉堂嘉话》卷四,中华书局2006年版,第103页。

年，便是吴家国。"十年，河南、北童谣云："石人一只眼，挑动黄河天下反。"十五年，京师童谣云："一阵黄风一阵沙，千里万里无人家，回头雪消不堪看，三眼和尚弄瞎马。"此皆诗妖也。①

此一段记载集中了四条谶谣，分别流传于京师，淮、楚间，河南、北，几乎覆盖了元帝国统治的所有核心区域。"这四首童谣反映了大起义在黄河南北、江淮左右发展的情况。第一首反映了人民对起义的热望；第二、四首预言羊儿年（乙未、公元 1355 年）将取得起义的胜利；第三首，利用石人鼓动群众。白雁：'候鸟，晚秋自北飞南。'杜甫《九日五首》：'殊方日落玄猿哭，旧国霜前白雁来。'童谣'白雁'句喻故国恢复。'马札'：辞书皆无解。北方口语称蝗为'蚂蚱'，疑以谐音隐射至元六年丞相马札儿台，且与首句对举，喻元统治者势力北缩。"② 这里对"马札"的解释尚有可申说的地方，俗谚谓"秋后的蚂蚱长不了"，准此，则此谶谣暗示在义军的打击下，元朝统治即将结束，难以为继。

（二）俗谚

俗谚是指反映老百姓世俗生活经验与认知的谚语类型，与专注于政治事件、政治现象而加以评论的政谚颇为不同。与宋代相比，元代政谚的数量大为减少，而俗谚则急剧增加，这是由于元代城市经济繁荣，市民阶层兴起，世俗文化开始取代士大夫文化，成为社会文化的主流，一些反映世俗生活的谚语从而受到充分关注。孔齐《至正直记》是一部元代著名笔记，其中收录俗谚甚夥。其编纂体例为"凡所见闻，可以感发人心者；或里巷方言，可为后世之戒者；一事一物，可为传闻多识之助者，随所记而笔之，以备观省"③，所谓"里巷方言"即包括俗谚在内，时人也认识到了它"可为后世之戒"的作用而"记而笔之"，予以特别重视。

元代俗谚的内容主要包括以下三个方面：

其一，涉及对特定社会群体的认知。

---

① 宋濂等：《元史》卷五一《五行志》，中华书局 1976 年版，第 1107 页。
② 尚恒元、彭普俊：《二十五史谣谚通检》，山西人民出版社 1986 年版，第 15～16 页。
③ 孔齐：《至正直记》卷一，见《宋元笔记小说大观》，上海古籍出版社 2001 年版，第 6560 页。

"物以类聚，人以群分。"人们对社会群体的划分与认知由来已久。俗谚往往针对某些特定社会群体，对其群体性质做出言简意赅式的判断，不同程度地反映了人们基于某种伦理道德观念而形成的集体性认知。孔齐《至正直记》卷二"赘婿俗谚"条谓："人家赘婿，俗谚有云：'三不了事件。'使子不奉父母，妇不事舅姑，一也；以疏为亲，以亲为疏，二也；子强婿弱，必求归宗，或子弱婿强，必贻后患，三也。"① 将当时赘婿的三种负面性情况概括为"三不了事件"，既内蕴丰富，要言不烦，又针砭明确，足以警示世人，很好地体现了俗谚作为特殊语体的简捷风格与讽喻功能。

再如该书卷二"婢妾命名"条云：

以妓为妾，人家之大不祥也。盖此辈阅人多矣，妖冶万状，皆亲历之。使其入宅院，必不久安。且引诱子女及诸妾，不美之事，容或有之，吾见多矣。未有以妓为妾而不败者，故谚云："席上不可无，家中不可有。"②

在此，作者所关注的是当时"以妓为妾"的现象。他不但赞同俗谚所谓妓者"席上不可无，家中不可有"的说法，而且对这种认知做了一定程度的分析，夯实并拓展了这一俗谚的意蕴，戒谕之意十分强烈。

又如同书卷二"五子最恶"条：

谚云："五子最恶。"谓瞎子、哑子、驼子、痴子、矮子。此五者，性狠愎，不近人情。盖残形之人，皆不仁不义，凶险莫测，屡试屡验。③

对"五子最恶"的俗谚作了阐释，某种程度上体现了这些特定社会

---

① 孔齐：《至正直记》卷二，见《宋元笔记小说大观》，上海古籍出版社 2001 年版，第 6592 页。
② 孔齐：《至正直记》卷二，见《宋元笔记小说大观》，上海古籍出版社 2001 年版，第 6592 页。
③ 孔齐：《至正直记》卷二，见《宋元笔记小说大观》，上海古籍出版社 2001 年版，第 6593 页。

人群的特征。

不过,上述俗谚的概括方式存在不小的问题,一是以偏概全,易于忽视群体内部差别,二是带有世俗偏见,往往出于教化目的而肆意雌黄,致使话语评判有失客观公正性。其实,"赘婿""妓女"也好,"五子"也罢,他们只是在传统社会中被视为出身卑贱之人,故得此"恶评",事实上并不尽是如此的。

其二,体现了社会的价值规范。

自理学盛于元代以来,修身、齐家之道为人们所重视,很多俗谚便是就此而发的。它们将抽象的道理包蕴于易懂易记的话语中,从而规范人们的生活,并警示某些不良的生活倾向。赵素《为政九要》云:

> 谚云,由人而穷,穷者有十:一要贫,学烧银;二要贫,孝空门;三要贫,好相论;四要贫,好移坟;五要贫,置宠人;六要贫,陪女门;七要贫,要宅新;八要贫,酒赌频;九要贫,宴贵宾;十要贫,好赛神。其犯一者,未有不贫也。又云,人有十可富:一可富,孝亲族;二可富,少奴仆;三可富,省追逐;四可富,效勤苦;五可富,不高屋;六可富,长忍辱;七可富,粗衣服;八可富,养六畜;九可富,多粪土;十可富,没名目。为之三五,无不可富足也。①

趋富避贫是人之常情,但对于贫富之道,社会是有所要求的。谚语"十可贫""十可富"不厌其烦,一一指出避趋的各个方面,体现了当时社会对人的行为的期待与规范。

孔齐《至正直记》卷三所记3条谚语则从不同方面提出了修身、齐家的道理,反正相映,饶有意味。其一谓:

> 谚云:"家有万贯,不如出个硬汉。"硬者非强梁之谓,盖言操心虑患,所行坚固,识是非好恶之正者。若有此等子弟,则贫可富,贱可贵矣。或富贵而子弟不肖,惟习骄惰,至于下流,岂富贵之可

---

① 佚名:《居家必用事类全集》辛集,见北京图书馆古籍出版编辑组编《北京图书馆古籍珍本丛刊》第61册,书目文献出版社1988年版,第338页。

保，虽公卿亦不免于败亡也。①

这是强调起家因素中的人的作用。其二谓：

谚云："万顷良田，不如四两薄福。"四两言其太轻也；福者非世俗能受用，衣食之外，盖言祖宗积德以及于后人，虽或太薄至轻，犹胜于暴富不仁而以力至者也。假力而至者，虽可暴富及贵，不久当败。唯阴德为福，虽未至大富极贵，亦可保全小康，不至流落为下贱矣。②

这是强调积德行善在保家中的意义。其三谓：

谚云："日进千文，不如一艺防身。"盖言习艺之人可终身得托也。艺之大者，莫如读书而成才广识，达则致君泽民，流芳百世，穷则隐学受徒，亦能流芳百世。其次农桑最好，无荣无辱，惟尚勤力耳。其次工，次商，皆可托以养身，为子孙计。舍此之外，惟务假势力以取富，虽日进千文之钱，亦不免于衰败零落者，此理之必然也。故曰"读书万倍利"，此之谓也。又有一等，小有才，无行止，专尚游说以求食，绝无廉耻，虽曰能取饱于一时，不能免饿死沟壑。③

这是强调人的才能对立身行世的重要性。
以上 3 条谚语是儒家贱财重艺（义）的修身处世观念的反映，可见教化已成为谚语的一大功能，有助于良好社会风气的形成。

其三，浓缩了人们的社会生活经验。

老百姓在居家度日的经验基础上，形成了一些朴素的认识，部分俗谚反映了这一情况。如孔齐《至正直记》卷二"浙西谚"条云："浙西谚

---

① 孔齐：《至正直记》卷三，见《宋元笔记小说大观》，上海古籍出版社 2001 年版，第 6632 页。
② 孔齐：《至正直记》卷三，见《宋元笔记小说大观》，上海古籍出版社 2001 年版，第 6632 页。
③ 孔齐：《至正直记》卷三，见《宋元笔记小说大观》，上海古籍出版社 2001 年版，第 6632 页。

云：'年年防火起，夜夜防贼来。'盖地势低下，滨湖多盗，常有此患，此语亦好令人警戒无虞也。至于为学检身者，亦然。"① 同卷"成人在勤"条云："谚云：'成人不自在，自在不成人。'子朱子云：'此言虽浅，然实切至之论，千万勉之。'先人每以此二句苦口教人，虽拳拳服膺，尚未行到此地步之极处，因书以自警。"② 前一条谚语虽始于浙西一地，但作为居家良方却有普遍意义；后一条谚语在元代以前即已存在，其教育意义为朱熹所肯定，考虑到元代对理学的大力推行，则其中所包含的修身要义亦能给予人们以启迪。事实上，这两条谚语至今仍流传于民间，具有旺盛的生命力。

又如吴亮《忍经》所载数条劝人们遇事而忍的谚语：

> 忍事敌灾星。
> 凡事得忍且忍，饶人不是痴汉，痴汉不会饶人。
> 得忍且忍，得诫且诫。不忍不诫，小事成大。
> 不哑不聋，不做大家翁。
> 刀疮易没，恶语难消。③

皆体现了为人处世要忍的道理，对为何忍、如何忍都有涉及，确实是从生活中来的经验之谈。

在所有谚语之中，有3条是关于商品经济的，值得特别提出来。孔齐《至正直记》卷三"玛瑙缠丝"条载：

> 玛瑙唯缠丝者为贵，又求其红丝间五色者为高品。谚云："玛瑙无红一世穷。"言其不直钱也。又言："玛瑙红多不直钱。"言全红者反贱，唯取红丝与黄白青丝纹相间，直透过底面一色者佳。浙西好事者往往竞置，以为美玩。或酒杯，或系腰，或刀靶，不下数十，定价

---

① 孔齐：《至正直记》卷二，见《宋元笔记小说大观》，上海古籍出版社2001年版，第6591页。

② 孔齐：《至正直记》卷二，见《宋元笔记小说大观》，上海古籍出版社2001年版，第6606～6607页。

③ 吴亮：《忍经》，见《四库全书存目丛书》子部第120册，齐鲁书社1995年版，第15页。

过于玉。盖以玉为禁器不敢置，所以玛瑙之作也。……今燕京士夫往往不尚玛瑙，惟倡优之徒所饰佩，又以为贱品，与江南不同也。谚云："良金美玉，自有定价。"其亦信然矣。①

谚语"玛瑙无红一世穷""玛瑙红多不直钱"皆是关于玛瑙因成色不同而导致的价值差异问题，涉及的是玛瑙的辨识与估价；而谚语"良金美玉，自有定价"，则与当时俗尚息息相关。因此，通过这些谚语颇能窥探元代珍玩市场的情形。

三、元代谣谚的文体意义

谣谚作为语体，除本身所具有的丰富意蕴外，也进入了文学的各个领域，成为某些文体或文本的有机组成部分，体现出一定的文体意义。就元代而言，谣谚有以下四种嵌入方式值得注意。

（一）引谣谚入墓志

墓志是关于古代人物生平事迹及评价的传记文字，盖棺定论，是这些文字所不可避免的。为了达到颂扬志主一生功业的目的，引入时人的评论便格外客观、有力，于是一些谣谚被适时地纳入志文之中，用以增强墓志的说服力。如虞集《故修职郎建昌军军事判官雷君则顺（昇）墓志铭》所载：

> 大德、至大间，里中饥；至顺庚午，又饥。君皆出己粟赈之，全活甚众。里人为之谣曰："六十年前岁庚午，雷氏出粟活饥者。后庚午岁岁复饥，雷氏出粟如当时。雷氏子孙力为善，文章贵重当复见。"其世泽可知矣。即广山为居，如尚书时规制，人不以为过也。②

关于志主赈灾的善行，里人以谣谚形式加以礼赞，并祝愿其后世贵显。虞集通过引用这条谣谚，侧面烘托了志主善行，令人信服。

---

① 孔齐：《至正直记》卷三，见《宋元笔记小说大观》，上海古籍出版社2001年版，第6636～6637页。
② 虞集：《虞集全集》，天津古籍出版社2007年版，第913～914页。

（二）引谣谚为论据

这是文学作品运用谣谚最为常见的方式。无论是在论说文还是书序题跋中，谣谚都能起到支撑论点的作用。如李继本《与董涞水书》希望董涞水谏言朝廷减轻生员的科赋负担，指出"百姓告消乏，则谓贫户，有优恤之理；学户诉重并，则曰生员无除免之文。故民间为之语曰：'生员不如百姓，百姓不如衹卒。'"① 在与百姓、衹卒的对比之中，点出了生员的尴尬境地，颇为有力。

又如胡祗遹《论积贮》云：

> 俚语曰："丰年积谷。"太史公《食货志》曰："贱取如珠玉，人恃食以生。"故视五谷为贵重。②

《即今弊政》云：

> 俚谚曰："车无余材。"辐二辋一，则不少不多；辋一辐三，则何所安顿？岂惟舆辂，至于衣服、宫室，一切百物，亦莫不然，何独至于设官分职而十羊九牧哉？即今冗官、冗职、冗吏、冗员，多合减削。③

前者引用谚语"丰年积谷"论证积贮的重要性，后者通过"车无余材"的俚谚论证削减冗官的必要性。二文通过俗谚论证所要表达的道理，确实容易令人理解和接受。

王恽也善于运用谚语作为论据。其《吏解》一文，在寥寥数语之中，即引用谚语为证："甚矣，吏之不学，取之无术也！纷纭苟且，自进自退，据其名则正，校其实则非，而官之形势，众之情伪，习不相远也。故

---

① 李继本：《一山文集》卷八，见《文渊阁四库全书》第1217册，台湾商务印书馆1986年版，第779页。
② 胡祗遹：《紫山大全集》卷二二，见《文渊阁四库全书》第1196册，台湾商务印书馆1986年版，第397页。
③ 胡祗遹：《紫山大全集》卷二二，见《文渊阁四库全书》第1196册，台湾商务印书馆1986年版，第400页。

谚曰：'画地为圄不可入，削木为吏期不对。'此盖伤其持心近鄙之之辞也，然非吏之性也，势也。"① 所谓"画地为圄不可入，削木为吏期不对"，反面说明了吏当尽力于学的重要性。

（三）引谣谚入话本

《清平山堂话本》被认为是现存最早的话本刻本，其中《简帖和尚》《西湖三塔记》《合同文字记》《柳耆卿玩江楼记》四种被认为是元代话本。这些话本中即有利用谣谚的情况。如在《简帖和尚》中，县尹在断皇甫松休妻一事时说："'捉贼见赃，捉奸见双'，又无证佐，如何断得他罪？"② 又如《合同文字记》中，添瑞在兄弟二人订立契约时说："哥哥，则今日请我友人李社长为明证，见立两纸合同文字，哥哥收一纸，兄弟收一纸。兄弟往他州趁熟，'人无前后眼'，哥哥年纪大，有桑田、物业、家缘，又将不去，今日写为照证。"③ 因俗谚"人无前后眼"，所以立约为凭。这是元代话本引用谣谚的两个例子，而到了明代话本、拟话本中，这种情形便比比皆是了。

（四）以谣谚入时文

孔齐《至正直记》卷四"戴率初破题"条云：

> 先人尝言，幼在金陵郡庠从戴率初先生游，先生每因暇即以方言俗谚作题，令诸生破如经义法。一日命破"楼"字，先君曰："盖尝因其地之不足而取其天之有余。"先生大喜，又命以谚云："宁可死，莫与秀才担担子。肚里饥，打火又无米。"破曰："小人无知，不肯竭力以事君子。君子有义，不能求食以养小人。"④

以方言俗谚作题，以经义法破题，类如游戏之笔，却饶有兴味。戴表

---

① 王恽：《秋涧集》卷四六，见《文渊阁四库全书》第1200册，台湾商务印书馆1986年版，第606页。
② 洪楩：《清平山堂话本》，江苏古籍出版社1990年版，第19页。
③ 洪楩：《清平山堂话本》，江苏古籍出版社1990年版，第37页。
④ 孔齐：《至正直记》卷四，见《宋元笔记小说大观》，上海古籍出版社2001年版，第6649～6650页。

元以谚语"宁可死，莫与秀才担担子。肚里饥，打火又无米"作题，盖谓秀才书多担重，为其担担，不但费力，而且饿了也无米下炊（担中只有书而没有米之故）。这本是嘲谑秀才之语，但破题却归为小人、君子的义利之辨，以雅变俗，确实高明而富于趣味。

综上所述，谣谚语虽简略，但意蕴丰富。随着元代雅俗文化的此消彼长，它也获得了越来越大的生存空间，举凡修身齐家之所需、起义抗争之动员，谣谚都在其中发挥了不小的作用。同时，它也进入了文学之中，使语体与文体相结合，促进了元代文学的发展。所有这些都值得我们进一步加以探究。

论体专题研究

第七章　宋代论体文研究引论

　　论体文是我国传统文体之一，主于说理，被广泛用于议政、述经、评文、论史等活动。自先秦以来，作者辈出，佳构粲然，创作成就代有可观。目前，学界对它的研究主要体现在以下两个方面：一是采用文体学角度来加以讨论，代表性成果有林春虹《论刘勰的"论"体散文观》[①]，吴承学、刘湘兰《论说类文体》[②]，刘石泉《论体文起源初探》[③]，刘宁《"论"体文与中国思想的阐述形式》[④] 等；二是魏晋六朝时期的论体文研究，有彭玉平师、杨蔚、戴建业、张泉、柯庆明、孙海洋等人的成果。对此，王京州《20世纪魏晋论体文研究论略》[⑤] 做有详细介绍。

　　相对而言，尽管宋代是继魏晋之后论体文发展的另一高峰时期，但对它的研究尚属起步阶段。关于它的主要研究成果集中于以下四个方面：①试论研究方面，有祝尚书《宋代科举与文学》[⑥]、林岩《北宋科举考试与文学》[⑦]、吴建辉《宋代试论与文学》[⑧]、孙耀斌《宋代科举考试文体研究》[⑨]、曹丽萍《南宋科场文体典范——陈傅良试论研究》[⑩] 等；②《论学绳尺》研究，主要成果有孙耀斌《〈论学绳尺〉研究》[⑪]，陈林《〈论学

[①] 林春虹：《论刘勰的"论"体散文观》，载《东岳论丛》2007年第5期。
[②] 吴承学、刘湘兰：《论说类文体》，载《古典文学知识》2008年第6期。
[③] 刘石泉：《论体文起源初探》，载《广东教育学院学报》2009年第6期。
[④] 刘宁《"论"体文与中国思想的阐述形式》，载《北京大学学报》2010年第1期。
[⑤] 王京州：《20世纪魏晋论体文研究论略》，载《河北师范大学学报》2009年第1期。
[⑥] 祝尚书：《宋代科举与文学》，中华书局2008年版。
[⑦] 林岩：《北宋科举考试与文学》，上海古籍出版社2006年版。
[⑧] 吴建辉：《宋代试论与文学》，岳麓书社2009年版。
[⑨] 孙耀斌：《宋代科举考试文体研究》，中山大学博士学位论文，2009年。
[⑩] 曹丽萍：《南宋科场文体典范——陈傅良试论研究》，载《北京化工大学学报》2005年第3期。
[⑪] 孙耀斌：《〈论学绳尺〉研究》，中山大学硕士学位论文，2003年。

绳尺〉研究》①、张海鸥、孙耀斌《〈论学绳尺〉与南宋论体文及南宋论学》②、卞东波《关于〈论学绳尺〉的笺注者林子长》③ 等；③史论方面，有孙立尧《宋代史论研究》④ 等；④个案研究，如曾枣庄《苏洵〈辨奸论〉真伪考》⑤、杨胜宽《说苏轼论体散文——苏轼散文分体研究系列之一》⑥、李贞慧《由〈论武王〉看苏轼海外〈志林〉的诠释问题》⑦ 等。这些成果从多个方面推进了宋代论体文的研究，极富学术价值。不过，如果把宋代论体文作为一个整体来加以研究的话，我们仍不得不关注其中的基本问题，即宋代论体文观念是怎样的？其使用场合与整体创作面貌如何？本章即对这两个问题加以阐述。

一、宋代论体文观念

作为我国传统文体之一，论体文有两个繁荣时期：其一是魏晋，彭玉平师曾极富才情地指出：“中国历史上的魏晋时期是一个充满着睿智和哲思的时代，宗白华称之为‘精神史上极自由、极解放，最富于智慧、最浓于热情的一个时代’。而最能体现出这种精神、智慧和热情的，我以为不是缘情绮靡的诗和铺张扬厉的赋，而是那些灵光闪烁、益人神智的清谈清言和思虑深湛、文采精拔的论体文章。”⑧ 其二则是宋代。它不仅被用于科考，成为士人的进身之阶，还可借以上书言事，表达政见，更可载道言志，以析经断史、谈古论今。在此情形下，宋代论体文创作中产生了数量甚众的名家名作，如欧阳修、三苏之论，皆为后世所楷式。

作为创作情况的反映与总结，魏晋六朝时期出现了论体文讨论的高潮，如刘勰、刘熙等人的论述（详见下文所引），对论体文的体性、功

---

① 陈林：《〈论学绳尺〉研究》，扬州大学硕士学位论文，2006 年。
② 张海鸥、孙耀斌：《〈论学绳尺〉与南宋论体文及南宋论学》，载《文学遗产》2006 年第 1 期。
③ 卞东波：《关于〈论学绳尺〉的笺注者林子长》，载《文学遗产》2006 年第 4 期。
④ 孙立尧：《宋代史论研究》，中华书局 2009 年版。
⑤ 曾枣庄：《苏洵〈辨奸论〉真伪考》，见《三苏研究》，巴蜀书社 1999 年版。
⑥ 杨胜宽：《说苏轼论体散文——苏轼散文分体研究系列之一》，载《乐山师范学院学报》2008 年第 4 期。
⑦ 李贞慧：《由〈论武王〉看苏轼海外〈志林〉的诠释问题》，载《文学遗产》2010 年第 3 期。
⑧ 彭玉平：《魏晋清谈与论体文之关系》，载《中国社会科学》2001 年第 2 期。

能、源流等做了探究，基本奠定了后世论体文观念的格局。时至宋代，虽然没有出现如魏晋六朝时人那样的探究论体文的理论热情，但亦有不少材料涉及论体文观念。总体来看，这些材料主要有以下数种：其一，文人著述中的序跋或点评文字，如孙何《评唐贤论议》、黄震《黄氏日抄》卷五九至六八《读文集》等；其二，宋代成书的文章总集或选本，如《文苑英华》《唐文粹》《古文关键》《文章轨范》等；其三，专门研究论体的文话著作，如《论学绳尺》。由于《论学绳尺》已有专门的研究成果①，本文主要以前两种材料为基础来讨论宋人对论体文的特征及功能、起源及分类的看法。

（一）论体文的特征及功能

王应麟《玉海》卷六二"艺文"门"论"类中，罗列了数条汉魏六朝时人关于论的阐释：

> 郑康成曰："论者，纶也，可以经纶世务。"刘熙曰："论，伦也，有伦理也。"刘勰曰："圣哲彝训曰经，述经叙理曰论。……陈政则与议说合契，释经则与传注参体，辩史则与赞评齐行，铨文则与叙引共纪。……弥纶群言，而研精一理者也。"②

在此，王应麟罗列了郑康成、刘熙、刘勰三人关于论的说法。他们三人所说各有侧重，从不同面向揭示了论体文的特征及功能。事实上，宋代论体文观念也与之一脉相承。下面分三个层面加以讨论。

首先，王应麟所引刘勰之语出自《文心雕龙·论说》，重在借以表达论主于理的文体特征。所谓"弥纶群言，而研精一理"，道出了论的最大特征在于说理。关于这一看法，魏晋六朝时期的许多文论都曾予以揭示，如曹丕《典论·论文》云："书论宜理。"③李充《翰林论》云："研核名

---

① 相关成果有孙耀斌《〈论学绳尺〉研究》（中山大学硕士学位论文，2003年），陈林《〈论学绳尺〉研究》（扬州大学硕士学位论文，2006年），张海鸥、孙耀斌《〈论学绳尺〉与南宋论体文及南宋论学》（《文学遗产》2006年第1期），卞东波《关于〈论学绳尺〉的笺注者林子长》（《文学遗产》2006年第4期）等。
② 王应麟：《玉海》卷六二，江苏古籍出版社、上海书店1987年版，第1172页。
③ 严可均：《全上古三代秦汉三国六朝文》，中华书局1958年版，第1098页。

理,而论难生焉。论贵于允理,不求支离。"① 这表明当时人们对论主于理的体性特征已经达成了共识。

那么,论所达之理的内涵有无规定呢? 刘勰说:"圣哲彝训曰经,述经叙理曰论。论者,伦也;伦理无爽,则圣意不坠。昔仲尼微言,门人追记,故仰其经目,称为《论语》。盖群论立名,始于兹矣。自《论语》已前,经无论字;六韬二论,后人追题乎!"② 刘勰关于论体的这段解释,陈思苓以为存在不少问题:"以论体出于释经,他以宗经观点,附会其说。……刘勰以《论语》始立论名,实望文生义。"③ 确实,刘勰在此有崇经太过之弊,以致有"附会""望文生义"之讥。但从另一方面来说,这种做法本身带有强烈的倾向性,所谓"述经叙理""圣意不坠",实际是将论视为阐释儒家经典的文体之一,突出了论体的原道、征圣、宗经意味。无独有偶,三国时桓范在《世要论·序作》中对论体所言之理的内涵也有所规定:"夫著作书论者,乃欲阐弘大道,述明圣教,推演事义,尽极情类,记是贬非,目为法式,当时可行,后世可修。……故作者不尚其辞丽,而贵其存道也;不好其巧慧,而恶其伤义也。"④ 即要求论作能宗经弘道,不出儒家之理义。不过在实际创作中,汉魏六朝的论体文并不是以儒家为限的,也有不少涉及道、释之理,彭玉平师曾经指出,这一时期"思想界的更替和沿袭的情况是比较复杂的,儒、道、释三家或明或暗、或先或后演绎着自己的丰采。作为体现当时哲学和人文精神的重要文学样式之一的论文,它忠实地反映了当时的思想现实,因而也呈现出异常的丰富性"。这一时期的论文主题也依次呈现出了不同特点,即"两汉时期:依经立论";"魏和西晋:张皇老庄";"东晋南朝:竞辨佛理"⑤。到了宋代,由于朝野上下对儒家思想格外重视,因此人们特别强调论体所言之理应宗经尊儒。宋初孙何《评唐贤论议》中的一番议论代表了这种倾向:

夫治世之具,莫先乎文;文之要,莫先乎理。文必理而方工者,

---

① 严可均:《全上古三代秦汉三国六朝文》,中华书局1958年版,第1767页。
② 刘勰著,范文澜注:《文心雕龙注》,人民文学出版社1958年版,第326页。
③ 陈思苓:《文心雕龙臆论》,巴蜀书社1988年版,第319~320页。
④ 严可均:《全上古三代秦汉三国六朝文》,中华书局1958年版,第1263页。
⑤ 彭玉平:《汉魏六朝论文主题的历史演进》,载《安徽师大学报》1994年第3期。

惟论议为最。然缀斯而谈，则驾说立言者，不得不以为己任也。唐虞已往，治道尚简；三代之际，见于六经，此不书也。两汉间鸿儒间出，犹为黄老、刑名、权霸所杂。魏晋已降，文体卑贱，固不足论。若乃羽姬翼孔，卓尔大得，根仁柢义，动为世法者，独唐贤为最。所著论议，杰然尤异者，若牛相僧孺《从道善恶无余》，皇甫湜《纪传编年》《夷惠清和》，独孤常州及《吴季札》，权文公德舆《两汉辨士》等论，高仆射郢《鲁用天子礼乐》，韩吏部愈《范蠡与大夫种书》，吕衡州温《功臣恕死》，白宫傅居易《晋恭世子》等议，或意出千古，或理镇群疑，或重定褒贬之误，或再正名教之失。无之足以惑后人，有之足以张吾道云云。①

在孙何看来，论、议二体为"文必理而方工"的代表文体。但由于所言之理的不同，他对宋前论、议文有所臧否，那些能够"羽姬翼孔，卓尔大得，根仁柢义，动为世法"的，受到了格外推崇，而那些"为黄老、刑名、权霸所杂"的，自然为其所斥。这种态度与"张吾道"的目的紧密结合在一起，表明了其论主于理而理当为儒理的主张与立场。

其次，王应麟引用刘熙《释名·释典艺》中的"论，伦也，有伦理也"之语，意在强调论体独特的说理方式。清代王先谦曾对刘熙此言作有疏证，他说："此论如桓宽《盐铁论》、王充《潜夫论》、桓谭《新论》之论，古人著书，皆有体例，故云'有伦理'。"② 指出刘熙将"论"释作"伦"，是强调作论是"有体例"可循的。南唐徐锴则将这种"体例"说得更为透彻："应知难，诘首尾，以终其事，曰论。论，伦也。同归而殊途，一致而百虑；语各有伦，而同归于理也，伦理也。"③ 宋代张表臣则说："言其伦而析之者，论也。"④ 这一说法继承了刘熙、刘勰等将"论"解作"伦"的做法，同时也糅合了《文选序》中"论则析理精

---

① 曾枣庄、刘琳主编：《全宋文》第9册，上海辞书出版社、安徽教育出版社2006年版，第206页。
② 王先谦撰集：《释名疏证补》，上海古籍出版社1984年版，第317页。
③ 徐锴：《说文解字系传》，中华书局1987年版，第317页。
④ 张表臣：《珊瑚钩诗话》卷三，见何文焕辑《历代诗话》，中华书局1981年版，第476页。

微"① 的说法，并无创新之处。

最后，王应麟引用郑康成"论者，纶也，可以经纶世务"的阐释，表明了论体的实用功能。在宋代，论具有较强的实用性，吕祖谦《古文关键·看古文要法》曾言"有用文字，议论文字是也"②，而其所谓"议论文字"是特重论体的。其所编选的《古文关键》就收录了大量的论作，如欧阳修文共收 11 篇，论作占了 8 篇，其"看欧文法"云："祖述韩子，议论文字最反复。"③ 则论作是其所谓"议论文字"的主要部分。对于《古文关键》的选目问题，吴承学先生不仅揭示了论体文占据该书选文主要方面的事实，还就其原因做了说明："严格地说，《古文关键》是一部'名不副实'的'古文'选本，它不但没有选唐以前的古文，而且所选差不多只限于'论'体文，论体文将近 50 篇，约占总数百分之八十。其余的文体为'书''序'与'传'，而所收的'书''序'多数其实也是论体文。如欧阳修的《送王陶序》就是论《易》之文。为什么《古文关键》所选绝大多数是'论'体呢？这是因为它是一部辅助当时读书人科举考试的入门书，带有强烈的实用色彩。"④ 确如所论。由于宋代进士科考试中，策论逐渐取代诗赋成为主考科目之后，针对士人论体写作的指导书籍便应运而生，《古文关键》便是如此。不过还需要说明的是，论作为"有用文字"，是相对于诗、赋而言的。诗赋、策论之争自是宋代进士科考试中的一桩公案⑤，在有关策论的言论中，多指出了其有用的一面，如仁宗庆历年间，有先策论、后诗赋的贡举改革动议，由翰林学士宋祁等合奏、欧阳修执笔而完成的《详定贡举条状》云："先策论，则文辞者留心

---

① 萧统：《文选序》，见萧统编，李善注《文选》，中华书局 1977 年版，第 2 页。
② 吕祖谦：《古文关键》，见黄灵庚、吴戬垒主编《吕祖谦全集》第 11 册，浙江古籍出版社 2008 年版，第 3 页。
③ 吕祖谦：《古文关键》，见黄灵庚、吴戬垒主编《吕祖谦全集》第 11 册，浙江古籍出版社 2008 年版，第 2 页。
④ 吴承学：《现存评点第一书——论〈古文关键〉的编选、评点及其影响》，载《文学遗产》2003 年第 4 期。
⑤ 关于宋代进士科中的诗赋、策论之争的详细情况，可参看以下著作：祝尚书《宋代科举与文学》，中华书局 2008 年版，第 44～46 页；林岩《北宋科举考试与文学》，上海古籍出版社 2006 年版，第 55～64 页。

于治乱矣。"① 在此期间，欧阳修独上《论更改贡举事件札子》，谓："今贡举之失者，患在有司取人先诗赋而后策论，使学者不根经术，不本道理……今之可变者，知先诗赋为举子之弊，则当重策论。"② 后来，即如反对罢黜诗赋的苏轼，在神宗熙宁四年（1071年）所上的《议学校贡举状》中也说："自文章而言之，则策论为有用，诗赋为无益。"③ 由此而言，论为"有用文字"的说法由来已久，经过科举考试的争论与使用，又得到了进一步放大。

此外，《古文关键》所选大量论作，确有度人以金针的作用。在此之后，魏天应编选、林子长笺解的《论学绳尺》也属此类书籍，张海鸥先生与孙耀斌合撰之文曾说："论体文至宋代成为科举必考，至南宋遂有程式化倾向，探讨论文作法的'论学'因之而显，出现了一些选辑以议论文为主并附加笺评批点的文章选本，其中《论学绳尺》最为独特。此书专收南宋科场论文，共收入一百三十位作者的一百五十六篇论文，有笺注、批点、讲评。卷首另有《论诀》一卷，录当时文章家语。此书是目前仅见的南宋论学专书，'论学'之称自此始。"④ 除了这些选本所示作论门径外，黄庭坚《与洪驹父》云："学功夫已多，读书贯穿，自当造平淡，且置之，可勤董、贾、刘向诸文字。学作论议文字，更取苏明允文字读之。"⑤ 除要求勤读董仲舒、贾谊、刘向等人文字之外，更强调学习苏洵的议论文字，尤有意义。

（二）论体文的起源及分类

宋人关于论体起源的讨论不多，比较有代表性的当属陈骙《文则》中的议论："大抵文士题命篇章，悉有所本。……自有《乐论》《礼论》

---

① 曾枣庄、刘琳主编：《全宋文》第32册，上海辞书出版社、安徽教育出版社2006年版，第189页。
② 曾枣庄、刘琳主编：《全宋文》第32册，上海辞书出版社、安徽教育出版社2006年版，第185页。
③ 曾枣庄、刘琳主编：《全宋文》第86册，上海辞书出版社、安徽教育出版社2006年版，第211页。
④ 张海鸥、孙耀斌：《〈论学绳尺〉与南宋论体文及南宋论学》，载《文学遗产》2006年第1期。
⑤ 曾枣庄、刘琳主编：《全宋文》第104册，上海辞书出版社、安徽教育出版社2006年版，第334～335页。

之类（二论见《荀子》），文遂有论（贾谊《过秦论》之类）。"① 在中国文体生成方式上，有因文立体一途，郭英德先生指出："一种是古已有之的文体，后人仿其意而变其辞，乃至辞意皆变，从而生成某种文体类型。"② 由于这种文体生成方式的存在，后人在追溯文体起源时，常常会从早已存在的类似篇名入手，试图正本清源。陈骙的这则论述实际上也是这一思路的反映，他将《荀子》中的《乐论》《礼论》以及贾谊的《过秦论》等视为"文士"作论的模本，这也代表了他对论体起源的认识。这当然不是陈骙的首创，如吴承学先生与刘湘兰合撰之文所指出的："任昉《文章缘起》以汉王褒《四子讲德论》为论体之首，但是文体学家与古代文章选本一般以西汉贾谊的《过秦论》作为现存最早的以'论'名篇的单篇文章。这篇文章性质无疑是论说文，但其篇名，在当时未必就已明确地定为《过秦论》，很可能只叫《过秦》。《文选》把它作为'论'的首篇，确定了它在论说文中的地位。"③ 则陈骙所言亦是有所祖述的。

对论进行分类的工作，在六朝时即已开始，刘勰、萧统皆有所论，明代徐师曾《文体明辨序说》云：

> 按字书云："论者，议也。"刘勰云："论者，伦也，弥纶群言而研一理者也。论之立名，始于《论语》；若《六韬》二论，乃后人之追题耳。其为体则辨正然否，穷有数，追无形，迹坚求通，钩深取极，乃百虑之筌蹄，万事之权衡也。至其条流，实有四品：陈政则与议说合契，释经则与传注参体，辨史则与赞评齐行，铨文则与序引共纪：此论之大体也。"按勰之说如此。而萧统《文选》则分为三：设论居首，史论次之，论又次之。较诸勰说，差为未尽。唯设论，则勰所未及，而乃取《答客难》《答宾戏》《解嘲》三首以实之。夫文有答有解，已各自为一体，统不明言其体，而概谓之论，岂不误哉？然详勰之说，似亦有未尽者。愚谓析理亦与议说合契，讽（讽人）寓（寓己意）则与箴解同科，设辞则与问对一致：必此八者，庶几尽

---

① 陈骙：《文则》甲九，见王水照编《历代文话》第1册，复旦大学出版社2007年版，第140～141页。
② 郭英德：《中国古代文体学论稿》，北京大学出版社2005年版，第55页。
③ 吴承学、刘湘兰：《论说类文体》，载《古典文学知识》2008年第6期。

之。故今兼二子之说，广未尽之例，列为八品：一曰理论，二曰政论，三曰经论，四曰史论（有评议、述赞二体），五曰文论，六曰讽论，七曰寓论，八曰设论，而各录文于其下，使学者有所取法焉。其题或曰某论，或曰论某，则各随作者命之，无异义也。①

刘勰将论体分为4种：政论、经论、史论及文论；萧统《文选》则分为3种：设论、史论及论。徐师曾认为刘、萧二人的这种分类法有谬误或"未尽"，故"兼二子之说，广未尽之例"，将论体分为八种：理论、政论、经论、史论、文论、讽论、寓论及设论。不过这种划分存在双重标准，即前五种是基于题材内容的，后三者则据艺术手法而分。这一方面固然反映了论体文的题材较为广泛、表现技巧也很多样的事实，另一方面则体现了论体文分类的难度。

宋代也存在这种情况。面对前代丰富的论体文，一些文章总集在排比论作时，如何对其进行分类便是一种必要的工作，当然也存在不少的困难。《文苑英华》与《唐文粹》是宋初两部重要的文章总集，它们仿萧统《文选》之例，皆以体分卷，其中所收前代论作有数卷之多。如前引徐师曾所论，《文选》虽分设论、史论、论三种，但设论"乃取《答客难》《答宾戏》《解嘲》三首以实之。夫文有答有解，已各自为一体，统不明言其体，而概谓之论"，是不正确的。至于史论，萧统《文选序》作有解释："至于记事之史，系年之书，所以褒贬是非，纪别异同。方之篇翰，亦已不同。若其赞论之综缉辞采，序述之错比文华，事出于沉思，义归乎翰藻，故与夫篇什，杂而集之。"② 在此，萧统是将史书与《文选》所选"篇翰"区别对待的，但由于史书中的"赞论"或"序述"部分特重文辞，可以归入"事出于沉思，义归乎翰藻"的篇翰，故将其从史书中节取出来，选入《文选》，这种做法实质上赋予了它们独立的文体意义。《文选》卷四九、五十为"史论"，所收"传赞""传论"文字就是源自《汉书》《晋纪》《后汉书》《宋书》等史书的。换言之，萧统《文选》是从渊源关系上使用"史论"这一概念的，尚未有意做题材上的分类。一

---

① 徐师曾：《文体明辨序说》，见吴讷，徐师曾《文章辨体序说 文体明辨序说》，人民文学出版社1962年版，第131页。

② 萧统编，李善注：《文选》，中华书局1977年版，第2页。

个反例便是,《过秦论》这样的史论作品并未被列入《文选》"史论"类中,而是收在"论"类中。与之相比,《文苑英华》既有踵继《文选》的地方,也有对论做题材划分的意图。该书卷七三九至七六〇皆收论作①,分类标准并不一致:①有以题材划分的,如卷七三九至卷七五三,分为"天、道""阴阳""封建""文""武""贤臣""臣道""政理""释·食货""兄弟·宾友""刑赏""医·卜相·时令""兴亡"等目,显得十分驳杂。单从类目来看,内容涵盖徐师曾所说的理论、政论、经论、史论及文论。其中属于政论、史论的类目尤多,当出于宋初借鉴前朝经验以资治的现实需要。②该书卷七五四至卷七五七为"史论",其中前两卷所收作品多为节自《晋书》《隋书》等史书中的传论,与《文选》所用的"史论"概念是一致的;但在后两卷中,所收史论作品则为文人日常所作,与史书无关,因此这里所用的"史论"概念更侧重于题材内容方面,与《文选》不同。这自然是史论从史书中独立出来且文人创作日众的一个结果,同时也反映了宋初人们面对论体文的创作实绩,已经突破了《文选》"史论"概念的藩篱,对史论有了新的认识。③该书卷七五八至七六〇名为"杂论"。之所以将此作为类目,是因为所选作品的题材涉及生死、夫妇、道德、人物、考选等,十分庞杂、纷异。不过从另一方面来看,这些"杂论"作品根据题材内容皆可大致归入徐师曾所分的理论、政论、经论、史论或文论中,因此可以说,《文苑英华》距论体文的科学分类尚很遥远。

《唐文粹》为姚铉所编,其序云:"今世传唐代之类集者,诗则有《唐诗类选》《英灵》《间气》《极玄》《又玄》等集,赋则有《甲赋》《赋选》《桂香》等集,率多声律,鲜及古道,盖资新进后生干名求试之急用尔。岂唐贤之迹两汉、肩三代而反无类次以嗣于《文选》乎?铉不揆昧懵,遍阅群集,耽玩研究,掇菁撷华,十年于兹,始就厥志。得古赋乐章歌诗赞颂碑铭文论箴议表奏传录书序凡为一百卷,命之曰《文粹》,以类相从,各分首第门目。止以古雅为命,不以雕篆为工,故侈言蔓辞,率皆不取。"② 以此可知,姚铉针对唐代诗文集的编纂弊病,而有意"以古雅为命,不以雕篆为工"的原则来编《唐文粹》,而编纂方法实际"嗣

---

① 李昉等:《文苑英华》,中华书局1966年版,第3849~3989页。
② 姚铉:《唐文粹》,《四部丛刊》本。

于《文选》","以类相从,各分首第门目"。在该书中,卷三四至卷三八所收为论,下分首第门目,但标准亦是不一的,而是存在两种划分方法,一种是按题材划分的,如卷三四"论甲"分"天""帝王""封禅""封建""兴亡""正统",卷三六"论丙"分"文质""经旨""让国",卷三七"论丁"分"兵刑""临御""谏诤""嬖惑",卷三八"论戊"分"前贤""失策""降将""佞臣",等等,与《文苑英华》卷七三九至卷七五三的做法相似,只是类目之名有较大出入;另一种分类方法堪称创举,那就是该书卷三五"论乙"所选12首作品,总以"辨析"之名。此名与论的写作要求是合辙的,刘勰《文心雕龙》云:

> 原夫论之为体,所以辨正然否;穷于有数,追于无形,迹坚求通,钩深取极;乃百虑之筌蹄,万事之权衡也。故其义贵圆通,辞忌枝碎;必使心与理合,弥缝莫见其隙;辞共心密,敌人不知所乘:斯其要也。是以论如析薪,贵能破理。斤利者,越理而横断;辞辨者,反义而取通:览文虽巧,而检迹知妄。①

论当如何?刘勰在此指出:先要"辨",即斟酌、判断论题的正误,有一个基本立场、基本观点,不要流于"妄";后要"析",即围绕论点,做出周密、圆通的论证分析。如此,则辨、析构成了论的完整论证结构。姚铉《唐文粹》以"辨析"命名论之一类,似乎是因为所选篇目既能辨正是非,又分析精微,较之其他各卷所选,辨析力度尤为突出。姚铉将论体的普遍特性专门指代某些篇目,可视为对论体辨析性质的强化,但同时也不免狭隘了论体的范围,削弱了论体的弹性。不过,从论体的创作艺术着眼论体分类的方法还是有积极的探索意义的,徐师曾所分讽论、寓论、设论3种便是基于论体的创作艺术而言的,虽然他未必受到姚铉的影响,但二人的分类方法及思路却属"异代同构",有一定相合之处。

总之,论体文作为与宋人议论精神较为契合的文体之一,受到时人的重视与较为广泛的应用,在赵宋王朝推尊儒学、巩固统治、牢笼士人的过程中发挥了不小的作用。与之相呼应的是,宋代论体文观念虽然较多地沿袭了前代尤其魏晋六朝时期的论体文理论,但也做了贴合政治需求的发

---

① 刘勰著,范文澜注:《文心雕龙注》,人民文学出版社1958年版,第328页。

挥，如强调论体文所主之理应为儒理，便是有宋一代崇儒尊孔的反映；对论体文实用性的格外重视，表面上缘于宋代考试用论等现实需求，深层次上则是宋人入世精神与淑世情怀的体现。由于论体文的创作数量越来越丰富，题材越来越多样，如何对其进行分类面临着实际操作上的困难。《文心雕龙》《文选》的做法已有"未尽"之处，宋人则努力在前人的基础上寻求调整与突破，如《文苑英华》对《文选》"史论"的袭与变、《唐文粹》新立"辨析"一类等，皆有一定的分类学意义。总之，对宋代论体文观念应予以客观的、合理的评价。

二、宋代论体文概况

在古代论体文发展史上，宋代是继魏晋之后的又一高峰。以下两方面可视为重要标志：其一，多样的实用场合。论在宋代被视为"有用文字"，成为宋人的常用文体，应用广泛。其二，丰富的名家名作。宋人论作数量多，成就大。今观曾枣庄、刘琳二先生主编的《全宋文》，作论之人与所作之论俯拾皆是，可见宋代论体文创作规模之一斑。其中，一些名家、名作更是为历代各种文章选本所选入，影响甚巨。本节拟对上述两方面略做申论，以见宋代论体文概况。

（一）多样的实用场合

在宋代，考试用论是最常见的，从学校到科举再到铨选，皆有试论。由于笔者对试论拟做专章讨论，故此处仅对试论之外的论的三种实用场合进行梳理。

1. 读书辩难之需

随着印刷书籍的普及、文化热情的高涨，宋人藏书、读书的风气日益浓郁，疑经惑传的精神也得到了张扬。学有所思，学有所得，往往通过作论体现出来。这样，论就充分发挥了"辨正然否"（《文心雕龙·论说》）的体性特点，成为士人表达学术思想的利器。邵伯温《邵氏闻见录》载一事：

> 伯温少时，因读《文中子》，至"使诸葛武侯无死，礼乐其有兴乎"，因著论，以谓武侯霸者之佐，恐于礼乐未能兴也。康节先公见之，怒曰："汝如武侯犹不可妄论，况万万相远乎？以武侯之贤，安

知不能兴礼乐也?后生辄议先贤,亦不韪矣。"伯温自此于先达不敢妄论。①

邵伯温对《文中子》中所言诸葛亮事产生了不同见解,故著之于论,结果受到了其父邵雍"不可妄论"先贤的批评。虽然这段记载意在彰显邵雍慎于持论的态度,但多少也反映了当时士人读书有疑便作论的风气。

朋友、士人之间相互砥砺思想、时相辩难学术之际,也常用论。这种风气在魏晋之际极为发达,唐代也较普遍,如刘禹锡述其写作《天论》的缘起云:"余之友河东解人柳子厚作《天说》,以折韩退之之言,文信美矣,盖有激而云,非所以尽天人之际。故余作《天论》,以极其辩云。"②则刘禹锡乃有感于柳宗元《天说》"非所以尽天人之际",故"作《天论》以极其辩",通过这种方式寻求真理。在宋代,此风更是盛于一时,如司马光《答郭纯长官书》云:

> 夫正闰之论,诚为难晓。近世欧阳公作《正统论》七篇以断之,自谓无以易矣。有章表明者,作《明统论》三篇以难之,则欧阳公之论似或有所未尽也。欧阳公谓正统不必常相继,有时而绝,斯则善矣。然谓秦得天下,无异禹汤;又谓始皇如桀、纣,不废夏、商之统;又以魏居汉、晋之间,推其本末,进而正之。此则有以来章子之疑矣。章子补欧阳公思虑之所未至,谓秦、晋、隋不得与二帝三王并为正统,魏不能兼天下,当为无统,斯则善矣。③

正统问题是封建史学所讨论的一个重点。欧阳修的《正统论》乃为此而发,其后章表明作《明统论》对之加以辩驳,从司马光的记载来看,他显然也是对欧阳修的意见持保留态度的。这里且不论孰对孰错,单看这场关于正统问题的争论,论体文确实发挥了相互辩难的作用。

实际上,论作为学术思想的载体,所持观点正讹与否常常受到辩难,

---

① 邵伯温:《邵氏闻见录》卷二〇,中华书局1983年版,第220页。
② 刘禹锡:《刘禹锡集》,中华书局1990年版,第67页。
③ 曾枣庄、刘琳主编:《全宋文》第56册,上海辞书出版社、安徽教育出版社2006年版,第35~36页。

司马光的论作也是如此。邵博《邵氏闻见后录》载：

> 司马文正初作《历代论》，至论曹操则曰："是夺之于盗手，非取之于汉室也。"富文忠疑之，问于康节，以为非是。予家尚藏康节《答文忠书》副本，当时或以告文正，今《通鉴·魏语》下，无此论。①

围绕着司马光《历代论》中有关曹操的评价，富弼与邵雍做过讨论，其结果甚至可能影响了《资治通鉴》的观点取舍。

2. 谈史论文之需

魏晋时期，清谈盛行，与著论相互激发，交相辉映。对此，彭玉平师曾撰专文，"以清谈与论体文的相互沟通和相互影响为研究视角，分析并论证了清谈与著论同时并起的文化现象和基本特征，并对清谈与著论在内容、形式以及文风上的彼此渗透和共同促进，做了较为细致的分析论证，重估其在中国古代思想史、学术史和文学史上的价值和地位"②。到了宋代，虽然清谈之风已不复存在，但士人好议、善议的习气亦颇为浓郁，而论作为"弥纶群言，而研精一理"（《文心雕龙·论说》）的文体，特别契合宋代士人的这种品格，故常常为之所用。试看《宋史》中所载数例：

> （孙）甫性劲果，善持论，有文集七卷，著《唐史记》七十五卷。每言唐君臣行事，以推见当时治乱，若身履其间，而听者晓然，如目见之。时人言："终日读史，不如一日听孙论也。"③

> （李）鹰喜论古今治乱，条畅曲折，辩而中理。当喧溷仓卒间如不经意，睥睨而起，落笔如飞驰。元祐求言，上《忠谏书》《忠厚论》并献《兵鉴》二万言论西事。④

---

① 邵博：《邵氏闻见后录》卷九，中华书局1983年版，第68页。
② 彭玉平：《魏晋清谈与论体文之关系》，载《中国社会科学》2001年第2期。
③ 脱脱等：《宋史》卷二九五《孙甫传》，中华书局1977年版，第9841～9842页。
④ 脱脱等：《宋史》卷四四四《李鹰传》，中华书局1977年版，第13117页。

（王）质博通经史，善属文。游太学，与九江王阮齐名。阮每云："听景文论古，如读郦道元《水经》，名川支川，贯穿周匝，无有间断，咳唾皆成珠玑。"质与张孝祥父子游，深见器重。孝祥为中书舍人，将荐质举制科，会去国不果。著论五十篇，言历代君臣治乱，谓之《朴论》。①

（陈亮）生而目光有芒，为人才气超迈，喜谈兵，论议风生，下笔数千言立就。尝考古人用兵成败之迹，著《酌古论》，郡守周葵得之，相与论难，奇之，曰："他日国士也。"请为上客。及葵为执政，朝士白事，必指令揖亮，因得交一时豪俊，尽其议论。……婺州方以解头荐，因上《中兴五论》，奏入不报。②

上述四人皆有口辩，善于论史、论政或论兵，并有声一时，及作论，不过是这种才华的文字表现。

3. 交游仕进之需

以文为贽是封建社会士人交游的重要一环，在宋代，论体文有时起着非常重要的作用。如《中吴纪闻》载："孙冲字子和，登熙宁六年进士第。少负才名，为荆公之客，尝著《乡党》《傅说》二论，荆公甚奇之。"③孙冲因二论而为王安石所奇的事例表明，时人对作论才华是非常看重的。

此外，因献论而被召试、授官的情况也比较常见，如真宗咸平四年（1001年）九月，"太子中舍张宗诲献《屯田论》三篇，召试舍人院，赐进士及第"④，仁宗庆历五年（1045年）六月"癸亥，以泽州进士刘羲叟为试大理评事。羲叟精算术，兼通《大衍》诸历，尝注司马迁《天官书》及著《洪范灾异论》，欧阳修荐之，召试学士院，而有是命"⑤，都反映了论体文在士人仕进中的重要性。

---

① 脱脱等：《宋史》卷三九五《王质传》，中华书局1977年版，第12055页。
② 脱脱等：《宋史》卷四三六《陈亮传》，中华书局1977年版，第12929页。
③ 龚明之：《中吴纪闻》卷三，见《宋元笔记小说大观》，上海古籍出版社2001年版，第2867页。
④ 李焘：《续资治通鉴长编》卷四九，中华书局2004年版，第1072页。
⑤ 李焘：《续资治通鉴长编》卷一五六，中华书局2004年版，第3784页。

（二）丰富的名家名作

我国古代论体文的发展经历了两个高峰：一是汉魏六朝时期，二是宋代。在此期间，名家名作的大量涌现，成为论体文繁荣的重要标志之一。西汉论体文即已取得了不小发展，彭玉平师与刘石泉兄合撰之文称："西汉论体文的主题已十分广泛，它涉及西汉社会的方方面面，并随着西汉社会的发展进程而不断演变。""从文体发展的角度来看，论体至西汉才真正进入成熟期。表现在：一是后人常把论体的源头追溯到西汉……二是西汉已经有对论体文文体特征的理论探讨……三是西汉论体文已成为后世论体文创作的典范。"① 的确如此，以贾谊《过秦论》为例，该论历来被奉为经典作品，吴承学先生曾在详尽论析其经典化历程后总结道："《过秦论》的经典之旅就是它的史论、政论价值与文学价值被不断阐释的过程：从最初由史论、政论价值而迈入经典殿堂，到集史学经典和文学经典于一身的辉煌。宋人虽然质疑其史学价值，它的文学经典地位仍固若金汤。后代众多的选本更是不断强化其经典地位，时至今日，《过秦论》不仅是通常中国文学史所必涉及的篇章，而且还作为古文经典收入中学的课本。看来《过秦论》还将在它经典的旅程上继续前行。"② 魏晋六朝时期，论体文创作迎来了更大的繁荣，名家名作层出不穷，刘勰《文心雕龙》曾有评述：

> 详观兰石之才性，仲宣之去代，叔夜之辨声，太初之本玄，辅嗣之两例，平叔之二论，并师心独见，锋颖精密，盖人伦之英也。至如李康运命，同论衡而过之；陆机辨亡，效过秦而不及；然亦其美矣。次及宋岱郭象，锐思于几神之区，夷甫裴頠，交辨于有无之域，并独步当时，流声后代。③

其历评此期名家名作，可谓一网打尽。如嵇康之论，彭玉平师指出："嵇康的论体文不仅在当时的学术界令人刮目相看，而且借王导的偏尊，

---

① 彭玉平、刘石泉：《论西汉论体文的创作》，载《烟台大学学报》2011 年第 2 期。
② 吴承学：《〈过秦论〉：一个文学经典的形成》，载《文学评论》2005 年第 3 期。
③ 刘勰著，范文澜注：《文心雕龙注》，人民文学出版社 1958 年版，第 327 页。

影响及东晋的学术界,其历史意义是应予以充分估量的。"①

相对而言,唐代论体文创作显得低落,有学者指出:"中唐时期,韩愈很少著论,这和'论'成为一个重要的科举文体应该有一定关系。""中唐时期,对'论'最亲近的应该是柳宗元和刘禹锡。柳宗元的《封建论》《四维论》《断刑论》《天爵论》《时令论》《六逆论》《守道论》;刘禹锡之《辩迹论》《明贽论》《华佗论》《天论》三篇等都是'论'之名篇。"② 此外,李德裕是唐代作论最多的作家,《北梦琐言》载:"唐李太尉德裕左降至朱崖,著四十九论,叙平生所志。"③

到了宋代,随着实用价值的增强,论体文创作重新繁兴起来,名家名作很多,如张方平,两中制科,善于作论,名气播于金国,孔平仲《谈苑》载:"张安道言:尝使北虏,方燕,戎主在廷下打球,安道见其缨绂诸物,鲜明有异,知其为戎主也。不敢显言,但再三咨其艺之精尔。接伴刘六符意觉,安道知之,色甚怍,云:'又与一日做六论不同矣。'"④ 宋代制科阁试专试六论,张方平将"一日做六论"与金主打球事相比,意在说明文武殊途,各有擅场。

欧阳修是一代文坛宗主,论体文是其文学创作的重要部分,成就非常突出。吴讷《文章辨体序说》云:"求其(指论)辞精义粹、卓然名世者,亦惟韩欧为然。"⑤ 其实,韩愈仅有两篇论体文,数量远逊于欧阳修,且质量也有所不如,故吴讷将二者比并而言,并非定论。欧论名篇甚多,王构《修辞鉴衡》引《张横浦日新》云:"人言欧公《五代史》其间议论多感叹,又多设疑。盖感叹则动人,设疑则意广,此作文之法也。"⑥ 吕仲勉《宋代文学》云:"今观欧公全集,其议论之文,如《朋党论》《为君难论》《本论》,考证之文,如《辨易系辞》,皆委婉曲折,意无不

---

① 彭玉平:《嵇康的论体文与魏晋学术之关系》,载《中山大学学报》2002年第3期。
② 刘宁:《"论"体文与中国思想的阐述形式》,载《北京大学学报》2010年第1期。
③ 孙光宪:《北梦琐言》卷八,中华书局2002年版,第172页。
④ 孔平仲:《谈苑》卷一,见朱易安、傅璇琮等主编《全宋笔记》第2编第5册,大象出版社2006年版,第299页。
⑤ 吴讷:《文章辨体序说》,见吴讷,徐师曾:《文章辨体序说 文体明辨序说》,人民文学出版社1962年版,第43页。
⑥ 王构:《修辞鉴衡评文》,见王水照主编《历代文话》第2册,复旦大学出版社2007年版,第1209页。

达，而尤长于言情。"① 允为的论。

又如三苏之论，亦自成一家。明代茅坤云："论、策以下，当属之苏氏父子兄弟。"② 又将苏氏之论与欧阳修之论比较而言之："予览欧苏二家'论'不同：欧次情事甚曲，故其论多确而不嫌于复；苏氏兄弟，则本《战国策》纵横以来之旨而为文，故其论直而鬯，而多疏逸遒宕之势。欧则譬引江河之水而穿林麓灌亩浍。若苏氏兄弟，则譬之引江河之水而一泻千里，湍者縈，逝者注，杳不知其所止者已。语曰：'同工而异曲。'学者须自得之。"③ 宋代叶适则谓："苏轼用一语，立一意，架虚行危，纵横倏忽，数千百言，读者皆如其所欲出，推者莫知其所自来，虽理有未精，而词之所至莫或过焉，盖古今论议之杰也。"④ 苏论影响很大，《老学庵笔记》载："建炎以来，尚苏氏文章，学者翕然从之，而蜀士尤盛。亦有语曰：'苏文熟，吃羊肉。苏文生，吃菜羹。'"⑤ 形象地揭示了苏论为士子宗尚的情形。即如南宋被《论学绳尺》称为"论之祖"⑥ 的陈傅良，也受到了苏轼论的较大影响。关于陈傅良论，已有学者讨论⑦，兹不赘述。

---

① 吕仲勉：《宋代文学》，见《论学集林》，上海教育出版社1987年版，第408页。
② 茅坤：《唐宋八大家文钞论例》，见王水照主编《历代文话》第2册，复旦大学出版社2007年版，第1785页。
③ 茅坤：《唐宋八大家文钞论例》，见王水照主编《历代文话》第2册，复旦大学出版社2007年版，第1786页。
④ 叶适：《习学记言序目·皇朝文鉴四》，见王水照主编《历代文话》第1册，复旦大学出版社2007年版，第288页。
⑤ 陆游：《老学庵笔记》卷八，中华书局1979年版，第100页。
⑥ 魏天应编，林子长注：《论学绳尺》卷六，见《文渊阁四库全书》第1358册，台湾商务印书馆1986年版，第342页。
⑦ 参见曹丽萍《南宋科场文体典范——陈傅良试论研究》，载《北京化工大学学报》2005年第3期。

第八章　宋代试论的类型及发展

　　论体文发展到宋代，一个最为鲜明的变化便是试论的异军突起。虽然试论在唐代科举中已经出现并有所发展①，但时人对其并未特别重视，韩愈的例子很能说明这一问题，刘宁说："中唐时期，韩愈很少著论，这和'论'成为一个重要的科举文体应该有一定关系。韩愈认为科场文字是'俳优之辞'，不能传达个性化的性情面目，这其中当然也应该包括科场之'论'。韩愈的《省试颜子不贰过论》议论平正，完全没有一般韩文奇崛的章法和构思，这显然有应付时文的用心。可惜的是，韩愈'四举于吏部卒无成'，即使是这种应付科场的四平八稳之作，也没有博得主司的欣赏。这或许更加影响了韩愈'著论'的兴趣。"② 准如其言，或可代表唐人对试论的态度。

　　与唐代相比，宋代试论的境遇大为改善，表现之一便是应用场合的不断扩大，从学校到科举再到铨选，无不用论。与之相应，宋人对试论的态度也有改观，如刘筠知贡举时，"以策论升降天下士"，影响了策论在进士科考试科目中的地位，欧阳修、苏轼也以权知贡举的身份及自身的作论实绩左右了科场试论的发展。到了南宋，随着试论"一统天下"，地位愈加稳固，人们对其更加重视，如杨长孺为其父杨万里编集《诚斋集》（《四部丛刊》影印宋钞本），其中卷九十为"程试论"，所收皆为杨万里的试论之作；又如魏了翁《跋四十年前补试卷》乃就"当时县庠试论"而作，多年以后仍认为这些试论"不为无补于世教"③。此外，关于试论的讨论也与日俱增，如司马光、吕祖谦、朱熹等皆有意见发表，而《论学绳尺》更是宋代论学的集大成之作。总之，试论在宋代政治生活、文

---

① 参见孙书平、于倩《唐代科举考试用"论"考》，载《中国石油大学学报》2009年第2期。
② 刘宁：《"论"体文与中国思想的阐述形式》，载《北京大学学报》2010年第1期。
③ 曾枣庄、刘琳主编：《全宋文》第310册，上海辞书出版社、安徽教育出版社2006年版，第196页。

学创作中占有重要地位，值得深入研究。为此，本章专论其类型及发展问题。

一、学校试论

宋代学校教育存在官学与私学两大系统。官学有中央的国子学、太学及地方的州学、县学等，私学有私塾、书院等，数量皆很可观。在这两大系统中，试论是日常考查、甄别学生程文水平的重要手段。下面主要就官学试论展开讨论。

宋代官学兴盛有一个从地方到中央再到地方的一体化过程。陈植锷先生认为："北宋兴学一共有四次，第一次是天圣、景祐时期的州县学校大量兴办，第二次是庆历、嘉祐时期的太学盛建，第三次是熙宁、元丰时期太学三舍法的实施，第四次是崇宁以后，三舍法由太学推广至州县，学校考选代替科举成为取士的主要途径。"① 在这一过程中，中央与地方的学校制度逐渐形成了层级结构，成为培养、考察、选拔士人的主要场所。

就中央官学层面来说，国子学设立较早，约在宋太祖建隆三年（962年）便已开始招收学生。《宋史·崔颂传》载："宋初，判国子监。会重修国学及武成王庙，命颂总领其事。建隆三年夏，始会生徒讲说，太祖遣中使以酒果赐之。每临幸国学，召颂与语，因及经义，颂应答无滞。"② 据《职官分纪》"国朝国子监，掌国子、太学、武学、算学五学之政"③ 的记载，可知国子监为管理机构，而国子学则是其附属的教育机构，二者存在从属关系。但在某些时期，二者似乎又合并为一，如宋太宗端拱二年（989年）"二月，以国子监为国子学"④，而到了宋太宗淳化五年（994年）三月"戊辰，复以国子学为国子监，改讲书为直讲，从判学李至之请也"⑤。这一时期国子学并不怎么繁荣，只是到了宋仁宗庆历初期才有了较大发展，田况《儒林公议》云：

> 国朝以来，京都虽有国子监为讲学之地，然生徒不上三十人，率

---

① 陈植锷：《北宋文化史述论》，中国社会科学出版社1992年版，第120～121页。
② 脱脱等：《宋史》卷四三一《崔颂传》，中华书局1977年版，第12816页。
③ 孙逢吉：《职官分纪》卷二一，中华书局1988年版，第480页。
④ 李焘：《续资治通鉴长编》卷三〇，中华书局2004年版，第678页。
⑤ 李焘：《续资治通鉴长编》卷三五，中华书局2004年版，第775页。

蒙稚未能成业者。遇秋试诏下，则四方多士竞投牒于学，干试求荐，罢则引去，无肯留者。初，试补监生，虽大芜谬无不收采，生员得牒以归，则自称广文馆进士。监出一牒，生员输缗二千余，目为光监，利为公廨之用。直讲置员，但躐为资地，希迁荣耳。自景祐以来，天下州郡渐皆建学，规模立矣。庆历初，令贾相国昌朝判领国庠，予贰其职。时山东人石介、孙复皆好古醇儒，为直讲，力相赞和，期兴庠序。然向学者少，无法例以劝之。于是史馆检讨王洙上言，乞立听书日限，宽国庠荐解之数以徕之，听不满三百日者，则屏不得与。由是听徒日众，未几遂盈数千。虽祁寒暑雨，有不却者。诸席分讲，坐塞阶序，讲罢则书名于籍以记日，固已不胜其哗矣。讲员众白判长，奏假庠东锡庆院以广学舍为太学，诏从之。介、复辈益喜，以为教道之兴也。他直讲又多少年，喜主文词，每月试诗赋论策，第生员高下，揭名于学门。介又喜议时事，虽朝之权贵皆訾訾之。由是群谤喧兴，渐不可遏，介不自安，求出倅濮州。言者竞攻学制之非，诏遂罢听讲日限，一切仍旧。学者不日而散，复如初矣。①

在庆历之前，国子学只是生员"干试求荐"，学官"为资地，希迁荣"的所在，并未起到中央最高学府应有的作用。但在庆历初，随着石介、孙复、王洙等人的努力，"来者日众"，盛极一时。其中，值得注意的是石介的考试方法。宋初以来，进士科虽考诗、赋、论三科，但实际去取皆以诗赋为准，尽管渐起兼考策论的要求，如宝元元年（1038年）正月"二十九日，中书门下言：'检会先诏，贡院考试进士，多只采诗赋，未尽铨择。今后更于策、论相兼，考定优劣……'诏以谕贡院"②，但至少到庆历初，诗赋取士的科举现状并未被撼动。石介本人特别反对西昆体的侈丽文风，其《怪说中》批评"杨亿穷妍极态，缀风月，弄花草，淫巧侈丽，浮华纂组，刓锼圣人之经，破碎圣人之言，离析圣人之意，蠹伤圣人之道"③，而为西昆体所笼罩的科举诗赋自然也在批评范围之内，所

---

① 田况：《儒林公议》，见朱易安、傅璇琮等主编《全宋笔记》第1编第5册，大象出版社2003年版，第95～96页。
② 徐松辑：《宋会要辑稿·选举》三之一九，中华书局1957年版，第4271页。
③ 曾枣庄、刘琳主编：《全宋文》第29册，上海辞书出版社、安徽教育出版社2006年版，第291页。

以其"每月试诗赋论策,第生员高下"之举,实质上是强化论策在"第生员高下"中的作用,这和当时进士科以诗赋取士的惯常做法是不一样的,国学生的价值取向因此受到了巨大影响,且看范镇《东斋记事》所载之事:

> 庆历中,兴学。一日,判监诸学官皆会,石守道言于坐曰:"蜀生有何群者,只知有仁义,不知有寒饿。"遂馆于家。是时,谏官、御史言,以赋取士,无益于治,而群尤致力助之。下两制议。两制以为赋诗用之久,且祖宗故事,不可废。群闻之大恸,焚其生平所为赋百余篇,不复举进士,又以戒其子云。①

庆历贡举改革中,有主张废除以诗赋取士的,何群"尤致力助之"。在得知改革建议未被采纳时,他"闻之大恸","不复举进士"以示决绝之态。这一举动根柢于诗赋"无益于治"而策论具有实用价值的时代认识,与石介的影响是分不开的。

其后,国子学发生变化,宋徽宗大观元年(1107年),太学从国子学中分出;南宋初,国子学并入太学,不复独立存在。但试论被保留了下来,并在三舍法中占据一席之地。

太学之设稍晚,但发展迅速,《古今源流至论》云:

> 盖国家自建隆以来,已有国子监释奠行礼,而太学未有也。至庆历,从王拱辰之请,始假锡庆院为之。然庆历以后,生徒日废,所居犹狭,时太学实未营也。至熙宁,从邓绾之请,始赐锡庆院以创之,由是若廊若庑若堂若斋,制度壮观,规模鼎新,而建学之制备矣。②

由此可知,太学是仁宗庆历年间兴学的产物,到了神宗朝,其规模、体制才终于完备。《宋史·职官志》载:

---

① 范镇:《东斋记事》卷一,见范镇,宋敏求《东斋记事 春明退朝录》,中华书局1980年版,第6页。
② 林駉:《古今源流至论》续集卷十,见《文渊阁四库全书》第942册,台湾商务印书馆1986年版,第496页。

凡诸生之隶于太学者，分三舍。始入学，验所隶州公据，以试补中者充外舍。斋长、谕月书其行艺于籍，行谓率教不戾规矩，艺谓治经程文。季终考于学谕，次学录，次学正，次博士，然后考于长贰。岁终校定，具注于籍以俟复试，视其校定之数，参验而序进之。凡私试，孟月经义，仲月论，季月策。公试，初场以经义，次场以论、策。试上舍如省试法。凡内舍行艺与所试之等俱优者，为上舍上等，取旨命官；一优一平为中，以俟殿试；一优一否或俱平为下，以俟省试。唯国子生不预考选。①

"三舍法"是神宗朝太学发展的最大成果。三舍之行，考选以行、艺二端为准，作为升舍授官的依据。私试三场，公试二场，主要考察"治经程文"即艺的方面。所考经义、论、策三科中，论的地位有时特别重要，据《中吴纪闻》载，"范雯字伯达，予之同舍也。尝试《禹稷颜回同道论》，先生见之，以为奇作，置之魁选，遂驰誉于太学，学者至今以为模范"②，因试论而受知，并驰誉于太学，足以说明试论的特殊地位。

二、省试试论

进士科是宋代科举中的"重头戏"，取才最多，影响最大，也最受朝野重视。举子应考此科，一般需通过发解试、省试、殿试三级，方能考中进士。在这三级考试中，又以省试最为关键。为此，朝廷常常选派六曹尚书、翰林学士权知贡举，负责该级考试的相关事宜，一时词臣特别看重此职，如："王禹偁元之，久为从官，而未尝知举。有诗云：'三入承明不知举，看人门下放门生。'王岐公在翰苑，凡十七八年，三为主文，常在试闱，戏书考簿后云：'黄州才藻旧词臣，几叹门生未有人。自笑晚游金马客，曾来三锁贡闱春。'"③ 王禹偁作为宋太宗、真宗两朝著名词臣，三任知制诰，为当时士子所宗，孙何、丁谓辈经其揄扬，皆有所树立，但一直未能出任权知贡举一职，故有"看人门下放门生"的感叹；而王"珪

---

① 脱脱等：《宋史》卷一六五《职官志》，中华书局1977年版，第3910页。
② 龚明之：《中吴纪闻》卷五，见《宋元笔记小说大观》，上海古籍出版社2001年版，第2889~2890页。
③ 张邦基：《墨庄漫录》卷十，见张邦基等《墨庄漫录 过庭录 可书》，中华书局2002年版，第274页。

以文学进，流辈咸共推许。其文闳侈瑰丽，自成一家，朝廷大典策，多出其手，词林称之"①，在宋仁宗、哲宗、神宗朝取得了不亚于王禹偁的词臣地位，但有所不同的是，王珪"三为主文"，故在感叹王禹偁（因曾被贬黄州，故世称"王黄州"）的遭遇之际，"自笑"中不免透露着得意。从这二人的不同情绪反应来看，他们对权知贡举一职是非常在意的。尽管宋代要求进士"不得呼春官为恩门、师门，亦不得自称门生"②，又以多人同知贡举，并设置殿试，将进士的最终录取权收归皇帝，从而多方面限制、削弱了权知贡举的权力与影响，但是由于权知贡举者多为当时著名词臣甚至文坛领袖，其考试设想、衡文标准、取士倾向依然会左右举子们的选择，也会在一定时期内对科举文体的升降、时文风格的转向造成影响。

　　试论是宋代省试考试中的固定科目，关于它的发展历程，今人研究颇多，吴建辉《宋代试论与文学》曾有总结："综观宋代礼部试进士科考试内容设置的历程，大致经历了这样几个阶段：宋太祖时期沿袭唐及后周制；宋太宗至仁宗时，诸科试帖经、墨义，进士除此另加试诗赋论策，论的地位初步确立；王安石改革科举法，罢诸科及诗赋、帖经、墨义，专问大义，试论的地位进一步巩固；王安石变法失败，哲宗时，苏轼、司马光知贡举，恢复诗赋两科取士及春秋科，至绍圣元年（1094年），折中新旧党之争，采取经义、诗赋两科取士，试论仍独占鳌头；南宋关于经义、诗赋取士经历了分分合合，曾短暂将策论作为同场考试内容，绍兴三十一年（1161年）分经义、诗赋两科取士成为永制，由此试论分别成为两科独立的一场考试内容也成为南宋最后的定制。"③ 祝尚书先生在《宋代科举与文学》第十章之第一节《策论及其在宋代科举考试中的地位》中则兼言策论，对策论地位的升降作有简要描述④。林岩在《北宋科举考试与文学》第二章之第一节《进士科考试中的诗赋与策论》中也作有论述⑤。鉴于上述成果基本厘清了宋代进士科省试试论的发展演变过程，本书仅选取刘筠为切入点，力图发掘他在权知贡举时对试论所造成的影响。

---

① 脱脱等：《宋史》卷三一二《王珪传》，中华书局1977年版，第10243页。
② 徐松辑：《宋会要辑稿·选举》三之二，中华书局1957年版，第4262页。
③ 吴建辉：《宋代试论与文学》，岳麓书社2009年版，第54页。
④ 祝尚书：《宋代科举与文学》，中华书局2008年版，第284～289页。
⑤ 林岩：《北宋科举考试与文学》，上海古籍出版社2006年版，第55～64页。

在宋代省试的发展过程中，刘筠权知贡举的作用及意义有待阐释与确立。① 曾巩《隆平集·刘筠传》云："自景德以来，居文翰之任，惟筠与杨亿齐名，号为'杨刘'。筠三典贡举，以策论升降天下，自筠始。"② 王称《东都事略·刘筠传》云："筠自景德以来，居文翰之选，与杨亿齐名，当时号为'杨刘'。三入禁林，三典贡举，以策论升降天下士，自筠始也。"③《宋史·刘筠传》亦云："筠，景德以来，居文翰之选，其文辞善对偶，尤工为诗。初为杨亿所识拔，后遂与齐名，时号'杨刘'。凡三入禁林，又三典贡部，以策论升降天下士，自筠始。"④ 这三则材料的说法大致相同，皆首先肯定了刘筠在宋真宗景德（1004—1007 年）以来与杨亿并驾齐驱的文坛领袖地位。田况《儒林公议》载："杨亿在两禁，变文章之体，刘筠、钱惟演辈皆从而效之，时号杨刘。三公以新诗更相属和，极一时之丽，亿乃编而叙之，题曰《西昆酬唱集》。当时佻薄者谓之'西昆体'。其他赋颂章奏，虽颇伤于雕摘，然五代以来芜鄙之气，由兹尽矣。"⑤ 则杨刘不仅以西昆体开启了区别于白体的诗风，赋颂章奏也扫除五代以来的"芜鄙之气"，呈现出与真、仁盛世颇为相符的丽雅色彩。刘筠得以"三入禁林，三典贡举"，成为当时著名词臣与贡举官，应与他这一文学成就、文学地位有莫大关系。

此外，上述三则材料还特别指出了刘筠三典贡举时所带来的取材变化："以策论升降天下士，自筠始。"所谓"以策论升降天下士"是指在诗赋之外，兼以策论，用以确定进士名次，增加策论在对进士等第高下时的权重。在此之前，虽然进士科省试采用"一赋一诗一论，凡三题"⑥ 的

---

① 关于刘筠知贡举对于试策、试论的作用，陈植锷先生曾结合贡举改革的时代背景作有简略描述，见其《北宋文化史述论》，中国社会科学出版社 1992 年版，第 91～92 页。与之不同的是，本文着重梳理刘筠三知贡举的具体情况，并就其对试论的影响作一发覆。

② 曾巩：《隆平集》卷一四，见《文渊阁四库全书》第 371 册，台湾商务印书馆 1986 年版，第 135 页。

③ 王称：《东都事略》卷四七《刘筠传》，见《二十五别史》，齐鲁书社 2000 年版，第 372 页。

④ 脱脱等：《宋史》卷三〇五《刘筠传》，中华书局 1977 年版，第 10089 页。

⑤ 田况：《儒林公议》，见朱易安、傅璇琮等主编《全宋笔记》第 1 编第 5 册，大象出版社 2003 年版，第 87 页。

⑥ 马端临《文献通考》卷三〇云："然考《登科记》所载，建隆以来，逐科试士，皆是一赋一诗一论，凡三题，非始于是年也。"中华书局 1986 年版，第 285 页。实际上将殿试与省试混为一谈了。吴建辉《宋代试论与文学》作有考辨，岳麓书社 2009 年版，第 47 页。

考试方法，但正如祝尚书先生所指出的那样，由于"实行'逐场去留'，即诗赋合格再看策论，实际上是'但以诗赋进退，不考文论'（详下引冯拯言），策论在这时的地位并不重要"①。所以当刘筠"以策论升降天下士"便必然带来策论地位的改变。那么，这一做法到底出现在何时呢？

刘筠初典贡举是在宋真宗大中祥符八年（1015年），是年正月"甲午，命兵部侍郎、修国史赵安仁知礼部贡举，翰林学士李维、知制诰盛度、刘筠同知"②。在此之前，"诏翰林学士刘筠等试诸州续解进士。辛未，筠等上其名，凡五十六人"③，可知其已参与了发解试的工作。此次同知贡举，似是例行公事，未见其左右科考方式的记载。

宋仁宗天圣二年（1024年）正月"癸卯，命御史中丞刘筠等四人权知贡举"④，此是刘筠再典贡举。同月"辛亥，知贡举刘筠等请差覆考及详定官，上曰：'非所以责成之意也。'诏筠等以公考校"⑤，说明在此次省试中，刘筠等知贡举官被赋予了较大权力，去取标准也有所不同："（宋）郊与弟祁俱以辞赋得名，礼部奏祁名第三，太后不欲弟先兄，乃推郊第一、祁第十。刘筠得清臣所对策，擢第二。国朝以策擢高第，自清臣始。……第一甲：叶清臣、郑戬、高若讷、曾公亮、宋郊；二甲：余靖、宋咸、尹洙、胡宿。"⑥ 从宋郊、宋祁兄弟的情况来看，辞赋虽然仍旧是进士取舍的重要依据，但叶清臣"以策擢高第"的情况则打破了宋初以来专以诗赋确定进士名次的做法，标志着策论地位有了实质性提升。

到了天圣五年（1027年）正月"癸丑，命枢密直学士、礼部侍郎刘筠权知贡举。中书初议择官，上曰：'刘筠可用也。'筠时在颍川，遂驿召之"⑦，这是刘筠第三次权知贡举。在开考之前，"五年正月十六日，诏：'贡院将来考试进士，不得只于诗赋进退等第，今后参考策论，以定优劣。'"⑧ 此诏作为官方对此次贡举进士选拔方式的指导意见，"参考策

---

① 祝尚书：《宋代科举与文学》，中华书局2008年版，第286页。
② 李焘：《续资治通鉴长编》卷八四，中华书局2004年版，第1913页。
③ 李焘：《续资治通鉴长编》卷九六，中华书局2004年版，第2218页。
④ 李焘：《续资治通鉴长编》卷一〇二，中华书局2004年版，第2348页。
⑤ 李焘：《续资治通鉴长编》卷一〇二，中华书局2004年版，第2349页。
⑥ 彭百川：《太平治迹统类》卷二八，见《丛书集成续编》第40册，上海书店1994年版，第548页。
⑦ 李焘：《续资治通鉴长编》卷一〇五，中华书局2004年版，第2435页。
⑧ 徐松辑：《宋会要辑稿》三之一五，中华书局1957年版，第4269页。

论,以定优劣"的说法既是刘筠前次权知贡举时积累的实践经验,又为进一步提升策论地位提供了可能。

由上面的梳理来看,刘筠"以策论升降天下士"真正开始于第二次权知贡举期间,在此之后的第三次权知贡举,则得到了官方的郑重申明。当然,由于没有相关材料,笔者只是了解到试策在这一过程中的作用,于试论则无法做出具体分析,故只能和策连类言之。

刘筠这一做法自有历史渊源。在此之前,朝野不少言论已经触及专以诗赋取士的弊端而渐起兼考策论的呼声。如宋真宗咸平五年(1002年)十一月,河阳节度判官清池张知白在上疏中谈到进士科考试问题:"今进士之科,大为时所进用,其选也殊,其待也厚。进士之学者,经史子集也。有司之取者,诗赋策论也。……若使明行制令,大立程序,每至命题考试,不必使出于典籍之外,参以正史。至于诸子之书,必须辅于经、合于道者取之,过此并斥而不用。然后先策论,后诗赋,责治道之大体,舍声病之小疵。"① 便将策论置于诗赋之前,实现"辅于经、合于道",从而避免专于雕琢的"声病"之学,而使士子习熟"治道"。又大中祥符元年(1008年)正月二十一日,"冯拯曰:'进士比来省试,唯以诗赋进退,不考文论。且江浙举人,专业词赋,以取科名。今岁望令于诗赋合格人内,兼考策论。'帝曰:'大凡文论可见其才识,南人喜诵诗赋,及就公试,或攘剽旧语,主司能辨之乎?'"② 君臣所言谈到了进士科省试"唯以诗赋进退,不考文论",存在忽略"才识","攘剽旧语"之弊,故有"兼考策论"的意见。到了天禧元年(1017年)九月,"右正言鲁宗道言:'进士所试诗赋,不近治道。诸科对义,但以念诵为工,罔究大义。'上谓辅臣曰:'前已降诏,进士兼取策论,诸科有能明经者,别与考校。可申明之。'"③ 可见在刘筠权知贡举之前,"兼取策论"就曾以诏书形式申谕过,成为宋真宗时期科举改革的一股暗流。等刘筠后两次权知贡举,则将这一意见具体贯彻起来,直接提升了策论的地位。

在笔者看来,刘筠三次知贡举对策论特别是论的影响,有以下三方面:

---

① 李焘:《续资治通鉴长编》卷五三,中华书局2004年版,第1168~1169页。
② 徐松辑:《宋会要辑稿》三之九,中华书局1957年版,第4266页。
③ 李焘:《续资治通鉴长编》卷九〇,中华书局2004年版,第2082页。

第一，在此之后，"以策论升降天下士"成为共识，不断得到官方的确认。景祐元年（1034年）"三月一日，诏贡院所试进士，除诗赋依自来格式考定外，其策论亦仰精研考校，如词理可采，不得遗落"[①]。宝元元年（1038年）正月"二十九日，中书门下言：'检会先诏，贡院考试进士，多只采诗赋，未尽铨择。今后更于策论相兼，考定优劣……'诏以谕贡院"[②]。这种始终强调兼考策论的考试取向一定程度上改变了策论的地位。

第二，选拔了一批文学人才，寻源了庆历贡举改革中的先策论、后诗赋的意见。庆历四年（1044年），先策论、后诗赋的贡举改革渐成态势，《文献通考》载：

> 庆历四年，臣僚上言改更贡举进士所试诗、赋、策、论先后，诏下两制详议。知谏院欧阳修言："凡贡举旧法，若二千人就试，常额不过选五百人（每年到省就试及取人之数，大约不过此）。是于诗、赋、策、论六千卷中（每一人三卷），选五百人，而日限又迫，使考试之官殆废寝食，疲心竭虑，因劳致昏。故虽有公心，而所选多滥，此旧法之弊也。今臣所请者，宽其日限，而先试以策而考之，择其文辞鄙恶者、文意颠倒重杂者、不识题者、不知故实略而不对所问者，限以事件若干以上，误引事迹者亦限件数，虽能成文而理识乖诞者，杂犯旧格不考式者，凡此七等之人先去之，计于二千人可去五六百。以其留者次试以论，又如前法而考之，又可去其二三百。其留而试诗赋者，不过千人矣。于千人而选五百，则少而易考，不至劳昏。考而精当，则尽善矣。纵使考之不精，亦选者不至大滥。盖其节抄剽盗之人，皆以先经策、论去之矣。策、论逐场旋考，则卷子不多，考官不致劳昏，去留必不误。比及诗、赋，皆是已经策、论，粗有学问，理识不至乖诞之人。纵使诗赋不工，亦可以中选矣。如此可使童年新学，全不晓事之人，无由而进。此臣所谓变法必须随场去留，然后可革旧弊者也。其外州解送到，且当博采（只可尽令试策），要在南省精选。若省榜奏人至精，则殿试易为考矣。故臣但言南省之法，此其

[①] 徐松辑：《宋会要辑稿》三之一七至一八，中华书局1957年版，第4270页。
[②] 徐松辑：《宋会要辑稿》三之一九，中华书局1957年版，第4271页。

大概也。其高下之等，仍乞细加详定，大概当以策、论为先。①

此次改革中，翰林学士宋祁，御史中丞王拱辰，知制诰张方平、欧阳修，殿中侍御史梅挚，天章阁侍讲曾公亮、王洙，右正言孙甫，监察御史刘湜九人同上《详定贡举条状》，由欧阳修主笔，具体内容已见上文所引。在主张"以策、论为先"的阵营中，宋祁、曾公亮、王洙为天圣二年（1024年）进士，梅挚为天圣五年（1027年）进士，皆为刘筠权知贡举时所拔，有座主、门生之谊；而王拱辰、欧阳修为天圣八年（1030年）进士，是在刘筠"以策论升降天下士"之后。应该说，这些人都是刘筠新措施的受益者，他们力主策、论为先的改革呼声，固然有着强烈的救弊济时的现实需要，但也实际受到了刘筠的影响。

第三，以杨亿、刘筠为代表的骈俪文风对试论风格有所影响。真、仁两朝之交，杨亿、刘筠为文坛领袖，并尚骈俪之体，王称《东都事略》论赞云：

> 文章之难莫难于复古，亿与筠皆以文名于世，然去古既远，时尚骈俪，虽词华之妙足以畅帝谟，而议论之粹亦足以谋王体，至于属辞比事，用各有当，虽云工矣，而简严典重之体，温厚深淳之气，终有愧于古焉。夫欲维持斯文，使一变而复古，必得命世之大才而后可也。②

此时文章依然笼罩在骈俪之风中，由于刘筠以文坛主盟的身份权知贡举，故对科举文风的影响也是显而易见的。魏泰《东轩笔录》载：

> 欧阳文忠公年十七，随州取解，以落官韵而不收。天圣已后，文章多尚四六，是时随州试《左氏失之诬论》，文忠论之，条列左氏之诬甚悉，其句有"石言于宋，神降于莘。外蛇斗而内蛇伤，新鬼大而故鬼小"。虽被黜落，而奇警之句，大传于时。今集中无此论，顷

---

① 马端临：《文献通考》卷三一，中华书局1986年版，第289～290页。
② 王称：《东都事略》卷四七《刘筠传》，见《二十五别史》，齐鲁书社2000年版，第372页。

见连庠诵之耳。①

"天圣已后,文章多尚四六",这与杨刘等倡导的骈俪文风是一致的。欧阳修参加随州发解试是在天圣元年(1023年),其所作试论《左氏失之诬论》"条列左氏之诬甚悉",堪称"议论之粹亦足以谋王体",所言"奇警之句"亦"属辞比事,用各有当",因此可以说此时欧阳修的文风尚在杨刘骈俪文风的牢笼之下。举此一例,便可见当时科举崇尚骈俪文风的倾向。不过,正如前引王称所说,"欲维持斯文,使一变而复古,必得命世之大才而后可",当欧阳修逐渐意识到骈俪文风的局限之后,一场从文体内部、文风方面对科举文体加以革新的运动也终于形成。

三、特科试论

(一) 童子科试论

童子科是专门针对早慧儿童而设立的科目,沿袭唐五代而来,偶有停废。② 综观有宋一代,中是科者人数甚多,《枫窗小牍》曾有罗列:

> 本朝以童子举,如国初贾黄中举,自五代不论。若太宗朝,洛阳郭忠恕通九经,七岁举童子科。淳化二年,赐泰州童子谭孺卿出身。雍熙间,得杨亿年十一,以童子召对,授秘书正字。咸平间,得宋绶。景德间,抚州进士晏殊年十四,大名府进士姜盖年十三。祥符间,又得李淑,又赵焕以童子召封,令从秘阁读书,时年十二。蔡伯希年四岁,诵诗百余篇,召为秘书正字。神宗朝元丰七年,赐饶州童子朱天锡五经出身,年九岁,赐钱五万。又天锡从兄天申年十二,试十经皆通,赐五经出身。绍兴七年,赐处州孝童周智出身。乾道、淳熙间,吕嗣兴、王克勤赐童子出身。先君子以十岁通九经,以不谒丁晋公,摈不以闻,竟不得与诸君子同声治朝也。③

---

① 魏泰:《东轩笔录》卷一二,中华书局1983年版,第138页。
② 参见汪圣铎《宋代的童子举》,载《文史哲》2002年第6期。
③ 袁褧:《枫窗小牍》卷上,见《宋元笔记小说大观》,上海古籍出版社2001年版,第4763页。

由于是特科，其考试标准及录取方式并无一定之规，"凡童子十五岁以下，能通经作诗赋，州升诸朝，而天子亲试之。其命官、免举无常格"①。有以颖悟善言进的，如杨亿，《墨客挥犀》载："杨大年内翰七岁，对客谈论，有老成风。年十一，太宗皇帝闻其名，召对便殿，授秘书省正字，且谓曰：'卿久离乡里，得无念父母乎？'对曰：'臣见陛下，一如臣父母。'上叹赏久之。"② 又如何正臣与毛君卿，《独醒杂志》载："皇祐元年，何正臣与毛君卿俱以七岁应童子科，君卿之慧差不及正臣。时皇嗣后未生，上见二人年甚幼而颖悟过人，特爱之，留居禁中数日。正臣能作大字，宫人有以裙带求书者，正臣书曰：'《关雎》，后妃之德也。'上尝以梨一颗令二人分食之，君卿逡巡不应。上怪，问其故，对曰：'父母在上，不敢分离。'上大喜，以为皆能知其大义。翌日，御便殿，俱赐童子出身。"③ 有以善于记诵进的，如朱天锡、朱天申兄弟，《文昌杂录》载："四月初五日，礼部试饶州童子朱天锡，年十一，念周易、尚书、毛诗、周礼、礼记、论语、孟子凡七经，各五道，背全，通无一字少误者。是日，礼部侍郎召本曹郎官赴坐，左右观者数百人，此童讽诵自若，略无慑惧。后数日，召至睿思殿，赐五经出身。"④ 又载："十月四日，礼部试饶州进士朱天申，年十二，念周易、尚书、毛诗、周礼、礼记、孝经、论语、孟子、扬子、老子凡十经，各有一百通。前日所试童子天锡之再从兄也。亦召至睿思殿，赐五经出身。"⑤

一般而言，童子的思维特点是适于记诵而拙于为文的，上述诸人多是如此。与之相比，晏殊是因善于属文而受到擢用的，《宋史·晏殊传》载：

> 晏殊字同叔，抚州临川人。七岁能属文，景德初，张知白安抚江南，以神童荐之。帝召殊与进士千余人并试廷中，殊神气不慑，援笔

---

① 脱脱等：《宋史》卷一五六《选举志》，中华书局1977年版，第3653页。
② 彭乘：《墨客挥犀》卷七，见赵令畤等《侯鲭录 墨客挥犀 续墨客挥犀》，中华书局2002年版，第356页。
③ 曾敏行：《独醒杂志》卷一，见《宋元笔记小说大观》，上海古籍出版社2001年版，第3202～3203页。
④ 庞元英：《文昌杂录》卷五，中华书局1958年版，第59页。
⑤ 庞元英：《文昌杂录》卷五，中华书局1958年版，第65页。

立成。帝嘉赏，赐同进士出身。宰相寇准曰："殊，江外人。"帝顾曰："张九龄非江外人邪？"后二日，复试诗、赋、论，殊奏："臣尝私习此赋，请试他题。"帝爱其不欺，既成，数称善。①

则晏殊是与进士同试的，所试有论一目，这大概是宋代童子科绝无仅有的现象。

(二) 特奏名试论

特奏名是针对屡试不第的士人而特设的一种科目，目的在于最大限度地收罗失意士人。《宋史·选举志》云："凡士贡于乡而屡绌于礼部，或廷试所不录者，积前后举数，参其年而差等之，遇亲策士则别籍其名以奏，径许附试，故曰特奏名。"②

由于参加特奏名试者往往是学识有限、作文水平稍差之人，因此适当降低考试难度与录取门槛就很必要。在特奏名考试中，论为科目之一，有时甚至仅此一科，如《宋会要辑稿》载：

> 真宗咸平三年三月十七日……又试进士五举、诸科八举已上，及曾经先朝御试，洎年五十以上者，内出《礼乐刑政致理何先论》题。时帝谓左右曰："此辈潦倒场屋，皆已迟暮。傥例试三题，则遗落多矣。"故止令试论一篇，粗观其智识也。得进士张浩然已下二百三十六人，第为四等，并赐同学究出身，授试衔官，第一、二等赐同学究出身，第三等授试校书郎，第四等授试主簿。③

真宗所说"例试三题"之语，是指试诗、赋、论三题。不过为了降低难度，"止令试论一篇，粗观其智识"，可谓要求不高。到了仁宗景祐元年（1034 年）三月十九日，诏云："南省特奏名进士只试论一首、诗一

---

① 脱脱等：《宋史》卷三一一《晏殊传》，中华书局 1977 年版，第 10195 页。
② 脱脱等：《宋史》卷一五五《选举志》，中华书局 1977 年版，第 3609 页。对于特奏名的设立过程、考试方式及评价问题，可参看张希清《论宋代科举中的特奏名》（见邓广铭等主编《宋史研究论文集》，河北教育出版社 1989 年版）、裴淑姬《论宋代的特奏名制度》（载《湖南大学学报》2007 年第 4 期）二文。
③ 徐松辑：《宋会要辑稿·选举》七之五至七之六，中华书局 1957 年版，第 4358 页。

首，诸科对义五道，内年老者特与免试。"① 论仍为考试科目之一，但水平要求当与"粗观其智识"没有太大区别。

（三）宾贡科试论

宾贡科是为高丽等外国士人参加进士科考试而特别设置的一项科目，中科者称宾贡进士，自唐代以来多有之。② 宋代宾贡科承唐五代而来，今以高丽宾贡进士为限，可以发现其人数远逊于前代，原因在于辽的存在使宋与高丽的交往受到了干扰甚至破坏，《渑水燕谈录》云：

> 高丽，海外诸夷中最好儒学，祖宗以来，数有宾客贡士登第者。自天圣后，数十年不通中国。熙宁四年，始复遣使修贡，因泉州黄慎者为向导，将由四明登岸。③

宋与高丽关系的变化，使宾贡科的发展受到了影响。仁宗之前，"数有宾客贡士登第者"；仁宗、英宗两朝，两国"不通"，直到神宗"熙宁四年，（高丽）始复遣使修贡"，宾贡科才有了进一步发展的可能。具体情况如下：

太宗朝，宾贡进士较多，《宋史·高丽传》载：

> （太平兴国元年）遣国人金行成入就学于国子监。……太平兴国二年……行成擢进士第。④
>
> （淳化）三年，上亲试诸道贡举人，诏赐高丽宾贡进士王彬、崔罕等及第，既授以官，遣还本国。⑤
>
> 高丽信州永宁人康戬，字休祐，父允，三世为兵部侍郎。……开

---

① 徐松辑：《宋会要辑稿·选举》三之一八，中华书局1957年版，第4270页。
② 关于唐代宾贡科，可参考以下研究成果：杨希义《唐代宾贡进士考》，见《中国唐史学会论文集》，三秦出版社1993年版；高明士《宾贡科的起源与发展——兼述科举的起源与东亚士人共同出身之道》，见《唐史论丛》第6辑，陕西人民出版社1995年版。
③ 王辟之：《渑水燕谈录》卷九，见王辟之、欧阳修《渑水燕谈录 归田录》，中华书局1981年版，第112页。
④ 脱脱等：《宋史》卷四八七《高丽传》，中华书局1977年版，第14037页。
⑤ 脱脱等：《宋史》卷四八七《高丽传》，中华书局1977年版，第14041页。

宝中,允遣戬随宾贡肄业国学。太平兴国五年,登进士第。①

据此可知太宗朝宾贡进士有金行成、康戬、崔罕、王彬四人。

真宗、仁宗两朝,人数较少,仅有金成绩、康抚民二人。《玉海》载:"咸平元年二月戊申,赐高丽宾贡进士金成绩及第,附春榜;景祐元年,高丽宾贡进士康抚民召试舍人院,四月三日赐同出身。"②造成这种情况的原因在于宋与高丽交往的非正常化。由于奉行对辽的和议政策,宋朝主动疏远了同高丽的关系,有一事可见宋对辽的忌惮,那就是神宗时曾有动议联高丽以制辽,韩琦以为不可,其言:"高丽臣属北方,久绝朝贡,乃因商舶诱之使来,契丹知之,必谓将以图我。"③这种担忧大概也是真宗、仁宗朝在处理与高丽关系时所持的普遍心理。在这种情况下,高丽"久绝朝贡"、宾贡进士不多自在情理之中。

神宗熙宁三年(1070年)以后,随着宋与高丽恢复交往,宾贡进士开始增多,《宋史·高丽传》载:"熙宁二年,其国礼宾省移牒福建转运使罗拯……三年,拯以闻,朝廷议者亦谓可结之以谋契丹,神宗许焉,命拯谕以供拟腆厚之意。徽遂遣民官侍郎金悌等百十人来,诏待之如夏国使。"④《宋史·罗拯传》载:"拯使闽时,泉商黄谨往高丽,馆之礼宾省,其王云自天圣后职贡绝,欲命使与谨俱来。至是,拯以闻,神宗许之,遂遣金悌入贡。高丽复通中国自兹始。"⑤到了哲宗元符二年(1099年)二月"己卯,诏许高丽国王遣士宾贡"⑥;徽宗政和"七年,试高丽进士权适等四人,皆赐上舍及第,遣归其国"⑦。关于此期宾贡科,朱熹在同弟子的一番问答中曾经提到部分情形:

> 或问高丽风俗好。曰:"终带蛮夷之风。后来遣子弟入辟雍,及第而归者甚多。尝见先人同年小录中有'宾贡'者,即其所贡之士

---

① 脱脱等:《宋史》卷四八七《高丽传》,中华书局1977年版,第14045页。
② 王应麟:《玉海》卷一一六,江苏古籍出版社、上海书店1987年版,第2147页。
③ 脱脱等:《宋史》卷三一二《韩琦传》,中华书局1977年版,第10227页。
④ 脱脱等:《宋史》卷四八七《高丽传》,中华书局1977年版,第14046页。
⑤ 脱脱等:《宋史》卷三三一《罗拯传》,中华书局1977年版,第10646页。
⑥ 脱脱等:《宋史》卷一八《哲宗本纪》,中华书局1977年版,第351页。
⑦ 脱脱等:《宋史》卷一五七《选举志》,中华书局1977年版,第3668页。

也。当时宣赐币帛之外，又赐介甫新经三十本，盛以黑函，黄帕其外，得者皆宝藏之。"①

朱熹之父朱松考中进士是在徽宗政和八年（1118年），则是年亦有宾贡进士。凡中宾贡科者，有赐币帛、赐书之宠。

以上是对高丽登宾贡进士科的情况所做的大致介绍。至于其考试办法，崔瀣《送奉使李中父还朝序》云："所谓宾贡科者，每自别试，附名榜尾。不得与诸人齿，所除多卑冗，或便放归。"② 对于这则材料所载，樊文礼认为，由于考校糊名制度的存在，"每自别试"是宋代才出现的情况，并引用了《宋会要辑稿》中的一则材料为证。③ 这则材料如下：

景祐元年四月三日，赐高丽宾贡进士康抚民同进士出身。（小注：召试舍人院，诗论稍堪，故命之，仍附今年榜第五甲）④

由此可知，康抚民所试科目有诗、论，即便论的水平"稍堪"，仍然被赐同进士出身。这也是"别试"的目的所在，即对外国人单独考试，以便照顾。

此外值得申说的是，宋与高丽的交往，也影响了后者的科举制度。《宣和奉使高丽图经》卷一九"进士"条载：

进士之名不一，王城之内曰土贡，郡邑曰乡贡。萃于国子监，合试几四百人，然后王亲试之，以诗、赋、论三题，中格者官之。自政和间遣学生金端等入朝，蒙恩赐科第，自是取士间以经术、时务策，较其程试优劣，以为高下。故今业儒者尤多，盖有所向慕而然耳。⑤

---

① 黎靖德编：《朱子语类》卷一三三，中华书局1986年版，第3191页。
② 转引自高明士《宾贡科的起源与发展——兼述科举的起源与东亚士人共同出身之道》，见史念海主编《唐史论丛》第6辑，陕西人民出版社1995年版，第95页。
③ 樊文礼：《宋代高丽宾贡进士考》，载《史林》2002年第2期。
④ 徐松辑：《宋会要辑稿·选举》九之八至九，中华书局1957年版，第4400～4401页。
⑤ 徐兢：《宣和奉使高丽图经》卷一九，见朱易安、傅璇琮等主编《全宋笔记》第3编第8册，大象出版社2008年版，第76页。

该书卷四〇云：

> 炎宋肇兴，文化远被，稽首扣关，请为藩臣，其使者每至来朝，观国之光，歆艳晏粲，归而相语，人益加勉。淳化二年廷试天下士，彼亦宾贡其人来献文艺，太宗皇帝嘉之，用擢其数内王彬、崔罕等进士及第，授将仕郎，守秘书省校书郎，津遣还国，时王治上表致谢，词甚感戢。神宗皇帝悯俗学之弊，命训释三经以发天下蔽蒙，特诏赐其书本，俾之获见大道之纯全。主上丕承先志，推广舍法，又赐其来学子弟金端等科名以归。于是靡然风从，勃然雨化，闾闾秩秩，服膺儒学，虽居燕韩之左僻，而有齐鲁之气韵矣。……若夫其国取士之制，虽规范本朝，而承闻循旧，不能无小异。其在学生，每岁试于文宣王庙，合格者视贡士。其举进士，间岁一试于所属，合格偕贡者合三百五十余人。既贡，又命学士总试于迎恩馆，取三四十人，分甲乙丙丁戊五等，赐第略如本朝省闱之制。至王亲试官之，乃用诗、赋、论三题，而不策问时政，此其可嗤也。自外又有制科宏辞之目，虽文具而不常置，大抵以声律为尚，而于经学未甚工。视其文章，仿佛唐之余弊云。①

高丽所行科举深受宋朝影响，而宾贡科起了一定的纽带作用。

四、铨选试论

宋代官员铨选规定比较复杂，一般有试论的要求。如《续资治通鉴长编》载，庆历五年（1045年）五月"癸未，诏吏部流内铨：'自今试初入官选人，其习文辞者试省题诗或赋论一首，习经者试墨义十道，并注合入官。如所试纰缪，试墨义凡九不中，令守选，候放选再试，又不中，与远地判司。其年四十以上，依旧格读律通，即与注官。仍命两制一员同考试之。'"② 这是针对初入官选人的规定，其中，"习文辞者试省题诗或赋论一首"，论为考试科目之一。而对于那些磨勘转官者，试论也是必要

---

① 徐兢：《宣和奉使高丽图经》卷四〇，见朱易安、傅璇琮等主编《全宋笔记》第3编第8册，大象出版社2008年版，第152～153页。

② 李焘：《续资治通鉴长编》卷一五五，中华书局2004年版，第3773～3774页。

条件，《宋史·选举志》载："凡磨勘迁京官……习辞业者试论、试诗赋，词理可采、不违程式为中格……听预选。"① 由于铨选本身较为复杂，下面仅就馆职试论加以讨论。

在宋代众多职事中，馆职常被视为储才之地，十分清要，其人员构成与任命方式息息相关。欧阳修作于治平三年（1066年）的《又论馆阁取士札子》谈到了当时情形：

> 旧制，馆阁取人以三路：进士高科，一路也；大臣荐举，一路也；岁月畴劳，一路也。进士第三人以上及第者，并制科及第者，不问等第，并只一任替回，便试馆职。进士第四、第五人，经两任亦得试。此一路也。两府臣寮初拜命，各举三两人，即时召试。此一路也。其余历任繁难久次，或寄任重处者，特令带职。此一路也。今三路塞其二矣。自科场改为间岁后，第一人及第者须两任回，方得试。自第二人至第五人，更永不试。制科入第三者，亦须两任回，方得试。其余等第，并永不试。则进士高科一路已塞矣。两府大臣所荐之人，并只上簿，候馆职有阙，则于簿内点名召试。其如馆阁本无员数，无有阙时，故自置簿来，至今九年不曾点试一人。则大臣荐举一路又塞矣。唯有畴劳带职一路尚在尔。②

程俱《麟台故事》亦云：

> 国初循前代之制，以昭文馆、史馆、集贤院为三馆，通名之曰崇文院。直馆至校勘通谓之馆职，必试而后命；不试而命者，皆异恩与功伐，或省府监司之久次者。元丰官制行，尽以三馆职事归秘书省，省官自监少至正字皆为职事官。至元祐中，又举试学士院入等者，命以为校理、校勘，供职秘书省；若秘书省官，则不试而命。③

---

① 脱脱等：《宋史》卷一五八《选举志》，中华书局1977年版，第3703～3704页。
② 曾枣庄、刘琳主编：《全宋文》第32册，上海辞书出版社、安徽教育出版社2006年版，第301～302页。
③ 程俱撰，张富祥校证：《麟台故事校证》卷一，中华书局2000年版，第7页。

上引两则材料道出了馆职人员构成与任命方式的差异与变化：人员来源有"进士高科""大臣荐举"与"岁月畴劳"三种，与之相对应，任命方式有"试而后命"与"不试而命"两途。了解官职人员构成与任命方式之间存在的这种关系，有助于澄清关于馆职试考试内容记载混乱的情况。徐度《却扫编》载：

> 旧制，召试馆职，诗赋各一篇。治平中东坡被召，自言久去场屋，不能为诗赋，乃特诏试论二篇。神宗时御史吴申言试馆职止于诗赋，非经国治民之急，请罢诗赋；试策三道，问经、史、时务，每道问十事以上，以通否定高下去留。于是诏自今试馆职，论一首、策一道，建炎再复试法，唯策一道。①

这则材料虽然道出了馆职考试内容的变化，但由于未能根据任命方式的不同而分别论述，故不免疏失，试论于下：

第一，由进士高科尤其制科而试馆职者，考试方式的变化以富弼、苏轼为标志。叶梦得《石林燕语》载：

> 富公以茂材异等登科，后召试馆职，以不习诗赋求免。仁宗特命试以策论，后遂为故事。制科不试诗赋，自富公始。至苏子瞻又去策，止试论三篇。熙宁初，罢制举，其事皆废。②

叶梦得所谓"制科不试诗赋"的话有些表述不清，实际上当指"制科及第者"在召试馆职时的情况。范纯仁《故开府仪同三司守司徒检校太师武宁军节度徐州管内观察处置等使徐州大都督府长史致仕上柱国韩国公食邑一万二千七百户食实封四千九百户富公行状》云："景德四年，召试馆职，公（指富弼）以不为词赋求免，仁宗特令试以策论。迁太子中允、直集贤院。自此登制科人，试馆职止用策论，由公始也。"③ 等到了

---

① 徐度：《却扫编》卷下，见《宋元笔记小说大观》，上海古籍出版社2001年版，第4517页。
② 叶梦得：《石林燕语》卷八，中华书局1984年版，第112页。
③ 曾枣庄、刘琳主编：《全宋文》第71册，上海辞书出版社、安徽教育出版社2006年版，第312页。

苏轼被荐馆职之时,所试仅论而已。《宋史·苏轼传》载:

> 英宗自藩邸闻其名,欲以唐故事召入翰林,知制诰。宰相韩琦曰:"轼之才,远大器也,他日自当为天下用。要在朝廷培养之,使天下之士莫不畏慕降伏,皆欲朝廷进用,然后取而用之,则人人无复异辞矣。今骤用之,则天下之士未必以为然,适足以累之也。"英宗曰:"且与修注如何?"琦曰:"记注与制诰为邻,未可遽授。不若于馆阁中近上帖职与之,且请召试。"英宗曰:"试之未知其能否,如轼有不能邪?"琦犹不可,及试二论,复入三等,得直史馆。①

因此,富弼、苏轼分别是馆职"不试诗赋"与"止试论"的标志性人物,但这是仅限于由制科高科而试官职者而言的。

第二,其他途径召试馆职者,考试方式经历了由诗赋而策论的变化。叶梦得《石林燕语》载:

> 故事,馆职皆试诗赋各一篇。熙宁元年,召试王介、安焘、陈侗、蒲宗孟、朱初平,始命改试策论各一道。于是始试"敕天之命,惟时惟几"论,问"古用民,岁不过三日"策。②

在神宗之前,馆职试专以诗赋,有两条材料可以佐证。一是《宋史·尹源传》载:"范仲淹、韩琦荐其(指尹源)才,召试学士院。源素不喜赋,请以论易赋,主试者方以赋进,不悦其言,第其文下,除知怀州,卒。"③由此可知,尹源被召试馆职时,虽有"以论易赋"的呼声,但显然未被接受。二是叶梦得《石林燕语》载:"寇莱公初入相,王沂公时登第,后为济州通判。满岁当召试馆职,莱公犹未识之,以问杨文公曰:'王君何如人?'文公曰:'与之亦无素,但见其两赋,志业实宏远。'因为莱公诵之,不遗一字。莱公大惊曰:'有此人乎?'即召之。故事,馆

---

① 脱脱等:《宋史》卷三三八《苏轼传》,中华书局1977年版,第10802页。
② 叶梦得:《石林燕语》卷九,中华书局1984年版,第138页。
③ 脱脱等:《宋史》卷四四二《尹源传》,中华书局1977年版,第13085页。

职者皆试于学士院或舍人院。是岁，沂公特试于中书。"① 王曾因赋而为寇准所赏识，而当时馆职试亦用诗赋。

到了神宗熙宁元年（1068 年）"始命改试策论各一道"，实际上是承英宗治平四年（1067 年）的诏旨而来的，《续资治通鉴长编》载：

> （英宗治平四年闰三月）御史吴申言："窃见先召十人试馆职，而陈汝义亦预，渐至冗滥。兼所试止于诗赋，非经国治民之急，欲乞兼用两制荐举，仍罢诗赋。试策三道，问经史时务，每道问十事，以通否定高下去留。其先召试人，亦乞用新法考试，明诏两制详定以闻。"其后翰林学士承旨王珪等言，宜罢诗赋如申言。于是诏自今馆职试论一首，策一道。②

这是宋代官职试考试内容的又一种变化。总之，馆职试考试内容的变化当从上述两种途径来梳理，不然极易夹杂在一起，从而使人对一些材料产生误会。

---

① 叶梦得：《石林燕语》卷七，中华书局 1984 年版，第 101～102 页。
② 李焘：《续资治通鉴长编》卷二〇九，中华书局 2004 年版，第 5085 页。

第九章 宋代制科与士风
——以仁宗朝为中心

关于宋代制科的研究，目前学界已经取得了不少高质量的研究成果。较早的有聂崇岐先生的《宋代制举考略》一文，系统地梳理了制科置罢、科目设置、应试资格、考试环节、录取情况、宋人对制科之称谓及意见等问题，并就书判拔萃科是否是制科提出了看法。① 在此基础上，祝尚书先生在《宋代制科制度考论》一文中就制科置罢及书判拔萃科的归属问题多有辨正。其中，关于宋代制科制度的失误问题②，在祝先生后来所撰的《唐宋制科盛衰及其历史教训》一文中得到了进一步的探讨③。吴建辉《宋代试论与文学》第三章《宋代制科设置之变化与试论之发展》则特别考察了制科试论的相关问题④。总体来看，上述论著对宋代制科的相关问题多有发覆，但也在一定程度上存在着重视制度本身而忽略其运作层面的问题。因此，本章在探究宋代制科与士风之关系时，力图兼顾制度与运作两方面。考虑到仁宗朝制科的设置最为完整、影响最为广泛，故本章的讨论以仁宗朝制科为主。

一、仁宗朝制科的设置及影响

制科是宋代科举制度的重要组成部分，就其发展史的整体而言，确如祝尚书先生所总结的那样："地位虽高，却从未兴旺过；朝廷时置时罢，几经周折；士子敬而远之，应试者寡。"⑤ 不过，如果将时间限定在仁宗朝（1023—1063 年）的话，这一认识或许应有所修正。关于仁宗朝的制

---

① 聂崇岐《宋代制举考略》初刊于《史学年报》第 1 卷第 5 期（民国二十七年，1938 年），后收入聂崇岐《宋史丛考》（中华书局 1980 年版）中，第 171～203 页。
② 祝尚书：《宋代制科制度考论》，载《中华文史论丛》第 73 辑。
③ 祝尚书：《唐宋制科盛衰及其历史教训》，载《北京大学学报》2010 年第 5 期。
④ 吴建辉：《宋代试论与文学》，岳麓书社 2009 年版，第 96～138 页。
⑤ 祝尚书：《宋代科举与文学》，中华书局 2008 年版，第 16 页。

科情况，聂崇岐先生做过概括：

> 仁宗天圣七年闰二月，夏竦等请复制举，广其科目，以收贤才。于是下诏酌改景德之制，置贤良方正能直言极谏，博通典坟达于教化，才识兼茂明于体用，详明吏理可使从政，识洞韬略运筹决胜，军谋宏远材任边寄六科；又置高蹈丘园，沉沦草泽，茂才异等三科：是为天圣九科。此后历二世，四十余年，制举从未罢废。①

天圣七年（1029年）复置制科诏，今见于徐松辑《宋会要辑稿·选举》一〇之一五中。作为仁宗朝出台的第一份制科文件，它对制科的设科目的、科目设置、考试程序及办法做了详细规定。自其实施后，体现出两大特征：一是科目有所增广，除对真宗景德二年（1005年）所设六科略有改动外，又增设"高蹈丘园，沉沦草泽，茂才异等三科"，再加上书判拔萃科，共十科②。二是施行时间较长，"历二世（仁宗、英宗），四十余年"③。正是基于这种包容性与连续性，此期制科才有了值得重视的发展与变化。

从录取人数来看，此期制科表现得并不突出。时人田况曾说："每三四岁一举，所得不过一二人而已。"④ 而《愧郯录》所载之事更令人失望："皇祐五年八月，试者十八人。时宰相密谕考官，只放一人过阁，惟太祝赵彦若与选，及对策，又黜之。"⑤ 聂崇岐先生曾汇集史料，对"宋代制举之诏虽数数下，而御试则仅二十二次，入等者不过四十一人"的具体

---

① 聂崇岐：《宋代制举考略》，见聂崇岐《宋史丛考》，中华书局1980年版，第173页。
② 在天圣七年（1029年）复置制科诏中，除聂崇岐先生所言九科外，尚有书判拔萃科、武科。由于聂先生认为书判拔萃科非制科，《宋史》等文献存在记载失误，故未将之计入在内（参见聂崇岐《宋代制举考略》，见聂崇岐《宋史丛考》，中华书局1980年版，第174～175页）。对此，祝尚书先生考辨后认为："宋初吏部所置拔萃科（又称书判科）非制科，而天圣间诏置的书判拔萃科，确实是制科，包括《宋史》在内的史料文献不误，倒是聂崇岐没有弄清楚。"（《宋代制科制度考论》，载《中华文史论丛》第73辑）又，由于武举与文人关涉不大，一般不将其纳入制举科目中，所以本文在讨论天圣七年复置制科时，便将之摒除在外。
③ 由于英宗一朝仅有4年，且只举行过一次制举，故本文重点讨论仁宗朝的情况。
④ 田况：《儒林公议》，见朱易安、傅璇琮等主编《全宋笔记》第1编第5册，大象出版社2003年版，第107页。
⑤ 岳珂：《愧郯录》卷一一，见《丛书集成初编》第843册，中华书局1985年版，第94页。

情况做了统计。据其列表，仁宗朝凡9考，共取15人，而真宗朝4考即已录取11人①，两相对比，前者的录取率不升反降。因此，在此意义上说，祝尚书先生认为"仁宗朝所设制科科目虽多，但似乎并没有造就出制科的繁荣"②是不无道理的。

不过，设置制科的目的本是待非常之才、走精英路线的，所录人才的质量而非数量才是评估此期制科的决定性因素。根据聂崇岐先生的统计，此期制科录取的15人分别是何咏、富弼、苏绅、吴育、张方平、田况、钱明逸、钱彦远、吴奎、夏噩、陈舜俞、钱藻、王介、苏轼及苏辙，而这些人后来多为仕至显宦或著述等身的一代闻人，具有很高的成才率。南宋孝宗时期，苗昌言在讨论制科故事时也曾开出一份名单，很可见出他对制科成就人才的支持态度："仁宗皇帝时，李景请依景德故事，亲策贤良。……于是何咏、富弼、余靖、尹洙、苏绅、张方平、江休复、张伯玉辈出焉，其立法宽，故得士广也。"③ 其中，余靖、尹洙、江休复、张伯玉等皆曾中书判拔萃科④，由此亦可见此期制科所取多为杰出之士，是基本符合设科目的的。

事实上，在仁宗朝，制科受到了高度重视，其影响力也与日俱增，这可从以下三方面来看：

第一，应科人数不断增加，生源质量维持在较高水准。

仁宗庆历六年（1046年）六月，唐询在论制科奏中提到："初应诏才数人，后乃至十余人，今殆至三十余人。"⑤ 这表明"应试者寡"的情况正在改变，士人对制科的热情有所增强。而在不断增加的应试者中，优秀人才也委实不少，试举两人如下：其一，蔡禀。蔡禀，字淳之，祖籍洛阳，后家于山东莱州，以从兄蔡齐恩荫入仕。张方平《宣德郎行监察御史判三司度支勾院骑都尉赐绯鱼袋蔡君墓志铭》载其应科经历云："上方图讲治要，思进天下士，访古今之术，发几微之虑，乃用六科，以取贤者

---

① 参见聂崇岐《宋史丛考》，中华书局1980年版，第191～194页。
② 祝尚书：《宋代科举与文学》，中华书局2008年版，第24页。
③ 徐松辑：《宋会要辑稿·选举》一一之二七，中华书局1957年版，第4439页。
④ 参见曹家齐《宋代书判拔萃科考》（载《历史研究》2006年第2期）一文中的"宋书判拔萃科登科人授官情况一览表"。据该表所列，尚有登科人李惇裕、毛询、张孝孙、吴感、阎询、林亿六人属于仁宗时期。大概因这些人名位不显，故苗昌言未予提及。
⑤ 李焘：《续资治通鉴长编》卷一五八，中华书局2004年版，第3833页。

能者。君应贤良方正能直言极谏科，召试秘阁，名在选中。已而更报罢。"他曾"述《通志论》十五篇，陈讨伐之策，备御之要，指明逆顺成败之理甚精悉"，以至于"时公卿多言君有将帅材，可使治戎"。其"凡所历官，率有风迹。既为御史，敢言不避权要，数对论事，上心器之，有拔用意"①，以此可知其非碌碌之辈。其二，王安国。王安国，字平甫，抚州临川人。王安石《王平甫墓志》谓其"自卯角未尝从人受学，操笔为戏，文皆成理。年十二，出其所为铭、诗、赋、论数十篇，观者惊焉。自是遂以文学为一时贤士大夫誉叹。盖于书无所不该，于词无所不工，然数举进士不售，举茂材异等，有司考其所献《序言》第一，又以母丧不试"②。王安国诗文俱佳，曾巩《王平甫文集序》谓"其文阂富典重，其诗博而深"③。蔡、王二人皆力学善文，一定程度上代表了当时应科者的素质。

第二，制科应科经历常被作为举荐入官的有利条件。

庆历三年（1043年），张方平、杨察、吴育、贾昌朝等人共进《举朱寀充馆阁职名札子》，重点介绍的便是朱寀的应科经历及文学节行："内有应贤良方正能直言极谏科国子监直讲朱寀，所试六论，考中第四等下。……所试六论，其文学理致，亦深可观采。……兼其人履行端确，经术该明，先著撰《春秋指归》，辩析三《传》疑义，辞旨精通，有裨儒林之说。"④ 他如韩维《荐陈和叔（绎）求晏丞相幕官书》、王珪《举王安国奏状》、郑獬《荐陈舜俞状》、范祖禹《举张咸贤良札子》等，就荐举行为本身而言，或未必发生于仁宗朝，但无一例外提到了被荐者在仁宗朝参加制科的经历，可见时人对它的重视程度。

第三，制科登科成为不少士人角逐的目标，为时人所美誉。

在时人心目中，制科地位高于进士科。因其要求更高，题目更难，挑

---

① 曾枣庄、刘琳主编：《全宋文》第38册，上海辞书出版社、安徽教育出版社2006年版，第287～288页。
② 曾枣庄、刘琳主编：《全宋文》第65册，上海辞书出版社、安徽教育出版社2006年版，第131页。
③ 曾枣庄、刘琳主编：《全宋文》第58册，上海辞书出版社、安徽教育出版社2006年版，第2页。
④ 曾枣庄、刘琳主编：《全宋文》第37册，上海辞书出版社、安徽教育出版社2006年版，第279～280页。

战性更大，故激发了一些士人的好胜心。尹洙曾中书判拔萃科，他对其子尹朴寄予厚望。据韩琦《故河南尹君墓志铭并序》载，尹朴"尝一举进士，误为有司所绌"，但他没有感到失落，"反笑曰：'是岂足以尽吾才耶？'"此时，其父尹洙亦"勉以应制举，于是所记益广，所学益深"①，体现了制科对尹氏父子的吸引力。

制科成功也为一些家族赢得了美誉，这以钱氏家族为典型。钱易于真宗景德二年（1005 年）中贤良方正科，他的两个儿子也分别于仁宗朝中制科，其中钱明逸于庆历二年（1042 年）中才识兼茂科，钱彦远于庆历六年（1046 年）中贤良方正科。子能继父，可谓光耀门楣，钱明逸在为钱易《南部新书》所作的序中便特别自豪地提到"小子不肖，叨继科目"②的事，强至在作于仁宗至和二年（1055 年）的《送监征钱宗哲序》中则转述了钱宗哲的话："我高祖挈东南之籍归天子，始有功王室；厥后用直言登科选者，一门凡三人，故家声大于当世。"③苏颂《钱起居（彦远）神道碑》也说："一门之美，前世未有。当时，诗人咏歌有'贤良方正举，父子弟兄同'之句，士大夫载述，以为衣冠卓异焉。"④由此可见父子相继登科带给时人的震撼。

二、仁宗朝士风丕变中的制科因素

仁宗朝是宋代士风丕变的重要时期，《宋史·忠义传序》云："真、仁之世，田锡、王禹偁、范仲淹、欧阳修、唐介诸贤，以直言谠论倡于朝，于是中外缙绅知以名节相高，廉耻相尚，尽去五季之陋矣。"⑤ "直言谠论"替代了渊默自保，"以名节相高"替代了不知廉耻，成为宋代新士风的典型样态。这与著名士人的推动不无关系。同样是针对此期士风的丕变问题，时人张方平的看法却大为不同，他说：

---

① 曾枣庄、刘琳主编：《全宋文》第 40 册，上海辞书出版社、安徽教育出版社 2006 年版，第 97～98 页。
② 钱明逸：《南部新书序》，见钱易《南部新书》，中华书局 2002 年版。
③ 曾枣庄、刘琳主编：《全宋文》第 67 册，上海辞书出版社、安徽教育出版社 2006 年版，第 144 页。
④ 曾枣庄、刘琳主编：《全宋文》第 62 册，上海辞书出版社、安徽教育出版社 2006 年版，第 35 页。
⑤ 脱脱等：《宋史》卷四四六《忠义传序》，中华书局 1977 年版，第 13149 页。

> 国朝自真宗以前,朝廷尊严,天下私说不行,好奇喜事之人,不敢以事摇撼朝廷。故天下之士,知为诗赋以取科第,不知其他矣。……自设六科以来,士之翘俊者,皆争论国政之长短。二公既罢,则轻锐之士稍稍得进,渐为奇论,以撼朝廷,朝廷往往为之动摇。庙堂之浅深,既可得而知,而好名喜事之人盛矣。……于是私说遂胜,而朝廷轻矣。①

由"不敢以事摇撼朝廷"而"渐为奇论,以撼朝廷",由"天下私说不行"而"私说遂胜",应该说,张方平对真、仁之世士风丕变的情况把握得相当准确,只不过由于守旧立场,他对新士风抱持批评态度。值得注意的是,他特为强调制科因素,为我们在分析此期士风丕变的原因时提供了一把利器。下面对此加以申论:

第一,制科所设科目,皆属美名,应举行为本身已有招致"好名"之讥的潜在危险,所以特别要求应试者的才能、行实要合乎科目标准,做到才名相称,名副其实。如时人蔡襄《送丘贤良序》云:"国家设科以博取天下士,其敢言直节者曰贤良方正,学广智明者曰才识兼茂,特杰出伦类者曰茂才异等。凡举是科者,必自视己之能足以充其名而无愧,故第言入等,则天下之美誉咸归焉。苟不塞其名之所谓,安知夫世之人不斥其冒哉?"② 因此,制科对人才有检验之效,名实相副的必然受到美誉,而冒滥行为则会受到指斥。

第二,制科之设,非常注重考察应试者的议政才能,本身并不反对"争论国政之长短"的"喜事"行为,但特别强调其施用价值。尹洙于仁宗宝元二年(1039年)所作的《送丘斋郎一首》认为御试试策应当"质今事,考古谊,使足施于世",反对"不切于所行,务高其说,以取重于名"的"非试策之本意"的做法。针对"朝廷不亟行其言"而与试策施用意旨相脱离的矛盾情况,他依然强调施用性,辩护说是为了"徒试其

---

① 转引自苏辙《龙川别志》卷上,见苏辙《龙川略志 龙川别志》,中华书局1982年版,第81~82页。
② 曾枣庄、刘琳主编:《全宋文》第47册,上海辞书出版社、安徽教育出版社2006年版,第125页。

才识,而取异日用"①。这一看法体现了制科议论的实用取向。

要之,仁宗朝制科对士风有着明确的导向,并在士人群体中形成了一定共识,所谓才名相称、议论国政、施用于世等,都是应有之义。蔡襄如此主张,尹洙如此主张,即使是张方平,他对当时诸种"好名""喜事"行为大加批判的言论本身,其实也体现了规范不良士风的意图。

不过,需要澄清的是,天圣七年(1029年)复置制科诏虽然设有十科之多,但这十科对士风的影响并不均等。一方面,各科应试群体不尽相同,"贤良方正能直言极谏科,博通坟典明于教化科,才识兼茂明于体用科,详明吏理可使从政科,识洞韬略运筹帷幄科,军谋宏远材任边寄科,凡六,以待京、朝之被举及起应选者。又置书判拔萃科,以待选人。又置高蹈丘园科,沉沦草泽科,茂材异等科,以待布衣之被举者"②,后来,个别科目如书判拔萃科更因故废罢③。另一方面,在实施过程中,十科之中,只有贤良方正能直言极谏与茂才异等科受到格外追捧,并形成了时人鲁平所说的"有官者举贤良方正,无官者举茂材异等"④的现象。所以,对仁宗朝制科与士风之关系尚需做进一步的分析。

三、"有官者举贤良方正"与议政精神的激扬

"贤良方正能直言极谏"这一指称出现很早,公元前178年,汉文帝下诏曰:"举贤良方正直言极谏者,以匡朕之不逮。"⑤但在汉代,它只是察举制的一种,与制科无涉。直到唐代,它才成为制科科目之一,并屡有

---

① 曾枣庄、刘琳主编:《全宋文》第28册,上海辞书出版社、安徽教育出版社2006年版,第6页。
② 脱脱等:《宋史》卷一五六《选举志》,中华书局1977年版,第3647页。
③ 景祐元年(1034年)二月"乙未,罢书判拔萃科,更不御试。……用知制诰李淑之议也。""淑尝上时政十议……其七议制科,曰:'吏部故事,选人格限未至,能试判三节,谓之拔萃。止用疑案古义,观其能否,词美者第优等补官,此则有司铨品常调选人,判超循资之式。而陛下亲御轩陛,审覆课试,非其称也。愿罢此科。其词学异众,自可举才识兼茂、详明吏理之科……'"参见李焘《续资治通鉴长编》卷一一四,中华书局2004年版,第2663~2666页。
④ 司马光:《涑水纪闻》卷三,中华书局1989年版,第56页。
⑤ 司马迁:《史记》卷十《孝文本纪》,中华书局1959年版,第422页。

设置①。宋代开国之初,太祖所设制科三科中,此科便居其一。自此,整个宋代凡置制科,它都是首要或唯一的选择。

此科对应试者的资格要求在大多数时期都如太祖朝,"内外职官、前资见任、黄衣草泽人"②皆可,对有官与否并无限制;只是在某些时期,对一些官员群体有所限制,如真宗咸平四年(1001年)三月十九日诏"所举贤良方正,应已贴馆职及任转运使者,不在举限"③,但总体而言,要求还是比较宽泛的。相比之下,由于为布衣群体设置了专门的制科科目,因此仁宗朝的贤良方正能直言极谏科便只对官员且特定官员开放,如天圣七年(1029年)复置制科诏规定只有"内外京朝官不带台、省、馆阁职事,不曾犯赃及私罪轻者"④方可应试。其后的景祐元年(1034年)诏规定得更为细致:"自今后应京朝官、幕职、州县官不曾犯赃罪及私罪情轻者,并许应。内京朝官须是太常博士已下,不带省、府推、判官、馆阁职事并发运、转运、提点刑狱差任者,其幕职、州县官须经三考已上。"⑤因此,在仁宗朝,此科的影响主要集中在这些"有官者"身上。

正如宋高宗绍兴元年(1131年)正月一日诏所云:"祖宗设贤良方正能直言极谏科,不惟朝廷阙失得以上闻,盖亦养成士气。"⑥可知此科之设,目的有二:一是沟通朝野,听闻建议,二是培养正直敢谏的士风。如果单纯就这两个目的而言,此科之设很有必要;但在实施过程中,能否合理、彻底地贯彻下去,使此科发挥应有的作用,却值得考量。在这方面,仁宗朝朝野上下的做法颇为可取,这可归结为以下两点:

(1)不断就此科的设置与推行提出合理建议。

苏舜钦曾于天圣八年(1030年)上《投匦疏》,引述汉唐、本朝故事,认为天圣七年(1029年)复置制科诏中,贤良方正能直言极谏科只限官员应科的规定与欲求敢言之士的设科目的背道而驰,因为有官者往往

---

① 唐代建中元年(780年)、贞元元年(785年)、贞元四年(788年)、贞元十年(794年)、元和二年(807年)、长庆元年(821年)、宝历元年(825年)、太和二年(828年)皆设有该科,每科取人甚多,见王溥《唐会要》卷七六《制科举》,中华书局1955年版,第1389~1390页。

② 徐松辑:《宋会要辑稿·选举》一〇之六,中华书局1957年版,第4414页。

③ 徐松辑:《宋会要辑稿·选举》一〇之七,中华书局1957年版,第4415页。

④ 徐松辑:《宋会要辑稿·选举》一〇之一六,中华书局1957年版,第4419页。

⑤ 徐松辑:《宋会要辑稿·选举》一〇之二一,中华书局1957年版,第4422页。

⑥ 徐松辑:《宋会要辑稿·选举》一一之二〇,中华书局1957年版,第4436页。

"已得为朝中官,则口钳舌卷,鲜肯言天下事",而那些"身无一命,志气自得,邦家阙政,实亦敢言"的"庶士"却无缘应科。因此,他建议该科"不以官士为之限"①。刘敞针对"景祐四年,诏举贤良方正之士,至者数十人。明年,有司试其艺,独二人应科。于是宰相议以贤良猥众,多名少实,欲一切罢之"的情况,作《不举贤良为非议》,反对宰相意欲废止此科的做法。②司马光在《乞省览制策札子》中则建议仁宗省览制策,并令中书"择其所言合于当今之务者,奏而行之"③,使制策不流于空文。

(2) 在施行过程中,不以直言废人,主动维护设置此科的目的、原则。

嘉祐六年(1061年),苏辙应此科,当时"仁宗春秋高,辙虑或倦于勤,因极言得失,而于禁廷之事,尤为切至。……策入,辙自谓必见黜。考官司马光第以三等,范镇难之。蔡襄曰:'吾三司使也。司会之言,吾愧之而不敢怨。'惟考官胡宿以为不逊,请黜之。仁宗曰:'以直言召人,而以直言弃之,天下其谓我何?'宰相不得已,置之下等"④。在如何评判苏辙制策的问题上,司马光、蔡襄等人给予了肯定,而仁宗针对质疑者胡宿等的表态也恰好解决了此科的存在价值问题,所以争论的结果非但未使该科的功能遭到破坏,反而保护了士人敢于议政的精神,可谓对应试者的一种赋权。

而与之形成鲜明对照的是神宗朝孔文仲应此科的遭遇,《宋史》载:

> 熙宁初,翰林学士范镇以制举荐,对策九千余言,力论王安石所建理财、训兵之法为非是,宋敏求第为异等。安石怒,启神宗,御批罢归故官。齐恢、孙固封还御批,韩维、陈荐、孙永皆力言文仲不当黜,五上章,不听。范镇又言:"文仲草茅疏远,不识忌讳。且以直

---

① 曾枣庄、刘琳主编:《全宋文》第41册,上海辞书出版社、安徽教育出版社2006年版,第14~15页。
② 曾枣庄、刘琳主编:《全宋文》第59册,上海辞书出版社、安徽教育出版社2006年版,第293~295页。
③ 曾枣庄、刘琳主编:《全宋文》第54册,上海辞书出版社、安徽教育出版社2006年版,第232页。
④ 脱脱等:《宋史》卷三三九《苏辙传》,中华书局1977年版,第10821~10822页。

言求之,而又罪之,恐为圣明之累。"亦不听。苏颂叹曰:"方朝廷求贤如饥渴,有如此人而不见录,岂其论太高而难合邪,言太激而取怨邪?"①

孔文仲应制举,力论王安石变法为非,受到宋神宗及王安石的弃黜。虽然为之辩护者不少,却都无力回天。韩维于熙宁二年(1069年)作《论制科之士不可以直言弃黜状》,专论此事,其中提到这样做可能会使"贤俊由此解体,忠良结舌,阿谀苟合之人得窥其间而竞进,为祸不细"②。从神宗朝议政精神的消歇中,这一担忧不幸而被言中,同时也反衬出仁宗朝做法的难能可贵。

在此科的积极作用下,仁宗朝的议政精神得到了一定程度的弘扬,敢言直谏成为评估士人品行的重要标准。如司马光在《论制策等第状》中谓苏辙"指陈朝廷得失,无所顾虑,于四人之中,最为切直"③,又在《再举谏官札子》中谓"直史馆苏轼,制策入优等,文学富赡,晓达时务,劲直敢言"④,都说明了这一点。王安石的《上田正言书》被明代陈绎许为"与孟子之于蚳蛙,韩退之之于阳城,孙可之之于李谏议,欧阳永叔之于范司谏,同一忠告焉"⑤,田正言即田况(1003—1061年),他于景祐五年(1038年)举贤良方正科为第一,庆历元年(1041年)九月被擢为右正言⑥。该书对比田况往日举贤良时的敢言直谏与目今为谏官时的默不作为,旨在激讽田况以直谏为任,"一为天下昌言"⑦。该书指斥直接,措辞激烈,难怪明代唐顺之认为:"欧公《上范司谏书》婉而切,荆

---

① 脱脱等:《宋史》卷三四四《孔文仲传》,中华书局1977年版,第10931~10932页。
② 曾枣庄、刘琳主编:《全宋文》第49册,上海辞书出版社、安徽教育出版社2006年版,第186页。
③ 曾枣庄、刘琳主编:《全宋文》第54册,上海辞书出版社、安徽教育出版社2006年版,第233页。
④ 曾枣庄、刘琳主编:《全宋文》第55册,上海辞书出版社、安徽教育出版社2006年版,第147页。
⑤ 陈绎:《金罍子》上篇卷一九,见顾廷龙主编《续修四库全书》第1124册,上海古籍出版社2002年版,第528页。
⑥ 李焘《续资治通鉴长编》卷一三四载"太常丞、直集贤院田况为右正言",中华书局2004年版,第3183页。
⑦ 曾枣庄、刘琳主编:《全宋文》第64册,上海辞书出版社、安徽教育出版社2006年版,第152~153页。

公《与田正言书》直而劲。"① "直而劲"的风格显然也是与当时的议论精神相契合的。

四、"无官者举茂材异等"与布衣精神的新变

布衣，作为古代未仕之士人，与政权之间的关系极为复杂：一方面，他们怀天下之志，具备学而优的素质，有入仕的可能；另一方面，由于不慕富贵、追求独立人格，亦可能对封建统治产生一定的消解作用。基于如此认识，封建政权通常较为重视布衣之士，乐于为其入仕创造条件，汉代的察举、唐代的制科等都包含了相关的制度设计。宋代亦鼓励布衣入仕，郑獬代拟的《戒谕郡国举贤良诏》云：

> 其令郡国搜举贤良，助朕不逮。至于蒿莱岩石之间，深藏而不市者，亦宜以厚礼聘之。且告朕之意曰：与其乐于畎亩，曷若推其泽于天下哉！丰禄厚爵，非汝而谁居乎？②

此诏代表了宋朝统治者的求贤态度，并试图解决布衣入仕的道德障碍：如果说"丰禄厚爵"的诱导尚违布衣之道的话，那么"与其乐于畎亩，曷若推其泽于天下"的倡言显然由传统儒家理想而来，符合布衣之士的天下之志。

宋代为布衣入仕提供了不少途径，除不定期求访遗逸外，制科作为常规化制度，影响最大。纵观宋代各个时期的制科设置，布衣一直具有应试资格。宋初，太祖所设制科三科允许"黄衣草泽人"应试，真宗景德二年（1005年）所设六科也涵括"草泽隐逸之士"，而哲宗朝的王当、陈旸，孝宗朝的李垕、庄冶堪、滕宬、何致等人在应考贤良方正能直言极谏科时，都是布衣身份。与之相比，仁宗朝的特殊之处在于专门设置了高蹈邱园、沉沦草泽、茂材异等三科，以供布衣应试。只是在实际运作中，前二科逐渐受到冷落，原因在于此二科隐含道德评判，会令应科者跌入污行

---

① 茅坤：《唐宋八大家文钞评文》，见王水照编《历代文话》第2册，复旦大学出版社2007年版，第1907页。

② 曾枣庄、刘琳主编：《全宋文》第67册，上海辞书出版社、安徽教育出版社2006年版，第345页。

而求名的尴尬境地，苏舜钦《投匦疏》云："若出而赴陛下之诏，是其人非沉沦者；若出而求陛下之试，是其人非高蹈者；则皆露己扬才，干时谒进者也。"① 而茂材异等无此之累，"所谓茂材异等，本求出类之隽也"②。如果应试者才名相副，便不会引发品行讥议，因此出现了所谓"无官者应茂材异等"的现象。

茂材异等科对仁宗朝布衣群体的影响是巨大的，甚至改变了其中一些布衣之士的人生轨迹。总的说来，主要有以下三种情形：

（1）一些布衣看重此科，执着于应考。据苏颂《承议郎集贤校理蔡公（景繁）墓志铭》载，"景祐五年，二君（笔者按：指蔡澝冲、蔡休文兄弟）俱以茂材异等召试秘阁，时如格者众，遂不得预廷策。其后屡试不捷，休文卒死布衣，澝冲与景繁父子同中嘉祐二年进士第"③，兄弟二人一死一变，命运与茂材异等科关系甚大。

（2）一些布衣如富弼、张方平因中该科而出仕，并官至高位。

（3）一些布衣则在初考失利后，毅然放弃科举进身而选择了新的人生方向，为布衣精神注入了新质。这以苏洵、黄晞、李覯、王开祖等为代表。

先看苏洵。他于庆历六年（1046年）参加茂材异等科的考试，遭遇失利，留下了一段痛苦回忆："自思少年尝举茂材，中夜起坐，裹饭携饼，待晓东华门外，逐队而入，屈膝就席，俯首据案。其后每思至此，即为寒心。"④ 所谓"寒心"，是就科举仕进一途而言的。在放弃科举的心态下，他另辟蹊径，潜心向学，实现了人生转向。曾巩《苏明允哀辞》说他"始举进士，又举茂才异等，皆不中。归，焚其所为文，闭户读书。居五六年，所有既富矣，乃始复为文。盖少或百字，多或千言，其指事析理，引物托喻，侈能尽之约，远能见之近，大能使之微，小能使之著，烦能不乱，肆能不流。其雄壮俊伟，若决江河而下也；其辉光明白，若引星

---

① 曾枣庄、刘琳主编：《全宋文》第41册，上海辞书出版社、安徽教育出版社2006年版，第15页。
② 李淑奏议，见马端临《文献通考》卷三三，中华书局1986年版，第314页。
③ 曾枣庄、刘琳主编：《全宋文》第62册，上海辞书出版社、安徽教育出版社2006年版，第88页。
④ 苏洵：《与梅圣俞书》，见曾枣庄、刘琳主编《全宋文》第43册，上海辞书出版社、安徽教育出版社2006年版，第41页。

辰而上也"①，可见参加进士及茂材异等科而不中，是苏洵放弃时文而习古文，放弃科举功名而转向著述立言之路的转捩点。

次看黄晞。苏颂《扬子寺聱隅先生祠堂记》载，"景祐中，先生（黄晞）年四十矣，始随乡贡至礼部。又上五十策，求应直言诏科②，俱以后时，不得与试。已而叹曰：'老大不偶若此，岂能复从诸少年校程式于场屋间乎？可以逝矣！然欲阅天下义理，观未见之书，莫若居京师为得计。'遂僦舍僻处，而士子竞造其门。先生之学无所不通，尤潜心者，《春秋》《易》也。"③与苏洵类似，黄晞也是在制科失利后，开始了人生转向，进入求索学术义理之途。

再看李觏。祖无择《李泰伯退居类稿序》较为完整地叙述了李觏应科前后的心态，其谓李觏"年少志大，常愤疾斯文衰敝，曰坠地已甚，谁其拯之，于是夙夜讨论文武周公孔子之遗文旧制，兼明乎当世之务，悉著于篇，且又叹曰：'生处僻遐，不自进，孰进哉！'因徒步二千里，入京师，以文求通于天子，乃举茂材异等，得召第一。既而试于有司，有司黜之。……泰伯退居之明年，类其文稿，第为十有二卷……文武周公孔子之遗文旧制，与夫当世之务，言之备矣"④。无论穷独著述以明理济世，还是应科入仕以为时用，李觏的人生抉择可谓布衣精神的最佳展示。

末看王开祖。南宋陈谦于绍熙二年（1191年）所作的《儒志学业传》谓王开祖"初习制科，以所业上，召试。皇祐五年，中第三甲进士第。洪氏登科记云，是年应制科者十有八人，宰相不曾留意取士，密谕考官只放一人过阁，下试六论贤良，赵彦若中选，及对策，又黜之，是年制科，并不取人。景山幡然不调而归，尽焚旧作，纵观经史百家之书，考别

---

① 曾枣庄、刘琳主编：《全宋文》第58册，上海辞书出版社、安徽教育出版社2006年版，第302页。

② 聂崇岐先生注意到宋代"亦有称他科为贤良者。如李觏应茂材异等科，而萧注与觏书，有'足下应贤良，预第一人召试'之语。……是盖以贤良为诸科之首，故以之混称他科耳"（《宋代制举考略》，见《宋史丛考》，中华书局1980年版，第200页）。黄晞身为布衣，按照制诏规定当应茂材异等科，此言"求应直言诏科"，实与聂先生所言情况同。

③ 曾枣庄、刘琳主编：《全宋文》第61册，上海辞书出版社、安徽教育出版社2006年版，第376～377页。

④ 曾枣庄、刘琳主编：《全宋文》第43册，上海辞书出版社、安徽教育出版社2006年版，第312～313页。

差殊，与学者共讲之。席下常数百人，尊之曰儒志先生"①，道出了王开祖在制科被黜之后专心探究儒学、倾心教育的人生转向。

上述四人皆有应茂材异等科的经历，在失利之后，虽然布衣身份并未得到改变，但却以各自新的人生转向为布衣精神注入了新的内涵。具体表现为以下三个方面：

第一，这种转向并非舍弃传统布衣的济世之情，相反，由于潜心学术，这一精神变得更加强烈。苏洵在《上皇帝书》中提到了自身科举失利之事："臣本凡才，无路自进。当少年时，亦尝欲侥幸于陛下之科举，有司以为不肖，辄以摈落。"虽然如此，其济世之心却愈加坚固，"臣之所以自结发读书，至于今兹，犬马之齿几已五十，而犹未敢废者，其意亦欲效尺寸于当时，以快平生之志"，故就十事提出了自己的意见。②

第二，茂材异等科侧重经世之学的做法，对布衣学术路径的选择有较大影响。张方平在《谢茂材异等登科启》谈到所学："若夫天人之大端，皇王之高致，质文更救之弊，礼刑相须之宜，时之所以安危，法之所以治乱，窃尝探其统纪，究其宗原。"③可知张方平在备考茂材异等科时的知识既关乎道，又关乎政，涵天括地、经世致用的特点十分明显。上述苏、黄、李、王四人亦有类似的知识结构与为学倾向。

第三，由于这种转向，布衣之士立言著述的精神愈加强烈，以致出现了张方平所谓"私说遂盛"的局面。欧阳修在《荐布衣苏洵状》中对苏洵做了高度评价："其论议精于物理而善识变权，文章不为空言而期于有用。其所撰《权书》《衡论》《机策》二十篇，辞辩闳伟，博于古而宜于今，实有用之言，非特能文之士也。"④他如黄晞、李觏、王开祖皆有著述传世，一定程度上也是这种人生转向的结果。

---

① 王开祖：《儒志编》附录，见《文渊阁四库全书》第696册，台湾商务印书馆1986年版，第803页。
② 曾枣庄、刘琳主编：《全宋文》第43册，上海辞书出版社、安徽教育出版社2006年版，第2页。
③ 曾枣庄、刘琳主编：《全宋文》第37册，上海辞书出版社、安徽教育出版社2006年版，第325～326页。
④ 曾枣庄、刘琳主编：《全宋文》第32册，上海辞书出版社、安徽教育出版社2006年版，第249页。

五、荐举、自荐、进卷及行卷与士人交游之风

天圣七年（1029 年）复置制科诏中有荐举、自举及进卷的规定：

> 令复置贤良方正能直言极谏、博通坟典明于教化、才识兼茂明于体用、详明吏理可使从政、识洞韬略运筹决胜、军谋宏远材任边寄六科。应内外京朝官不带台、省、馆阁职事，不曾犯赃及私罪轻者，并许少卿、监已上上表奏举，或自进状乞应上件科目。<u>仍先进所业策、论五十首，诣阁门或附递投进，委两制看详，如词理优长，具名闻奏</u>，当降朝旨召赴阙，差官试论六首，以三千字已上为合格，即御试。又置高蹈邱园、沉沦草泽、茂才异等三科。应草泽及贡举人非工商杂类者，并许本路转运、逐处长吏奏举，或自于本贯投状乞应上件科目，州县体量实有行止别无玷犯者，即令纳所业策、论五十首，<u>本州看详，委寔词理优长，即上转运使覆寔，审访乡里名誉，选有文学再行看详。其开封府委自知府审访行止，选有文学佐官看详，委寔文行可称者，即以文卷送尚书礼部。委判官看详，选择词理优长者具名奏闻</u>，当降朝旨赴阙，差官试论六首，以三千字以上为合格，即御试。又置书判拔萃科、武举（条目各见本篇）。<u>其逐处看详官，不得以词理平常者一例取旨。如违，必行朝典。仍限至十月终已前，具姓名申奏到阙</u>。①

从所引内容看，无论应何种科目，士人皆有荐举与自荐二途，只是在荐主身份或自荐对象上有所区别（着重号处所示）；而在应举流程上，有进卷、阁试、御试三个环节。进卷即进所业策、论 50 篇，由于所应科目或应科地点不同，看详官的身份也有差别，但要求进卷词理优长方可具名奏闻的标准则是一致的。不然，就要承担一定的责任（下划线处所示）。还需指出的是，在进卷之前或同时，还存在着行卷，因为应试人若想取得荐主或自荐对象的赏识，进呈策、论以展示才华是非常重要的方式之一。这些对当时士人的交游之风不无影响。

---

① 徐松辑：《宋会要辑稿·选举》一〇之一六至一七，中华书局 1957 年版，第 4419～4420 页。

（一）荐举与党同之风

仁宗朝复置制科之举，使朝野上下对非常之才充满期待，由于荐举一途的存在，一些朝廷宿臣更是乐于奖掖后进，引荐贤才，如文彦博荐举过朱光庭①，欧阳修荐举过苏轼②等，二人也以善于识人而闻名一时。在众多举主之中，最具代表性的莫过于范仲淹。他在仁宗朝复置制科伊始，便举荐富弼应科，《邵氏闻见录》载：

> 富韩公初游场屋，穆修伯长谓之曰："进士不足以尽子之才，当以大科名世。"公果礼部试下。时太师公官耀州，公西归，次陕。范文正公尹开封，遣人追公曰："有旨以大科取士，可亟还。"公复上京师，见文正，辞以未尝为此学。文正曰："已同诸公荐君矣。又为君辟一室，皆大科文字，正可往就馆。"……公亦继以贤良方正登第。③

穆修认为大科（制科别称）对于富弼来说不仅可以"尽子之才"，更可以"名世"，则制科地位在进士科之上已成为时人共识。范仲淹对富弼亦有此期许，既为之荐，又预备"大科文字"供其研习，提携之意，在在可见。富弼之外，范仲淹还举荐过邵亢，王珪《推诚保德功臣资政殿学士朝请大夫守尚书礼部侍郎护军丹阳郡开国侯食邑一千八百户赐紫金鱼袋赠吏部尚书安简邵公墓志铭》载："范文正公举（邵亢）应贤良方正科，时布衣被召者十四人，既试秘阁，独得公一人。"④可谓慧眼独具。此外，范仲淹尚有《举丘良孙应制科状》《举张伯玉应制科状》等，所举丘良孙似乎颇得人望，前文所引蔡襄《送丘贤良序》、尹洙《送丘斋郎一

---

① 范祖禹：《集贤院学士知潞州朱公墓志铭》："太师文潞公举公（朱光庭）应制科，会仁宗登遐罢试。"见曾枣庄、刘琳主编《全宋文》第99册，上海辞书出版社、安徽教育出版社2006年版，第31页。
② 欧阳修有《举苏轼应制科状》，举荐苏轼应材识兼茂明于体用科。
③ 邵伯温：《邵氏闻见录》卷九，中华书局1983年版，第89页。按，脱脱等《宋史》卷三一三《富弼传》云："仁宗复制科，仲淹谓弼：'子当以是进。'举茂材异等，授将作监丞、签书河阳判官。"（中华书局1977年版，第10249页）邵伯温此言"以贤良方正登第"，属于误记。
④ 曾枣庄、刘琳主编：《全宋文》第53册，上海辞书出版社、安徽教育出版社2006年版，第322～323页。

首》当是其所作①，而"张端公伯玉，大科成名，篇什豪迈，尤为清脱"②，皆得益于范仲淹的荐举与奖掖。

荐举使荐主与被荐者之间往往会形成一种类似于座主与门生那样的关系，并在一定程度上左右了他们的政治立场。富弼在《祭范文正公文》中云："师友僚类，殆三十年。"③ 这道出了范仲淹与他之间亦师亦友亦同僚的关系，二人在推动庆历新政等事情上也往往保持一致立场④。张方平由制科开始的交游经历亦耐人寻味，他在《上丞相吕许公书》中云：

> 景祐某年，某以茂材异等对诏策中选，辱在相国陶冶。既诣第伏谒，翌日，见故汝阴蔡贰卿，喜相谓曰："相国有言，以生为远器，相国知生也已。"时某初登科，名微迹寒，性又野拙，未始游王公大人门。惟蔡公与今参政尚书宋公尝守南都，实乡里也，早与诸生旅见。二公采乡人善者之论，归而誉诸朝，值诏下，因共称荐。故独二公怜之。及此，虽闻汝阴言，终莫能致身门下。……前景祐五年，某以贤良方正再滥诏选，而往监桐庐郡，朝受命而夕行，未尝有干也。……所有薄业，盖俟执事以献之。谨布腹心，为即日登门之先焉。⑤

---

① 范仲淹《举丘良孙应制科状》云："臣窃见权耀州观察推官丘良孙，学术稽古，文辞贯道，求之多士，宜奉大对。"（曾枣庄、刘琳主编：《全宋文》第18册，上海辞书出版社、安徽教育出版社2006年版，第79页）史载：庆历元年二月"甲申，以应方略人、郊社斋郎邱良孙权耀州观察推官，布衣邵亢权邠州观察推官。亢尝举制策，报罢，于是献《康定兵说》，与良孙俱得试用。始，令狐挺献书五十篇，诏藏秘阁，良孙窃其三篇上之，馆阁校勘欧阳修知其事，欲出秘阁本以正良孙罪，既而不果。"注云："此据毕仲游《令狐挺墓志》。邱良孙，不知何许人。魏泰《杂记》及江休复《杂志》载良孙事，略不同，今并不取。"（《续资治通鉴长编》卷一三一，中华书局2004年版，第3094页）欧阳修作于庆历三年（1043年）的《论举馆阁之职札子》云："臣窃见近年风俗浇薄，士子奔竞者多，至有偷窃他人文字，干谒权贵以求荐举，如丘良孙者。"（曾枣庄、刘琳主编：《全宋文》第32册，上海辞书出版社、安徽教育出版社2006年版，第153页）丘良孙被范仲淹荐应制科在先，后因窃取他人文字受到欧阳修的纠弹，则其人行为前后不一，亦有瑕疵，与范仲淹所言有出入。
② 彭乘：《墨客挥犀》卷四，见赵令畤等《侯鲭录 墨客挥犀 续墨客挥犀》，中华书局2002年版，第324页。
③ 曾枣庄、刘琳主编：《全宋文》第29册，上海辞书出版社、安徽教育出版社2006年版，第70页。
④ 参见张希清《范仲淹与富弼关系考》，载《中州学刊》2010年第3期。
⑤ 曾枣庄、刘琳主编：《全宋文》第37册，上海辞书出版社、安徽教育出版社2006年版，第334～335页。

张方平应茂材异等科，实为蔡齐、宋绶所荐，故他终生以二者门人自视。其高中此科时，宰相吕夷简曾给予肯定，因此张方平上此书，表达了"即日登门"的愿望。此后，吕夷简对张方平多有奖掖，庆历元年（1041年），张方平献《平戎十策》，云："宰相吕夷简见之，谓参知政事宋绶曰：'六科得人矣。'"① 不吝对张方平的赞赏。对于张方平与吕夷简之关系，朱熹曾评论道："吕公所引，如张方平、王拱辰、李淑之徒，多非端士，终是不乐范公。"② 张、吕之交游始于制科，又在日后的政治活动中，形成了"不乐范公"、同为守旧的党争立场，这也就不难理解张方平在评价庆历前后士风时所持的偏颇立场了（见苏辙《龙川别志》所载，前文已引）。

（二）自荐与干谒之风

宋代制科自荐之制起于宋太祖乾德二年（964年），是为了改变制科无人应诏的局面而设的特别规定："今后不限内外职官、前资见任、黄衣布衣，并许直诣阁门进奏请应。"③ 仁宗朝复置制科之初亦许应科人自荐，苏舜钦即于天圣八年（1030年）上书应科。其时"朝廷取士之路本狭，在上者不以汲善为意，下士又以造谒为之耻"，自荐面临道德讥弹，对于"不喜事人、事名，虽在仕版，而未尝数当涂之门"④ 的苏舜钦来说，他能改变一贯立场，冒着干谒之恶名而自荐应科，显然要归功于复置制科诏中的相关规定。

物极必反。如果说在制科设立之初自荐行为尚需鼓励的话，那么到了庆历年间，自荐之风却极为盛行，一度出现了监察御史唐询在奏疏中所说的情况："近年率不用保任之官，皆自名科目。且贤良方正、茂材异等名号至美，使举而为之，犹曰近古，即自专其美，顾所未闻。"⑤ 该奏上于庆历六年（1046年），距天圣七年（1029年）复置制科已有17年之久，此时"率不用保任之官"，荐举已被自荐所取代。在此情形下，士人不再

---

① 李焘：《续资治通鉴长编》卷一三一，中华书局2004年版，第3112～3113页。
② 黎靖德编：《朱子语类》卷一二九，中华书局1986年版，第3087页。
③ 徐松辑：《宋会要辑稿·选举》一〇之六，中华书局1957年版，第4414页。
④ 苏舜钦：《应制科上省使叶道卿书》，见曾枣庄、刘琳主编《全宋文》第41册，上海辞书出版社、安徽教育出版社2006年版，第34页。
⑤ 李焘：《续资治通鉴长编》卷一五八，中华书局2004年版，第3833页。

"以造谒为之耻"而争相自荐应科。刘敞在《杂说》中曾对此猛烈批评道：

> 今不惟进士自举而已，至于贤良方正亦自举也。……今皆循循然窥颜色、求便利而进矣，争门蹵指不足谕其情，侧肩攫金不足况其态，鼓腹自鬻不足比其羞，无乃其实与其名不相符哉！①

随着类似的批评意见越来越多，自荐并没有维持多久，庆历"六年六月十八日，诏礼部贡院：'自今制科并用随贡举为定制，亦须近臣论荐，毋得自举。'"② 嘉祐二年（1057年）六月十九日诏又重申了"并听待制以上奏举，即不得自陈"③ 的规定，自荐所引发的干谒之风终于受到了一定抑制。

（三）行卷、进卷之风

进卷即所纳策、论50篇，有固定程序及对象（见前文所引诏书中的规定）。苏颂《殿中丞华君（直温）墓志铭》云："康定元年，朝廷以西师连岁不解，诏致天下能言之士，问所以攻取方略。翰林叶公、枢副孙公上君所著，举茂才策论，其言兵有决胜之画。召试学士院。"④ 华直温所著即进卷，是两制官荐举其人的依据。对于进卷，已有学者论及⑤，兹不赘述。

进卷之外，尚有行卷。"所谓行卷，就是应试的举子将自己的文学创作加以编辑，写成卷轴，在考试以前送呈当时在社会上、政治上和文坛上有地位的人，请求他们向主司即主持考试的礼部侍郎推荐，从而增加自己及第的希望的一种手段。"⑥ 这种现象在唐代进士科考试中大量存在，并

---

① 曾枣庄、刘琳主编：《全宋文》第59册，上海辞书出版社、安徽教育出版社2006年版，第308页。
② 徐松辑：《宋会要辑稿·选举》一〇之二五，中华书局1957年版，第4424页。
③ 徐松辑：《宋会要辑稿·选举》一一之五，中华书局1957年版，第4428页。
④ 曾枣庄、刘琳主编：《全宋文》第62册，上海辞书出版社、安徽教育出版社2006年版，第108页。
⑤ 参见吴建辉《宋代试论与文学》，岳麓书社2009年版，第113～115页。
⑥ 程千帆：《唐代进士行卷与文学》，上海古籍出版社1980年版，第3页。

一直延续至宋初。"不仅太祖、太宗两朝,就是真宗之初,行卷也很普遍,只是由于景德科举新制的颁行,到仁宗时期,此风才真正偃息,连宋人都很少提起。"① 不过由于制科荐举及自荐之制的存在,原本已经在进士科中绝迹的行卷之风却在制科背景下得以延续。张方平《上留府侍读宋尚书书》云:"谨以所著歌诗、议论二编赘献,歌诗所以言情性,议论所以明理道,惟大君子辱垂意也。"②《上蔡内阁书》亦如此言。他还以《刍尧论》分别进于蒋吏部③及时相④。又如李觏,《直讲李先生年谱》"康定二年"条云:李觏"上吴舍人、王内翰、富舍人、刘集贤书。盖吴公肃、王公尧臣、富公弼、刘公敞,其时皆居朝,此书当作于入京之日。然是年郡举先生应茂材异等科,有旨召试,故入京"⑤。后来李觏与这些朝中重臣交游不绝,如庆历四年(1044年)六月,他有《寄上范参政书》《寄上富枢密书》,献《庆历民言》30 篇。又有《上蔡学士书》,献《周礼致太平论》10 卷。据范仲淹《荐李觏并录进礼论等状》,李觏《礼论》等著作作为进卷被献入朝廷⑥,由此亦可管窥当时进卷、行卷之风之一斑。

六、余论

关于宋代制科的评价问题,聂崇岐先生对比汉宋,认为"宋世贤良诸科,虽远规两汉,第究其内容,则迥非昔比",列举了五大不同之处。并对"宋人之推崇制举可谓至矣"的现象殊为不满,以为"可以休矣"⑦。祝尚书先生《唐宋制科盛衰及其历史教训》一文则对比唐宋,专

---

① 祝尚书:《论宋初的进士行卷与文学》,载《四川大学学报》2003 年第 2 期。
② 曾枣庄、刘琳主编:《全宋文》第 37 册,上海辞书出版社、安徽教育出版社 2006 年版,第 340～341 页。
③ 参见张方平《与蒋吏部书》,见曾枣庄、刘琳主编《全宋文》第 37 册,上海辞书出版社、安徽教育出版社 2006 年版,第 344 页。
④ 参见张方平《上时相书》,见曾枣庄、刘琳主编《全宋文》第 37 册,上海辞书出版社、安徽教育出版社 2006 年版,第 338 页。
⑤ 佚名:《直讲李先生年谱》,见李觏著,王国轩校点《李觏集》,中华书局 1981 年版,第 498 页。
⑥ 曾枣庄、刘琳主编:《全宋文》第 18 册,上海辞书出版社、安徽教育出版社 2006 年版,第 90 页。
⑦ 聂崇岐:《宋史丛考》,中华书局 1980 年版,第 202～203 页。

门草文论析了导致宋代制科衰落的制度问题，如科目不多，取人较少；与常科同期考试；取人偏重精英路线，恩遇有限；置罢无常，深受政治干扰；考试过于严苛；等等。① 要之，二人对宋代制科的评价是不高的。

宋代制科固然存在两位先生所列举的种种弊端，但也有不容忽视的积极影响，以仁宗朝而言，制科确实引发了一批闻人达士的关注，或亲身应考，或评论得失，都以各自方式、立场处身其中。贤良方正能直言极谏科赋予了士人直言犯谏的权利与精神，正与此期士人的议政风潮相互激荡；茂材异等科则深刻影响了当时的布衣群体，引发了布衣精神的新变；由于荐举、自荐、进卷之制的存在，朝野上下的党同、干谒之风一定程度上因之而起，并影响了当时朝野士人的交游生态。应该说，仁宗朝的士风演化有相当部分的原因与制科有关。所以在研究宋代制科问题时，长时段观照固然重要，短时段考量也不容弃废。

---

① 参见祝尚书《唐宋制科盛衰及其历史教训》，载《北京大学学报》2010年第5期。

第十章 宋代制科与学风

一、制科对宋人尚学风气的推动

宋代是我国文化高度繁荣与面目自具的历史时期，朝野上下的尚学风气十分浓郁，《宋史·文苑传序》曾概括道："艺祖革命，首用文吏而夺武臣之权，宋之尚文，端本乎此。太宗、真宗其在藩邸，已有好学之名，作其即位，弥文日增。自时厥后，子孙相承，上之为人君者，无不典学；下之为人臣者，自宰相以至令录，无不擢科，海内文士彬彬辈出焉。"① 这种风气的形成，自然是基于朝廷的右文政策，但这只是笼统说法，一些具体因素尚有待抉发。宋代李廌曾记录了苏轼对他转述的关于"人君之学与臣庶异"的一段议论：

> 公（指苏轼）曰："近因讲筵，从容为上言人君之学与臣庶异：'臣等幼时，父兄驱率读书，初甚苦之，渐知好学，则自知趣向，既久则中心乐之，既有乐好之意，则自进不已。古人所谓知之者不如好之者，好之者不如乐之者。陛下上圣，固与中人不同，然必欲进学，亦须自好乐中有所悟入。且陛下之学，不在求名与求知，不为章句科举计也。然欲周知天下章疏，观其人文章事实，又万机之政，非学无所折衷。上甚以为然。'"②

苏轼为学经历了由苦而好而乐的转变过程，结合这段亲身经历，他意在向皇帝劝学。其中所谓"人君之学与臣庶异"，所异之处其实在于学习目的。人君之学是为了察人、鉴事、理政，而臣庶之学则出于"求名"

---

① 脱脱等：《宋史》卷四三九《文苑传序》，中华书局 1977 年版，第 12997 页。
② 李廌：《师友谈记》，见李廌等撰，孔凡礼点校《师友谈记 曲洧旧闻 西塘集耆旧续闻》，中华书局 2002 年版，第 11 页。笔者认为原文标点有误，故做了改动。

"求知"与科举入仕的现实需要。宋代科举有进士科、诸科、制科之分，其中制科在一定程度上可以帮助士人实现上述三大为学目的，因而可被视为推动宋人尚学风气的重要力量。这可从以下三个方面来看：

首先，制科为宋人入仕之特殊途径。宋代科举的诸多科目，实际地位各不相同，吕祖谦说："到得本朝，待遇不同，进士之科往往皆为将相，皆极通显；至明经之科，不过为学究之类。"① 而制科所取人数虽然远逊进士、明经二科，但其地位与作用不容小视，南宋绍兴四年（1134年）诏云："汉策贤良，博究天人之学；唐分科目，广收卿相之才。爰及本朝，亦循前轨。咸平立制，继传而至仁宗；天圣临轩，一举而得富弼。肆英髦之辈出，考名迹以相望。迨今论世之隆，最号取人之盛。"② 因为制科渊源甚远，专取博学之士、卿相之才，非他科可比，所以"最号取人之盛"。李纲《论举直言极谏之士札子》也说："至本朝设贤良方正能直言极谏科，始有进卷，及试六论，乃对廷策。其六论题杂出于经、子、史、注、疏之间，所以求卓识洽闻之士，号为制科。其得人如富弼、张方平、夏竦，皆致宰辅；其次如钱易、钱明逸、孔文仲、武仲、苏轼、苏辙兄弟之流，皆为名士，论议有补于国家。"③ 由此可见，制科不但为士人入仕之一途，而且更易成就名臣、名士，有特殊作用。

其次，制科可使士人显名于世。由于以待非常之才的特殊性质，制科对士人成名有极大帮助。蔡襄《送丘贤良序》云："国家设科以博取天下士，其敢言直节者曰贤良方正，学广智明者曰才识兼茂，特杰出伦类者曰茂才异等。凡举是科者，必自视已之能足以充其名而无愧，故第言入等，则天下之美誉咸归焉。"④ 所设科目皆属美称，一旦入等，"则天下之美誉咸归焉"，声誉之隆，非常科比。夏竦之遭遇便是如此，《默记》载："夏英公其父侍禁，名承皓。因五鼓入朝，时冬月盛寒，见道左有婴儿啼甚急，盖新生子也。立马遣人烛下视之，锦绷文葆，插金钗子二只，且男子

---

① 吕祖谦：《历代制度详说》卷一，见黄灵庚、吴战垒主编《吕祖谦全集》第9册，浙江古籍出版社2008年版，第9页。
② 徐松辑：《宋会要辑稿·选举》一一之二三，中华书局1957年版，第4437页。
③ 曾枣庄、刘琳主编：《全宋文》第170册，上海辞书出版社、安徽教育出版社2006年版，第255页。
④ 曾枣庄、刘琳主编：《全宋文》第47册，上海辞书出版社、安徽教育出版社2006年版，第125页。

也。夏无子，因携去育之，竟不知谁氏子焉。稍长，其父没王事，得官润州丹阳主簿。姚铉作浙漕，见其人物文章，荐试大科，遂知名。"① 夏竦本是弃儿，为夏承皓收养，后恩荫得官，但并未显名。而一旦被姚铉"荐试大科"并入等，遂为士人所知。又如孔文仲应制科，阁试、御试皆为第一，孔平仲有诗为贺，其《喜经父制策第一》之二云："亲策贤良第一番，吾家羽翼蔚高骞。当时弃禄嫌民掾，此日登科胜状元。四海望风期将相，三亲闻榜庆儿孙。台州已有公台兆，预约当行必践言。"② 诗中赞扬孔文仲制科高中，胜过进士科之状元及第，"四海望风期将相"，则名倾天下，公台之位已如"预约"。

最后，制科可助士人增广才识。沈作喆《寓简》记载了其与叶梦得之间的一段交游与对话："予中进士科后，从石林于卞山。予时欲求试博学宏词，石林勉予曰：'宏词不足为也，宜留心制科工夫，他日学成，便为一世名儒，得失不足论也。'因授予以所编方略。又极论修习次第曰：……予懒惰，与世不合，无意于求知，终不能称石林之遗意，深所叹恨。但缀缉记诵，庶不全负石林所期耳。"③ 在叶梦得看来，通过修习制科，可以博通天下之书，一旦"他日学成"，即便不能考中，也可成为"一世名儒"。沈作喆虽然自谦"不能称石林之遗意"，但"缀缉记诵"的功夫却自制科中来，是其广识之途。

二、制科考试方式及其对学风的导向

宋代制科自施行之日起，便采取三级考试制：资格审查、阁试与御试。在这一流程中，每一级的考察重点与难易程度是不相同的，南宋孝宗时监察御史潘纬略有所言：

> 制科不过三事，一、缴进词业，二、试六论，三、对制策。而进卷率皆宿著，廷策岂无素备，惟六论一场谓之"过阁"，人以为难。④

---

① 王铚：《默记》卷中，中华书局1981年版，第23页。
② 王遒辑：《清江三孔集》，见《丛书集成续编》第179册，中华书局1985年版，第446页。
③ 沈作喆：《寓简》卷八，见上海师范大学古籍整理研究所编《全宋笔记》第4编第5册，大象出版社2008年版，第73～74页。
④ 马端临：《文献通考》卷三三，中华书局1986年版，第316页。

在第一级资格审查中，需要考察的内容包括应试者的学与行两方面。"缴进词业"亦称进卷，则是针对前一方面，用以初步考察应试者的学识情况。在此阶段，应试者须将平日所著的策、论共50篇"送两省侍从参考，分为三等，文理优长为上等，文理次优为中等，文理平常为下等。考试缴进，次优以上召赴阁试"①，明确规定只有达到次优以上等级才有机会参加阁试。现存宋人如张方平、苏轼、苏辙、李清臣、秦观、叶适等的文集中，都有进卷文字，便是他们平日精心结撰以备制科的产物。不过尽管"进卷率皆宿著"，但要达到一定水准却非易事，据《晁氏客语》载："元祐中，举子吴中应大科，以进卷遍投从官。一日，与李方叔诸人同观，文理乖谬，抚掌绝倒。纯夫偶出，见之，问所以然，皆以实对。纯夫览其文数篇，不笑亦不言，掩卷他语，侍坐者亦不敢问。他日，吴中请见。纯夫谕之曰：'观足下之文，应进士举且不可，况大科乎！此必有人相误，请归读书学文，且习进士。'吴辞谢而去。"② 吴中的进卷"文理乖谬"，恐怕犹在下等之外。从范纯夫的善意规劝来看，制科进卷之策、论对质量有更高要求，并非轻易可就的。

第二级阁试，专试六论，"人以为难"的原因在于论题所出范围过于广泛，一时难以准备，《铁围山丛谈》云：

> 大科始进文字，有合则召试秘书省，出六论题于九经诸子百家十七史及其传释中为目。而六论者，以五通为过焉。以是学士大夫自非性天明洽，笔阵豪异，则不能为之也。顷闻夏英公就试过，适天大风吹试卷去，不得所在，因令重作，亦得过。是乃造物者故显其记识华迈之敏妙尔。盖六论犹足，世独以不记出处为苦。昔东坡公同其季子由入省草试，而坡不得一，方对案长叹，且目子由。子由解意，把笔管一卓，而以口吹之。坡遂寤乃《管子注》也。③

六论题目出自"九经诸子百家十七史及其传释"中，可谓浩博无涯，

---

① 徐松辑：《宋会要辑稿·选举》一一之二一，中华书局1957年版，第4436页。
② 晁补之：《晁氏客语》，见朱易安、傅璇琮等主编《全宋笔记》第1编第10册，大象出版社2003年版，第125～126页。
③ 蔡絛：《铁围山丛谈》卷二，中华书局1983年，第29页。

难以预料与押题。只有遍读这些书籍且记忆力惊人,才能识得出处,然后继之以"笔阵豪异",写作成文,始能应对过关。如夏竦"记识华迈之敏妙"者,在整个宋代都屈指可数,这也是制科取人寥寥无几的重要原因。如李纲《论举直言极谏之士札子》云:"制科之举,贯穿古今,汪洋浩渺,非强记博识,积以岁时,未易能究其业,所以朝廷近年复置此科,未有应令者,无足怪也。"① 针对这种情况,南宋孝宗乾道二年(1166 年)六月七日臣僚曾建言:"自建炎南渡以来,每三岁大比,圣诏丁宁,命以制科荐士,如承平之旧。陛下纂承鸿烈,遵而勿失,历载亦已久矣,犹未闻有一人应书者。窃意责之至备而应之者难,求之不广而来者有隔故尔。欲望参稽前制,间岁下诏,权于经史诸子正文出题,其僻书注疏不得以为问目。"② 其对宋高宗以来制科虽设但应者未闻的情况做了分析,希望出题范围仅限于经史诸子正文,改变出题太泛以致应科人少的尴尬情况。但是即便如此,应试者要想应付阁试,为学也必须走博通一途。

试策是第三级御试的内容,要求是"制策一道,限三千字以上成","对策先引出处,然后言事"③,既测试应试者的知识积累,又考察他们解决实际政治问题的能力。由于对策可以"素备",所以较之阁试,相对比较容易。

从上述三级考试的设置来看,制科考试以论、策为主,出题范围涉及经、史、子书,严其出处考察,是为了测试应试者博学与否,而御试用策,则有鼓励学以致用之意。但在施行过程中,无论论还是策,都以考察博学为旨归。仁宗皇祐元年(1049 年)八月二十日,上封者说:"旧制秘阁先试六论,合格者然后御试策一道。先论者盖欲采其博学,后策者又欲观其才用。近来御前所试策题,其中多问典籍名数及细碎经义,乃是又重欲探其博学,竟不能观其才用,岂朝廷求贤之意耶?"④ 仁宗庆历六年(1046 年)六月,监察御史唐询言,制科阁试"所出论目,悉用经史名数,及对诏策,不过条列义例,稽合注解,主于强记博闻、虚辞泛说而

---

① 曾枣庄、刘琳主编:《全宋文》第 170 册,上海辞书出版社、安徽教育出版社 2006 年版,第 255 页。
② 徐松辑:《宋会要辑稿·选举》一一之二七至二八,中华书局 1957 年版,第 4439~4440 页。
③ 徐松辑:《宋会要辑稿·选举》一一之二二,中华书局 1957 年版,第 4437 页。
④ 徐松辑:《宋会要辑稿·选举》一一之一,中华书局 1957 年版,第 4426 页。

已。若辅国体，陈治道，则未见其有补也"①。神宗朝吕惠卿更直言："制科止于记诵，非义理之学。一应此科，或为终身为学之累。"② 南宋孝宗朝李焘《制科题目编序》亦云："阁试六论，不出于经史正文，非制科本意也。盖将傲天下士以其所不知，先博习强记之余功，后直言极谏之要务，抑亦重惜其事而艰难其选，使贤良方正望而去者欤？……盖古之所谓贤良方正者，能直言极谏而已；今则唯博习强记也，直言极谏则置而不问，甚至恶闻而讳听之，逐其末而弃其本，乃至此甚乎，此士之所以莫应也。"③ 由这些议论来看，制科本身是主张应试者"博学"与"才用"兼备的，但由于考试题目的设置，使之偏重于博学一面，"博习强记"的学风得以充分彰显。

三、博习强记：必要的备考工夫

制科独特的考试方式决定了士子的备考工夫与进士不同，《邵氏闻见录》载：

> 富韩公初游场屋，穆修伯长谓之曰："进士不足以尽子之才，当以大科名世。"公果礼部试下。时太师公官耀州，公西归，次陕。范文正公尹开封，遣人追公曰："有旨以大科取士，可亟还。"公复上京师，见文正，辞以未尝为此学。文正曰："已同诸公荐君矣。又为君辟一室，皆大科文字，正可往就馆。"④

当时进士科取人重诗赋、轻策论。仁宗宝元元年（1038年）正月"二十九日，中书门下言：'检会先诏，贡院考试进士，多只采诗赋，未尽铨择。今后更于策论相兼，考定优劣。……'诏以谕贡院"⑤。虽有如此申谕，但在富弼"初游场屋"之时，上述事实并未得到根本改变。本来，诗赋、策论文体特点不同，对作者的要求也不同，前者侧重文学技巧，后者偏于学养才识，所以在穆修看来，富弼之才不适合诗赋一途，而

---

① 李焘：《续资治通鉴长编》卷一五八，中华书局2004年版，第3833页。
② 徐松辑：《宋会要辑稿·选举》一一之一四，中华书局1957年版，第4433页。
③ 马端临：《文献通考》卷三三，中华书局1986年版，第316～317页。
④ 邵伯温：《邵氏闻见录》卷九，中华书局1983年版，第89页。
⑤ 徐松辑：《宋会要辑稿·选举》三之一九，中华书局1957年版，第4271页。

适合于策论。事实也是这样的,《石林燕语》载:"富公以茂材异等登科,后召试馆职,以不习诗赋求免。仁宗特命试以策论,后遂为故事。"① 不过富弼之所以长于策论,是因为在"未尝为此学"的情况下修习"大科文字"。也就是说,备习制科,在当时其实是专门之学。

此学的特征之一便是要求士人博览众书,谙熟政事。张方平在《谢茂材异等登科启》中谈到自己的备考工夫:"若夫天人之大端,皇王之高致,质文更救之弊,礼刑相须之宜,时之所以安危,法之所以治乱,窃尝探其统纪,究其宗原。"② 南宋陈渊《辞免举贤良状》也说:"自非深穷经史百氏之书,博考传记诸儒之说,通达国体,明习世务,必不能仰副朝廷招徕之意。"③

此学的另一个特征与第一个特征密切相关,即要求士人沉潜心志,积年而为。要想达到学际天人、博通古今之境,必须经过刻苦的修习才行。苏颂《殿中丞华君(直温)墓志铭》载:"天圣末,我先君(苏绅)宰无锡,君(华直温)与其从弟直清同以文章为贽。先君一见,大加赏异,留君门下,使予从其游,因得接砚席,习文史。君性至勤刻,所阅书传皆手自抄撮,日以三千言为准。虽甚寒暑,或课试燕私,则继之以夜,未尝废其程。予时羁丱,趋进士科举,为君牵勉,蚤暮不得息,日至抄诵数书,作词赋、歌诗、杂文,如是者几二年,因得通经术,知古今,繄率厉切磨之效也。康定元年,朝廷以西师连岁不解,诏致天下能言之士,问所以攻取方略。翰林叶公、枢副孙公上君所著,举茂才策论,其言兵有决胜之画。"④ 华直温所为即制科之学,其阅书手抄之习、刻苦自励之态正是备习制科常见的。又如张方平《宣德郎行监察御史判三司度支勾院骑都尉赐绯鱼袋蔡君(禀)墓志铭并序》载:"君器姿魁硕,议论闳博,其为人强毅,能刻意自勉,所好必学,所学必成,所成必精,慨然将推是以致功名,盖其志虑远矣。初,文忠公德望显重,门下多英俊,君年且三十而

---

① 叶梦得:《石林燕语》卷八,中华书局1984年版,第112页。
② 曾枣庄、刘琳主编:《全宋文》第37册,上海辞书出版社、安徽教育出版社2006年版,第325页。
③ 曾枣庄、刘琳主编:《全宋文》第153册,上海辞书出版社、安徽教育出版社2006年版,第151~152页。
④ 曾枣庄、刘琳主编:《全宋文》第62册,上海辞书出版社、安徽教育出版社2006年版,第108页。

方以荫仕，内耻无以逮人者，文忠亦未之奇也。辞诣导江，勖而遣之，君奋曰：'丈夫处世，当碌碌如是邪！'到官勇自锻砺，至忘寝食。比三年更还，则于六艺百家之书，历代治乱之际，至于方技小说，罔不该贯。文忠惊且喜，自是待之犹益者之友，其为强敏有如此者。"① 又如宋代僧人居简《送钟贤良序》云："永嘉钟君少负不羁，少长，作举子业。壮而耻与琐屑灭裂者伍，十年闭关，夜灯晓窗，博观约取，习大科业。成而不试。"②

此学对记忆力有很高的要求，《高斋漫录》载："三苏自蜀来，张安道、欧阳永叔为延誉于朝，自是名誉大振。明允一日见安道，安道问云：'令嗣看甚文字？'明允答以轼近日方再看《汉书》。安道曰：'文字尚看两遍乎！'明允归以语子瞻，子瞻曰：'此老特未知世间人尚有看三遍者。'安道尝借人十七史，经月即还，云已尽阅。其天资强记，数行俱下，前辈宿儒罕能及之。"③ 张方平如此，前言夏竦亦是如此。

四、节取题目：有效的备考方式

制科考试出题于经、史、子书之间，要求应试者博览群书，且特别注意可以出题的文字部分。这就造成了宋人读书的一个针对性习惯，那就是节取题目法。《寓简》载：

> 王庠应制举时，问读书之法于眉山。眉山以书答云："别笺所示，老病废忘，岂堪英俊如此责望？少年应科目时，记录名数沿革等，大略与应举者同耳。亦有少节目文字，皆被人取去，然亦无用也。实无捷径必得之术，但如君高才强力，积学数年，自有可得之道，而其实皆命也。但卑意欲少年为学者，每一书皆作数次读之。书之富如入海，百货皆有，人之精力不能尽取，但得其所求者尔。故愿学者每次作一意求之，如欲求古今兴亡治乱圣贤作用，且只以此意求

---

① 曾枣庄、刘琳主编：《全宋文》第38册，上海辞书出版社、安徽教育出版社2006年版，第288页。
② 曾枣庄、刘琳主编：《全宋文》第298册，上海辞书出版社、安徽教育出版社2006年版，第239页。
③ 曾慥：《高斋漫录》，见上海师范大学古籍整理研究所编《全宋笔记》第4编第5册，大象出版社2008年版，第104页。

之，勿生余念。又别作一次，求事迹、故实、典章、文物之类，亦如之。他皆仿此。此虽似迂钝，而他日学成，八面受敌，与涉猎者不可同日而语也。甚非速化之术，可笑可笑。承下问，不敢不尽也。"前辈教人读书如此，此岂肤浅求速成、苟简无根柢者所能哉?①

苏轼虽然强调备考制举并无捷径可循，但读书时亦有法门，即"每一书皆作数次读之"，"每次作一意求之"，并举例做了说明。《西塘集耆旧续闻》载苏轼抄《汉书》，"初则一段事，抄三字为题，次则两字，今则一字"②。通过长期反复抄读，苏轼对《汉书》了如指掌，这与其读书备考制科之道是相通的。

叶梦得曾勉励沈作喆"留心制科工夫"，并"极论修习次第曰：'天下之书，浩博无涯。昔有人习大科十余年，业成，因见田元均。论及《论语正义》中题目。元均曰："曾见博士周生烈传中亦有一二好题，合入编次。"其人骇未尝见此书也。元均笑，因取而示之，其人惭，自以未始学也。虽然题目如海中沙，其要有十字而已，曰明、曰暗、曰疑、曰顽、曰合、曰合（音蛤）、曰揭、曰拆、曰包、曰胎，不出此十字也。'予曰：'暗者何也?'曰：'明暗皆言数也，暗如因民常而施教是也。《周官》因此五物者民之常，而施十有二教焉。题目字中不见数，而藏五与十二于其间焉，此最难测度。若明数，则如《既醉》备五福，祭有十伦是也。'曰：'疑者何也?'曰：'尧、舜、汤、禹所举如何是也，疑若唐虞、夏、商也，乃是《魏相传》高皇帝所述书"天子所服第八"：受诏长乐宫中谒者赵尧举春，李舜举夏，儿汤举秋，贡禹举冬（高帝时自有一贡禹），四人各职一时也。又如汤、周福祚，疑若二代也，乃是《杜周传》赞云：张汤、杜周并起文墨小吏，迹其福祚元功，儒林之后莫及也。此为最巧。'曰：'顽者何也?'曰：'形势不如德是也。意思语言，子史中相近似者，殆十余处，独此一句在史赞，令人揣摸不着，虽东坡犹惑

---

① 沈作喆：《寓简》卷八，见上海师范大学古籍整理研究所编《全宋笔记》第4编第5册，大象出版社2008年版，第73页。
② 陈鹄：《西塘集耆旧续闻》卷一，见李廌等撰，孔凡礼点校《师友谈记 曲洧旧闻 西塘集耆旧续闻》，中华书局2002年版，第289页。

之。故论备举诸处以该之也。'"①

于是，节取题目，自成一编，为制举者所用的书籍也出现了。李焘曾作《制科题目编》，其序云："取五十余家之文书，掇其可以发论者，各数十百题，具如别录。"② 乾道七年（1171年），李焘之子李垕"策考入第四等，赐制科出身"③，或是受到此读书法的影响。

五、制科与宋代学风的契合意义

马端临《文献通考》曾对制科考试之法做了批评：

> 制科所难者六论，然所谓四通、五通者中选，所谓准式不考者闻罢，则皆以能言论题出处为奇，而初不论其文之工拙，盖与明经墨义无以异矣。况有博闻强记如巽岩者，聚诸家奇僻之书，掇其可以为论题者，抄为一编，揣摩收拾，殆无所遗，然则浅学之士，执此以往，亦可哆然以贤良自名，而有掇巍科之望矣。科目取人之弊，一至于此！然观《邵氏闻见录》言范文正公以制科荐富郑公，富公辞以未习，范公曰："已为君辟一室，皆大科文字，可往就馆。"以是观之，所谓大科文字者，往往即巽岩所编之类是也。以富公异时之德业如许，然应制科之初，倘不求其文而习焉，则亦未必能中选。东坡作《张文定公墓铭》言："天下大器，非力兼万人，孰能举之？非仁宗之大，孰能容此万人之英？盖即位八年，而以制策取士，一举而得富弼，再举而得公。"盖所以夸制科得人之盛，然制科之为制科，不过如此，则二公之所蕴蓄抱负，此岂足以知之乎？④

今人如祝尚书先生亦著《唐宋制科盛衰及其历史教训》⑤ 一文推而论之。在此，笔者不拟对宋代制科进行价值判断，只就宋人学风再做一申论，以见制科考试出现的必然性。

---

① 沈作喆：《寓简》卷八，见上海师范大学古籍整理研究所编《全宋笔记》第4编第5册，大象出版社2008年版，第73～74页。
② 马端临：《文献通考》卷三三，中华书局1986年版，第317页。
③ 徐松辑：《宋会要辑稿·选举》一一之三〇，中华书局1957年版，第4441页。
④ 马端临：《文献通考》卷三三，中华书局1986年版，第317页。
⑤ 祝尚书：《唐宋制科盛衰及其历史教训》，载《北京大学学报》2010年第5期。

宋代士人之学本有崇尚博通一面，张载云："学不际天人，不足以谓之学。"① 朱熹也强调说："天下更有大江大河，不可守个土窟子，谓水专在是。"② 他进而主张由博入通："大凡学者，无有径截一路可以教他了得；须是博洽，历涉多，方通。"③ "贯通，是无所不通。"④ 这种学风并不意味着墨守成规，相反却有助于宋人推陈出新，自成一家。苏轼《与张嘉父》云："仆尝悔其少作矣，若著成一家之言，则不容有所悔。当且博观而约取，如富人之筑大第，储其材用，既足而后成之，然后为得也。"⑤ 他用精妙的比喻来诠释了博观约取而自我树立的意义。沈作喆则用禅之顿悟来喻创新之途："学书者谓凡书贵能通变，盖书中得仙手也。得法后自变其体，乃得传世耳。予谓文章亦然，文章固当以古为师，学成矣，则当别立机杼自成一家，犹禅家所谓向上转身一路也。"⑥

为此目的，宋人多博览众书，如《归田录》记钱惟寅演其读书情况："平生性好读书，坐则读经史，卧则读小说，上厕则读小辞，盖未尝顷刻释卷也。"⑦ 王安石在《答曾子固书》里自称："自百家诸子之书，至于《难经》《素问》《本草》、诸小说无所不读。"⑧ 在读书法上，也多有创新。如南宋士人"（洪）迈尤以博洽受知孝宗，谓其文备众体。迈考阅典故，渔猎经史，极鬼神事物之变，手书《资治通鉴》凡三"⑨。南宋理学家"（吕）祖谦于《诗》《书》《春秋》皆多究古义，于十七史皆有详节。故词有根柢，不涉游谈；所撰文章关键，于体格源流，具有心解"⑩。

---

① 邵雍著，黄畿注，卫绍生校理：《皇极经世书》，中州古籍出版社1993年版，第427页。
② 黎靖德编：《朱子语类》卷八，中华书局1986年版，第144页。
③ 黎靖德编：《朱子语类》卷八，中华书局1986年版，第144页。
④ 黎靖德编：《朱子语类》卷八，中华书局1986年版，第143页。
⑤ 曾枣庄、刘琳主编：《全宋文》第88册，上海辞书出版社、安徽教育出版社2006年版，第48页。
⑥ 沈作喆：《寓简》卷九，见上海师范大学古籍整理研究所编《全宋笔记》第4编第5册，大象出版社2008年版，第85页。
⑦ 欧阳修：《归田录》卷二，见王辟之，欧阳修《渑水燕谈录 归田录》，中华书局1981年版，第24页。
⑧ 曾枣庄、刘琳主编：《全宋文》第64册，上海辞书出版社、安徽教育出版社2006年版，第121页。
⑨ 脱脱等：《宋史》卷三七三《洪迈传》，中华书局1977年版，第11574页。
⑩ 永瑢等：《四库全书总目》卷一五九《东莱集提要》，中华书局1965年版，第1370页。

综合来看，制科影响下的学风与宋人的整体学风有一定的契合，其形成有一定的必然性，虽然出现了一些偏颇，造成了一些弊端，但不能因之全盘否定，而应采取客观的分析态度，以见出其真正的意义所在。

第十一章　宋代皇帝与论体文

宋代皇帝与论体文相关的活动大致有以下3种：皇帝作论、士人进论于皇帝及皇帝书论。在这些活动中，皇帝或为创作主体，或为接受主体，或集接受主体与传播主体为一身，深度介入了宋代论体文的发展，影响了它的创作环境与功能取向。由于学界在探讨宋代皇帝与文学关系时，一般侧重于诗词领域，而几乎未曾涉及论体文，故本章尝试论之。

一、宋代皇帝作论的风气与特征

在我国古代各体文学中，论体文占据重要一席，自先秦以来，拥有众多名家、佳构，如贾谊及其《过秦论》、嵇康及其《养生论》、柳宗元及其《封建论》等。如果从作者构成来看，官员、史家、文士居多，当然也有一些释子、道士。相形之下，皇帝作论的情况出现较晚，难称普遍，而且作品散佚严重，受到的关注有限，南宋王应麟曾编撰类书《玉海》，于"圣文"门下设"御制论"类，汇集多种历史文献，大致钩稽出了宋代及以前皇帝所作论体文的篇目。兹简列于下：

魏文帝：《典论》。
唐高宗：《股肱论》。
唐玄宗：《周易大衍论》。
宋真宗：《勤政论》《祥瑞论》《崇儒术论》《为君难为臣不易论》《解疑论》《皇王帝伯四论》《五臣论》《乐府文论》《思政论》《三惑论》《宽财利论》《欹器论》《戒酒论》。
宋仁宗：《危竿论》。
宋孝宗：《用人论》《御制论》（曾枣庄、刘琳主编《全宋文》作《科场取士之道论》）、《三教论》（原名《原道辨》）。

宋理宗：《仁厚论》。①

对于上述王应麟所举篇目，有三个问题需略作说明：

其一，王应麟言皇帝作论，首标曹丕《典论》，而该作实作于曹丕为太子时；其二，唐代除高宗、玄宗外，太宗亦有论作，多达7篇，见收于清代董诰等编《全唐文》卷十；其三，出于推尊本朝的目的，加之相关文献留存较富，王应麟于宋代皇帝的论体文所采尤多，但仍有不少遗漏，如宋真宗的《释氏论》《感应论》（二论篇目分别见载于李焘《续资治通鉴长编》卷四五、八一，下文并有引用）、宋孝宗的《佛法论》（曾枣庄、刘琳主编《全宋文》据《咸淳临安志》收录）等。因此，若讨论宋代及以前皇帝作论的篇目情况，把这些问题考虑进去，是十分必要的。

比较而言，宋代皇帝作论的情况具有三大特征：

（1）从数量来看，宋代皇帝作论的风气较前代为胜，仅宋真宗一人即作论15篇（组论以单篇计），是唐太宗的2倍多；宋孝宗也有4篇论作，为前代多数皇帝所不及。出现这种情况，与宋代皇帝好文、求治的政治倾向有关，如宋"真宗皇帝听断之暇，唯务观书。每观一书毕，即有篇咏，命近臣赓和，故有御制《观尚书》诗、《春秋》《周礼》《礼记》《孝经》诗各三章……可谓好文之主也"②，所谓"篇咏"虽多为诗歌，但"好文之主"却准确地概括了宋真宗的政治个性，其创作论体文亦可视为"好文"的表现与结果（这在下文的有关论述中可以得到说明）。又如宋孝宗"制赞以美孝德之感，作赋以阐造化之工，歌诗以发规恢之雄，述论以饬用人之道，旨义浑噩，表里六经"③，依体为文，各有旨意，而"述论以饬用人之道"，显然发挥了论体文的说理、教化功能。

（2）从内容来看，宋代皇帝所为之论专以发明政事，与前代多有不同。唐代皇帝的论体文虽有大谈政事的，但也有突出个性色彩、不废艺术追求的，如在唐太宗的论作中，既有标榜古代先贤以教谕大臣的《诸葛亮高颎为相公直论》、结合兴亡经验以宣扬政治主张的《民可畏论》与

---

① 王应麟：《玉海》卷三二，江苏古籍出版社、上海书店1987年版，第611~615页。
② 陈岩肖：《庚溪诗话》卷上，见丁福保《历代诗话续编》，中华书局1983年版，第162~163页。
③ 王应麟：《玉海》卷三二，江苏古籍出版社、上海书店1987年版，第614~615页。

《政本论》，又有专注艺术旨趣、探究书法理论的《笔法论》《指法论》《笔意论》等。然而到了宋代皇帝的论体文中，超功利的内容旨趣不见了，现实政治则成为关注的中心，《群书会元截江网》卷一曾就部分篇目的意旨揭示道："对照有诗，勤政有论，思致治也。""危竿有论，欹器有论，思保治也。""内藏之铭，宽财之论，非善节财乎？""崇儒有论，尊儒术也。""原道有辨，崇道学也。"①周必大《祥符御制为君难为臣不易论序》则对宋真宗作《为君难为臣不易论》的动机进行了阐释："盖万几之暇，笃意典籍，六经之奥旨靡不究，历代之治乱靡不监，思难图易，本于此乎！"②所说虽不无谀颂之处，但大致道出了宋真宗此论以论言政的创作理路。

（3）与内容政治化密切相关，宋代皇帝的论体文呈现出一种典谟色彩。所谓典谟，一方面是内容上的要求，即孔安国《尚书序》所谓"典谟训诰誓命之文凡百篇，所以恢弘至道，示人主以轨范也"③，另一方面则是文字风格上的要求，如《汉书·扬雄传下》所说的"《典》《谟》之篇，《雅》《颂》之声，不温纯深润，则不足以扬鸿烈而章缉熙"④。宋真宗的《祥瑞论》就符合上述要求，该论今存部分文字："明王虽有丕祥，常因祇畏，中人一睹善应，即自侈汏。圣贤思以防邪，故《春秋》不书其事。然神祇降监，亦以扬祖宗之烈，当钦承而宣布之。若祷休祺而自肆，固宜戒也。"⑤谈神论道，引经证事，用语典重，行文肃穆，尽显皇家威仪，俨然大哉王言。彭大翼云："宋真宗作《瑞雪》诗及《文武七条》，其他《耤田夫吟》《自戒箴》《祥瑞论》《对照》诗，与夫《正说》十篇，真可与《典》《谟》相表里。"⑥将《祥瑞论》与《典》《谟》相提并论，当是基于上述认识的。

---

① 佚名：《群书会元截江网》卷一，见《文渊阁四库全书》第934册，台湾商务印书馆1986年版，第7页。
② 曾枣庄、刘琳主编：《全宋文》第230册，上海辞书出版社、安徽教育出版社2006年版，第189页。
③ 阮元校刻：《十三经注疏》，中华书局1980年版，第114～115页。
④ 班固：《汉书》卷八七下《扬雄传》，中华书局1962年版，第3577页。
⑤ 曾枣庄、刘琳主编：《全宋文》第13册，上海辞书出版社、安徽教育出版社2006年版，第142～143页。
⑥ 彭大翼：《山堂肆考》卷三三"祥瑞论"条，见《文渊阁四库全书》第974册，台湾商务印书馆1986年版，第547页。

二、宋代皇帝作论的意图及作用

如果把皇帝作论的情况放置到宋代论体文的整体创作格局中去考量的话，无论从数量还是质量上来说，都不能与当时士人作论的情况相提并论，但这并不意味着皇帝作论毫无价值，不值得关注，相反，它常常带有特定的政治意图，并在实际政治运作中产生影响，发挥作用，这就非一般士人之论所可比。下面拟从四方面予以阐述。

首先，讨论政事，阐释治国之道。

宋代皇帝之论通常关注诸如治国思想、君臣之道、用人策略之类的重大政治问题，不过由于这些论作出炉前后多经历了与臣下讨论、商定的过程，且是以论证方式展开说明的，故与一般的制诰文体相比，少了些训诫、强制意味，具有以理服人、容许争鸣的特点，反映出当时皇帝为政之道的开明一面。宋代立国，以儒为主，兼采道、释，对此，宋真宗的论体文有论述，如《续资治通鉴长编》卷七九所载：

> （大中祥符五年十月）辛酉，上以《崇儒术论》《为君难为臣不易论》示王旦等。先是，龙图阁直学士陈彭年因奏对，上谓之曰："儒术污隆，其应实大，国家崇替，何莫由斯。故秦衰则经籍道息，汉盛则学校兴行。其后命历迭改，而风教一揆。有唐文物最盛，朱梁而下，王风寖微。太祖、太宗丕变敝俗，崇尚斯文。朕获绍先业，谨遵圣训，礼乐交举，儒术化成，实二后垂裕之所致也……"彭年曰："陛下圣言精诣，足使天下知训，伏愿躬演睿思，著之篇翰。"顷之，上出二论示彭年，彭年复请示辅臣，旦等因请赴国子监刻石，从之。①

二论之作源自君臣之间的讨论、对话，这里且不论《为君难为臣不易论》，单说《崇儒术论》，该文总结历史经验教训，认识到了"儒术污隆"与"国家崇替"间的关系，表达了推崇儒术的政治意愿。这显然符合当时士人的价值观念，赐示、刻石等举措则使这一官方看法迅速传播开来，不断得到强化。此外，宋真宗认为释教之说合于儒家之道，故予以宽

---

① 李焘：《续资治通鉴长编》卷七九，中华书局2004年版，第1798~1799页。

容对待,《续资治通鉴长编》卷四五载:"上又尝著《释氏论》,以为释氏戒律之书,与周、孔、荀、孟迹异道同,大指劝人之善,禁人之恶,不杀则仁矣,不窃则廉矣,不惑则正矣,不妄则信矣,不醉则庄矣。苟能遵此,君子多而小人少。"① 同书卷八一载:"(大中祥符六年十一月)玉清昭应宫太初明庆殿有舍利出,上谓宰相曰:'三教之设,其旨一也,大抵皆劝人为善,唯达识者能总贯之。滞情偏见,触目分别,则于道远矣。'遂作《感应论》以著其事。"② 以儒家眼光看待释教,采取儒、释融通的观念,从理论上确认了释教存在的合理性,这比石介《中国论》中的一味排佛要通达得多。

宋孝宗作《三教论》,探求儒、释、道三家关系,更见君臣间的讨论空气,李心传《建炎以来朝野杂记》乙集卷三载:

> 淳熙中,寿皇尝作《原道辨》,大略谓三教本不相远,特所施不同,至其末流,昧者执之而自为异耳。以佛修心,以道养生,以儒治世可也,又何惑焉。文成,遣直殿甘昺持示史文惠。史公时再免相,侍经席也。史公奏曰:"臣唯韩愈作是一篇,唐人无不敬服,本朝言道者亦莫之贬,盖其所主在帝王传道之宗,乃万世不易之论。原其意在于扶世立教,所以人不敢议。陛下圣学高明,融会释、老,使之归于儒宗,末章乃欲以佛修心,以道养生,以儒治世,是本欲融会而自生分别也。大学之道,自物格、知至而至于天下平,可以修心,可以养生,可以治世,无所处而不当矣,又何假释、老之说邪?陛下此文一出,须占十分道理,不可使后世之士议陛下,如陛下之议韩愈也。望陛下稍审定末章,则善无以加矣。"程泰之时以刑部侍郎侍讲席,亦为上言之,于是易名《三教论》。③

韩愈《原道》一篇,意在复古崇儒,攘斥佛老,得到了后世多数道学家与古文家的推许,但宋孝宗作《原道辨》,提出了"以佛修心,以道

---

① 李焘:《续资治通鉴长编》卷四五,中华书局2004年版,第961~962页。
② 李焘:《续资治通鉴长编》卷八一,中华书局2004年版,第1853页。
③ 李心传:《建炎以来朝野杂记》乙集卷三"原道辨易三教论",中华书局2000年版,第544页。

养生，以儒治世"的看法，确实存在史浩所说的"本欲融会而自生分别"的问题，若此论颁行，必然引发朝野上下的思想混乱，故经过史浩、程大昌（泰之）的辨析，"易名《三教论》"，虽然仍与韩愈《原道》的观点有别，但采取了讨论的态度，使该文观点仅属一家之言，也并非有意改变已被较为普遍地接受的先贤意见，因此不太会造成臣民在政治意识形态上的莫衷一是。

《用人论》之作更可看出宋孝宗与臣下的讨论精神，魏了翁《跋陈正献公所藏孝庙御书用人论》云："正献公（陈俊卿）以乾道五年秋八月升昭文相，其冬对选德殿，诏撰《用人说》，今载在集中，与所被宸翰文虽异而指则同，猗其盛哉！君以是戒其臣，臣以是复其君，开诚布公，兼众尽下，孜孜若弗及焉。"① 针对用人问题，陈俊卿作说，宋孝宗为论，在讨论的氛围中，达成了"君以是戒其臣，臣以是复其君，开诚布公，兼众尽下"的目的。

其次，引导公议，平息舆论指摘。

宋代皇帝的一举一动，常在公议的监督之下，稍有不是，便会引发指摘，在这种情况下，通过论体文加以澄清，不失为明智的选择。如宋真宗东封西祀，引起极大争议，多篇论体文便因此而作，《续资治通鉴长编》卷八一载：

> （大中祥符六年十月）龙图阁待制孙奭上疏言："陛下封泰山，祀汾阴，躬谒陵寝，今又将祠太清宫。外议籍籍，以谓陛下事事慕效唐明皇，岂以明皇为令德之主耶？甚不然也！明皇祸败之迹，有足为深戒者，非独臣能知之，近臣不言者，此怀奸以事陛下也。明皇之无道，亦无敢言者，及奔至马嵬，军士已诛杨国忠，请矫诏之罪，乃始谕以识理不明，寄任失所。当时虽有罪已之言，觉悟已晚，何所及也。臣愿陛下早自觉悟，抑损虚华，斥远邪佞，罢兴土木，不袭危乱之迹，无为明皇不及之悔。此天下之幸，社稷之福也。"帝以为："封泰山，祀汾阴，上陵，祀老子，非始于明皇。开元礼今世所循用，不可以天宝之乱举谓为非也。秦为无道甚矣，今官名、诏令、郡

---

① 曾枣庄、刘琳主编：《全宋文》第310册，上海辞书出版社、安徽教育出版社2006年版，第156页。

县，犹袭秦旧，岂以人而废言乎？"作《解疑论》以示群臣。①

面对"外议籍籍"及孙奭的激烈批评，宋真宗无奈"作《解疑论》以示群臣"，正是出于澄清自己、平息指摘的目的。

与《解疑论》意图类似，"帝作《祥瑞论》《勤政论》《俗吏辨》，赐辅臣人一本，因曰：'如闻中外有议朝廷崇祥瑞、亲细务者，著此晓之。'辅臣请示百官，立石国学。帝多行矫诬之事，心不自安，故有是论"②。可见，平息公议指摘，引导有利于自身的舆论环境正是创作这些论体文的出发点。

再次，和乐君臣，示以宠容之意。

宋代皇帝注重和乐君臣关系，仪式颇多，如著名的宫廷赏花钓鱼之会，人君以"青春朝野方无事，故许游观近侍陪"（宋仁宗《赏花钓鱼》）为念，大臣则每以予会为荣，诗歌赓和，为一时盛举。与之相似，召辅臣观书御阁，示以御作，也属此类仪式，王应麟《玉海》引《实录》云：

> 祥符八年四月四日癸丑，召辅臣观书玉宸殿，王钦若、陈尧叟、冯拯、赵安仁预焉。始观太宗御书，移御别殿，观皇王帝伯四论，良臣、正臣、忠臣、奸臣、权臣五论，幸水轩垂钓，侍臣赋诗。辛酉，赐辅臣御制《五臣论》各一本，从所请也。③

此次观书、垂钓、赋诗等一系列活动，体现了宋真宗和乐近臣的用意，之后传示《五臣论》而又赐本之举，既遂大臣所请，示以宠荣之意，又暗含宣谕、训诫的目的。

当然，也有专门为表彰大臣而作的论体文，如《玉海》所载：

> 天禧二年七月甲戌，以枢密直学士李士衡为三司使，罢陕西市米，募民送京师，如入粟法以售。盐及羊纲任民私市以足数，关辅民

---

① 李焘：《续资治通鉴长编》卷八一，中华书局2004年版，第1850~1851页。
② 毕沅：《续资治通鉴》卷三〇，中华书局1957年版，第673页。
③ 王应麟：《玉海》卷三二，江苏古籍出版社、上海书店1987年版，第613页。

大便，说之。上作《宽财利论》以赐之。又出内藏钱二百万以助经费，其年十二月庚戌，士衡刻请（按，"刻请"当为"请刻"之误）石本厅，从之。①

可见宋真宗的《宽财利论》是基于表彰李士衡在三司使任上的优异政绩而作的。

最后，绍述家法，传承皇家故事。

宋代皇帝历代相沿，特别注重绍述家法，传承先帝故事，论体文在这中间发挥了一定作用，如宋仁宗朝，直焕章阁王"师愈又尝有疏，请观真宗《勤政论》《俗吏辩》，盖屡以法祖宗为告也"②。《宋朝事实类苑》卷四所载一事更可见出论体文在这方面的独特意义：

> 戊辰，御迩英阁，内出欹器一，陈于御坐前。谕丁度等曰："朕思古欹器之法，试令工人制之，以示卿等。"帝命以水注之，中则正，满则覆，虚则欹，率如家语、荀卿、淮南之说，其法度精妙，度等列侍观之。帝曰："日中则昃，月盈则亏，圣人有持满戒慎之守，朕欲以中正临天下，当与列辟共守此道。"度等拜曰："臣等亦愿以中正事陛下。"因言太宗时，尝作此器，真宗制欹器论，演先儒之义以垂戒。帝曰："然。"四月戊寅，御迩英阁，帝作欹器论后述一篇，以申存亡亏成之鉴。侍讲读官丁度等请宣布中外，使知圣心所存。帝曰："但欲使卿等见之，不须宣布。"度曰："臣等欲各传一本，以彰荣遇。"帝曰："可便以此本赐卿等。"皆拜而受之。③

围绕着古代先贤所载欹器，宋太宗"尝作此器，真宗制欹器论，演先儒之义以垂戒"，宋仁宗则祖述故事，复制欹器，并"作欹器论后述一篇，以申存亡亏成之鉴"。可见，托物说理、作器言志正是这段皇家故事的意义所在，而宋仁宗就己文不须宣布中外的决定，则表达了将此三代相

---

① 王应麟：《玉海》卷三二，江苏古籍出版社、上海书店1987年版，第613页。
② 叶方蔼等：《御定孝经衍义》卷四七，见《文渊阁四库全书》第718册，台湾商务印书馆1986年版，第520页。
③ 江少虞：《宋朝事实类苑》卷四，上海古籍出版社1981年版，第40页。

沿的故事视为家法的意思，这其中，宋真宗的《欹器论》实有承上启下之功。

三、宋代士人进论与皇帝之关系

历史上，士人进论于皇帝的举动屡见不鲜，如《新唐书》卷一〇二《李百药传》载："时议裂土与子弟功臣，百药上《封建论》，理据详切，帝（指唐太宗）纳其言而止。"① 又如《宋史》卷二六二《王易简传》载："晋祖（指后晋高祖石敬瑭）为治务求速效，易简上《渐治论》以谏之，诏书褒答，以论付史馆。"② 二人之论针对时事而发，意在谏言皇帝，表达政见，结果获得了采纳甚至褒奖，无疑彰显了论体文的政治价值。当然，士人进论有时属于应制行为，《宋史》卷二六九《陶谷传》载："世宗（后周世宗柴荣）尝谓宰相曰：'朕观历代君臣治平之道，诚为不易。又念唐、晋失德之后，乱臣黠将，僭窃者多。今中原甫定，吴、蜀、幽、并尚未平附，声教未能远被，宜令近臣各为论策，宣导经济之略。'乃命承旨徐台符以下二十余人，各撰《为君难为臣不易论》《平边策》以进。"③ 可见这次大规模的进论是皇帝出于集思广益的需要而促成的。

到了宋代，士人向皇帝进论之风更盛，有两种主要情况：一种是根据论谏目的，进读他人之论的，如王禹偁"以搢绅浮竞，风俗浇漓，率多躁进之徒，鲜闻笃行之士，不移旧辙，渐紊彝伦，臣故献刘寔《崇让论》"④，以晋代刘寔之论进于宋太宗，希望以此为鉴，矫正士风，确实击中时弊；另一种更为普遍的情况则是士人亲自作论进于皇帝，以言政事。兹举数例如下：

> （张去华）尝献《元元论》，大旨以养民务穑为急，真宗深所嘉赏，命以缣素写其论为十八轴，列置龙图阁之四壁。⑤

---

① 欧阳修、宋祁：《新唐书》卷一〇二《李百药传》，中华书局1975年版，第3974页。
② 脱脱等：《宋史》卷二六二《王易简传》，中华书局1977年版，第9065页。
③ 脱脱等：《宋史》卷二六九《陶谷传》，中华书局1977年版，第9237页。
④ 王禹偁：《三谏书序》，见曾枣庄、刘琳主编《全宋文》第8册，上海辞书出版社、安徽教育出版社2006年版，第16页。
⑤ 脱脱等：《宋史》卷三〇六《张去华传》，中华书局1977年版，第10110页。

（邓绾）献所著《洪范建极锡福论》，帝曰："《洪范》，天人、自然之大法，朕方欲举而措诸天下，矫革众敝。卿当聖淫朋比德之人，规以助朕。"①

（朱昂）及是闲居，自称退叟，著《资理论》三卷上之，诏以其书付史馆。②

三人之论关注王朝要务，契合了皇帝求治之心，反过来，皇帝的采纳、褒奖无疑成为士人创作的动力所在，对此类进论的发展产生积极影响。

实际上，进论在一定程度上成为皇帝进退士人的依据之一，例子很多，如"刘质进《兵要论》，召试中书"③，王信"进所著《唐太宗论赞》及《负薪论》，孝宗览之，嘉叹不已，特循两资，授太学博士"④，等等。在这种情况下，朝廷大臣因文荐人，也重视论体文，如"韩琦知定州，上其（指刘易）所著《春秋论》，授太学助教、并州州学说书"⑤，刘易本为隐士，却因一论而得官，可见当时论体文的政治功用。这便进一步影响了宋代士人的干谒方式，使论体文在宋代干谒文中亦占了一大宗，柳开在《上王学士第三书》中云："谨投所业书、序、疏、箴、论一十七篇，纳其后进进谒之礼，非为文也。"⑥张方平在《上时相书》《上蔡内相书》《与蒋吏部书》等书信中提到以《刍荛论》为进献之文，而缘大臣已达主听，应是个中应有之义。

当然，由于皇帝是接受主体，一些士人进论的用字、风格便受到限制。孙升云："苏洵明允作《权书》，永叔大奇之，为改书中所用'崩''乱'十余字，奏于朝。明允因得官。"⑦"崩""乱"等字皆有不祥之意，

---

① 脱脱等：《宋史》卷三二九《邓绾传》，中华书局1977年版，第10597页。
② 脱脱等：《宋史》卷四三九《朱昂传》，中华书局1977年版，第13008页。
③ 脱脱等：《宋史》卷七《真宗本纪》，中华书局1977年版，第128页。
④ 脱脱等：《宋史》卷四〇〇《王信传》，中华书局1977年版，第12139页。
⑤ 脱脱等：《宋史》卷四五八《刘易传》，中华书局1977年版，第13444页。
⑥ 曾枣庄、刘琳主编：《全宋文》第6册，上海辞书出版社、安徽教育出版社2006年版，第282页。
⑦ 孙升：《孙公谈圃》卷上，见朱易安、傅璇琮等主编《全宋笔记》第2编第1册，大象出版社2006年版，第145～146页。

考虑到接受主体为皇帝,故欧阳修为苏洵特别改之。又如欧阳修的《朋党论》,"法至严而语至易。至严,所以别君子小人;至易,所以见忠诚刚正"①,"至其文之恺切详明,激烈委婉,无所不兼,最易悟人。名臣奏议,当为第一"②,这种造语、章法、风格,显然是针对皇帝这一特定接受主体而有意为之的。欧论多能悟主,廖刚就看到了这一点,所以在其进奏宋高宗的《十一月二十五日进故事》中云:"修所著《朋党论》《五代史·书六臣传后》,尤为深切著明。臣愿陛下书于屏幕间,以为鉴戒,实宗社万年之福也。"③ 这可见出皇帝对士人进论的影响所在。

四、宋代皇帝书论的简况及意义

宋代皇帝常有书写前人之论以赐臣下的行为,在这当中,他们实际兼具接受主体与传播主体的双重身份,对论体文的发展有着特别的意义。下面就宋高宗、宋孝宗两位皇帝的此类举动略加申说。

宋高宗曾临王羲之《乐毅论》,《玉海》载绍兴"七年九月戊寅,赐御书秦桧《羊祜传》、沈与求《车攻诗》、吕颐浩《乐毅论》、向子谭《孝经兰亭记》"④,"十年五月十六日,御书《中庸》,赐秦桧,书羲之《乐毅论》,赐韩侂冑(《文渊阁四库全书》本作'韩肖冑',当是)"⑤。除吕颐浩、韩肖冑外,其他不少大臣似也得到过宋高宗所临《乐毅论》,时人刘才邵就在《谢御书乐毅论表》中大加歌颂了宋高宗褒奖"兵非为利,志在求仁"⑥ 的乐毅的举动,而张嵲在《赐御书乐毅论春秋左氏传谢表》中则称此举"事掩前规,恩隆往哲"⑦,皆不免近谀而无实。倒是元

---

① 张鼐《评选古文正宗》卷九引顾充语,转引自洪本健《欧阳修资料汇编》,中华书局1995年版,第512页。
② 王之绩《评注才子古文》卷十二大家欧文评语,转引自洪本健《欧阳修资料汇编》,中华书局1995年版,第765~767页。
③ 曾枣庄、刘琳主编:《全宋文》第139册,上海辞书出版社、安徽教育出版社2006年版,第134页。
④ 王应麟:《玉海》卷三四,江苏古籍出版社、上海书店1987年版,第644页。
⑤ 王应麟:《玉海》卷三四,江苏古籍出版社、上海书店1987年版,第643页。
⑥ 曾枣庄、刘琳主编:《全宋文》第176册,上海辞书出版社、安徽教育出版社2006年版,第6页。
⑦ 曾枣庄、刘琳主编:《全宋文》第187册,上海辞书出版社、安徽教育出版社2006年版,第52页。

人陈普在《书文安余氏家集跋高宗临乐毅论》中的评论颇有见地：

> 岳飞、刘锜岂不胜乐毅？杀飞废锜岂有一毫不共戴天之心？虽仕于宋者亦不肯为此言，但嘿而已可也，为此言者无是非之心矣。寝苫枕戈之子乃有暇临义之帖，百年中无识其非者，安得不沦胥以亡！①

"杀飞废锜"直击宋高宗的虚伪、残忍，"沦胥以亡"则反讽他的逸乐误国，连带所及，怒斥了那些为高宗所临《乐毅论》作跋者的"无是非之心"，可谓发人深省。但平心而论，宋高宗临《乐毅论》，多半出于爱慕王羲之帖的缘故，与乐毅之为人的关系不大，也就是说，对于高宗的书论之举，我们更应关注其书法价值及政治意义，不宜以有无抗金寓意来看待。

与宋高宗不同，宋孝宗御书前人论作，则多借以寓意，如《玉海》所载数事：

> 孝宗初政，御书王褒《圣主得贤臣颂》、李德裕《英杰论》赐史浩。②

> （乾道）六年八月二十八日，御书汉议郎崔寔《政论》赐宰臣虞允文等。允文书于下方曰："寔所谓师五帝，式三王，弃苟全之政，蹈稽古之踪，此圣学之所缉熙，特稷、契之佐，伊、吕之辅，未如卒章所云，臣所甚惧也。惟陛下选建其人，极于三五之隆。"③

> （淳熙）三年十一月一日，御书杜牧《战论》赐皇太子。……六年五月一日，书苏辙《北狄论》，并御书扇，赐工部侍郎吴渊；御书《二十八将传论》赐萧燧。④

---

① 李修生主编：《全元文》第12册，江苏古籍出版社1999年版，第535页。
② 王应麟：《玉海》卷三四，江苏古籍出版社、上海书店1987年版，第646页。
③ 王应麟：《玉海》卷三四，江苏古籍出版社、上海书店1987年版，第647页。
④ 王应麟：《玉海》卷三四，江苏古籍出版社、上海书店1987年版，第649页。

史载:"寿皇圣帝之志,未尝一日而忘中原也,是以二十八年之间,练军实、除戎器、选将帅、厉士卒,所以为武备者,无所不讲。"①宋孝宗以所书前代或本朝士人之论赐近臣、太子,正是这一用心的体现。在此,皇帝书论的行为起到了表露志愿、激励臣子的作用,使之具备了某种政治宣言或战斗檄文的意味,因此这类皇帝书论的举动就不宜单纯对待,而应从接受与传播意义上看到前人之论在这里所获得的新的生命与功用。

---

① 佚名:《皇宋中兴两朝圣政》第 3 册,北京图书馆出版社 2007 年版,第 485 页。

第十二章 宋代论体文特征论

——以北宋前期为中心

宋代是继魏晋之后论体文重又大放异彩的时期,不但作家、作品数量繁多,而且与思想文化的关系愈加密切。而其发轫,则当推之于以太祖、太宗、真宗三朝为主的北宋前期。一方面,此期皇帝推行文治理念,频频作论来宣扬治国思想,为后来之君提供了可供借鉴的"故事"依据,另一方面,科举考试不断革新,在诗赋取士外,论的地位与功能明显增强,为试论的进一步发展提供了可能。综合来看,尽管这一时期流传至今的论体文(包括残文)只有66篇,作者13人①,数量不可谓多,却形成了较为鲜明的整体特征,并影响了后来论体文的发展,如以儒为主、三教融合的思想特征,集官僚、文士、学者于一身的主体特征,强调以资于用的功能特征等,都堪称此期论体文的深深印记,并为后来论体文的发展所因袭与借鉴。

一、以儒为主、三教融合的思想特征

此期论体文多是释经、议政或评史之作,从取材范围来看,同之前的论体文并无太大差别,但在思想倾向上,却呈现出以儒为主、三教融合的态势,这可视为它的首要特征。

宋朝结束五代十国的纷乱局面,逐渐建立起统一国家。在治国思想上,宋初三帝兼用儒、道、释,并未专主其一而偏废其他。以宋真宗为例,其言"三教之设,其旨一也,大抵皆劝人为善,惟达识者能总贯之"②,明显采取了三教融合的立场。在其用以宣谕臣民的论体文中,这种思想同样得到了体现。宋真宗作有《崇儒术论》《为君难为臣不易论》

---

① 此据曾枣庄、刘琳主编《全宋文》所收之文统计。而从时人提到的一些其他论体文篇名来看,当时所作自不止这些。

② 李焘:《续资治通鉴长编》卷八一,中华书局2004年版,第1853页。

二篇，其创作缘自君臣间的一次对话：

> 龙图阁直学士陈彭年，因次对，论儒术污隆，君臣难易之要。上曰："朕每念太祖、太宗丕变衰俗，崇尚斯文，垂世教人，实有深旨。朕谨遵圣训，绍继前烈，庶警学者。人君之所难，由乎听受，人臣之不易，在于忠直。其或君以宽大接下，臣以诚明奉上，君臣之心，皆归于正，上下之际，靡失厥中。直道而行，至公相遇，此天下之达理，先王之成宪，犹指诸掌，孰曰难哉？"因作二论示之。①

从上引宋真宗的话中，大致可见他所作二论的主旨，前者沿袭了宋太祖、太宗尊儒的既定政策，后者所论君臣关系则不出儒家伦理范围。

对于道教，宋真宗常借助其学说，大造祥瑞以西祀东封，粉饰太平，但又恐人议己，故作论以塞责，清代毕沅曾予以揭露："帝作《祥瑞论》《勤政论》《俗吏辨》，赐辅臣人一本，因曰：'如闻中外有议朝廷崇祥瑞、亲细务者，著此晓之。'辅臣请示百官，立石国学。帝多行矫诬之事，心不自安，故有是论。"② 其中《祥瑞论》谓："明王虽有丕祥，常因祇畏，中人一睹善应，即自侈汰。圣贤思以防邪，故《春秋》不书其事。然神祇降监，亦以扬祖宗之烈，当钦承而宣布之。若祷休祺而自肆，固宜戒也。"③ 所论自身对待祥瑞的态度取自儒家之说，显得光明正大，但其实质却本诸道教，因此也难掩其崇道以自恣的事实。

在释教问题上，宋真宗则作《崇释论》，大谈佛法益处："奉乃十力，辅兹五常，上法之以爱民，下遵之而迁善，诚可以庇黎庶而登仁寿也。"④ 又以释通儒："释氏戒律之书，与周、孔、荀、孟迹异而道同，大指劝人之善，禁人之恶。"⑤ 将释典与儒学等量齐观，提升了释教地位，使之成

---

① 江少虞：《宋朝事实类苑》卷三，上海古籍出版社1981年版，第24页。
② 毕沅：《续资治通鉴》卷三〇，中华书局1957年版，第673页。
③ 曾枣庄、刘琳主编：《全宋文》第13册，上海辞书出版社、安徽教育出版社2006年版，第142～143页。
④ 曾枣庄、刘琳主编：《全宋文》第13册，上海辞书出版社、安徽教育出版社2006年版，第144页。
⑤ 曾枣庄、刘琳主编：《全宋文》第13册，上海辞书出版社、安徽教育出版社2006年版，第144页。

为政治教化的工具之一。

综合来看，由于儒家之于道、释具有传统的政治优势，故宋真宗在讨论道、释问题时，常常以儒为标准或前提，这也造成了他的三教融合之论是以儒为主的。而上行下效，其他人的论体文在讨论儒、道、释问题时一般也具有这个特点。略有不同的是，人们对儒的推崇更为突出与明显，试言于下。

鉴于五代时期君弱臣僭、道德沦丧的局面，儒家伦理的重建迫在眉睫，相应的，尊儒便成为此期论体文意旨的主流。就表现侧重来看，主要有以下三个方面：

第一，着力于重释儒家经典。如田锡的《妖不胜德论》有破有立，先言《尚书》中"妖不胜德"一语"理未当也"，进而提出"妖不胜刑"的正面看法。"妖"即"不忠之臣""不教之子"，因为"明者能辨之，有权者得诛之"，故对付他们须"用刑"[1]。当然这并不是要否定道德的作用，只是在君子与小人的斗争中提倡济之以刑，德、刑兼用；再如王禹偁的《既往不咎论》与《死丧速贫朽论》，皆能推原孔子所言本意，防止后人"盗圣人之语，为饰非之资"[2]，而其《明夷九三爻象论》则可看作解释《易经》中语的一篇小型论文；又如《左传·僖四年》中有"一熏一莸，十年尚犹有臭"一语，"说者以为人之善恶可染而成也"，而赵湘则认为这一看法只道出了部分事实，在《薰莸论》中，他本着人性之善恶并不可易的立场云："若性之贤，近贤然后贤；性之不肖，近不肖然后不肖。以此为薰莸，庶几也。若谓贤近不肖，而卒能不肖；不肖近贤，而卒能贤者，鲜矣。"[3] 由此道出了"贤"与"不肖"判然而分的观点。要之，上述论体文基本是因经或传而作，这对还原儒家经典本义有一定借鉴意义。而且，其中流露出强烈的疑经惑传的精神，同后来欧阳修在《答

---

[1] 曾枣庄、刘琳主编：《全宋文》第5册，上海辞书出版社、安徽教育出版社2006年版，第262页。

[2] 曾枣庄、刘琳主编：《全宋文》第8册，上海辞书出版社、安徽教育出版社2006年版，第41页。

[3] 曾枣庄、刘琳主编：《全宋文》第8册，上海辞书出版社、安徽教育出版社2006年版，第357～358页。

祖择之书》中所说的"学者当师经。师经必先求其意"①的立场有着不谋而合之处。因此，通过这些论体文，可以领略宋代儒学复兴的某些消息。

第二，一些论作力图澄清儒家先贤身上的疑点，以纯洁儒家形象，树立纯正道统。如对伊尹行为的辩护，徐铉在《伊尹论》中针对"伊尹放太甲，论者多惑其臣节"，认为伊尹所为出于"至公"②，柳开的《太甲诛伊尹论》则根据《尚书》所载，对伊尹与太甲事作了合乎儒家君臣伦理的疏解，并言《竹书纪年》乃"夫子没后诸国杂乱之编记者"，故其中所载"太甲诛伊尹"事"不足取耳"③，从文献角度消除了人们对伊尹的误解；田锡在《伊尹五就桀论》中则推原伊尹没有迅速弃桀而从汤的原因，肯定了伊尹的"圣人"行为④。伊尹之外，常被看作道统重要一环的扬雄也受到关注，如柳开在《汉史扬雄传论》中对班固《汉书》"本传称（扬雄）非圣人而作经籍，犹吴楚之君僭号称王，盖天绝之"的说法作了反驳，既视扬雄为圣人，又将《太玄》与《法言》等同于经籍⑤，推尊之意，显而易见。

第三，更多的作品则以儒家伦理来臧否历史人物，借臧否历史人物来推尊儒学。徐铉《晁错论》以"忘公家而务私怨"⑥并贬晁错与袁盎，田锡《羊祜杜预优劣论》明言"预之才略有余，而恩信不及于祜"⑦，柳开《李守节忠孝论》则云"若守节者，于君不见其义，于父不见其亲，

---

① 曾枣庄、刘琳主编：《全宋文》第33册，上海辞书出版社、安徽教育出版社2006年版，第99页。

② 曾枣庄、刘琳主编：《全宋文》第2册，上海辞书出版社、安徽教育出版社2006年版，第206页。

③ 曾枣庄、刘琳主编：《全宋文》第6册，上海辞书出版社、安徽教育出版社2006年版，第357～360页。

④ 曾枣庄、刘琳主编：《全宋文》第5册，上海辞书出版社、安徽教育出版社2006年版，第268页。

⑤ 曾枣庄、刘琳主编：《全宋文》第6册，上海辞书出版社、安徽教育出版社2006年版，第356～357页。

⑥ 曾枣庄、刘琳主编：《全宋文》第2册，上海辞书出版社、安徽教育出版社2006年版，第205页。

⑦ 曾枣庄、刘琳主编：《全宋文》第5册，上海辞书出版社、安徽教育出版社2006年版，第270页。

败家而倾国，绝忠而灭孝，万世之罪人也"①，王禹偁《霍光论》独揭霍光的私心②，等等，皆是如此。

在推尊儒学的前提下，道家思想也受到重视，部分论体文有所涉及。徐铉"尝慕老子清净之教、庄周齐物之理，故内不能以得丧动，外不能以荣辱干"③，其论体文虽以儒家思想为主体，但也引用《老子》中语，如"为者败之，执者失之"（《持权论》）、"功成而不居。夫唯不居，是以不去"（《师臣论》）等，用以表达他的处世之道。而在治国方略上，黄老无为而治的思想一度在宋初极为流行，《宋朝事实类苑》载：

> 淳化三年，太宗谓宰相曰："治国之道，在乎宽猛得中，宽则政令不成，猛则民无所措手足，有天下者，可不慎之哉！"吕蒙正曰："老子称治大国若烹小鲜，夫鱼扰之则乱。近日内外皆来上封，求更制度者甚众，望陛下渐行清净之化。"上曰："朕不欲塞人言路，至若愚夫之言，贤者择之，亦古典也。"赵昌言曰："今朝廷无事，边境谧宁，正当力行好事之时。"上喜曰："朕终日与卿等论此事，何愁天下不治？苟天下亲民之官皆如此留心，则刑清讼息矣。"④

作为这一思潮的呼应，罗处约作《黄老先六经论》，对"先儒以太史公论道德，先黄、老而后《六经》，此其所以病也"的说法予以批驳。他先是认为黄、老与姬、孔所称之"道"在本体上是同一的，故无所谓先尊后卑；接着从"治国治身"的功用上认为"道与《六经》一也"；最后，他坚持孔子尝问礼于老子的说法，以之证明司马迁关于黄、老先于《六经》的认识是正确的。⑤ 在此，且不论罗处约的论证是否站得住脚，单就其用意来看，显然是为无为而治的推行作张本。更为重要的是，该论

---

① 曾枣庄、刘琳主编：《全宋文》第6册，上海辞书出版社、安徽教育出版社2006年版，第361页。
② 参见曾枣庄、刘琳主编《全宋文》第8册，上海辞书出版社、安徽教育出版社2006年版，第38页。
③ 李昉：《大宋故静难军节度行军司马检校工部尚书东海徐公墓志铭》，见曾枣庄、刘琳主编《全宋文》第3册，上海辞书出版社、安徽教育出版社2006年版，第176页。
④ 江少虞：《宋朝事实类苑》卷二，上海古籍出版社1981年版，第12页。
⑤ 参见曾枣庄、刘琳主编《全宋文》第8册，上海辞书出版社、安徽教育出版社2006年版，第306页。

处处比附六经，透露出儒道融合、并为时用的消息。《宋史》曾全录该文，并云"人多重之"①，可见其时代价值，而在后来宋真宗的论体文中，我们也依然可以发现这种意见的回响。

在此期主张三教融合的论体文中，要数佛教徒智圆的作品最为突出。他在《中庸子传下》中透露了作论用心："撰《福善祸淫论》……以矫时俗。"② 此外，智圆又有《善恶有会论》《周公挞伯禽论》《生死无好恶论》等，以释者的独特思辨讨论儒家思想、人物，内容皆关乎儒家的仁义道德。这种"错位"自然源自他的三教融合的思想，在《病夫传》中，他说："或议一事，著一文，必宗于道，本于仁，惩乎恶，劝乎善。尝谓三教之大，其不可遗也。行五常，正三纲，得人伦之大体，儒有焉；绝圣弃智，守雌保弱，道有焉；自因克果，反妄归真，俾千变万态，复乎心性，释有焉。"③ 这段话较为完整地阐释了他的三教融合观，而这也构成了其文学创作的思想基础。

二、集官僚、文士、学者三位于一身的主体特征

此期论体文的作者既有皇帝、士人，也有释子，面貌并不相同。就中坚力量——士人的特征而言，则如王水照先生所说："宋代士人的身份有个与唐代不同的特点，即大都是集官僚、文士、学者三位于一身的复合型人才，其知识结构一般比唐人淹博，格局宏大。"④ 这种身份特征对此期论体文的创作动机、价值取向以至论证特点都有不同程度的影响。下面笔者通过着重分析一些政论文来予以揭示。

经五代乱后，宋初皇帝颇为重农，如行籍田礼，"志在劝农"⑤。在这种背景下，高锡作《劝农论》，认为："劝农者，古典也，国家岁以举之。然则劝之道不在劝乎时以耕、时以种、时以收获也，在于知其病而去之耳。夫农之病者，由乎隳于制度也。"然后，他历举制度隳颓导致农之利

---

① 脱脱等：《宋史》卷四四〇《罗处约传》，中华书局1977年版，第13033页。
② 曾枣庄、刘琳主编：《全宋文》第15册，上海辞书出版社、安徽教育出版社2006年版，第308页。
③ 曾枣庄、刘琳主编：《全宋文》第15册，上海辞书出版社、安徽教育出版社2006年版，第309页。
④ 王水照主编：《宋代文学通论》，河南大学出版社1997年版，第27页。
⑤ 李焘：《续资治通鉴长编》卷二九，中华书局2004年版，第646页。

寡、"病之深"的情况，进而将"若欲劝于农，先思去于病；若欲去于病，先思举于制"①作为真正的劝农之道。对于该论，明代陆深评曰："锡所论著，颇尽伤农、害农之故，然于国家劝农之法制，疏矣。"②尽管有不周、不尽之处，但该文不用骈语，于"伤农、害农之故"也能论述详尽，很好地体现了作者心系民瘼、以论进谏的用心。事实上，高锡曾任宋太祖朝监察御史，拜左拾遗、知制诰，加屯田员外郎，且"锡之策虑""咸有可观"③，政治个性表现得十分鲜明。不仅如此，高锡还长于古文，"五代以来，文体卑弱，（梁）周翰与高锡、柳开、范杲习尚淳古，齐名友善，当时有'高、梁、柳、范'之称"④。因此，《劝农论》之作不仅是高锡身为官员的职业行为，还是他宗法古文、"习尚淳古"的结果。

对于刑律，宋初皇帝颇为留心，如"太祖晚年，好读书，尝曰：'尧舜四凶之罪，止从投窜，何近代法网之密哉？'盖有意措刑矣"⑤，宋太宗亦是如此："上谓侍臣曰：'法律之书，甚资致理，人臣若不知法，举动是过，苟能读之，益人智识。比来法寺断案，多不识治体。'"⑥他还曾以"何以措刑论"为题对光禄丞尹少连加以考校⑦，屡屡流露出对"措刑"之治的向往。当时名臣王禹偁有《用刑论》，"知制诰兼判大理寺事时撰，约在淳化元、二年间"⑧。该文以若干古今定罪不同之例说明今法不用"圣人之法"之失，文末"欲望刑措，其可得乎"的反问则可视为对何以措刑问题的回答。之所以会有此作，既取决于他"自幼服儒教，味经术，常不喜法家流，少恩而深刻"的学术立场，又得益于他"以制诰舍人领廷尉，朝夕审阅，亦少详矣"⑨的刑狱实践。由此可见学者、官僚的身份

---

① 曾枣庄、刘琳主编：《全宋文》第3册，上海辞书出版社、安徽教育出版社2006年版，第45～46页。
② 陆深：《俨山外集》卷二八，见《文渊阁四库全书》第885册，台湾商务印书馆1986年版，第172页。
③ 脱脱等：《宋史》卷二六九《高锡传赞》，中华书局1977年版，第9251页。
④ 脱脱等：《宋史》卷四三九《梁周翰传》，中华书局1977年版，第13003页。
⑤ 江少虞：《宋朝事实类苑》卷一，上海古籍出版社1981年版，第11页。
⑥ 江少虞：《宋朝事实类苑》卷二，上海古籍出版社1981年版，第13页。
⑦ 参见江少虞《宋朝事实类苑》卷二，上海古籍出版社1981年版，第16页。
⑧ 徐规：《王禹偁事迹著作编年》，商务印书馆2003年版，第109页。
⑨ 曾枣庄、刘琳主编：《全宋文》第8册，上海辞书出版社、安徽教育出版社2006年版，第39页。

对此论的影响。

　　在一些解释灾异的论体文中，作者的身份特征体现得更为明显。如宝俨的《贞元泗州大水论》虽然承认水灾与"数""政"二者有关，但更强调"贞元壬申之水，非数之期，乃政之感也"，并历数唐德宗时的失政，以之为据，得出了"王者"应"修五政，崇五礼"①的结论，意在以史为鉴、告诫君王，具有强烈的现实意义。"（田）锡天付直性，非苟图名利者也，窃尝以儒术为己任，以古道为事业"②，熟于六经，直谏敢言。他本着"稽阴阳进退之数，得水旱灾沴之旨"③的精神作《水旱论》，表面上纯用《易经》所谓阴阳之数解释水旱灾异，但并未回避天人感应一说，故而使该论既具有学术上的客观意义，又能体现资政的现实意图。史载："端拱二年，京畿大旱，锡上章，有'调变倒置'语，忤宰相，罢为户部郎中，出知陈州。"④则《水旱论》可看作田锡此次论谏活动的理论基础。

　　如上所述，创作主体三位一体的复合型身份确实对他们的论体文产生了不小影响，不过这并不是说官僚、文人或学者的影响是均等的，而是有所差别的。如果我们不把三者做简单理解（如把"学者"限定为纯粹道学家）的话，则此期论体文所显露的主体特征更为深刻与有趣。如燕肃是北宋时期著名学者、科学家，"以创物之智闻于天下"⑤。他"在明州，为《海潮图》，著《海潮论》二篇"⑥，这是他为宦各地、十年精心考察与思考的结晶："大中祥符九年冬，（燕肃）奉诏按察岭外，尝经合浦郡。沿南溟而东，过海康，历陵水，涉恩平，住南海，迨由龙川，抵潮阳，泊出守会稽，移莅勾章。已上诸郡，俱沿海滨，朝夕观望潮汐之候者有日

---

　　① 曾枣庄、刘琳主编：《全宋文》第3册，上海辞书出版社、安徽教育出版社2006年版，第14页。
　　② 曾枣庄、刘琳主编：《全宋文》第5册，上海辞书出版社、安徽教育出版社2006年版，第220页。
　　③ 曾枣庄、刘琳主编：《全宋文》第5册，上海辞书出版社、安徽教育出版社2006年版，第276页。
　　④ 脱脱等：《宋史》卷二九三《田锡传》，中华书局1977年版，第9790页。
　　⑤ 曾枣庄、刘琳主编：《全宋文》第91册，上海辞书出版社、安徽教育出版社2006年版，第274页。
　　⑥ 脱脱等：《宋史》卷二九八《燕肃传》，中华书局1977年版，第9910页。

矣。得以求之刻漏，究之消息，十年用心，颇有准的。"① 在该论中，燕肃对钱塘潮做了较为科学的论述，英国李约瑟先生就指出了该论同现代科学的暗合之处："当时显然已经注意到天体的'影响'。这些话究竟同用'万有引力'这类术语表达的说法接近到什么程度，要看我们怎样对所用名词加以解释。"② 因此，对此论的理解应与作者作为科学家的学者身份联系起来。

三位一体的作者身份对论证特点也有影响。以徐铉来说，《宋史》称徐"铉精小学，好李斯小篆，臻其妙，隶书亦工。尝受诏与句中正、葛湍、王惟恭等同校《说文》"③，其"所校许慎《说文》，至今为六书矩矱"④，可见在小学方面，徐铉有很高的造诣，而这也被用于其论体文的论证中。在《伊尹论》中，徐铉致力于为"伊尹放太甲"之举做辩护，方式之一便是别出心裁地对"放"字加以新解，"古之言质，故与放逐同文，亦犹君臣交相称朕，下告上亦为诏也"，故"伊尹放太甲"并"非谓绝其大位、幽于别宫也"⑤。应该说，这种引小学以论证的方式确实有其合理性。

此外，文人尤其古文家身份对论体文语言风格的影响也是很大的，且留待下文讨论。

三、体制、风格及语言上的特征

（一）主于求理（儒家之理），以资于治的体制要求

论是古人表达己见的重要文体，具有"弥纶群言，而研精一理"⑥ 的特点，也就是广泛收集众人意见加以辨证、分析，进而提出己见。不过时代不同，理的内涵也不同，如果说魏晋论体文更多地追求玄理的话，那么北宋前期论体文则特别强调儒家之理，并且带有强烈的资治意味。在这点

---

① 姚宽：《西溪丛语》卷上，中华书局1993年版，第24页。
② 李约瑟：《中国科学技术史》第四卷，科学出版社1975年版，第780页。
③ 脱脱等：《宋史》卷四四一《徐铉传》，中书书局1977年版，第13046页。
④ 永瑢等：《四库全书总目》卷一五二《骑省集提要》，中华书局1965年版，第1305页。
⑤ 曾枣庄、刘琳主编：《全宋文》第2册，上海辞书出版社、安徽教育出版社2006年版，第206页。
⑥ 刘勰著，范文澜注：《文心雕龙注》，人民文学出版社1958年版，第327页。

上,当时人们尤其持儒家立场者已经有了明确认识,孙何《评唐贤论议》云:

> 夫治世之具,莫先乎文;文之要,莫先乎理。文必理而方工者,惟论议为最。然繇斯而谈,则驾说立言者,不得不以为己任也。唐虞已往,治道尚简;三代之际,见于六经,此不书也。两汉间鸿儒间出,犹为黄老、刑名、权霸所杂。魏晋已降,文体卑贱,固不足论。若乃羽姬翼孔,卓尔大得,根仁柢义,动为世法者,独唐贤为最。所著论议,杰然尤异者,若牛相僧孺《从道善恶无余》,皇甫湜《纪传编年》《夷惠清和》,独孤常州及《吴季札》,权文公德舆《两汉辨士》等论,高仆射郢《鲁用天子礼乐》,韩吏部愈《范蠡与大夫种书》,吕衡州温《功臣恕死》,白宫傅居易《晋恭世子》等议,或意出千古,或理镇群疑,或重定褒贬之误,或再正名教之失。无之足以惑后人,有之足以张吾道云云。①

孙何认为,就求理而言,论、议二体在作为"治世之具"的文中是最为突出的,作者必须"以为己任"。首先,要做到"羽姬翼孔","根仁柢义",合乎儒家思想,不为"黄老、刑名、权霸所杂",这是对理在内容上的规定;其次,要能"意出千古",成一家之言,发别人所未发,或"理镇群疑",独辟蹊径,到别人所未到,这是对理在特性上的要求;再次,所谓"重定褒贬之误","再正名教之失",强调的是儒家原则在具体评判上的应用,可以看作理在内容与形式上的统一;最后,所言之理应能"动为世法",启迪后人,"以张吾道",以资于用,显然是对理在功能上的要求。孙何不仅用这一观点评论唐人论议之作,也将之带进了自身论体文的创作中,王禹偁在《送孙何序》中曾予以肯定:"会有以生(指孙何)之编集惠余者,凡数十篇,皆师戴六经,排斥百氏,落落然真韩、柳之徒也。……《徐偃王论》,明君之分,窒僭之萌,足使乱臣贼子闻而

---

① 曾枣庄、刘琳主编:《全宋文》第9册,上海辞书出版社、安徽教育出版社2006年版,第206页。

知惧。"① 所持标准不出儒家范围。此外，同时其他人也有类似看法，如柳开在《昌黎集后序》中盛赞韩愈文章"淳然一归于夫子之旨"，"皆用于世者也"②，释智圆在《病夫传》中也说："或议一事，著一文，必宗于道，本于仁，惩乎恶，劝乎善。"（前文已引）虽然都是就文学整体而言的，并不专指论体文，但从他们所作的论体文来看，无不贯彻了这一文学主张。可以说追求儒家之理、以资于用已经成为当时论体文的一个普遍特征，反映了时人对论体文的体制特点有了某种共同要求。

（二）义尽语简与致密奥博的不同风格

这一时期具有独特论体文风格的作家以王禹偁与夏竦最为典型，前者崇尚义尽语简，后者显见致密奥博。

先论王禹偁。

他对于论体文的创作有明确要求，其《答黄宗旦书》云："观生之文，辞理雅正，读之忘倦……又《颜子好学论》，援经而证事，义尽而语简，使薛邕生而自为之，未必至是。"③ 在此，王禹偁以"援经而证事，义尽而语简"肯定了黄氏之论，也透露了他对论作内容及表达上的要求，即强调引证六经，穷尽理义，并做到辞约语简，不务藻饰。这一主张同他对文学的整体认识是一致的，其《答张扶书》云："夫文，传道而明心也……姑能远师六经，近师吏部，使句之易道，义之易晓，又辅之以学，助之以气，吾将见子以文显于时也。"④ 文以传道而明心，强调文道合一、文行合一，是对文的内涵要求；至于"句之易道，义之易晓，又辅之以学，助之以气"则是对表达方式与创作风格的要求。王禹偁的文学创作实践了这一主张，如苏颂《小畜外集序》所云："文章末流，由唐季涉五代，气格摧弱，沦于鄙俚。国初屡有作者，留意变风，而习尚难移，未能

---

① 曾枣庄、刘琳主编：《全宋文》第7册，上海辞书出版社、安徽教育出版社2006年版，第424页。

② 曾枣庄、刘琳主编：《全宋文》第6册，上海辞书出版社、安徽教育出版社2006年版，第355～356页。

③ 曾枣庄、刘琳主编：《全宋文》第7册，上海辞书出版社、安徽教育出版社2006年版，第390页。

④ 曾枣庄、刘琳主编：《全宋文》第7册，上海辞书出版社、安徽教育出版社2006年版，第395～396页。

复雅。至公特起,力振斯文,根源于六经,枝派于百氏,斥浮伪,去陈言,作而述之,一变于道。"① 单就王禹偁的论体文而言,多数篇幅短小,章法简洁,不枝不蔓,"援经"也务求清晰明白,不事烦琐,文字上则力"去陈言",纯用浅近之语,无高深之态、艰奥之弊,故能直揭六经本义,阐明臧否之由,有一气呵成之感。

再论夏竦。

《宋史》载:"《夏竦集》一百卷,又《策论》十三卷。"② 今《全宋文》从夏竦《文庄集》卷二十中辑论10篇,又从《永乐大典》《国朝二百家名贤文粹》中辑得《光武二十八将功业先后论》《主父偃论》2篇,此2篇当为《策论》佚文。综观这些论作,与科举考试关系很大,呈现出致密奥博的风格。夏竦幼习文,有时名,曾于景德四年(1007年)试制科,"(真宗)御崇政殿,试贤良方正陈绛、史良、夏竦。先是,上谓宰臣曰:'六经之旨,圣人用心。今策问宜用经义参之时务。'因命两制各上策问,择而用之。绛、竦所对入第四次等"③。根据制科规定,御试之前,须有进卷,祝尚书先生考证云:"真宗景德间应诏者已有上策论十卷、有司考校之例。"④ 以此推之,夏竦的多数论体文当属于进论。对于策论,夏竦有明确主张,他在《崇政殿御试贤良方正能直言极谏科制策》中云:"试以策论,考其康济,非经意不得以对,非常道不得以言。"⑤ 这里所说的对策论的要求当根源于宋真宗"宜用经义参之时务"的宣谕,当然也同他对文学的整体认识相一致,其《与柳宜论文书》云:"文体沿革,各存大略。记言载事必简而不诬,修辞措意必典而无杂。沿诸子则削杨墨之迹,谈正经则贬纬候之说……论议则酌中庸以折理,序传则约史策而记述。……当标义以为辙,设道以为辔,使忠信趋于其前,规戒揭于其后,然则可以谓之文矣。"⑥ 与王禹偁的文论相比,夏竦也同样强调载道,

---

① 曾枣庄、刘琳主编:《全宋文》第61册,上海辞书出版社、安徽教育出版社2006年版,第348页。
② 脱脱等:《宋史》卷二〇八《艺文志》,中华书局1977年版,第5361页。
③ 佚名著,李之亮校点:《宋史全文》卷五,黑龙江人民出版社2005年版,第213页。
④ 祝尚书:《宋代科举与文学》,中华书局2008年版,第74页。
⑤ 曾枣庄、刘琳主编:《全宋文》第17册,上海辞书出版社、安徽教育出版社2006年版,第37页。
⑥ 曾枣庄、刘琳主编:《全宋文》第17册,上海辞书出版社、安徽教育出版社2006年版,第140~141页。

在这一点上，二人并无差别，但何以夏竦之论走向了致密奥博呢？原因在于：制科之设，既要求应试者具有广博的知识，能够旁征博引，又要合乎考试规范，严守章法步骤，不能肆意发挥，故有谨严、密实之态。宋敏求在《文庄集序》中曾评论夏竦之文云："公尝论文以气骨为主，诋时辈所作如绣屏焉。于书无所弗通，以至阴阳律历，隶古之学，莫不兼总。以为天下之乐，无如黄卷中也。属思深湛，构词致密，泚翰就简，窜涂不已，归于至当乃可。"① 四库馆臣也说："竦学赅洽，百家及二氏之书，皆能通贯。故其文征引奥博。"② "构词致密""征引奥博"确实道出了夏竦文的特点，其论体文也概莫能外。

（三）间用偶俪，但以散语为主的语言

此期论体文的语言间用偶俪，不过多出现在试论中，如王禹偁的《省试四科取士何先论》开篇："昔仲尼以周道下衰，儒风不竞，痛九畴之攸斁，疾四维之不张。位屈陪臣，制作之功曷著？地无尺土，帝皇之业何施？"③ 而他的其他论作则以散语为主。此外，如开创"宋朝变偶俪为古文"④ 之风的柳开，"古文亦扫除排偶，有李翱、皇甫湜、孙樵之遗，非五季诸家所可及"⑤ 的赵湘等人的论体文也以散语为主，可以视为这一时期古文家有意变作的结果。因极易检视，兹不一一列举。

---

① 曾枣庄、刘琳主编：《全宋文》第51册，上海辞书出版社、安徽教育出版社2006年版，第287页。
② 永瑢等：《四库全书总目》卷一五二《文庄集提要》，中华书局1965年版，第1309页。
③ 曾枣庄、刘琳主编：《全宋文》第8册，上海辞书出版社、安徽教育出版社2006年版，第52页。
④ 永瑢等：《四库全书总目》卷一五二《河东集提要》，中华书局1965年版，第1305页。
⑤ 永瑢等：《四库全书总目》卷一五二《南阳集提要》，中华书局1965年版，第1307页。

第十三章 宋代论体文个案论

——君臣关系视阈下的宋初三家

本章所说的宋初主要指太祖、太宗与真宗三朝。在此期间，论体文的创作以徐铉、田锡、王禹偁三家最为重要。其中，徐铉由南唐入宋，其论体文虽有部分作于南唐时期，但其中关于君臣关系的讨论却暗合了宋代政治的诸多问题，其意义不容忽视；而田锡、王禹偁二人皆为当时名臣，所作论体文受到了各自政治或学术个性的影响，可借助君臣关系的视阈加以审视，从而发掘出它们的不同特点与价值。

一、徐铉的论体文关于君臣关系的讨论及意义

徐铉（917—992年），字鼎臣，广陵（今江苏扬州）人。事吴为校书郎，事南唐至吏部尚书。开宝八年（975年）末，随李煜降宋，官至散骑常侍，有《骑省集》30卷，一名《徐公文集》。《全宋文》辑其论6篇，李文泽认为它们可能与《质论》有一定关系："《徐公行状》记载徐铉'著《质论》十四篇，极行（笔者按，"行"乃"刑"之误）政之要，尽君臣之际，并传于世'。原书已佚，今文集卷二四有《晁错论》《伊尹论》《出处论》，《皇朝文鉴》卷九三有《君臣论》《持权论》《师臣论》，可能即《质论》中文。"① 此处所言前三论当与《质论》无涉，《四库全书总目》卷一五二《骑省集提要》云："晁公武《读书志》、陈振孙《书录解题》并载铉集三十卷，与今本同。陈氏称其前二十卷仕南唐时作，后十卷皆归宋后作。今勘集中所载年月事迹，亦皆相符。盖犹旧本也。"② 可知前三论作于徐铉入宋之后，而根据唐圭璋先生的考辨，《质论》乃徐

---

① 李文泽：《徐铉行年事迹考》，载《宋代文化研究》第3辑，四川大学出版社1993年版，第111页。

② 永瑢等：《四库全书总目》卷一五二，中华书局1965年版，第1305页。

铉在南唐时所作①，故它们在创作时间上并不相合。至于李文所作后三论"可能即《质论》中文"的推论，则有一定道理，因为这三论未见收于徐铉集中，当是以独立形式流传的，且在内容上与《质论》相一致，皆以"极刑政之要，尽君臣之际"为旨归。晚唐五代，干戈四起，朝代更迭频繁，君臣皆有朝不保夕之虞，而偏安一隅的南唐，由于统治者崇儒右文的政策影响，遂成为儒士文臣的乐土。其中，徐铉受到了后主李煜的推重，陈彭年《江南别录》载："后主酷好著述，《杂说》百篇行于代，时人以为可继《典论》。……《新说》，又铉为序。铉著《质论》十余篇，后主宸笔冠篇，儒者荣之。"②可见《质论》是在良好的君臣关系下撰成的，故其在论君臣关系时体现出了较为浓重的理想色彩。

在《君臣论》中，徐铉首先揭示了君臣关系的理想状态："君人者，推赤心以接下者也；臣人者，推赤心以事上者也。上下交感，政是以和。"这强调了赤心交感在维持君臣良好关系并进而实现政和中的重要作用。所谓"赤心"，在徐铉看来，即守公弃私之心，这是君臣彼此相处的准则。对于君主来说，他们在对待臣子时要做到"屈己以下士，推诚以接物"，使之尽可能为我所用，从而避免"君之失士，或丧既安之业，或败垂成之功"局面的出现。如能这样做，就是"治世之主至公之义"。同时，要防止"自私与自胜"，因为这样会使小人得势，君子失位，造成世衰甚至国亡。③ 在《持权论》中，徐铉同样强调了君主守公弃私的必要性。在他看来，权是君主为尊的条件，而"权者非他也，赏罚而已矣"。故而他要求君主要赏罚至公，以进善退恶，同时避免使人"怀己"或"畏己"而"自为""自执"赏罚，因为这是"乱之本也"，所以他主张的是"诚令人君用法公共，接下均一，善善而能用之，恶恶而能去之，不以己之私，妨天下之义"④。

对于臣子事上而言，也应做到守公弃私。他在《晁错论》中反驳唐

---

① 参见唐圭璋《南唐艺文志》，载《中华文史论丛》1979 年第 3 期。
② 陈彭年：《江南别录》，见《文渊阁四库全书》第 464 册，台湾商务印书馆 1986 年版，第 129 页。
③ 参见曾枣庄、刘琳主编《全宋文》第 2 册，上海辞书出版社、安徽教育出版社 2006 年版，第 209~210 页。
④ 参见曾枣庄、刘琳主编《全宋文》第 2 册，上海辞书出版社、安徽教育出版社 2006 年版，第 210~212 页。

代李观"晁错尽忠于汉,而袁盎以私仇陷之"的看法,认为晁错与袁盎"皆欲功名在我,莫肯急病让夷","忘公家而务私怨"①,实在有违赤心事上之说。而在《伊尹论》中,他本着"古之有天下者,一身处其忧责,亿兆蒙其富寿"的认识,力辩"伊尹放太甲"并非有违臣节,而是"至公"之举,甚至倡言:"如令太甲遂失德,天下归伊尹,伊尹复何辞哉?"②将"至公"视为处理君臣关系的最高准则,可谓大胆之极。

以上是对徐铉的君臣关系论所做的简要勾勒。实际上,这些看法在很多方面都与宋代政治的发展不谋而合,因此有特别意义。试论于下。

第一,李昉《大宋故静难军节度行军司马检校工部尚书东海徐公墓志铭》谓徐铉"又拟徐干《中论》作《质论》数十篇"③,可知徐铉撰著《质论》是有意追摹徐干《中论》的,而后者"书凡二十篇,大都阐发义理,原本经训,而归之于圣贤之道"④,与之相仿,徐铉《质论》的精神指向也是在儒家道义范围内的。今观其论体文在论君臣关系时所引多是《易》《诗经》《尚书》中语,虽也间引《老子》,如"为者败之,执者失之","功成而不居。夫唯不居,是以不去"等,但多是为了说明私心的危害,本质上也是通于儒家修身立德的主张的。从渊源上来看,徐铉继承了传统儒家以仁、礼、忠信等道德元素构成的君臣道义论,这尽管在"礼崩乐坏"的五代十国时期显得有些不合时宜,但却为后来宋人重建儒家君臣秩序提供了一把道德标尺,如欧阳修就以"无廉耻者"抨击历事八姓十帝的冯道⑤,意在矫正臣道,回归儒家的君臣伦理。

第二,在封建社会中,君主一般享有绝对权力,而徐铉的君臣关系论则在以道德约束君主的同时,特别推重士臣的作用。他在《出处论》中谈到了士有别于农、工、商的价值:"为之君师而司牧之,教其不知,恤

---

① 曾枣庄、刘琳主编:《全宋文》第 2 册,上海辞书出版社、安徽教育出版社 2006 年版,第 205 页。
② 曾枣庄、刘琳主编:《全宋文》第 2 册,上海辞书出版社、安徽教育出版社 2006 年版,第 206 页。
③ 曾枣庄、刘琳主编:《全宋文》第 3 册,上海辞书出版社、安徽教育出版社 2006 年版,第 176 页。
④ 永瑢等:《四库全书总目》卷九一,中华书局 1965 年版,第 773 页。
⑤ 参见欧阳修《新五代史》,中华书局 1974 年版,第 611 页。

其不足，安其情性，遂其生成，为之立上下之节，正长幼之序，阙一则乱。"① 在《师臣论》中更直言："君之有臣也，所以教其不知，匡其不逮，扶危持颠，献可替否，其任大矣。故君失之，臣得之，臣失之，君得之，上下相维，乃无败事，非徒承其使令，供其喜怒而已。"② 这明确了士臣在襄君理政方面的重要作用，点出了君臣间相辅相成的道理。这种思想与宋代皇帝所奉行的"与士大夫治天下"③ 的政治理念有不谋而合之处，对维护士臣的政治地位，防止君主独断专权有一定借鉴意义。关于这一点，王应麟《困学纪闻》卷一五载：

  孝皇独运万几，颇以近习察大臣。《中庸或问》"敬大臣"之说，《大事记》"大臣从臣"之说，皆以寓箴讽之意。《文鉴》所取，如徐鼎臣《君臣论》、文潞公《晁错论》、苏明允《任相论》、秦少游《石庆论》之类，皆谏书也。④

  面对宋孝宗独断专权，信用宦官而疏远儒臣的做法，吕祖谦选取前人的论体文作为"谏书"，意在"箴讽"，就是看到了徐铉的《君臣论》等在维护君臣关系平衡上的积极意义。

  第三，徐铉的论体文还涉及朋党及君子、小人之辩的问题，并将其作为君主弃公务私的后果来看待。他在《持权论》中认为人君"偏听""偏好"会造成朋党出现，导致"强臣专政，王命不行"⑤，而在《君臣论》中，他以道德分别君子与小人，认为"君子之事上也，近之不敢佞，远之不敢怨，受命无二虑，临难无苟免。小人之事上也，远之则憾，近之则比，受命则顾望，临难则幸生"，而衰世之君往往会"疏公卿而亲近习，

---

  ① 曾枣庄、刘琳主编：《全宋文》第 2 册，上海辞书出版社、安徽教育出版社 2006 年版，第 207 页。
  ② 曾枣庄、刘琳主编：《全宋文》第 2 册，上海辞书出版社、安徽教育出版社 2006 年版，第 212 页。
  ③ 李焘：《续资治通鉴长编》卷二二一，中华书局 2004 年版，第 5370 页。
  ④ 王应麟：《困学纪闻》卷一五，上海古籍出版社 2008 年版，第 1699～1700 页。
  ⑤ 曾枣庄、刘琳主编：《全宋文》第 2 册，上海辞书出版社、安徽教育出版社 2006 年版，第 211 页。

惮君子而狎佞人"①，造成危难。这些看法既是徐铉观照史实的结果，也可以说是当时政治的反映，马令《南唐书》卷二〇《党与传序》云："南唐之士，亦各有党，智者观之，君子小人见矣。或曰：宋齐邱、陈觉、李征古、冯延巳、延鲁、魏岑、查文徽为一党，孙晟、常梦锡、萧俨、韩熙载、江文蔚、钟谟、李德明为一党。"②而徐铉曾深受党争之害，其泰州、舒州之贬皆与宋党迫害有关③，可见徐铉的这些意见充斥着现实党争的影子，有其政治针对性。之后，随着宋代党争的展开与加剧，朋党问题受到人们的强烈关注，王禹偁、欧阳修、司马光、苏轼、秦观等人都作有《朋党论》，直面现实党争，严君子、小人之辩，使论体文的实用品格进一步凸显。就此而言，或许徐铉并未对他们产生直接影响，但毕竟开了宋人讨论这一问题的先河，有一定的导夫先路的意义。

二、好文、重谏政策影响下的科考、论谏活动与田锡的论体文

田锡（940—1003 年），字表圣，嘉州洪雅（今四川洪雅）人。由后蜀入宋，中太平兴国三年（978 年）进士，历官至知制诰、右谏议大夫，今存《咸平集》30 卷。田锡有论 14 篇，追索其创作动机，一是出于科举应试之需，二是与论谏活动有关，二者皆决定于当时田锡所处的君臣关系。

宋太祖建立宋朝以后，沿用科举取士，不过所取数额有限，及宋太宗即位，始大幅增加取士名额，如进士科，叶梦得《石林燕语》卷五云：

> 国初取进士，循唐故事，每岁多不过三十人。太宗初即位，天下已定，有意于修文，尝语宰相薛文惠公治道长久之术，因曰："莫若参用文武之士。吾欲科场中广求俊彦，但十得一二，亦可以致治。"居正曰："善。"是岁御试题，以"训练将"为赋，"主圣臣贤"为诗，盖示以参用之意。特取一百九人，自唐以来未之有也。遂得吕文

---

① 曾枣庄、刘琳主编：《全宋文》第 2 册，上海辞书出版社、安徽教育出版社 2006 年版，第 210 页。

② 马令：《南唐书》卷二〇《党与传序》，见《文渊阁四库全书》第 464 册，台湾商务印书馆 1986 年版，第 338 页。

③ 金传道：《徐铉三次贬官考》，载《重庆邮电大学学报》2007 年第 3 期。

穆公为状头，李参政至第二人，张仆射齐贤、王参政化基等数人，皆在其间。自是连放五榜，通取八百余一人，一时名臣，悉自此出矣。①

此举影响甚巨，最为直接的影响是激发了当时士子通过科考求取功名、致君为用的进取心态。在宋太宗即位之前，田锡的心路历程一如其在《贻青城小著书》中所说："锡，蜀人也。当小国时，尝以艺文干于时，时不我知，委顿废弃。锡自谓鹏跃北溟，固为枪榆者所非，谁复能效儿女子戚戚愤闷，思苟于身计耶？洎吾皇平定中区，蜀为内地，锡滞若匏系，介在一隅，约《国风》以伸辞，玩大《易》以知命，栖息环堵，服膺大道。"② 身在后蜀，不为时知，而到了宋太祖乾德三年（965 年）后蜀归宋之后的一段时期内，田锡依然未能为时所用，故只能潜心读书，以待时机。随着宋太宗对科举取士数额的增加，这种隐忍多时的进取之心才被重新激发出来，田锡曾在《答胡旦书》中坦言："帝王好文，士君子以名节文藻相乐于升平之世，斯实天地会通之运也。自数百载罕遇盛事，今锡与君偶斯时焉。自吕状元蒙正得第之后，有御制诗以赐之，闻两制中得与上倡和。……况吾子负倜傥之气，怀磊落之才，将来振海内之名，鼓天下之动，广视阔步于场屋，飞声走响于公卿，高掇荣名，若坐会稽，临沧海，投牵十二而钓取巨鳌也，孰不伟之！"③ 这是田锡在回复胡旦约请他及何士宗共为夏课以备科举时所谈到的情况，其中对胡旦科举前程的描绘，也可看作对自身的期许。他在《答何士宗书》中也说："余欲以六经为寰区，以史籍为藩翰，聚诸子为职方之贡，疏众集为云梦之游。然后左属忠信之櫜鞬，右执文章之鞭弭，以与韩、柳、元、白相周旋于中原。"④ 这种豪情与抱负正是宋太宗"好文"政策对士人心态产生积极影响的直接反映。

---

① 叶梦得：《石林燕语》卷五，中华书局 1984 年版，第 71～72 页。
② 曾枣庄、刘琳主编：《全宋文》第 5 册，上海辞书出版社、安徽教育出版社 2006 年版，第 231 页。
③ 曾枣庄、刘琳主编：《全宋文》第 5 册，上海辞书出版社、安徽教育出版社 2006 年版，第 226 页。
④ 曾枣庄、刘琳主编：《全宋文》第 5 册，上海辞书出版社、安徽教育出版社 2006 年版，第 228 页。

太平兴国三年（978年），田锡进士第二名及第。是时，初登大宝的宋太宗正有志于攻灭北汉，收复幽燕，田锡的试论颇有为此张本之内容。如在《开封府试守在四夷论》中，他对"守在四夷"做出别解："虽以道德羁縻以服其心，然以威武震耀以制其力。"①在承认以德服远的传统做法下，更强调以兵战威制四夷的一面，这显然有其时势背景在。而在《御试登讲武台观兵习战论》中，他更重申了兵战的重要性，颂扬了宋太宗"睿谋神武，以兵战之机以时习焉"②所造成的威服效果。

当然，上述试论尚带有不少书生意气，但毕竟肇始了田锡关怀时事、致君为用的政治热情。随着步入仕途，历练增多，田锡的政治个性也逐步凸显出来，那就是强烈的好直敢谏精神。江少虞《宋朝事实类苑》卷一七引范镇《蒙求》云：

田锡，字表圣，嘉州人。太宗时，上言军国要机者一，朝廷大体者四。太宗尝言，锡有文行，敢言。真宗即位，屡召对言事，尝请抄略御览三百六十卷，日览一卷。又采经史要言，为御屏风十卷，以便观览。及卒，真宗谓刘沆曰："田锡直臣也，何天夺之速？朝廷每有小缺失，方在思虑，锡之章奏已至矣。"③

《宋史》卷二九三《田锡传》云：

锡耿介寡合，未尝趋权贵之门，居公庭，危坐终日，无懈容。慕魏征、李绛之为人，以尽规献替为己任。尝曰："吾立朝以来，章疏五十有二，皆谏臣任职之常言。苟获从，幸也，岂可藏副示后，谤时卖直邪？"悉命焚之。④

范仲淹《赠兵部尚书田公墓志铭》亦云：

---

① 曾枣庄、刘琳主编：《全宋文》第5册，上海辞书出版社、安徽教育出版社2006年版，第257～258页。
② 曾枣庄、刘琳主编：《全宋文》第5册，上海辞书出版社、安徽教育出版社2006年版，第259页。
③ 江少虞：《宋朝事实类苑》卷一七，上海古籍出版社1981年版，第203～204页。
④ 脱脱等：《宋史》卷二九三《田锡传》，中华书局1977年版，第9792页。

公奉事两朝，由遗补历御史，至谏议大夫，前后章疏凡五十有二。尝谓诸子曰："吾每言国家事，天子听纳，则人臣之幸；不然，祸且至矣，亦吾之分也。"①

从第一则材料来看，田锡的论谏活动得到了两朝皇帝的采纳与褒奖，这是他敢于任责言事的现实动力；第二则材料则透露了田锡"以尽规献替为己任"的性格因素与取法对象；在第三则材料中，田锡对其子所说的话表明他对直言进谏的后果有着清醒的认识。在《直论》中，他曾对此作过探讨，认为"直于言辞"会招致祸难，故应避免"骤谏""抗言"而应做到"婉辞顺言"的"直"，最后他总结道："是知一言之发，尤难于为道为义之直也。较而论之，莫若直以守道于内，智以济直乎外，无俾祸及，反害正直之心焉。"②应该说，这种认识是较为通达的，对取得良好的谏言效果有不小帮助，因此不妨将此看作田锡论谏活动的理论基础及具体方式。

事实上，田锡的论体文与他的论谏活动多有关系。宋初，包括宋太宗在内的一些人主张恢复井田之制，以解决赋税不均及土地兼并的问题，如《宋史》卷二五六《赵安易传》载，"初，太宗尝问农政，安易请复井田之制"③。又如《东都事略》卷一一二《陈靖传》载，"太宗曰：'秦灭井田，经界废而兼并之民起，至今使贫富不均而天下困，朕欲复古而未能也。前言此利害者众矣，惟（陈）靖所言与朕意合。'下其议"④，等等，宋太宗的态度不难体察。在这一问题上，田锡并未随声附和，而是站到了皇帝的对立面。他在《复井田论》中旗帜鲜明地说"今之论者尚思追复，而事有不可得而复也"，并从古今兵制不同与井田不能避免兼并及平衡赋税两方面加以说明，最后给出了解决当下土地问题的可行方法："但复常

---

① 曾枣庄、刘琳主编：《全宋文》第19册，上海辞书出版社、安徽教育出版社2006年版，第37～38页。
② 曾枣庄、刘琳主编：《全宋文》第5册，上海辞书出版社、安徽教育出版社2006年版，第272页。
③ 脱脱等：《宋史》卷二五六《赵安易传》，中华书局1977年版，第8942页。
④ 王称：《东都事略》卷一一二《陈靖传》，见《文渊阁四库全书》第382册，台湾商务印书馆1986年版，第729页。

平之仓，修土断之法，三岁一阅户籍之数，然后大兴水利，博开藉田。"①显然这篇论体文有其论谏意义在。

在封建社会中，天人感应是维护君权神授的重要学说，但同时也会对君权起到一定限制作用，如很多论谏活动往往藉自然灾异乃示警君主的由头而发起。在《天机论》中，田锡对道、天、机、君、民之间的关系做了全面论述，在他看来，天为道心，机为天用，而"天生蒸民，树之君以司牧之"，天对君的褒奖或警示则通过赏机（自然谐和）或罚机（自然灾异）体现出来，故他说："天降其祜，天之赏机也。发其机，赏其君，俾人君无忘于德也。降其咎，天之罚机也。发其机，中其君，俾人君无纵其欲也。"反过来，通过对"机"的体认与应对，人君也能改进政事、顺天而动。② 凭借这种认识，田锡的许多论谏活动都是由灾异现象发起的，其集中奏疏《上太宗应诏论火灾》等就说明了这一点。此外，《宋史·田锡传》载，"端拱二年，京畿大旱，锡上章，有'调变倒置'语，忤宰相，罢为户部郎中，出知陈州"③，则此次论谏也不例外。

田锡以谏官自期，除颇具好直敢言的精神外，还有强烈的居安思危、防微杜渐的忧患意识。苏轼在《田表圣奏议叙》中曾对此大加颂扬："自太平兴国以来，至于咸平，可谓天下大治，千载一时矣。而田公之言，常若有不测之忧近在朝夕者，何哉？古之君子，必忧治世而危明主。明主有绝人之资，而治世无可畏之防。夫有绝人之资，必轻其臣；无可畏之防，必易其民。此君子所甚惧也。"④ 可见正是君臣间的这种关系强化了田锡的忧患意识，并在他的论体文中得到了充分体现，如在《晁错论》中，田锡本着"安危理乱之形，必起于渐"的思想，"备得七国叛涣之本末"，从而得出"晁错之谋，适促诸侯之弄兵也"，并非完美的"图虑安危之计"⑤。

---

① 曾枣庄、刘琳主编：《全宋文》第5册，上海辞书出版社、安徽教育出版社2006年版，第266页。
② 参见曾枣庄、刘琳主编《全宋文》第5册，上海辞书出版社、安徽教育出版社2006年版，第263～265页。
③ 脱脱等：《宋史》卷二九三《田锡传》，中华书局1977年版，第9790页。
④ 曾枣庄、刘琳主编：《全宋文》第89册，上海辞书出版社、安徽教育出版社2006年版，第182页。
⑤ 曾枣庄、刘琳主编：《全宋文》第5册，上海辞书出版社、安徽教育出版社2006年版，第273～274页。

此外，田锡尚有不少政论，如《政教何先论》《知人安民孰难论》等，多是关于政治教化的。《宋史·田锡传》载："咸平三年，诏近臣举贤良方正，翰林学士承旨宋白以锡应诏。"① 那么上述作品极有可能是田锡为应此制科所作的进论，因史无明文，故难作深究。不过可以肯定的是，田锡的论体文与科考、论谏活动有着密切关系，而又间接决定于当时的君臣关系。着眼于此，方能发掘出其意义。

三、王禹偁的史观与其论体文关于君臣关系的讨论

王禹偁（954—1001 年），字元之，济州巨野（今山东巨野）人，官至翰林学士，有《小畜集》《五代史阙文》等。王禹偁有论 14 篇，其中《霍光论》《既往不咎论》《死丧速朽论》《朋党论》《霍王元轨传论》《李君羡传论》《郑善果非正人论》《先君后臣论》《杨震论》等"史论九篇，禹偁在直史馆时作，至迟不晚于淳化二年"②。这些作品受到了王禹偁的史观影响，在对君臣关系的论述上尤能体现这一点。

历史上，王禹偁能文敢谏，可谓宋代张扬儒道的先驱人物，《宋史·王禹偁传》云："禹偁词学敏赡，遇事敢言，喜臧否人物，以直躬行道为己任。"③ 不仅如此，王禹偁还具有强烈的史官意识，如《谪居感事》云"史才愧班固"④，《对雪》云"褒贬无一词，岂得为良史"⑤等，虽作自嘲之语，却反映出他以班固等良史自期的心理。在《五代史阙文》的自序中，王禹偁更道出了他的作史用心及具体方法：

> 臣读《五代史》总三百六十卷，记五十三年行事，其书固亦多矣。然自梁至周君臣事迹传于人口而不载史笔者，往往有之，或史氏避嫌，或简牍漏略，不有纪述，渐成泯灭，善恶鉴诫，岂不废乎！因

---

① 脱脱等：《宋史》卷二九三《田锡传》，中华书局 1977 年版，第 9791 页。
② 徐规：《王禹偁事迹著作编年》，商务印书馆 2003 年版，第 81 页。
③ 脱脱等：《宋史》卷二九三《王禹偁传》，中华书局 1977 年版，第 9799 页。
④ 王禹偁：《小畜集》，见《文渊阁四库全书》第 1086 册，台湾商务印书馆 1986 年版，第 67 页。
⑤ 王禹偁：《小畜集》，见《文渊阁四库全书》第 1086 册，台湾商务印书馆 1986 年版，第 29 页。

补一十七篇，集为一卷，皆闻于耆老者也。①

"善恶鉴诫"是王禹偁的作史目的，可视为其"直躬行道"在史观上的反映。本此目的，旧史所载的"君臣事迹"也因为可作为现实鉴诫而成了他的关注重心。五代时期，君不明，臣不忠，关系混乱，实为宋代君臣之惩戒，王禹偁作《五代史阙文》的用意即在于此。其实并不限于五代史，在考量其他朝代的君臣关系时，王禹偁也持这种态度，如他在《送孙何序》中说："会有以生（指孙何）之编集惠余者，凡数十篇，皆师戴六经，排斥百氏，落落然真韩、柳之徒也。……《徐偃王论》，明君之分，窒僭之萌，足使乱臣贼子闻而知惧。"②孙何此论以儒家对君臣关系的规范为归结，做到了"师戴六经，排斥百氏"，故受到了王禹偁的褒奖。在《既往不咎论》中，王禹偁则在辨析时人对"既往不咎"一语的曲解后，明确地道出了他的君臣观：

> 且圣人立教，于君臣之道最大，其为诫诰，固亦多矣，不可毕数，将引其尤著者以明之。夫训于君者，不曰"能自得师者王，谓人莫己若者亡"，又不曰"有言逆于汝心，必求诸道，有言逊于汝志，必求诸非道"，为君者胡不奉而行之，独曰"既往不咎"哉？训于臣者，不曰"进思尽忠，退思补过"，又不曰"有犯无隐，见危致命"，为臣者胡不践而行之，独曰"既往不咎"哉？是知圣人能立言，不能使人从其言。施之明君则为政之师也，施之庸主则饰非之资也；用之君子则嘉言之本也，用之小人则巧言之助也。教之存亡，在人而已。③

在此，王禹偁批驳了君臣对于圣人诫诰的取舍践行态度，指出由此带来的后果，从而得出"教之存亡，在人而已"的结论。在《朋党论》中，

---

① 王禹偁：《五代史阙文》，见《文渊阁四库全书》第407册，台湾商务印书馆1986年版，第633页。
② 曾枣庄、刘琳主编：《全宋文》第7册，上海辞书出版社、安徽教育出版社2006年版，第424页。
③ 曾枣庄、刘琳主编：《全宋文》第8册，上海辞书出版社、安徽教育出版社2006年版，第40～41页。

他则强调了君主奉行圣训对辨析君子、小人之党的重要作用:"夫君子直,小人谀,谀则顺旨,直则逆耳。人君恶逆而好顺,故小人道长,君子道消也。《书》曰:'有言逆于汝心,必求诸道;有言逊于汝志,必求诸非道。'君天下者能践斯言而行之,则朋党辨矣,又何难破哉?"①同样引用《尚书》中言,意在以儒道解决君臣关系中的朋党问题。而对于那些能够秉持圣训、"见危致命"的历史人物,王禹偁则予以大力褒奖,如在《杨震论》中将杨震与比干相提并论,"褒干显震而起教劝人也"②,点明了其尊经重道、借史劝世的良苦用心。

在具体作法上,王禹偁惩于"史氏避嫌"所造成的流弊,对史实多有辨正,如《五代史阙文》"张全义"篇卒章显志云:"臣读《庄宗实录》,见史官叙《全义传》,虚美尤甚,至今负俗无识之士,尚以全义为名臣,故因补阙文,粗论事迹云。"③ 在春秋的褒贬原则下,强调秉笔直书的作法,所作史实辨正即根于此。在其他史论中,王禹偁亦是如此作法,如《李君羡传论》云:"吾读唐史至是,叹君羡之罹罪无状而见诛,惜文皇之用刑有时而不中。因论以志之,亦以为君臣之戒矣。"④ 又如《先君后臣论》对公孙座"先君后臣"错误言论的批驳,是为了防止"后之为人臣、计国事者,复履其迹"⑤;再如《霍光论》,则批评了"光贪天之功,以为己有"的失德,作为"光自族其家"⑥ 的证据,反面指出了身为臣子应持的态度。

王禹偁在史论中坚持史实辨正,不过是发挥了"论之为体,所以辨正然否"⑦ 的文体功能,然而其出发点与目的则在于"善恶鉴诫",张扬

---

① 曾枣庄、刘琳主编:《全宋文》第 8 册,上海辞书出版社、安徽教育出版社 2006 年版,第 43 页。
② 曾枣庄、刘琳主编:《全宋文》第 8 册,上海辞书出版社、安徽教育出版社 2006 年版,第 48 页。
③ 王禹偁:《五代史阙文》,见《文渊阁四库全书》第 407 册,台湾商务印书馆 1986 年版,第 673 页。
④ 曾枣庄、刘琳主编:《全宋文》第 8 册,上海辞书出版社、安徽教育出版社 2006 年版,第 45 页。
⑤ 曾枣庄、刘琳主编:《全宋文》第 8 册,上海辞书出版社、安徽教育出版社 2006 年版,第 45 页。
⑥ 曾枣庄、刘琳主编:《全宋文》第 8 册,上海辞书出版社、安徽教育出版社 2006 年版,第 38~39 页。
⑦ 刘勰著,范文澜注:《文心雕龙注》,人民文学出版社 1958 年版,第 328 页。

儒道，这是值得特别注意的地方。后来欧阳修作《五代史》，"于朱全昱、张承业、王淑妃、许王从益、周世宗符皇后诸条，亦多采此书。而《新唐书·司空图传》即全据禹偁之说"①，不仅用其辨正，还加大了针砭力度，由此可略见王禹偁的史论意义。

---

① 永瑢等：《四库全书总目》卷五一《五代史阙文提要》，中华书局1965年版，第464页。

文体理论研究

第十四章　元代文章学中的苏轼资源

文章学是近来学界研究与讨论的一个热门领域，其在宋元时期即已有了很大发展。祝尚书先生曾在《论宋元时期的文章学》中重点提及4种元代文章学著作，即陈绎曾《文说》《文筌》《文式》及倪士毅《作义要诀》。① 如果根据稍后编就的《历代文话》来看，元代文章学著作尚有李淦《文章精义》、王构《修辞鉴衡评文》、潘昂霄《金石例》及陈秀明《东坡文谈录》4种。此外，元代的一些文章学材料也散见于各种类书与选本中，数量不菲。在这些材料中，作为一代文宗的苏轼经常被以各种方式表述与利用，从而进入元代文章学的建构中。本章试图通过梳理不同类型的元代文章学著作对苏轼资源的不同利用来揭示苏轼在元代的接受境遇，总结元代文章学的言说方式。

一、讲义型著作与苏轼资源的利用

所谓讲义型著作主要指用于学校、书院教育的教材，或为师长自行纂辑，或为学生笔记师说而成。在元代文章学著述中，这类文献主要有李淦《文章精义》、王构《修辞鉴衡评文》等。

《文章精义》作为讲义型著作，乃李淦门生于钦止所刊。于钦止《文章精义跋》对此介绍甚详："予十八九时从性学先生学，每读书讲究义理之暇，则论古今文章。予资质鲁钝，恐其遗忘，故随笔之于简帙，凡二百有八条，于是表其书之首曰《性学李先生古今文章精义》，藏于家者四十余年，未尝出以示人。至顺三年冬十有二月，阅所蓄故书，得于箧笥中。临文兴悦，手不忍置。因念与其独善一身，孰若兼善天下，遂绣诸梓，与士大夫共之。如此，则不独不泯先生学力之所到，亦可以为学者识见之一助云。先生姓李，名淦，字耆卿，性学，当世名公巨卿扁其斋居之号，临

---

① 参见祝尚书《论宋元时期的文章学》，载《四川大学学报》2006年第2期。

川人，子朱子门人之门人也，后仕至国子助教，卒于官。"① 由此可知，《文章精义》源自于钦止师从李淦时所作的笔记，内容为李淦"论古今文章"的言论。

《修辞鉴衡评文》是王构的讲义，后为其门生所刊行。王理《修辞鉴衡序》云："监察御史东平刘君起宗，始以岁贡山东廉访司，为其书吏，居济南。故翰林承旨王文肃公为济南总管，固其乡先生也，君以诸生事之。文肃教之为文，出书一编，即此书也。刘君爱之，不忘，俾刻之。"② 王构（1245—1310年），字肯堂，号安野，东平人。弱冠以词赋中选，为东平行台掌书记。至元十一年（1274 年）授翰林国史院编修官。元武宗即位，召拜翰林学士承旨。王构为一代文学宗师，"历事三朝，练习台阁典故，凡祖宗谥册册文皆所撰定，朝廷每有大议，必咨访焉。喜荐引寒士，前后省台、翰苑所辟，无虑数十人，后居清要，皆有名于时"③。他在任济南路总管时，即以此书作为讲义，教育门生"为文"，而学生也的确受益匪浅，"爱之，不忘"，并且加以刊刻以广其传。

作为指点后学为文门径的讲义型著述，上述二书谈及苏轼的条目甚多。若据王水照编《历代文话》本进行统计，李淦《文章精义》全书共101条，提及苏轼者凡18条；王构《修辞鉴衡评文》共50目，提及或称引苏轼者则有9目。所占比例皆近全书的1/5，则苏轼之于二书的意义可见一斑。

尽管同为讲义型著述，二书在撰述体例上却是不同的，对苏轼的利用也各有特点。《文章精义》体现了鲜明的语录体特点。语录体是我国源远流长的一种文体，在诸子、禅宗、宋儒那里，皆有非常大的发展。"从文体的角度而言，语录体的体式特征通常表现为篇幅上多为短章小语，语言浅白简约，结构上多有'子曰'标志，多由后学编纂而成。"④ 比较有代表性的宋儒语录有《二程遗书》《朱子语录》等，它们能用浅显的语言表

---

① 于钦止：《文章精义跋》，转引自钟彦飞《〈文章精义〉编者新证》，载《苏州教育学院学报》2016 年第 1 期。王水照编《历代文话》第 2 册《文章精义》亦存此跋（复旦大学出版社 2007 年版，第 1187～1188 页），但由于所据版本问题，缺字甚多。
② 王理：《修辞鉴衡原序》，见王水照编《历代文话》第 2 册，复旦大学出版社 2007 年版，第 1193 页。
③ 宋濂等：《元史》卷一六四《王构传》，中华书局 1976 年版，第 3856 页。
④ 刘伟生：《语录体与中国文化特质》，载《社会科学辑刊》2011 年第 6 期。

现深刻的哲理，不仅被广泛地用于教学中，还深刻地影响了相关诗话、文话的创作。《文章精义》的作者李淦为朱熹再传之弟子，该书之作也是出于讲学之需，语录体特征很明显。《四库全书总目》云：

> 世传"韩文如潮，苏文如海"及"春蚕作茧"之说，皆习用而昧其出处。今检核斯语，亦具见于是书。盖其初本为世所传诵，故遗文剩语，口授至今，嗣以卷帙寥寥，易于散佚沉晦者，遂数百年。今逢圣代右文，得以复见于世，亦其名言至理，有不可磨灭者欤！①

所谓"名言至理"，指的是千古流传的"韩文如潮，苏文如海""春蚕作茧"等语，这些评语颇类警句，十分贴切地表现了所评对象的特点与规律。显然，它们都是以简短之语表达深刻道理，易于记诵又耐人咀嚼，故能"为世所传诵"。观《文章精义》一书，类似之例随处可见，如第20则"退之虽时有讥讽，然大体醇正。子厚发之以愤激，永叔发之以感慨，子瞻兼愤激感慨而发之以谐谑"②；第29则"子瞻《喜雨亭记》结云：'太空冥冥，不可得而名，吾以名吾亭。'是化无为有。《凌虚台记》结云：'盖世有足恃者，而不在乎台之存亡也。'是化有为无"③；第49则"子瞻《滟滪堆赋》辞到，《天庆观乳泉赋》理到"④；第99则"苏门文字，到底脱不得纵横气习；程门文字，到底脱不得训诂家风"⑤；等等。其评苏轼之文，或对比，或概说，或例举，皆似随机而发，却直揭其中三昧，在令人耳目一新的同时，又回味无穷。

相形之下，《修辞鉴衡评文》则类于资料汇编。这样做的好处在于让学生直接参考、利用前人的评文之语，体味、领略其中妙处。该书在处理前人评文之语时有两大值得称许的地方，其一是选录前人评论时注意标明

---

① 永瑢等：《四库全书总目》卷一九五，中华书局1965年版，第1789页。
② 李淦：《文章精义》，见王水照编《历代文话》第2册，复旦大学出版社2007年版，第1166页。
③ 李淦：《文章精义》，见王水照编《历代文话》第2册，复旦大学出版社2007年版，第1168页。
④ 李淦：《文章精义》，见王水照编《历代文话》第2册，复旦大学出版社2007年版，第1173页。
⑤ 李淦：《文章精义》，见王水照编《历代文话》第2册，复旦大学出版社2007年版，第1187页。

出处。如引述苏轼评论各条时,"檀弓之文"条出自"山谷","柳子厚之文"条出自"《老学庵记》","欧阳公文"条出自"《横浦日新》","东坡之文"条分别出自"《潜溪诗眼》""《冷斋夜话》""《童蒙训》","文有三多"条出自"《三苏文》","学文有自来"条出自"《李方叔文集》","作文有悟入处"条出自"《童蒙训》","文字用意为上"条出自"《韵语阳秋》""《童蒙训》","文不当好奇"条出自"山谷《与王观复书》",等等。其二是于各条评语之上标以言简意赅的题目,用来揭示这条评语的主旨所在。所以该书虽然以选编前人资料为主,但在资料保存与门径指示上依然有不容忽视的意义。

二、工具书型著作与苏轼资源的利用

工具书是系统汇集某方面的资料,按特定方法加以编排,以供需要时查考用的文献。由于苏轼巨大的影响力,与他有关的资料可谓汗牛充栋。为了利用的方便,对其进行分门别类的汇编,便形成了苏轼研究的工具书型文献。这类文献在元代主要有两种,一种见于类书,一种为专门性文献。下面对其分别来论。

类书具有工具书性质。"类书辑录的资料,一般都不是单门、单类的专题性质的,而是赅括自然界和人类社会的一切知识……构成了类书性质的特点——兼'百科全书'与'资料汇编'两者而有之。也正因为这样,从今天看来,古类书不仅可以作为了解古代知识全貌的一种工具,而且也是古代文献资料的渊薮。"① 元代佚名《居家必用事类全集》便是这种类书之一,是古人居家必用的知识集合,"载历代名贤格训及居家日用事宜。以十干分集,体例颇为简洁"②。该书共 10 集,集下分类,类下分目,如甲集有"为学""读书""作文""写字""切韵""书简""活套""馈送请召式""家书通式"等类,而"作文"类下则有"朱子论作文""东坡论作文法""山谷论作文法""沈隐侯论文法""吕居仁论文法"5 目。其中,"东坡论作文法"共 6 条,分别如下:

凡学为文,不可不熟读《檀弓》。山谷谨守其言,传之后世。

---

① 胡道静:《中国古代的类书》,中华书局 1982 年版,第 1 页。
② 永瑢等:《四库全书总目》卷一三〇,中华书局 1965 年版,第 1113 页。

《檀弓》，诚文章之模范。凡为文记事，常患意晦而辞不达，语虽蔓衍而终不能发明。惟《檀弓》或数句书一事，至有两字而书一事，语极简而味长，事不相涉而意脉贯穿，经纬错综，成自然之文，此所为可法也。

东坡在儋耳，葛迎之，从东坡游，甚熟切。尝教之作文字云："譬如市上店肆诸物，无种不有，却有一物可以摄得，曰钱而已。莫易得者是物，莫难得者是钱。今文字词藻是实，乃市肆诸物也。意者，钱也。为文若立意得中理，则古今所有翕然并起，皆赴吾用。汝能晓得此，便会做文字也。"

又云："作文之法，意尽而言止者，天下之至言也。然而言止而意不尽，尤为极至，如《礼记》《左氏》可见。"

又云："吾文如万斛泉源，不择地可出。在平地，滔滔汩汩，虽一日千里无难。及其与山谷曲折，随物赋形，而不可知也。所可知者，当行于所当行，当止于不可止，如是而已矣。其他，虽吾亦不能知也矣。"

"凡人作文字，须是笔头上挽得数万斤起，可以言文字也。兴来，笔力千钧重也。"

又云："凡文字，须令气象峥嵘，采色绚烂，渐老渐熟，乃造平淡。"①

前三条亦见于王构《修辞鉴衡评文》，后三条乃苏轼论文之语，散见于苏轼文集之中。合而观之，这些皆为苏轼文法妙造之论，涉及作文的取法对象、言意关系、文风等方面，在说明时既善用譬喻，又注重例证，更重要的是出自苏轼的切身体会，所以有不传而传之效用。

---

① 佚名：《居家必用事类全集》，见北京图书馆古籍出版编辑组编《北京图书馆古籍珍本丛刊》第61册，书目文献出版社1988年版，第17页。

除了类书，专门性的苏轼文章学资料汇编也出现了。这以陈秀明《东坡文谈录》为代表。《四库全书总目》谓"是编杂采诸家评论苏文之语，大抵诸书所习见。又秀民既别有《东坡诗话录》，而此编又滥及于诗，为例亦复不纯"①。所谓"杂采诸家评论苏文之语"，据《东坡文谈录》所收各条的标注，知出自《朱子语录》《容斋随笔》《韵语阳秋》、俞文豹、苏籀、《栾城遗言》《野客丛书》《闻见录》《燕石斋补》等书或人，可见该书作为苏轼文章学资料汇编的性质。而所谓"为例亦复不纯"，当与《四库全书总目》在《东坡诗话提要》中所说的情况类似，"其排纂后先，既不以本诗之事类为次第，又不以原书之年代为次第，殊无体例"②。也就是说，作为工具书来看，《东坡文谈录》并没有严格的体例。不过，这些资料颇有助于元代文章学的建构，亦隐约蕴含着编者的用意。这主要体现在以下方面：

第一，注重苏轼文章本事的采择，在对比中彰显苏文的历史地位与卓越成就。如：

元祐间，有旨修上清储祥宫，成，命翰林学士苏轼作碑纪其事。坡叙事既得体，且取道家所言与吾儒合者记之，大有补于治道。绍圣元符间，党禁兴，遂毁其碑，命翰林学士蔡京别为之。京之文，类三舍举子经义程文耳。③

通过将苏轼与蔡京同题碑文作对比，见出苏轼碑文的高明之处。自古文章以"得体"为最高境界，苏轼之文不但得体，而且有所创新，能"取道家所言与吾儒合者记之"，既契合碑文撰作情境，又不拘格套，可谓大手笔。

第二，通过引用苏轼自身文论表达作文理念，以金针度人。如："先生尝谓刘景文与先子曰：'某平生无快意事，唯作文章，意之所到，则笔

---

① 永瑢等：《四库全书总目》卷一九七，中华书局1965年版，第1799页。
② 永瑢等：《四库全书总目》卷一九七，中华书局1965年版，第1799页。
③ 徐秀明：《东坡文谈录》，见王水照编《历代文话》第2册，复旦大学出版社2007年版，第1517页。

力曲折，无不尽意。自谓世间乐事，无逾此者。"① 可见苏轼对意的推崇，也就是说，意为文章中心，可以起到笼罩全文，驱动文气的作用。

第三，结合具体文章分析苏文的修辞、字法等，画龙点睛般地揭示苏文的典范意义。如论修辞：

> 东坡先生作文，引用史传，必详述本末，有至百余字者，盖欲使读者一览而得之，不待复寻绎书策也。如《勤上人诗序》引翟公罢廷尉、宾客反复事，《晁君成诗集序》引李郃汉中以星知二使者事……②

此条出自洪迈《容斋随笔》，通过具体文章分析苏轼作文"引用史传"的特点，可谓精到。又如论字法的一条：

> 欧阳公《醉翁亭记》、东坡公《酒经》，皆以"也"字为绝句。欧阳二十一"也"字，坡用十六"也"字；欧记人人能读，至于《酒经》，知之者盖无几。……坡《酒经》，每一"也"字上必押韵，暗寓于赋，而读之者，不觉其激昂渊妙，殊非世间笔墨所能形容，今尽载于此，以示后生辈。③

虽然欧阳修《醉翁亭记》用"也"字典型在先，但苏轼《酒经》亦能变化而有自己特点，"每一'也'字上必押韵，暗寓于赋"，即有意引入赋法，极尽变化之致。

《东坡文谈录》"作为苏文汇评专书，尚属首创"④，虽然该书存在体例不纯的问题，但应认识到它乃工具书型文章学著述，编纂的目的是方便

---

① 徐秀明：《东坡文谈录》，见王水照编《历代文话》第2册，复旦大学出版社2007年版，第1517页。
② 徐秀明：《东坡文谈录》，见王水照编《历代文话》第2册，复旦大学出版社2007年版，第1510页。
③ 徐秀明：《东坡文谈录》，见王水照编《历代文话》第2册，复旦大学出版社2007年版，第1511页。
④ 王宜瑗：《东坡文谈录解题》，见王水照编《历代文话》第2册，复旦大学出版社2007年版，第1507页。

士人学习、揣摩苏文。这也在一定程度上集中彰显了苏文的成绩及其对元代文章学的建构意义。

三、读书记型著作与苏轼资源的利用

读书记是较为传统的一种著述形态，多用来摘录所读之书的内容或随记所思所感。宋儒重视读书，强调读书记的作用，并形成了一定规范。如吕祖谦《吕氏读书记》7卷，"乾道癸巳、淳熙乙未家居日阅之书，随意手笔，或数字，或全篇。盖偶有所感发，或以备遗忘者"[1]；真德秀《西山读书记》39卷，"其书有甲、乙、丙、丁。甲言性理，中述治道，末言出处。大抵本经史格言，而述以己意"[2]；袁觉《袁氏家塾读书记》23卷，"大略仿《吕氏读诗记》集诸说，或述己意于后"[3]。有些书虽未标以"读书记"三字，然实为读书记形式，黄震《黄氏日抄》95卷，《四库全书总目》谓"是编以所读诸书随笔札记，而断以己意。有仅摘切要数语者，有不摘一语而但存标目者，并有不存标目而采录一两字者"[4]。由此可知，读书记就其内容而言，与所读之书的广狭有关，一般涉及经史子集四部，而从形式上来说，或摘录数语，或仅存目，但其核心则要"断以己意"，这就使读书记具备了批评意味，可视为批评文体之一种。

元代士子读书重视日程，并要求札记，如元代程端礼《程氏家塾读书分年日程》所说："《小学书》毕，读程氏《增广字训纲》（此书铨定性理，语约而义备，如医家脉诀，最便初学）。次看北溪《字义》，《续字义》；次读《太极图说》，《通书》，《西铭》；并看朱子解，及何北山《发挥》；次读《近思录》（看叶氏解），《续近思录》（蔡氏编，见《性理群书》）；次看《读书记》，《大学衍义》，《程子遗书》，《外书》，《经说》，《文集》，《周子文集》，张子《正蒙》，《朱子大全集》，《语类》等书。或看或读，必详玩潜思，以求透彻融会；切己体察，以求自得性理。紧切书目，通载于此。读看者自循轻重先后之序。有合记者，仍分类节钞。若治

---

[1] 陈振孙：《直斋书录解题》卷九，上海古籍出版社1987年版，第282页。
[2] 陈振孙：《直斋书录解题》卷三，上海古籍出版社1987年版，第84页。
[3] 陈振孙：《直斋书录解题》卷二，上海古籍出版社1987年版，第33页。
[4] 永瑢等：《四库全书总目》卷九二，中华书局1965年版，第786页。

道，亦见西山《读书记》《大学衍义》。"① 这里强调读书"必详玩潜思，以求透彻融会；切己体察，以求自得性理"，其中，"有合记者，仍分类节钞"，俨然读书记的雏形。元代士子自幼及长便接受这种读书教育及读书记的写作训练，也为元代读书记的发达提供了温床。

元代刘埙所撰《隐居通议》便是这样一部读书记型著作。"是书当其晚岁退休时所著也。凡分十一门。理学三卷，古赋二卷，诗歌七卷，文章八卷，骈俪三卷，经史三卷，礼乐、造化、地理、鬼神、杂录各一卷。……惟评诗、论文之二十卷，则埙生于宋末，旧集多存，其所称引之文，今多未见其篇帙，其所称引之人，今亦多莫识其姓名；又多备录全篇，首尾完具，足以补诸家总集之遗。……至于论诗、论文，尤多前辈绪余，皆出于诸家说部之外，于征文考献，皆为有神，固谈艺者所必录也。"② 《四库全书总目》中的这段话指出了该书的两大优点：其一，补总集之遗阙；其二，谈艺多所发明。在该书卷十五"文章三"中，有数篇读书记是为苏文所发的，包括《谏用兵书》《游桓山记》《序毳君成诗》《答谢民师书》《序乐全文》《滕元发墓铭》《评柳子厚》等，或作评论，或加以札记，如论《谏用兵书》："东坡长于论事，笔端有口，真是入妙。"③ 论《游桓山记》："感慨深长，超然物化。"④ 论《答谢民师书》："先生此论深中子云之病。"⑤ 论《评柳子厚》："坡翁曰：柳子厚南迁，始究佛法，作曹溪南岳诸碑，妙绝古今。不知以柳之文言耶？抑以其学言耶？《无姓和尚碑》尤妙。"⑥ 这些读书记皆有助于深入理解苏文的精妙之处。

---

① 程端礼：《程氏家塾读书分年日程》卷二，黄山书社1992年版，第32页。
② 永瑢等：《四库全书总目》卷九二，中华书局1965年版，第1049页。
③ 刘埙：《隐居通议》卷一五，见《丛书集成初编》第213册，中华书局1985年版，第160页。
④ 刘埙：《隐居通议》卷一五，见《丛书集成初编》第213册，中华书局1985年版，第160页。
⑤ 刘埙：《隐居通议》卷一五，见《丛书集成初编》第213册，中华书局1985年版，第161页。
⑥ 刘埙：《隐居通议》卷一五，见《丛书集成初编》第213册，中华书局1985年版，第162页。

四、元代文章学利用苏轼资源的背景

元人重视苏轼,在文章学建构中对其多方取资。那么,元人是在何种背景中利用苏轼资源的? 在笔者看来,值得注意的有以下两点。

(一) 苏学与朱学

苏轼作为宋代文艺最高成就的代表人物,在诗、词、文、书、画等领域皆有卓越建树与深远影响。《宋史·苏轼传》评价苏轼云:"器识之闳伟,议论之卓荦,文章之雄隽,政事之精明,四者皆能以特立之志为之主,而以迈往之气辅之。故意之所向,言足以达其有猷,行足以遂其有为。至于祸患之来,节义足以固其有守,皆志与气所为也。"① 如此人格,如此才能,无怪乎后人对苏轼抱有极大的崇敬之情并做出如此之高的评价。

朱熹发展了北宋二程(程颢、程颐)的哲学理论,建立了一套完整的理学体系,影响亦为深远。清代皮锡瑞云:"宋学至朱子而集大成,于是朱学行数百年。"②

自出现之后,无论苏学还是朱学,它们都在一定地域内产生影响。如明代彭汝寔《近刻中州乐府叙》引陆深语云:"金宋分疆,程学行于南,苏学行于北。"③ 所谓"程学行于南",指程学为南宋朱熹等所继承,进一步演变为朱学。进入元代,朱学则成为官学;"苏学行于北"是指苏学为金朝士大夫所宗,流而入元,亦相沿不改。不过,正如元人徐明善所说:"中州士大夫文章翰墨,颇宗苏黄。"④ 元代对苏学的接受主要体现在文艺方面。

虽然各有专攻与极诣,但朱学与苏学之间存在不小的冲突,这在朱熹那里就已经很明显了。朱熹对苏文多持批评之见,如《朱子语录》所载,"坡文雄健有余,只下字亦有不贴实处";"坡文只是大势好,不可逐一字

---

① 脱脱等:《宋史》卷三三八《苏轼传》,中华书局1977年版,第10818~10819页。
② 皮锡瑞著,周予同注释:《经学历史》,中华书局2004年版,第203页。
③ 施蛰存主编:《词籍序跋萃编》,中国社会科学出版社1994年版,第693页。
④ 徐明善:《送黄景章序》,见徐明善《芳谷集》卷上,《文渊阁四库全书》第1202册,台湾商务印书馆1986年版,第554页。

去检点"。① 朱熹对苏文的这种态度对元人影响不小,导致他们在论及苏文时多以朱熹之说为先、为尊,如陈秀明《东坡文谈录》汇编苏文资料,却以出自《朱子语类》的为先,且不避其中的批评之语:

> 论东坡之学曰:"当时游其门者,虽极力苦心,得学他文词言语,济得甚事!如见识论,自是远不及。今《东坡经解》虽不甚纯,然好处亦自多,其议论亦有长处,但他只从尾梢处学,所以只能如此。"②

此条原出自《朱子语类》卷一三〇。从评论语调上来看,朱熹对《东坡经解》的许可是有所保留的,而对苏门弟子仅"得学他文词言语"就十分不客气了。又如另外一条:

> 问:"坡文不可以道理并全篇看,但当看其大者?"曰:"东坡文说得透,南丰亦说得透,以人会相论底一齐指摘说尽了。欧公不尽说,含蓄无尽,意又好。"因谓:"张定夫言南丰秘阁诸序好。"曰:"那文字正是好。《峻灵王庙碑》无见识,《伏波庙碑》亦无意思。伏波当时踪迹在广西,不在彼中。记中全无发明。"扬曰:"不可以道理看他;然二碑笔健。"曰:"然。"又问:"《潜直阁铭》好?"曰:"这般闲戏文字便好,雅正底文字便不好。如《韩文公庙碑》之类,初看甚好,读子细点检,疏漏甚多。"又曰:"东坡令其侄学渠兄弟早年应举时文字。"③

此条原出自《朱子语录》卷一三九。当学生提出"坡文不可以道理并全篇看,但当看其大者"的疑问时,朱熹却顾左右而言他,实际上是认同学生的观点的,故在接下来具体篇目评论时皆就苏文"全无发明"来说。朱熹贬抑苏文,是与他"文从道中流出"的观点相一致的,是其

---

① 参见黎靖德编《朱子语类》卷一三九,中华书局1986年版,第3311页。
② 陈秀明:《东坡文谈录》,见王水照编《历代文话》第2册,复旦大学出版社2007年版,第1509页。
③ 陈秀明:《东坡文谈录》,见王水照编《历代文话》第2册,复旦大学出版社2007年版,第1509页。

崇道抑文立场的反映。元人受到朱学的影响，对苏文的态度极为矛盾，既爱其"会议论"，却又认为其于"理"无所发明。在这一态度左右之下，陈秀明会在《东坡文谈录》这样一部专门汇编苏学、苏文资料的著述中采择并突出朱熹对苏轼进行批评的条目也就不足为怪了。

朱学对苏学的优势地位也体现在《居家必用事类全集》的类目安排上。在该书甲集"作文"条目下，"朱子论作文"居于"东坡论作文法"之前，仅有2条："人要会作文，读取一部西汉文、欧阳文、南丰文、韩文"；"古赋须熟看屈宋韩柳所作，乃有进步处。"[1] 其实只是指出了作文的取法对象，而于文法发明不多，佀依然置于苏轼之前，可见时人对朱学的尊崇。

在元代，朱学与苏学对立严重，不易调和。对此，元代刘壎有着清醒的认识。他在《隐居通议》卷二"合周程欧苏之裂"条有一番议论："闻之云卧吴先生曰：'近时水心一家，欲合周程欧苏之裂。'……况晦翁诋斥苏文，不遗余力，水心虽欲合之以矫俗，然其地位亦只文章家尔，终不见其往复讲辨如吕陆也。晦庵答杨履正，有曰……详味此语，则文章乃道学家之所弃，安可得而合哉？"[2] 鉴于苏以文胜，宋儒以理胜而各有偏至的情形，叶适（水心）欲弥合二者，将理与文完美结合。但在刘壎看来，由于"文章乃道学家之所弃"，故文章家与道学家截然对立，难以调和。因此，欲观照苏文在元代的境遇，朱学与苏学的冲突实在是不可忽视的背景之一。

（二）古文与时文

苏文不可废，不在于理学家的诋斥与否，而在于文统之传续与现实之需要。苏轼是文统中的重要一环，吴澄《刘尚友文集序》云："叙古文之统，其必曰唐韩、柳二子，宋欧阳、苏、曾、王、苏五子也。宋迁江南百五十年，诸儒孰不欲以文自名，可追配五子者谁欤？"[3] 在吴澄所言的古文之统中，苏轼稳居其一，相形之下，那些诋斥苏文的南宋诸儒却绝无

---

[1] 佚名：《居家必用事类全集》，见北京图书馆古籍出版编辑组编《北京图书馆古籍珍本丛刊》第61册，书目文献出版社1988年版，第17页。

[2] 刘壎：《隐居通议》卷二，见《丛书集成初编》第212册，中华书局1985年版，第17页。

[3] 李修生主编：《全元文》第14册，江苏古籍出版社1999年版，第367～368页。

"以文自名"者,因此也就难以抹去苏文在元代的影响力。在《文章精义》中,李淦言及古文,必韩柳欧苏并提,如:"司马子长文拙于《春秋内外传》,而力量过之;叶正则之文巧于韩、柳、欧、苏,而力量不及。"① 可见,苏文在元代文章学著作中是被作为古文典范之一的。

此外,苏文也是时文的典范,这一地位早在南宋时就已经确立了。陆游《老学庵笔记》载:"建炎以来,尚苏氏文章,学者翕然从之,而蜀士尤盛。亦有语曰:'苏文熟,吃羊肉。苏文生,吃菜羹。'"② 苏文于南宋科场的影响可见一斑。到了元代,人们对苏文依然推崇不已,如王恽《玉堂嘉话》卷四所记一事:

> 予婴年见神川刘先生三苏文读不去手,因问于先大夫,曰:"古人有言:'苏文熟,啖羊肉;苏文生,啜菜羹。'岂此之谓也!"③

由此可见,宋时科场流行的这一话语对元代士人读书习文的深远影响。

由于在古文与时文中的独特地位,因此苏文在元代科举之学中并没有因朱学大盛而被遮蔽。元代恢复科举后,所考文体有经义、古赋、诏诰、章表及策④,这些文体也便成为士子学习与模拟的重点。《程氏家塾读书分年日程》云:

> 若未忘场屋,欲学策,以我平日得于《四书》者为本,更守平日所学文法,更略看汉唐策、陆宣公奏议、朱子封事书疏、宋名臣奏议、范文正公、王临川、苏东坡万言书、策略、策别等,学陈利害则得矣。……欲学古体制诰、章表,读《文章正宗·辞命类》,及选看王临川、曾南丰、苏东坡、汪龙溪、周平园、《宏辞总类》等体。⑤

---

① 李淦:《文章精义》,见王水照编《历代文话》第 2 册,复旦大学出版社 2007 年版,第 1166 页。
② 陆游:《老学庵笔记》卷八,中华书局 1979 年版,第 100 页。
③ 王恽:《玉堂嘉话》卷四,中华书局 2006 年版,第 103 页。
④ 参见佚名《元婚礼贡举考·皇庆科举诏》,浙江古籍出版社 1992 年版,第 155~156 页。
⑤ 程端礼:《程氏家塾读书分年日程》卷二,黄山书社 1992 年版,第 54~55 页。

在所设定的模习重点中,"苏东坡万言书"、苏轼的制诰、章表等都是士子学习的对象。因此可以说,基于应试教育的需要,苏文也是难以抹杀的。

综上所述,元代各种体类的文章学著述尽管侧重点不一,但于苏轼资源多有摭取,客观上扩大了苏文的影响,彰显了苏文的当下价值。当然,这种对苏轼资源的取资是在朱学与苏学、古文与时文相互冲突、相互调试的背景下进行的,朱学的重道轻文一定程度上削弱了苏文的影响,但古文统的牢不可破及现实中科举与教育的需要又使苏文葆有旺盛的生命力。整体而言,苏文就是在这种左右牵扯的角力中以丰富多元的利用形式进入元代文章学的建构过程并发挥作用的。

第十五章　王恽的词学观念与词学渊源

两宋金元词坛，苏东坡开拓于前，辛稼轩扬波于次，元遗山接续其后，成为词之豪放一脉发展中的关键人物。元代王博文《天籁集序》总结其源流云："乐府始于汉，著于唐，盛于宋，大概以情致为主。秦、晁、贺、晏，虽得其体，然哇淫靡曼之声胜。东坡、稼轩矫之以雄词英气，天下之趋向始明。近时元遗山每游戏于此，掇古诗之精英，备诸家之体制，而以林下风气，消融其膏粉之气。白枢判寓斋序云：'裕之法度最备。'诚为确论。宜其独步当代，光前人而冠来者也。"① 王氏着眼于词境、词风，认为苏、辛词迥异时人之处在于尽洗淫靡之气而表达雅化之"情致"，故而"天下之趋向始明"。遗山词继承了这一点，得"诸家之体制"，同时完备"法度"，即在词艺上也有所拓展，因此才能"光前人而冠来者"。与王氏差不多同时的徐世隆则专就词风谈遗山词之渊源："乐府则清新顿挫，闲婉浏亮，体制最备，又能用俗为雅，变故作新，得前辈不传之妙。东坡、稼轩而下不论也。"② 元好问继承前人尤其苏、辛的词学观念，形成了自身的词学范式，对遗山后学影响甚大，王恽即其中之一。王恽（1227—1304年），字仲谋，号秋涧，卫州汲县（今河南省卫辉市）人，有《秋涧先生大全文集》。其词244首，数量居元人之冠。他"文章源出元好问，故其波澜意度，皆不失前人矩矱"③，其词学亦能远绍苏、辛，近宗遗山，颇能昭示元代前期词坛的宗尚所在。本章即尝试论之。

一、情致观的双重取向

词为缘情之体，正如前引王博文所言，"大概以情致为主"。然而虽

---

① 施蛰存主编：《词籍序跋萃编》，中国社会科学出版社1994年版，第463页。
② 元好问著，姚奠中主编，李正民增订：《元好问全集》（增订本），山西古籍出版社2004年版，第1252页。
③ 永瑢等：《四库全书总目》卷一六六，中华书局1965年版，第1433页。

皆主情，情之内涵却不尽相同。概言之，秦、晏等颇涉艳情，而苏、辛多抒性情。当然，时代风会不同，苏、辛之性情也有所区别。具体说来，苏轼更具风雅情怀，文人气息浓厚；辛弃疾则深具淑世精神，英雄气质突出。此二者对王恽的情致观有深刻影响，可从以下两方面来看。

第一，王恽所谓情致首先指合乎温柔敦厚之诗教精神的雅正之情，体现为强烈的淑世精神。

王恽重视填词，对词之情感表达有所规定，其《黑漆弩·游金山寺》词序云：

……昔汉儒家畜声妓，唐人例有音学，而今之乐府，用力多而难为工，纵使有成，未免笔墨劝淫为俠耳。渠辈年少气锐，渊源正学，不致费日力于此也。①

这里，王恽认为"今之乐府，用力多而难为工"，容易导致"费日力"而荒废"渊源正学"，而且"纵使有成，未免笔墨劝淫"，不合"乐而不淫，哀而不伤"（《论语·八佾》）的诗教宗旨，可见，王恽要求词之情感应合乎雅正之旨。

《毛诗序》云："发乎情，止乎礼义。"这成为王恽写词、评词的标准。他在《木兰花慢》（六合一家统）小序中说："再和何侍御前府韵，前章所谓变风，终章止乎礼义而已。"亦可看出，王恽所谓情性是归于儒家诗教精神的。

有了这种认识，王恽注重用词来抒发忠君之情，表现淑世精神。他心向君主，"葵心要须倾日"（《木兰花慢》），又云："伏闻銮辂近在山北，以疾不能前迓，愚衷有不能已者，作乐府《木兰花慢》，以见葵藿倾向之万一。"（《木兰花慢·序》）一片忠爱缠绵之意跃然纸上。

王恽的这种情致观得之于前人。苏轼将士大夫精神贯注于词，"情性之外，不知有文字"②，此情性便不离士大夫的忠贞怀抱。辛弃疾以词作

---

① 王恽：《秋涧先生大全文集》卷七六，见《四部丛刊初编》，第740～741页。本文所引王恽词，皆据此本，不再一一出注。又，此本王恽词，个别文字据笔者《秋涧词编年校注》改定，见夏令伟《王恽秋涧词研究》附录一，暨南大学硕士学位论文，2006年。

② 元好问：《新轩乐府引》，见元好问著，姚奠中主编，李正民增订《元好问全集》（增订本），山西古籍出版社2004年版，第764页。

"陶写之具"①，壮志难酬之愤、抗敌报国之志，皆寓之于内。元好问"神州陆沉之痛，铜驼荆棘之伤，往往寄托于词"②。要之，三者之情致观皆包含淑世精神在内。王恽受之影响甚深，这从他对辛弃疾的接受中可加以说明。王恽了解辛弃疾，曾作有《辛殿撰小传》，表彰其抗金报国的生平功绩③；其《过稼轩先生墓》组诗曰："青铜三百了时文，大节知公在致君"；"遗编三复美芹辞，睿眷曾蒙孝庙知。黄壤不埋忠义气，至今烟草见蟠螭。"④则深刻地概括了辛弃疾的致君报国精神。因此，基于此种同情之了解，王恽极为推崇稼轩词，试看其《感皇恩·与客读辛殿撰乐府全集》：

　　幽思耿秋堂，芸香风度。客至忘言孰宾主。一篇雅唱，似与朱弦细语。恍疑南涧坐、挥谈麈。　　霁月光风，竹君梅侣。中有新亭泪如雨。力扶王略，志在中原一举。丈夫心事了、惊千古。

辛殿撰即辛弃疾。元初，稼轩词流传极广，新刊多有，如王恽《玉堂嘉话》卷五载："徒单侍讲与孟解元驾之亦善诵记，取新刊《稼轩乐府》吴子音前序，一阅即诵，亦一字不遗。"⑤在类似氛围之中，王恽与客共读稼轩词，肯定的是"力扶王略，志在中原一举"，是"丈夫心事了、惊千古"，可谓深得辛弃疾之词心。所以，当前辈如苏轼、辛弃疾、元好问诸人的淑世精神为王恽所认同并加以汲取，便促成了他积极进取、建功立业的行动；内化于词，即忠君爱民的雅正之情。

　　第二，王恽所谓情致还指符合士大夫审美理想的闲情雅意。

　　王恽《淇奥唱和诗序》云："彼王公大人、羁旅草野之士，遇其志得意满与夫幽愤无聊，见于词章者多矣。然未免有豪宕夸毗之意、幽忧憔悴之状。吾辈不过道闲适、安命分、遣兴寄、咏性情而已，又非欲示诸他

---

①　范开：《稼轩词序》，见施蛰存主编《词籍序跋萃编》，中国社会科学出版社1994年版，第199页。
②　况周颐：《蕙风词话》卷三，见唐圭璋编《词话丛编》，中华书局2005年版，第4463页。
③　参见王恽《秋涧先生大全文集》卷九四，见《四部丛刊初编》，第898～899页。
④　王恽：《秋涧先生大全文集》卷三一，见《四部丛刊初编》，第323页。
⑤　王恽：《秋涧先生大全文集》卷九七，见《四部丛刊初编》，第917页。

人,俾后之来者,万一视所履而践厥迹,安知不有撞破烟楼者乎?"① 王恽认为"词章"所抒之情有"志得意满"与"幽愤无聊"者,而此二者"未免有豪宕夸毗之意,幽忧憔悴之状",与温柔敦厚的诗教精神不合;不过,那些"道闲适、安命分、遣兴寄、咏性情"之作却因抒发的是合乎士大夫审美理想的闲情雅意而受到了肯定。王恽此说虽为诗论,却与词论相通。今观秋涧词,多有"道闲适、安命分、遣兴寄、咏性情"者,恰可作一注脚。

关于这一主张的渊源所在,从王恽对苏轼的接受中可见一斑。

苏轼生性旷达,情趣闲雅,为人为文,皆为宋代士大夫之表率。王恽推崇苏轼的闲雅之思,"钱里忘计东坡义,为花作谱见衰盛"②;欣赏苏轼真迹,多有跋记如《跋坡公春寒帖》《东坡开葑帖后》《题东坡赤壁赋后》等,致以推崇之意;甚至连养生之道也得自苏轼:"饮食资吾耄,行年六十过。三升元有料,一口不容多。过爽心随滞,长嘘气便和。不须移远步,圣药有东坡。"③ 其词也屡屡提到"坡仙",道出了对苏轼闲情雅意的追摹:

尝点东坡桔乐汤作。

——《好事近·序》

甚底事坡仙,被花热恼,惆怅东兰。

——《木兰花慢·赋红梨花》

取坡例,以玉案香歌之。

——《南乡子·序》

柳边层榭,倚兰人共月孤高。乱云脱坏崩涛。一片广寒宫殿,桂影数秋毫。尽掀髯老子,露湿官袍。　人生此朝。能几度、可怜宵。况对清尊皓齿,舞袖纤腰。碧空如洗,拚一醉、河倾转斗杓。今

---

① 王恽:《秋涧先生大全文集》卷四二,见《四部丛刊初编》,第 432 页。
② 王恽:《清霜怨》,见王恽《秋涧先生大全文集》卷一一,《四部丛刊初编》,第 141 页。
③ 王恽:《饮食》,见王恽《秋涧先生大全文集》卷一三,《四部丛刊初编》,第 156 页。

夕乐、归梦临皋。

——《望月婆罗门引》

上引数词,或着意于东坡逸事,或效法东坡体例,甚至化用东坡原句,表现闲情雅意,可谓得士大夫情致之一端。

二、法度的继承与偏重

花间以来,词多为小令,以含蓄蕴藉为长。及至柳永多制慢词,"始铺叙展衍,备足无余"①。自此,小令与慢词二水分流,蔚为壮观。小令法度尚较单一,以言不尽意为贵;慢词则除铺叙外,而多用典、议论,苏轼以诗为词,肇始其端;辛弃疾"用经用史"②,以文为词,可视为个中典范;而"元遗山极称稼轩词,及观遗山词,深于用事,精于炼句,有风流蕴藉处,不减周、秦"③。张炎作为风雅词人,贵含蓄,轻发露,故赏遗山词之用典、炼句。的确,元好问兼采小令、慢词之创作手法而能自具面目,诚如白朴所谓"裕之法度最备"。

王恽小令能遵守含蓄蕴藉之体制,力图做到语淡情深,如《点绛唇·雨中故人相过》:"谁惜幽居,故人相过还晤语。话余联步。来看花成趣。春雨霏微,吹湿闲庭户。香如雾。约君少住。读了离骚去。"寥寥数语,而意味隽永。不仅如此,王恽有些慢词亦能如遗山词一样,融合小令含蓄蕴藉之体性特点,如《元代文学史》所说:"王恽的词风也有蕴藉风流的一面,如《水龙吟·赋秋日红梨花》和《喜迁莺·祁阳官舍早春闻莺》即属此类。"④ 二词皆大量用典,却能"蕴藉风流",足见学习元氏法度之效。

当然,最能体现王恽学习苏、辛、元三家慢词法度的是议论手法的运用。他意识到了前人议论之长,"坡诗虽二十字者,皆有莫大议论"⑤。王

---

① 李之仪:《跋吴思道小词》,见施蛰存主编《词籍序跋萃编》,中国社会科学出版社1994年版,第47页。
② 刘辰翁:《辛稼轩词序》,见施蛰存主编《词籍序跋萃编》,中国社会科学出版社1994年版,第201页。
③ 张炎:《词源》,见唐圭璋编《词话丛编》,中华书局2005年版,第267页。
④ 邓绍基主编:《元代文学史》,人民文学出版社1991年版,第402页。
⑤ 王恽:《秋涧先生大全文集》卷九四,见《四部丛刊初编》,第894页。

恽以议论入词，如《水龙吟·登邯郸丛台》，上阕以景起，"春风赵国台荒"，引出历史兴亡之慨，"月明几照苕华梦"。接着，叙述史事，叙事之中不废议论；下阕以议论为主，结合写景记事，以气驭之，极为疏快。

王恽在议论之法度方面并没有停留在单纯的继承上，而是有所发展，这表现在他引入白居易诗论，要求词以美刺。其《水龙吟》序云：

> 至元二十三年丙戌孟冬二十八日小雪，十月中，是日雪作，连明沾地，而释润于春泽，其应时呈瑞，数年以来，未之见也，实可为明时庆，因作乐府《水龙吟》以纪其和。予平昔屡尝赋此，未免掇拾故事，张皇景气而已。兹篇之作，颇体白战，抑老怀，略见朴忠之至，畎亩不忘之意也。

在王恽看来，雪是"应时呈瑞"的，可以用来"作乐府"而"明时庆"，"略见朴忠之至，畎亩不忘之意"。这种主张源自白居易《新乐府诗序》所说的诗以美刺精神："总而言之，为君、为臣、为民、为物、为事而作，不为文而作也。"[①] 美政之余，王恽也主张词以讽喻。另一首《水龙吟》序云：

> 飞卿系出将种，予官燕赵时相识。读书尚义，若不碌碌者，然流离顿挫，迄于今十年，其穷极矣，既为哀之，且求其所以然，遂有斯作。以越调《水龙吟》歌之，庶几伯奇履霜，自伤穷思返义，俾采诗者闻之，不无当答逐儿之感。

在此，王恽对朋友"流离顿挫"之遭遇十分同情，"遂有斯作"，希望借此"俾采诗者闻之"，讽喻之意显而易见。白居易《与元九书》云："始知文章合为时而著，歌诗合为事而作……启奏之外，有可以救济人病，裨补时阙，而难于直言者，辄咏歌之。欲稍稍递进闻于上，上以广宸聪，副忧勤；次以酬恩奖，塞言责；下以复吾平生之志。"[②] 这段文字是王恽词以美刺观的基础，"笑乐天空抱，元和诗律，梦金銮殿"（《水龙

[①] 白居易：《白居易集》，中华书局1979年版，第52页。
[②] 白居易：《白居易集》，中华书局1979年版，第926页。

吟》）一句点明了这层渊源关系。

王恽的词以美刺观在词史上具有独特意义。苏、辛词皆有议论，但多是作为缘情记事之补充，尚没有自觉地把政治纳入议论范畴。倒是与辛弃疾同时的陈亮多以议论陈"经济之怀"①，可视为王恽词以美刺观的先声。因此，王恽把白居易诗论引到词中，把政治性因素纳入词之议论的范畴，是对苏、辛词论的发展，也是对词之法度的一个贡献。

三、词风上的转益多师

马兴荣先生《元明清词鉴赏辞典序》云："元词的发展，大略可分为前后两期。前期是指蒙古时期及改国号为元以后的至元、大德时期。这时期社会比较安定，来自宋、金词人较多，词的风格也比较多样。"② 作为元代前期的重要词人，王恽词的风格也极为多样，其中以豪放疏快、"清浑超逸"（况周颐评语）为主。下面分别论之。

（一）豪放疏快

这主要体现在以下两方面：

1. 题材内容

秋涧词表现了元初文人士大夫的生活与情感，基调昂扬饱满或深沉怆楚，气概则雄放阔大、鼓荡人心。

豪放词风的树立离不开词境的开拓。元朝混一天下，造就了王恽昂扬向上的时代精神，表现在词中，首先便是热情歌颂明主权臣，对大一统致以由衷的赞美：

　　谈笑金华，故事六合海波平。
　　　　　　　　　　　——《望海潮·为故相云叟公寿》

　　六合一家统，依日月，到重光。
　　　　　　　　　　　——《木兰花慢》

---

① 叶适：《叶适集》卷二九，中华书局1961年版，第597页。
② 钱仲联：《元明清词鉴赏辞典》，上海辞书出版社2002年版，第3页。

六合澄清到一家。颙颙文物望中华。

——《浣溪沙》

道朝家、雨露同春,问甚江南江北。

——《夺锦标》

另外,大一统时代还孕育了王恽积极用世的精神,他常以功业许人和自许,即使别情依依,也掩盖不了那昂扬饱满的情感,不可遏制的气势,如《水调歌头·送王子初之太原》就径直期许友人像"西风鸿鹄,一举横绝碧云端"。"综观全词,气势雄浑,悲壮慷慨,大处起笔,有高屋建瓴之势,小处作结,读者可从作者自身的遭际作无穷的人生回味。"①

达则兼济天下,那么,穷又该如何?秋涧词为我们展示了一个豁达执着的词人形象,虽然情感基调趋于深沉怆楚,但气概仍不失雄放阔大,请看《水调歌头·次前韵》:

纫兰缀芳佩,远驾振灵修。王城似海无际,泛若一轻舟。谁着朱衣白简,老坐痴床十日,霜鹘漫横秋。落日壮心在,不负鬼神幽。

笑咿嚘,惊肮脏,竟何求。丈夫出处义在,不用计行留。万事味来嚼蜡,只有济时一念,未肯死前休。驱马出东郭,聊以散吾忧。

掷地有声的话语、铿锵有力的韵律直揭词人老当益壮的精神,那份执着与坚毅确实有着鼓荡人心的艺术效果。

2. 表现手法

酣畅淋漓的议论,增强了气势;旁征博引的用典,增加了容量。二者结合,对王恽词豪放疏快词风的形成影响至大。

(1) 议论手法的运用。

词以议论,可以突出作者主体性,明确直白地表达思想感情,形成一种酣畅淋漓的气势,助长豪放词风。秋涧词多有议论,但能以气驭之,突显创作主体精神。范开《稼轩词序》云:"器大者声必闳,志高者意必远。知夫声与意之本原,则知歌词之所自出。是盖不容有意于作为,而其

---

① 钱仲联:《元明清词鉴赏辞典》,上海辞书出版社2002年版,第41页。

发越著见于声音言意之表者,则亦随其所蓄之浅深,有不能不尔者存焉耳。"① 王恽一生仕隐不居,出处矛盾与辛弃疾略为相似,化而为气,历史浩叹、人生感慨等议论皆能为之驱遣,且看《木兰花慢》:

叹西山归客,又愁里,过清明。记幕燕巢倾,朝堂人去,往事堪惊。行藏固非人力,顿尘缨、终愧草堂灵。潘岳无闲可赋,渊明何地堪耕。　　汉家一论到书生。六合望澄清。甚楼上元龙,山中宰相,何止虚名。当年卧龙心事,尽羽毛、千古见青冥。憔悴中堂故吏,醉来老泪纵横。

词写出处行藏,颇有壮志不遂之感。为此,化用诸葛亮、潘岳、陶渊明、陈元龙、陶弘景诸典,以议论出之,使几乎每一典故都能成为一个完整自足的单位。而在所有单位之间,又以抑郁不平却豪迈劲健之气贯穿,从而共同烘托出全篇主题而不游离,可谓腾挪有致。

不仅如此,秋涧词还注意将议论与叙事、写景结合,如怀古词《水龙吟·登邯郸丛台》,上阕由眼前之景,联想昔日繁华,下阕则放笔人生际遇,暗寓身世之感。写景记事,出以议论之笔,深具豪放疏快之风格。

(2)典故的化用。

用典方式对词风影响较大,刘辰翁《辛稼轩词序》称稼轩词"用经用史",故能"横竖烂熳"②,雄深雅健。秋涧词喜用典故,技巧突出,表现在以下方面:

第一,多用典故。王恽编有《承华事略》《文府英华》等类书,对典故十分熟稔。其词就用典范围而言,经史子集,都有涉及;就密度而言,一首词出现五到六个典故是很常见的,甚至连小令也不例外,如《鹊桥仙·和刘梦吉韵》:

高人非古。冲襟粹宇。要览德辉飞举。伊周元不是庸人,吾志在、箕山巢许。　　兰纫有赋。菊香酿黍。梦断糟床秋雨。渊明卧老北窗风,犹胜似、清谈夷甫。

---

①　施蛰存主编:《词籍序跋萃编》,中国社会科学出版社1994年版,第199页。
②　施蛰存主编:《词籍序跋萃编》,中国社会科学出版社1994年版,第201页。

为了表达隐逸志向，便拉来了周勃、巢父、许由、屈原、陶渊明、王夷甫等古人助阵，可谓多多益善。

第二，善用典故。对于典故，有时略微改编，使之与整首词的意境相统一，"疏快之中，自饶深婉"①，如《水调歌头·送王修甫东还》上阕：

> 樊川吾所爱，老我莫能俦。二年鞍马淇上，来往更风流。梦里池塘春草，却被鸣禽呼觉，柳暗水边楼。浩荡故园思，汶水日悠悠。

"梦里池塘春草，却被鸣禽呼觉，柳暗水边楼"化用南朝谢灵运《登池上楼》中的"池塘生春草，园柳变鸣禽"，前二句可谓动荡，后一句却极含蓄，一扬一抑，既有气势美，又有含蓄美，和整首词的意境十分契合。

有时则排比典故，如前引《木兰花慢》（叹西山归客）连用六典，非但没有烦琐之弊，反而极动荡疏快。

吴梅先生在《词学通论》中评王恽曰："其词精密弘博，自出机杼。"② 就秋涧词多用典故来说，可谓"精密弘博"；就善用典故来说，可谓"自出机杼"。

（二）清浑超逸

况周颐《蕙风词话》卷三云：

> 秋涧乐府《鹧鸪天·赠驭说高秀英》云："短短罗袿淡淡妆。拂开红袖便当场。掩翻歌扇珠成串，吹落谈霏玉有香。　由汉魏，到隋唐。谁教若辈管兴亡。百年总是逢场戏，拍板门锤未易当。""驭说"，即说书，此词清浑超逸，近两宋风格。③

况氏所引王恽之词是为说书人所写。整首词也如说书人的绝妙演说一样，朗朗上口，却意味隽永，确当"清浑超逸"之评。

---

① 刘熙载：《艺概》，上海古籍出版社1978年版，第113页。
② 吴梅：《词学通论》，复旦大学出版社2005年版，第99页。
③ 唐圭璋编：《词话丛编》，中华书局2005年版，第4471页。

那么何谓"清浑超逸"？沈祥龙《论词随笔》云："词不尚铺叙，而事理自明，不尚议论，而情理自见，其间全赖一清字。骨理清，体格清，辞意清，更出以风流蕴藉之笔，则善矣。"① 清而能明事理，清而能见情理，事、情二端，全凭清字，即以士大夫之清雅精神入词，通过淡笔浅语描写清景，表现清情，构成清境。这样的意境是浑成自然的，含蓄蕴藉的，是可谓之"清浑超逸"的。我们可以从以下两个方面探讨秋涧词之清浑超逸的特点。

1. 言浅事明

词以抒情为主，不以叙事为长。但是，伴随着词的发展，词题、小序的引入，叙事性也在不断增强。秋涧词亦有记事之作，多具有言浅事明的特点。且看《江神子》：

> 金朝遗风，冬月头雪，令僮辈团取，比明抛亲好家，主人见之，即开宴娱宾，谓之撒雪会。去冬无雪，今岁初白如此，灯下喜赋此词，录奉达夫，且应撒雪故事，为一觞之侑也。
>
> 小窗遥夜失冬严。觉春添。卷疏帘。掌许冰花，撩乱扑风檐。喜倒坐中儿子辈，争指似，谢家盐。　一杯灯下醉掀髯。处穷阎。最情忺。万垄含春，江上麦纤纤。应笑冻吟苏老子，揩病目，认青帘。

况周颐重视该词所叙本事，认为"金源雅故，流传绝少，亟记之"②。词序写撒雪会故事，寥寥数笔，原委已明。正文上阕写雪来情景，画面生动：窗外大雪纷飞，坐中小孩雀跃，夜遥团坐，其乐融融；下阕则借题发挥，由雪而及"纤纤"麦苗，俨然一副忧国忧民的形象。全词叙写雪前夜景、雪时场景与雪后展望之图景，叙写喜悦却不忘家国的"苏老子"形象，浅显易明，却又生趣盎然。

另如《春从天上来·承御韩氏者，祖母之姝也，姿淑婉，善书……》，叙写韩氏的身世遭际，"尤多故国之感"③。小序叙事娓娓道来，语淡情深，正文则隐喻韩氏遭际，可谓相得益彰。沈雄《古今词话》引《乐府

---

① 唐圭璋编：《词话丛编》，中华书局2005年版，第4054页。
② 唐圭璋编：《词话丛编》，中华书局2005年版，第4549页。
③ 吴梅：《词学通论》，复旦大学出版社2005年版，第99页。

记闻》语曰:"词不引用故实,而淡宕可喜"①,确实道出了该词的特色。类似的作品还有题圣姑庙的《喜迁莺》、4 首赋燕子楼的《眼儿媚》等,都体现了言浅事明的特点。

2. 语淡情深

魏晋时,"王孝伯言:名士不必须有奇才,但使常得无事,痛饮酒,熟读《离骚》,便可称名士"②。从中可以看出美酒、《离骚》对名士的意义。这对后世词人颇具诱惑力,南宋黎廷瑞《一剪梅》词可见一斑:

> 小小黄花尔许愁。楚事悠悠。晋事悠悠。荒芜三径渺中洲。开几番秋。落几番秋。　　不是孤芳万古留。餐亦堪羞。采亦堪羞。离骚赋罢酒新篘。醒也风流。醉也风流。

可见《离骚》、美酒成了词人情感的最好载体,骚可明志,酒可解愁,醉醒之间,皆自风流。这种风流体现在秋涧词中,就有着语淡情深之妙。前文所引《点绛唇·雨中故人相过》一词,写春日寂寞,故人来访。清谈、赏花,多么风流的举止,而真挚之情皆现于言外。然而,作者更推进一层,末句"读了离骚去","抒发隐逸山林而心存魏阙之情"③。无论隐逸之乐、相得之意,还是忠君之情并不直接表达出来,而是通过清淡之语隐约见出。

这样的例子还有很多,如《浣溪沙·六月初三日,与学官高伯祥夜话于魏府之清润堂》《点绛唇·探花》《点绛唇·春雨后小桃》,皆能以清淡之辞,写潇洒之态,与前引沈祥龙"不尚议论,而情理自见"之说正合。

但是,王恽也有"议论"能"清"者,如《点绛唇·西湾即事》:

> 碧玉环深,一尊同醉清明后。绿阴晴昼。多少闲花柳。　　身世虚舟,日月惊跳走。谁豪右。忘怀唯有。拍泛船中酒。

---

① 唐圭璋编:《词话丛编》,中华书局 2005 年版,第 1018 页。
② 徐震堮:《世说新语校笺》,中华书局 1984 年版,第 410 页。
③ 钱仲联:《元明清词鉴赏辞典》,上海辞书出版社 2002 年版,第 35 页。

上阕叙事兼而写景，春日闲暇，同饮美酒，不失为名士所为；下阕却转入议论，感叹身世，叹息岁月，一片怅惘却又执着之情，跃然纸上。整篇不作豪壮语、浓艳语，而深情自见，可谓语淡情深。

总的说来，词风的生成问题比较复杂，既受制于时代、地域等客观因素，又同词人的主体性有关。当然，词学传统也是不容忽视的一个因素。秋涧词多样化风格的生成就同王恽对苏、辛、元三家词的学习和借鉴分不开。

首先，宋金词坛，以苏、辛、元前后三家为代表，豪放词风已非常成熟并形成了与婉约词风相对的一个优良传统，王恽深受濡染。

一般认为，词体风格呈二水分流之态。明代张綖《诗余图谱·凡例》按语云："词体大略有二：一体婉约，一体豪放。婉约者欲其辞情酝籍，豪放者欲其气象恢弘。盖亦存乎其人，如秦少游之作，多是婉约，苏子瞻之作，多是豪放。大抵词体以婉约为正。"① 的确，自花间以来，词以婉约为宗，然苏轼出，则有意识地树立豪放词风，其词"想象豪放风流之不可及也"②。及至辛弃疾，"所作大声鞺鞳，小声铿鍧，横绝六合，扫空万古，自有苍生以来所无。其秾纤绵密者亦不在小晏、秦郎之下"③。元好问宗法苏、辛，可谓兼有众长。"遗山之词，亦浑雅、亦博大，有骨干，有气象。以比坡公，得其厚矣，而雄不逮焉者。"④ "金元遗山……以词而论，疏快之中，自饶深婉，亦可谓集两宋之大成者矣。"⑤ 可见，自苏经辛至元，豪放词风已经形成了一个传统，可谓代不乏人。

王恽秋涧词亦"颇多深裘大马之风"⑥，充满豪放刚劲之气，显示出对豪放词风的自觉体认，这得益于他同元好问的师承关系。王恽28岁时曾与元好问有一面之缘并得其指授，之后很久，他还经常梦到这一场景："分明昨夜梦遗山，指授文衡履约间。道必细论能出理，文徒相剽亦何

---

① 转引自吴熊和《唐宋词汇评》（两宋卷），浙江教育出版社2004年版，第680页。

② 曾慥：《东坡词拾遗跋》，见施蛰存主编《词籍序跋萃编》，中国社会科学出版社1994年版，第60页。

③ 刘克庄：《辛稼轩集序》，见施蛰存主编《词籍序跋萃编》，中国社会科学出版社1994年版，第200页。

④ 况周颐：《蕙风词话》卷四，见唐圭璋编《词话丛编》，中华书局2005年版，第4464页。

⑤ 刘熙载：《艺概》，上海古籍出版社1978年版，第113页。

⑥ 冯金伯：《词苑萃编》，见唐圭璋编《词话丛编》，中华书局2005年版，第1893页。

颜。江流不废惊千古,雾管时窥得一斑。落月满梁清境觉,紫桐花露湿银冠。"① 可见,元氏对王恽论道为文的影响之深远。王恽 66 岁时所作的《诗梦》则直接谈到了对遗山词的看法:"十一月七日,与儿子辈祓除回,就枕熟睡,近四鼓,梦与姜君文卿会历下亭。酒半酣,姜歌《鹧鸪曲》寿予,声甚欢亮。已而,以遗山新旧乐府为问。余曰:'旧作极佳,晚年觉词逸意宕,似返伤正气。'姜以为然……时二十五年戊子岁也。"② 在此,王恽对遗山晚年之作略有微词,认为"词逸意宕""返伤正气",有违温柔敦厚之旨。这种态度自然是王恽反思的结果,与他步入老年之后思想渐趋平淡、中庸不无关系。然而,"词逸意宕"恰是遗山词臻于化境的一种表现,与"疏快之中,自饶深婉"正相一致,这虽不为晚年的王恽所取,却对青年时期的王恽极具诱惑力,故成为秋涧词豪放疏快的直接渊源。

其次,与词之士大夫化密切相关,两宋词人对"清"情有独钟,这为秋涧词之清浑超逸提供了蓝本。

前引况周颐《蕙风词话》卷三谓秋涧词《鹧鸪天·赠驭说高秀英》"清浑超逸,近两宋风格",所谓"近两宋风格",实际上指的是对"清"的追摹。

五代两宋,词之士大夫化十分明显。王国维说:"词至李后主而眼界始大,感慨遂深,遂变伶工之词而为士大夫之词。"③ 到了宋代,欧阳修、苏轼等人将词之士大夫化进一步推进,表现之一就是词风的雅化。冯煦《宋六十家词选》云:"宋至文忠,文始复古,天下翕然师尊之,风尚为之一变。即以词言,亦疏隽开子瞻,深婉开少游。"④ 无论"疏俊"还是"深婉",都可视为士大夫审美情趣在词中的反映。

"清"作为词风雅化的一个方面为词人所推崇。东坡词之"清丽舒

---

① 王恽:《五年六月初八日夜梦遗山先生指授文格觉而赋之以纪其异》,见王恽《秋涧先生大全文集》卷一四,《四部丛刊初编》,第 171 页。
② 王恽:《秋涧先生大全文集》卷四四,见《四部丛刊初编》,第 457 页。
③ 王国维:《人间词话》,见唐圭璋编《词话丛编》,中华书局 2005 年版,第 4243 页。
④ 唐圭璋编:《词话丛编》,中华书局 2005 年版,第 3585 页。

徐"①，稼轩词之"固有清而丽，婉而妩媚"②，姜夔词之"清空"③，皆表明了词人对"清"的推崇与塑造。因此，建立在共通的审美心理之上，秋涧词多清浑之作就不足为怪了。

最后，秋涧词的两种主导风格并不是截然分开的，所谓"疏快"与"超逸"有着一个共同的指向，那就是士大夫之气。正如前文所论，王恽之情致有雅正之情与闲雅之情二端，化而为气，则一疏快之豪气，一超逸之清气，二气并驱，便塑造了多样化的秋涧词风。

总之，作为元代前期的重要词人，王恽在情致、法度及风格诸方面继承了前人尤其苏、辛、元三家的词学观念，渊源脉络十分清晰。更为重要的是，其词以美刺观发展了苏、辛、元以来的词之议论化，在词学理论上具有独特意义，值得我们重视。

---

① 张炎：《词源》，见唐圭璋编《词话丛编》，中华书局2005年版，第266页。
② 范开：《稼轩词序》，见施蛰存主编《词籍序跋萃编》，中国社会科学出版社1994年版，第199页。
③ 张炎：《词源》，见唐圭璋编《词话丛编》，中华书局2005年版，第259页。

第十六章 《吏学指南》的文体学意义

《吏学指南》一书为元代吴郡徐元瑞所编,被学界作为元代基本史料而广泛利用。相关研究多从律学、吏学、语言学着手,颇为深入①,而对于该书卷二所载文书类目的文体学意义却未暇揭橥。本章即不避浅陋,对此加以讨论。

一、吏学之一部与《吏学指南》所载文书类目

我国古代吏制源远流长,在此基础上,吏学得以形成。有学者认为:"吏学又称幕学、宦学、仕学、牧学、官学、政学,是关于官吏居官施政司法的学问,也是为官经验的总结。"② 因为历史上一直存在由官而吏或由吏而官的现象,官与吏关系密切,所以对二者之学做严格区分是比较困难的。不过,吏从属于官,受后者辖制,二者的出身、职责、地位并不相同,故将二者之学简单画等号也不符合史实。实际上,古代不乏专论吏学的著作,如徐元瑞所编《吏学指南》便是。该书专就吏这一群体的立身处事、施政司法而言,有其鲜明的时代性。

元代吏风兴盛,苏天爵《元故奉元路总管致仕工部尚书韩公神道碑铭并序》云:"昔者国家既定天下,乃置官府以成庶功,而军旅章程食货刑狱缮作之事日以兴矣,必需刀笔简牍记载施行,世之豪杰有用之士群起

---

① 相关研究成果主要有:冈本敬二《吏学指南的研究》,叶潜昭译,见《大陆杂志史学丛书》第四辑第 4 册《宋辽金元史研究论集》,大陆杂志社 1975 年版;叶新民《一部元朝公文用语辞典——〈吏学指南〉简介》,载《内蒙古社会科学》1988 年第 6 期;汪汉卿、章善斌《〈吏学指南〉中的法律思想》,载《学术界》1992 年第 2 期;王军杰《〈吏学指南〉研究》,山东大学硕士学位论文,2014 年;杨世铁《〈吏学指南〉的辞书性质》,载《淮北师范大学学报》2014 年第 5 期;郭超颖、王承略《从〈吏学指南〉看元代吏员意识》,载《江西社会科学》2015 年第 2 期。
② 武树臣:《中国古代的法学、律学、吏学和谳学》,载《中央政法管理干部学院学报》1996 年第 5 期。

而趋之。"① 基于国家治理的需要,"豪杰有用之士"纷纷趋向刀笔之吏。这还只是表象,而深层原因则如至元四年（1267 年）王鹗所言:"贡举法废,士无入仕之阶,或习刀笔以为吏胥,或执仆役以事官僚,或作技巧贩鬻以为工匠商贾。"② 科举长时间被废止不用,导致儒士失去了进身途径,不断分化,坚持儒业的不免沦为社会边缘人物,而弃儒改业其他的则成为主流,"习刀笔以为吏胥"即其中之一。

此外,吏员出职（指吏员脱离吏职出任官职）较易实现,也促进了这一风气。元代姚燧《送李茂卿序》云:"大凡今仕惟三途:一由宿卫,一由儒,一由吏。由宿卫者,言出中禁,中书奉行,制敕而已,十之一。由儒者,则校官及品者提举、教授,出中书;未及者则正、录而下,出行省、宣慰,十分一之半;由吏者,省、台、院,中外庶司、郡县,十九有半焉。"③ 由吏而官,一定程度上为吏员提供了升迁渠道,也直接激发了吏风之兴盛。

当然,这里有两个问题需要注意。其一,元代官、吏是有区别的。虽然谢枋得在《送方伯载归三山序》中有"一官二吏……九儒十丐"④ 之说,官、吏相较儒、丐而言居于社会上层,但在官、吏之间,由于民族不平等政策的限制,对于占绝大多数的汉族吏员来说,要想循资成为高级官位,还是很困难的。《元史·百官志》云:"官有常职,位有常员,其长则蒙古人为之,而汉人、南人贰焉。"⑤ 即当时写照。其二,即在吏这一群体内部,由于出身、职位不同,其差别也很大。《元典章》分吏为儒吏、职官吏员二类,而后者又有令史、书吏、典吏、译史通事、宣使奏差、司吏、典史、狱典、库子等名目。各有不同的职掌与要求。⑥

---

① 苏天爵著,陈高华、孟繁清点校:《滋溪文稿》,中华书局 1997 年版,第 182 页。
② 宋濂等:《元史》卷八十一《选举志》,中华书局 1976 年版,第 2017 页。
③ 姚燧著,查洪德编校:《姚燧集》,人民文学出版社 2011 年版,第 71 页。"按姚燧所说,由宿士、儒官、吏职进入流品官的比率,应当分别是 10%、5%、85%。则'由吏者……十九有半焉'当改为'十八有半焉'。"见白寿彝总主编,陈得芝主编《中国通史》第八卷《中古时代·元时期》上册,上海人民出版社 2015 年版,第 755 页注。
④ 谢枋得:《新刊重订叠山谢先生文集》卷二,见舒大刚主编《宋集珍本丛刊》第 87 册,线装书局 2004 年版,第 390 页。
⑤ 宋濂等:《元史》卷八十五《百官志》,中华书局 1976 年版,第 2120 页。
⑥ 参见陈高华等点校《元典章》吏部卷之六,中华书局、天津古籍出版社 2011 年版,第 423~499 页。

徐元瑞对元吏之状况有明确认识,对元吏之德行有明确要求,故撰《吏学指南》一书加以阐释。其《习吏幼学指南序》着眼于官、吏的相互关系,突出吏"得时行道"的必要性,指出了吏的当下意义:

> 尝闻善为政者必先于治,欲治必明乎法,明法然后审刑,刑明而清,民自服矣。所以居官必任吏,否则政乖。吏之于官,实非小补。夫吏,古之胥也,史也,上应天文,曰土公之星,下书史牒,曰刀笔之吏,得时行道,自古重焉。……钦惟圣朝一统,天下同文,繇吏入官,深合古法,凡居是职,可不爱重。

接着,他强调了吏学的重要性,将其提升到了"致君泽民之学"的地位:

> 夫读律则法理通,知书则字义见,致君泽民之学,莫大乎此。

于是,他"因摘当今吏用之字及古法之名,首冠以历代吏师,终继于恕刻轨范,类成一书,目曰《习吏幼学指南》"①。验之于《吏学指南》之《续修四库全书》影印元刻本②,略有不同。影元本先载石抹允敬所作序,次之《历代吏师类录》,次之目录,次之正文,而《恕刻轨范》失载。下面即以影元本为据详加叙说。

《历代吏师类录》以代为序,列举了皋陶、周公旦等174位前代堪为吏之师范者的职位、姓名。虽有标榜太过之处(如将唐代李林甫列入),

---

① 徐元瑞撰,杨讷点校:《吏学指南》,浙江古籍出版社1988年版,第3页。
② 关于《吏学指南》的版本,杨讷《吏学指南·点校说明》云:"此书元刊本一九二九年尚存……可惜我们未能找见。存世还有明刊《居家必用事类全集》本和日本、朝鲜的刻本。一九五一年日本东京东洋史研究会以明刊本为底本,用日本、朝鲜的刻本校补,出了油印本。一九六九年台北文海出版社据日本油印本改版排印,虽称曾以《居家必用》本覆校,错字仍然不少,标点错误尤多。现在此印本基础上用日本宽文十三年(一六七三年,清康熙十二年)刊《居家必用》本作了校勘,并据《周易》《尚书》《左传》等典籍校正了部分引文,重新标点排印。"(浙江古籍出版社1988年版)实际上,其所言《吏学指南》元刊本现藏国家图书馆,《续修四库全书》及《中华再造善本》均有影印本。与杨讷点校本相比,《续修四库全书》影印本无《习吏幼学指南序》及《为政九要》,但有分卷。本文所引《吏学指南》正文,即以《续修四库全书》影印本为准,见《续修四库全书》第973册,上海古籍出版社2002年版,不一一出注。

却昭示了作者以此激励后进的用心。

正文分为8卷，每卷基本设大类若干，每大类下系词条若干。具体卷目如下：

卷之一：吏称、行止、才能、六曹、衙门南北之异、戒石铭、郡邑、府号、官品、官称、吏员、统属、除授、世赏、廪给、考功、政事、五事、户计

卷之二：仪制、旨判、诸此、玺章、公式、发端、结句、状词、册籍、榜据、署事、礼仪、详恕、救灾、三宥、五戒

卷之三：三典、三罪、三赦、五纠、五禁、八议、五科、八例、较名、字类、十恶、七杀、六赃、六色、五流、三度

卷之四：赃私、首过、法例、条贯、四罪、五刑（赎铜附）、杂刑

卷之五：肉刑（余死罪附）、狱名、狱具、加刑、听讼、五父、十母、老幼疾病、五服、三殇、服制、亲姻、户婚

卷之六：狱讼、推鞫、良贱孳产、勾稽、体量、禁制

卷之七：捕亡、诈妄、贼盗、钱粮造作、征敛差发、诸纳、杂类

卷之八：诸箴、诸说、吏员三尚、律己、仁恕、惨刻、五伯马进传

这些类目，实际涵盖了吏学的方方面面。综合来看，主要可概括为以下四个方面：

第一，吏制常识，包括称谓、机构、考选、职任等。如"吏称"类涉及的是吏之称谓、种类，"六曹""衙门南北之异""郡邑""府号"涉及的是政府机构设置情况，"统属""除授""世赏""廪给""考功"等所言为吏之考选，"政事""五事""户计""捕亡""钱粮造作""征敛差发"等则与吏之职任相关。

第二，吏之德行要求。"行止""才能""诸箴""诸说""吏员三尚""律己""仁恕""惨刻""马进传"等都是专就吏之德行而言的。鉴于元代腐败的吏治，该书试图从两个方向规范吏之德行：一是直接引述法律条目加以介绍，如"行止"要求"孝事父母、友于兄弟、勤谨、廉洁、谦让、循良、笃实、慎默、不犯赃滥"，"才能"要求"行遣熟闲、语言辩

利、通习条法、晓解儒书、算法精明、字画端正"等，即引自至元二十六年（1289年）九月的《试选书吏条目》①；二是汇编前人或时人关于吏治的言论、行实加以标榜，如卷八"诸箴"包括《提刑箴》、宋潘畤《司臬箴》、唐张说《狱官箴》，"诸说"包括宋李之彦《狱讼说》、梅挚《瘴说》，"吏学三尚"则为徐容斋所作，诸种文体及言论皆有规谏之意。而同卷"律己""仁恕""惨刻"、《五伯马进传》则类集历代吏人典型，从正反两方面对人进行德行教育。这都明显带有以儒术饰吏事的特点。

第三，法律司法制度。元朝"设律学以教人，置律科以试吏"②，因此法律司法制度在吏学中的地位甚为重要。《吏学指南》对此做了重点介绍，具体体现在该书卷三至卷七的类目中。

第四，文书文体及相关知识。作为吏学的重要组成部分，文书是不容忽视的。在《吏学指南》中，文书及相关知识的介绍主要体现在卷二的一些类目中，在全书所占的比重并不大，但这些类目既涉及多种文书文体，又涵括了元代文书的用语、流程等方面的辞条，具有特殊的文体学意义。这可从以下三个层面加以阐述。

首先，《吏学指南》收录了多种文书文体。从与吏的关系疏密程度来看，该书所收录的文书文体可分为三类：一是王言之体，作为下行文，吏主要承担的是传达与执行的责任。"仪制"类共收5种，分别是制可、诏、敕、宣、勅牒；二是官员常用文书文体，有时需要吏来代笔，主要为"仪制"类的表、奏、笺、启4种；三是吏员常用文书文体，如"状词"类中的"状"，"册籍"类中的"案牍""签表"，"榜据"类中的"榜""文契"，等等。这些文书文体与吏的日常工作息息相关，是他们所必须熟练掌握的。当然，不同吏员，职责不同，所需掌握的文体可能也有所不同。

《吏学指南》对文书的分类，基本采取的是二级形式，即在"仪制""状词""册籍""榜据"大类下，收录该类具体文书文体及相关知识性条目。其类目命名与分类标准似乎并不一致，如"仪制"着眼于文体等级，"状词""册籍""榜据"则与文体的实用性相关。在具体分类上，

---

① 参见陈高华等点校《元典章》第1册，中华书局、天津古籍出版社2011年版，第456页。
② 苏天爵：《乞续编通制》，见苏天爵著，陈高华、孟繁清点校《滋溪文稿》，中华书局1997年版，第434页。

"榜据"下的"榜"有"镂榜""板榜""手榜"等,依据则是榜的具体形态。

揆之于文体学史,《吏学指南》对文书文体的载录具有一定的辨体意义。比如,它对某些应用文体的介绍是非常细致的,为一些专门的辨体著作所无。以榜为例,《文体明辨》有道场榜一体,但与文书文体无关,其对作为文书文体的榜则没有涉及。而《吏学指南》则设有3个辞条,分别谓:"镂榜,谓刻文遍示也。""板榜,谓昭示于木也。""手榜,谓片著示人也。"从形态及应用场合角度对榜做了区分,有助于对这一文书文体的认识。

其次,《吏学指南》对文书的格式及常用语做了解释。"发端""结句"是就文书结构而言的,"发端"介绍了若干常用词,如会验、照得、契勘、勘会、看详、拖详、披详、参详、相度等,"结句"包括照详、照验、谨牒、故牒、主者施行、符到奉行、阶衔等,皆为文书结尾常用语。"旨判"有圣、懿、令、钧、台、尊等,是对行文对象的称谓用语。"诸此"中的钦、敬、奉、蒙、准、据、得等,亦是文书常用语。

最后,《吏学指南》卷二所收录的部分用语,隐含着文书从撰作、署押到施行的流程。施行对象不同,决定了文书的流程与用语。《吏学指南》对此类用语做了解释,如"公式"类所收札付、咨、符、关、指挥、牒、咨呈、咨申、申、文解、付予、付身、批贴、呈、引、移文、海行、生熟事、公文等,皆有特定的使用环境与施行对象。"署事"类所收辞条有判署、押字、议、拟、照、行、会议、集议、公议、佥议、完议、聚会、聚齐、会集、会合、当该、假暇、回避、妨嫌、宣谕、晓谕、省谕、省会、定夺、讲究、更张等,则涉及文书的形成与实施等流程用语。"玺章"类包括御宝、印信、长条印、木朱印等辞条,则与文书的署押制度有关。

如果说《吏学指南》对文书常用语的介绍还只是有助于后世了解元代文书的修辞习惯的话,那么其对文书流程的涉及则俨然将文书的施行环境逗露出来,引导人们注意文书的动态过程、"活"的状态,从而从时代的宏阔视野中发掘文书文体所承载的文化意义。

二、求古而不离今:《吏学指南》的诠解特色

《吏学指南》是吏学启蒙之书,是徐元瑞鉴于"初学之士,妙龄而

入,律书要旨,未暇师承,巧诋之风,薰染日著"而作,"期在启蒙"(《习吏幼学指南序》)。由于元人往往幼而学吏,故存在很多弊病,如至元九年(1272年)按察使覃嘉云:"府县人吏,幼年虽曾入学,仅至十岁已上,废弃学业,辄就吏门中书写文字。礼义之教懵然未知,贿赂之情循习已著,日就月将,薰染成性。及至年纪成长,就于官府勾当,往往受赃曲法,遭罹刑宪,不可胜数。"① 因此对这些习吏幼童予以全方位的启蒙教育是有现实意义的。

基于启蒙教育的特点,《吏学指南》的编撰采取的是传统字书的做法,"摘当今吏用之字及古法之名",予以一一解释,这就决定了该书的性质颇类辞典。对此,许多学者做了探讨,如叶新民认为该书"收录了政治、经济、法律等方面公文用语二千一百零九条,区分为九十一类。其编纂体例,类似现代的辞书,每条词目下面,都有简明确切的释文。因此,我们可以把它称为《元朝公文用语辞典》"② 杨世铁的总结更为到位:"元人徐元瑞编著的《吏学指南》一书,收吏学、法律方面的专科词语1450条,按84类编排,其中有1406条做了详细解释,另有25个生僻字做了注音。从全书的编写体例看,它与今天的辞书无论是在收条上还是释义上,抑或是条目的注音上,都没有太大的区别,因此可以说《吏学指南》是一部带有专科辞书性质的吏学著作。"③

那么,作为辞书的《吏学指南》,其文体学意义如何可见呢?吴承学先生在《文体学史料的发掘和处理》之《字书与早期文学和文体观念》一节中的讨论具有方法论意义:"字书其实就是当时人们对一些事物所下的定义,从中可以看出某些思想观念和思辨水平,可以作为研究文学观念尤其是早期文学观念的材料。"④ 推而论之,《吏学指南》中关于文书文体及相关知识的阐释亦可作如是观。如其解释"判"云:"剖决是非,著于

---

① 陈高华等点校:《元典章》第1册,中华书局、天津古籍出版社2011年版,第475页。
② 叶新民:《一部元朝公文用语辞典——〈吏学指南〉简介》,载《内蒙古社会科学》1988年第6期。
③ 杨世铁:《〈吏学指南〉的辞书性质》,载《淮北师范大学学报》2014年第5期。其与叶新民文的类目统计数据不同,原因在于:a. 二者所据版本不同,叶文以台湾文海出版社版为据,杨文则以国家图书馆所藏元刻本为据;b. 杨文考虑了《吏学指南》卷八"很像今之工具书后面之附录",故未将该卷类目计入。应该说,杨文的统计依据更为充分。本书从之。
④ 吴承学:《中国古代文体学研究》,人民出版社2011年版,第258页。

案牍，曰判。"虽然简明，但实为探本之论。如与徐师曾《文体明辨序说》对判的解释做对比的话，后者介绍虽然全面，但在本质论上却不及此。①

从《吏学指南》元刊本来看，其辞书性质主要体现在前七卷中（个别类目如"行止""才能"除外），基本形式是首列"字""名"，其下紧接释文，或引典籍，或自出机杼予以诠解，并用小字，一行两列。其具体诠解方法与《文心雕龙》"释名以章义"有一脉相承之处，但却有自身特色，即求古而不离今。其求古的一面主要体现在以下两个方面：

第一，多引古书或前人言论以证今字。在最具有文体学研究意义的该书卷二中，徐元瑞对字、名的阐释多引古书以证。如"制可"云："《史记》曰：'下有司曰制，天子答之曰可。'""诏"云："《释名》曰：'照也。谓人愚暗，不见其事，以此示之，使昭然也。'始于秦。"等等。除引用《史记》《释名》外，《吏学指南》在解释文书知识时引用的书还有《周官》《说文》《独断》《诗》《通鉴注》《字宝》《通典》《演义》《左传》《韵注》《汉书》《尚书》《三苍解诂》《尔雅》《易》等，多为先秦、秦汉时书；此外，《吏学指南》亦引前人言论为据，如"圣"云："唐陆贽曰：'与天地合德曰圣。'""懿"云："汉蔡邕曰：'温柔圣善曰懿。'""故牒"云："颜师古曰：'故者，谓通其指义也。'"这些引证多以古为据，突出的是"当今吏用之字"的"古法之名"（徐元瑞《习吏幼学指南序》）。

第二，注重溯源，偶或引述故实。在对文书常用之字的解释中，《吏学指南》常有"始于秦""始于舜""始于唐""汉制""始于晚唐""唐制"等断语。其中自然不无武断之词，如"赦"云："天子宥恕之命，与民更始也。始于舜。""议"云："谋之于众曰议。黄帝有明堂之议，宜其始。"将源头溯至舜、黄帝之时，不免臆测；当然也有谨慎之语，如"移文"云："谓公文往来也。昔有《北山移文》，原恐此始。"则表现了一定的审慎态度。这种做法自然含有"原始以表末"的意味在。此外，在解释某些辞条时，《吏学指南》也偶尔引述与之相关的故实，颇能见出其在历史中的面貌。如"主者施行"云："东汉顺帝时天旱，尚书仆射黄琼言

---

① 参见徐师曾《文体明辨叙说》，见王水照编《历代文话》第2册，复旦大学出版社2007年版，第2098页。

得失，帝以其奏属主者施行。""符到奉行"云："唐总章中，裴行俭等定铨注之法，令主者受旨奉行，各给以符。""分析"云："谓开理其事，如破木也。五代将军寇彦卿杀人，梁帝命其分析。""签表"云："谓判语签贴也。五代范质为相，恐临文有误，立此书判。""生熟事"云："宋真宗尹开封日，置判官、推官，以狱讼刑名为生事，户口财赋为熟事，其名此始。"等等。

以上方面皆能看出《吏学指南》在"释名以章义"时的求古倾向。不过，应注意的是，对于当今吏用之字，作者也有不离于今的特点，这突出地体现在他对蒙古语文书用语的解释上。如解释"长生天气力里"道：

长生天者，谓天道久远之义；气力者，大也；里者，内也。钦惟圣朝，荷天地之洪禧，奄有万邦，薄海内外，悉皆臣属，故曰长生天气力里。旧曰上头天底气力里，或曰上天气力里。

又解释"大福荫护助里"：

大福，百顺之名也；荫者，庇也；护助者，拥御赞成也。钦惟圣朝，承列圣之丕祚，混一区宇，历古所无，福庇黎元，咸遂生乐，故曰大福荫护助里。

又解释"斡鲁朵里"：

车驾行在之所，金帐之内也。

蒙古语在元代文书中有特别的使用要求，如至元十九年（1282年）中书省札付云："自今各衙门各有设立请俸蒙古译史，都省除外，仰今后应呈都省文字，钦依圣旨处分事意，就令蒙古译史标写本宗事目，如系钱谷，备细译写钱谷呈省。"① 虽然有译史之类的翻译吏员专任其事，但通晓常用的蒙古文字还是很有必要的。《吏学指南》对蒙古语的阐释显然基于现实的需要，而所作释文则体现了作者对元朝混一天下的自豪之情。

---

① 陈高华等点校：《元典章》第1册，中华书局、天津古籍出版社2011年版，第524页。

三、《吏学指南》与元代文书文化

作为应用文体，文书在古代生活中占据重要地位，它既是行政司法得以顺利开展的保证，又是民间日常生活所离不开的。元代文书应用普遍，常为社会上下所用，由此与政治司法、世俗生活发生广泛联系，形成了以文书为纽带的文化网络。如何认识这一文化？《吏学指南》无疑是重要的凭借。

如前所述，文书是元代吏学的重要方面，其与吏员的工作和命运息息相关。据许凡的研究，元代吏员名目有30余种，其职掌有很大差别。他曾将其中重要的10种分为4组，具体如下：

> 案牍吏员：令史、书吏、司吏、必阇赤。
> 翻译吏员：译史、通事。
> 传达吏员：宣使、奏差。
> 其他重要吏员：知印、典吏。①

表面来看，只有第一组的吏员与案牍文书密切相关，但实际上其他组的吏员也参与文书工作，或翻译，或传递与传达，或署押与归档，等等。文书工作之于吏员如此普遍与重要，甚至吏员命运有时也与文书规范与否有关，杨瑀《山居新语》载一事：

> 徐子方琰，至元间为陕西省郎中。有一路申解到省，内误漏落一圣字。案吏欲问罪，指为不敬。徐公改云："照得来解内第一行脱漏第三字，今将元文随此发去，仰重别具解申来。"前辈存心如此，亦可为吹毛求疵之戒。②

《吏学指南》解"咨申"云："谋于下，访于上者。"又解"申"云："伸也，明也。谓所告谆切也。"则知申为上行文，应谆切，用语规范。上引材料所载某路申因漏"圣"字，被"案吏欲问罪，指为不敬"，是有

---

① 许凡：《元代吏制研究》，劳动人事出版社1987年版，第5页。
② 杨瑀：《山居新语》，见《宋元笔记小说大观》，上海古籍出版社2001年版，第6059页。

理有据的。那么，徐琰是怎么化解的呢？回驳中有"照得"一词，《吏学指南》解此词，"谓明述元因者"，即要求明确指出回驳的原因，但徐琰显然没有这么做，而是用"来解内第一行脱漏第三字"的表述含蓄指出"漏落一圣字"的严重问题，大事化小，可谓妙语而仁心。

元代文书制度不断完备，在撰写、传达、归档等方面都有严格的规定①，而且文书作为与吏员工作密切相关的资料，本身就反映了元代吏员的生存状态，富含元代文化的各种信息。多年来，文书研究一直是元史学界的研究热点，从《元典章》到黑水城所出文书等，都受到了广泛关注。《吏学指南》对这方面的研究显然极具价值。杨讷介绍该书时认为："这些'字''名'的含义，在相隔六百余年后的今天，有相当一部分已不甚了了，有的甚至大的辞书也未予确解。所以这部书对于研究元代的法律以及社会、政治、经济、风俗各个方面，都具有特殊的参考价值。"② 因其独特价值，它被日本学者舩田善之列为"有关吏牍用语、文书用语、法制史、社会经济史方面术语有用的工具书"之一。③

元代文书与民间日常生活也息息相关。如契约，"在中国古代社会，民间日常生活中的财产关系甚至一些身份关系经常以契约的形式来缔结，从而使契约关系成为社会关系的基本形态之一。现存元代契约文书的类型，涉及买卖契约、典卖契约、交换契约、借贷契约、租佃契约、雇佣契约、租赁契约、合伙契约、婚姻契约、析产文约、收养契约、解纷文约等"④。又如《元代法律资料辑存》从《事林广记》中辑录了元代"写状法式"17种，分别是《告蚕麦灾伤》《大户勘当》《申逃户状》《请逃户业》《逃户复业》《地主归收地土》《请地人退状》《申孛拦奚口头状》《本主识认》《儒人赴试结保》《告破老状》《主首勘当》《告给文引》《申死牛马》《告男不绍家业》《告女婿不绍家业》《告养同宗男状》；又

---

① 此从《元典章·吏部》卷之七、之八所载可见。
② 杨讷：《点校说明》，见徐元瑞撰，杨讷点校《吏学指南》，浙江古籍出版社1988年版，第1页。
③ 参见舩田善之《关于解读〈元典章〉——兼谈有关工具书、研究文献》，晓克译，载《蒙古学信息》2000年第3期。
④ 杨淑红：《元代契约文书的刊布与研究综述》，载《中国史研究动态》2011年第1期。其博士学位论文《元代民间契约关系研究》（河北师范大学，2012年）对元代诸类契约文书做了深入研究，可参考。

辑录"告状新式"14 种；又从《新编事文类要启札青钱》中辑录元代文书，"共有契式、约式、榜式、批式、书式十六种"。① 这些文书涉及元代日常生活的很多方面，反映出文书在民间日常生活中的重要地位。由于这些文书范本多被收录在日用类类书中，这类类书之于民间日常生活的价值更值得估量。实际上，从《吏学指南》的流传来看，其附于日用类类书是很重要的一点。如《居家必用事类全集》辛集即收录该书，四库馆臣说："《居家必用事类全集》十卷，不著撰人名氏。载历代名贤格训及居家日用事宜，以十干分集，体例颇为简洁。辛集中有大德五年吴郡徐元瑞《吏学指南序》，圣朝字俱跳行。又《永乐大典》屡引用之。其为元人书无疑。"② 由此可知，《吏学指南》作为类书中之一部，为民间日常生活所用，则其所言文书知识对元代民间生活的意义是不言而喻的。

总之，《吏学指南》作为元代吏学的重要著作，其在卷二中关于文书类目的分类、阐释具有一定的文体学意义。该书对吏用之字与古法之名的阐释方式使之颇类古之字书，虽然其采用的是刘勰《文心雕龙》所标举的"释名以章义"的文体学方法，但亦体现了自身求古而不离今的诠解特色。至于《吏学指南》之于元代官方及民间文书文化的价值与意义亦值得关注。

---

① 参见黄时鉴辑点《元代法律资料辑存》，浙江古籍出版社 1988 年版，第 214～227、238 页。

② 永瑢等：《四库全书总目》，中华书局 1965 年版，第 1113 页。

附　录

一、《四库全书总目》四种宋代词籍提要辨正

《四库全书总目》（简称《总目》）词籍提要在文献引证、观点折中方面出现了一些错误，本文试为举出，加以辨正。

（1）《总目》卷一九八《珠玉词提要》云："赵与时《宾退录》记殊幼子几道，尝称殊词不作妇人语。今观其集，绮艳之词不少。盖几道欲重其父名，故作是言，非确论也。"①

按：《总目》所引晏几道评语出自赵与时《宾退录》。原文如下：

《诗眼》云：晏叔原见蒲传正云："先公平日小词虽多，未尝作妇人语也。"传正云："'绿杨芳草长亭路，年少抛人容易去。'岂非妇人语乎？"晏曰："公谓'年少'为何语？"传正曰："岂不谓其所欢乎？"晏曰："因公之言，遂晓乐天诗两句，盖'欲留所欢待富贵，富贵不来所欢去'。"传正笑而悟。余按全篇云……盖真谓"所欢"者，与乐天"欲留年少待富贵，富贵不来年少去"之句不同。叔原之言失之。②

针对晏几道谓其父"未尝作妇人语"的说法，蒲、赵二人采取反例以证伪的方式，摘引晏殊《玉楼春》予以批驳。由于该词的确通过模拟女子口吻来写闺思，属于"作妇人语"，故晏几道的辩解并不能令人信服。在前人基础上，《总目》将证伪范围由个别反例扩展到晏殊整个词集，并因其中"绮艳之词不少"而断定晏几道所言"非确论也"。但是，

---

① 永瑢等：《四库全书总目》卷一九八，中华书局1965年版，第1807页。
② 赵与时：《宾退录》卷一，见《宋元笔记小说大观》，上海古籍出版社2001年版，第4132页。

此论并不恰当，因为"绮艳"属于风格范畴，而"作妇人语"属于抒情方式问题，二者并不能构成绝对的因果关系。在唐宋词史上，创作主体向抒情主人公移位，"男子而作闺音"①的情况十分普遍，但表现出来的风格却有较大差异。有些表现为绮艳，如晚唐温庭筠"能逐弦吹之音，为侧艳之词"②，善于描摹女子容貌、心理，为花间词所宗奉；宋初柳永"好为淫冶讴歌之曲，传播四方"③；等等。有些却能摆脱绮艳色彩而代之以士大夫的雅化情趣，如南唐"冯正中（延巳）词虽不失五代风格，而堂庑特大，开北宋一代风气。与中后二主词皆在花间范围之外"④，雅化特质十分突出。入宋，"冯延巳词，晏同叔得其俊，欧阳永叔得其深"⑤，则晏殊词风也在绮艳之外。张舜民《画墁录》所载一事尤能说明这一点：

> 柳三变既以词忤仁庙，吏部不放改官，三变不能堪，诣政府。晏公曰："贤俊作曲子么？"三变曰："只如相公亦作曲子。"公曰："殊虽作曲子，不曾道'彩线慵拈伴伊坐'。"柳遂退。⑥

"彩线慵拈伴伊坐"是柳永"作妇人语"的结果，恩怨尔汝，狎俗之极。针对这一词风，晏殊表示了强烈不满，可见他尚雅的词风取向，与绮艳俗薄不同。总之，词虽"作妇人语"，但风格可有差别，故将"绮艳"与"妇人语"理解为绝对的因果关系是行不通的，而这恰恰是《总目》证伪晏几道评语时所犯的错误之一。

此外，《总目》对晏几道所言的动机做了"欲重其父名"的揣测，这也有失同情之了解。早在宋代，有人就对晏几道所言给予了部分肯定，如胡寅云："然如此语（指蒲传正所引晏殊词句），意自高雅尔。"⑦虽然与蒲、赵二人一样认为晏殊此词是"作妇人语"，但点出了"意自高雅"的一面，无疑将其从"绮艳"的妇人语中剥离开来，肯定了它的独特之处。

---

① 田同之：《西圃词说》，见唐圭璋编《词话丛编》，中华书局2005年版，第1449页。
② 刘昫等：《旧唐书》卷一九〇下《温庭筠传》，中华书局1975年版，第5079页。
③ 施蛰存、陈如江辑录：《宋元词话》，上海书店出版社1999年版，第203页。
④ 王国维：《人间词话》，见唐圭璋编《词话丛编》，中华书局2005年版，第4243页。
⑤ 刘熙载：《词概》，见唐圭璋编《词话丛编》，中华书局2005年版，第3689页。
⑥ 张舜民：《画墁录》，见《宋元笔记小说大观》，上海古籍出版社2001年版，第1553页。
⑦ 胡仔：《苕溪渔隐丛话》前集，人民文学出版社1984年版，第178页。

晏几道的词被黄庭坚称为"狭邪之大雅"①,虽多"作妇人语",却力求雅化,与其父晏殊的词风有一脉相承之处。若从此角度理解,晏几道谓晏殊词"未尝作妇人语"并非毫无道理,《总目》的揣测实属无端之辞。

(2)《总目》卷一九八《东坡词提要》云:"曾敏行《独醒杂志》载轼守徐州日,作燕子楼乐章。其稿初具,逻卒已闻张建封庙中有鬼歌之。其事荒诞不足信。然足见轼之词曲,舆隶亦相传诵,故造作是说也。"②

按:《总目》所引之事出自曾敏行《独醒杂志》卷三:

> 东坡守徐州,作《燕子楼》乐章,方具稿,人未知之。一日,忽哄传于城中,东坡讶焉。诘其所从来,乃谓发端于逻卒。东坡召而问之,对曰:"某稍知音律,尝夜宿张建封庙,闻有歌声,细听乃此词也。记而传之,初不知何谓。"东坡笑而遣之。③

对于这一记载,清代冯煦曾怀疑其真实性:"《独醒杂志》谓逻卒闻张建封庙中,鬼歌东坡燕子楼乐章,则又出他人之傅会,益无征已。"④《总目》亦认为"其事荒诞不足信",但却以此虚假材料为据,做出"然足见轼之词曲,舆隶亦相传诵"的推论;然后又以"轼之词曲,舆隶亦相传诵"为前提,做出"造作是说"的推论,似乎说明了"其事"尚有一定参考价值。实际上,《总目》陷入了循环论证的困局,因前提材料失实,故所做推论都是错误的。

(3)《总目》卷一九八《山谷词提要》云:"陈振孙于晁无咎词调下引补之语曰:'今代词手,唯秦七、黄九。他人不能及也。'于此集条下又引补之语曰:'鲁直间作小词固高妙,然不是当行家语,自是著腔子唱好诗。'二说自相矛盾。考秦七、黄九语在《后山诗话》中,乃陈师道语,殆振孙误记欤?今观其词,如《沁园春·望远行》,《千秋岁》第二首,《江城子》第二首,《两同心》第二首、第三首,《少年心》第一首、

---

① 黄庭坚:《小山词序》,见施蛰存主编《词籍序跋萃编》,中国社会科学出版社 1994 年版,第 51 页。
② 永瑢等:《四库全书总目》卷一九八,中华书局 1965 年版,第 1809 页。
③ 曾敏行:《独醒杂志》卷三,见《宋元笔记小说大观》,上海古籍出版社 2001 年版,第 3226 页。
④ 冯煦:《蒿庵论词》,见唐圭璋编《词话丛编》,中华书局 2005 年版,第 3592 页。

第二首,《丑奴儿》第二首,《鼓笛令》四首,《好事近》第三首,皆亵诨不可名状。至于《鼓笛令》第三首之用'躜'字,第四首之用'屍'字,皆字书所不载,尤不可解。不止补之所云不当行已也。顾其佳者则妙脱蹊径,迥出慧心。补之著腔好诗之说,颇为近之。师道以配秦观,殆非定论。"①

按:《总目》尊秦贬黄,以晁补之之语为是,以陈师道之言为非,但这并不意味着深入体察了晁、陈二人的本意。试做辨析于下。

陈师道"今代词手,唯秦七、黄九"的说法并非一家之言,而是当时较多人的看法。如李清照《词论》云:"乃知别是一家,知之者少。后晏叔原、贺方回、秦少游、黄鲁直出,始能知之。""秦即专主情致,而少故实,譬如贫家美女,虽极妍丽丰逸,而终乏富贵态;黄即尚故实,而多疵病,譬如良玉有瑕,价自减半矣。"②虽然从合律、用字、用典及风格等方面对黄、秦词予以了批评,但对二者"今代词手"的地位是肯定的。因为陈、李为秦、黄同时或稍后之人,二人的评价标准应更符合当时人们对词之"本色""当行"的理解,而《总目》是晁非陈、尊秦贬黄,显然脱离了当时的语境。进一步讲,《总目》贬黄,是由于其词一涉"亵诨",一用僻字。就涉亵诨而言,山谷词确有不少艳词,法秀道人曾指责黄庭坚词"以笔墨劝淫"③。但是,秦观亦不乏艳词,并曾遭到苏轼的批评:"少游自会稽入都,见东坡。东坡曰:'不意别后,公却学柳七作词。'少游曰:'某虽无学,亦不如是。'东坡曰:'销魂当此际,非柳七语乎。'"④因此,《总目》以此来轩轾黄、秦是有失公允的。

就用僻字而言,这是黄庭坚以诗为词的极端表现。如果晁补之以此认为山谷词"不是当行家语,自是著腔子唱好诗",那么是有一定道理的。但是,晁补之此论应是就用字与格调两方面而言,这可从其另外几条词话中得到印证:

欧阳公《浣溪沙》云:"堤上游人逐画船。拍堤春水四垂天。绿

---

① 永瑢等:《四库全书总目》卷一九八,中华书局1965年版,第1809页。
② 李清照著,王仲闻校注:《李清照集校注》,人民文学出版社1979年版,第195页。
③ 胡仔:《苕溪渔隐丛话》前集,人民文学出版社1984年版,第390页。
④ 王奕清:《历代词话》卷五,见唐圭璋编《词话丛编》,中华书局2005年版,第1186页。

杨楼外出秋千。"只一出字，自是后人道不到。①

叔原不蹈袭人语，风度闲雅，自是一家。如"舞低杨柳楼心月，歌尽桃花扇底风"，乃知此人必不生于三家村中者。②

近来作者皆不及少游，如"斜阳外，寒鸦数点，流水绕孤村"，虽不识字人，亦知是天生好语。③

可见，"不蹈袭人语，风度闲雅"是晁氏所谓"当行家语"的标准。黄词多俗，又用僻字，自不符合当行的标准；秦观善作"好语"，故受到晁补之的肯定。而《总目》仅从使用僻字一端来理解运用晁补之的原话，可谓失之偏颇。

（4）《总目》卷一九八《石林词提要》云："卷首有关注序，称'其兄圣功元符中为镇江掾，梦得为丹徒尉，得其小词为多。味其词，婉丽有温、李之风。晚岁落其华而实之，能于简淡时出雄杰，合处不减靖节、东坡'云云。考倚声一道，去古诗颇远。集中亦惟《念奴娇·故山渐近》一首杂用陶潜之语，不得谓之似陶。注所拟殊为不类。"④

按：关注对叶梦得词的评价，着眼点在于叶氏词境的前后变化，尤其指出了其晚年词境、词风与陶潜、苏轼的相通之处。苏轼学陶，境界几类，盖无异议。他一生共有109首和陶诗，词也多有借鉴之处，如："'照野弥弥浅浪，横空暧暧微霄'，东坡用陶语'山涤余霭，宇暧微霄'也。公以春夜行蕲水道中，过酒家醉饮，乘月至一溪桥，曲肱少寐，及觉已晓，乱山葱笼，不谓人世也。"⑤叶梦得词学苏轼，"亦得六七"⑥，"其词顾挹苏氏之余波"⑦。因此在叶词学苏上，异议不多。而在学陶上，叶梦得对陶潜的思想有着深刻认识，其《避暑录话》卷一云：

---

① 王奕清：《历代词话》卷四，见唐圭璋编《词话丛编》，中华书局2005年版，第1149页。
② 王奕清：《历代词话》卷四，见唐圭璋编《词话丛编》，中华书局2005年版，第1153页。
③ 王奕清：《历代词话》卷五，见唐圭璋编《词话丛编》，中华书局2005年版，第1184页。
④ 永瑢等：《四库全书总目》卷一九八，中华书局1965年版，第1812页。
⑤ 王奕清：《历代词话》卷五，见唐圭璋编《词话丛编》，中华书局2005年版，第1177页。
⑥ 王灼：《碧鸡漫志》卷二，见唐圭璋编《词话丛编》，中华书局2005年版，第83页。
⑦ 冯煦：《蒿庵论词》，见唐圭璋编《词话丛编》，中华书局2005年版，第3857页。

> 张平子作《归田赋》，兴意虽萧散，然序所怀，乃在"仰飞纤缴，俯钓清流，落云间之逸禽，悬清渊之鲂鲤"。吾谓钓弋亦何足为乐？人生天地之间，要当与万物各得其欲，不但适一己也，必残暴禽鱼以自快，此与驰骋弋猎者何异？如陶渊明言"携幼入室，有酒盈樽。悦亲戚之情话，乐琴书以消忧"，此真得事外之趣。读之，能使人盎然，觉其左右草木无情物，亦皆舒畅和豫。平子本见汉室多事，欲去以远祸，未必志在田园，姑有激而言耳。宜其发于胸中者，与渊明不类也。①

叶氏深知陶潜"事外之趣"，对其"舒畅和豫"的境界有深刻了解，因此其词能仿佛陶潜自然和平之境，作简淡之语，但由于生在宋金对峙、朝廷喑哑之际，他亦不能无"发于胸中者"，故又时出雄杰之音。杨海明先生认为："'简淡时出雄杰'这一评语，就显露了他于'尘外音'（'简淡'）中还保留着几分'高音'（'雄杰'）的痕迹。"② 显然是认同关注这一评论的。然而，《提要》仅据化用诗句（"集中亦唯《念奴娇》（故山渐近）一首杂用陶潜之语，不得谓之似陶"）这一学陶表象，就判定关"注所拟殊为不类"，显然没有看到叶词在精神层面上对陶潜的学习。而且，叶词也并非仅有一首"杂用陶潜之语"，它如《水调歌头》（秋色渐将晚）化用陶潜《归去来辞》，表现英雄暮年壮心不已的情怀，亦属"能于简淡时出雄杰"者。所以《总目》对关注的批评是不尽合理的。

二、《全宋文》《全元文》补遗

上海辞书出版社、安徽教育出版社 2006 年出版的曾枣庄、刘琳主编之《全宋文》与江苏古籍出版社 1999 年出版的李修生主编之《全元文》，堪称两代文章之渊薮。其价值早已受到世人认可，而相关辑补、研究工作也在持续、深入地进行。笔者在研究元代徐元瑞所编《吏学指南》一书时，发现其中有 5 篇文章为这两部总集所失收，不能不说是一件憾事。

之所以出现这种情况，可能与以下两个原因有关。其一是版本问题。

---

① 叶梦得：《避暑录话》卷一，见《宋元笔记小说大观》，上海古籍出版社 2001 年版，第 2588 页。

② 杨海明：《唐宋词史》，天津古籍出版社 1998 年版，第 501 页。

《吏学指南》虽然存在元刻本，但长期湮没无闻，近年来才被《续修四库全书》及《中华再造善本》收入而加以影印出版。而"后人对《吏学指南》一书的刊刻、整理，多依明本《居家必用事类全集》所载，不无缺憾"①。即如被列为"元代史料丛刊"之一、较为流行的浙江古籍出版社1988年杨讷点校的《吏学指南》而言，也因没能参校元刻本而致误不少，如将《为政九要》归为《吏学指南》的一部分。② 其二是体例问题。《吏学指南》卷一至卷七"摘当今吏用之字及古法之名"（徐元瑞《习吏幼学指南序》）作为辞条，并加以阐释，故其编纂体例整体上类似辞书③，容易使人忽略该书卷八所收录的前人或时人之文。

基于以上认识，本文拟根据各自的始见版本，胪列这些文章，并加以校订、考证，以为《全宋文》《全元文》补遗。

（一）徐元瑞《习吏幼学指南序》

该序为徐元瑞自序，未载于今存《吏学指南》元刻本，而载于《居家必用事类全集》辛集《吏学指南》卷首。"《居家必用事类全集》十卷，不著撰人名氏。载历代名贤格训及居家日用事宜，以十干分集，体例颇为简洁。辛集中有大德五年吴郡徐元瑞《吏学指南序》，圣朝字俱跳行。又《永乐大典》屡引用之。其为元人书无疑。"④ 但《居家必用事类全集》元刊本现仅存残卷且无辛集，该书明刊本则完整流传至今，并得以影印出版，被列为《北京图书馆古籍珍本丛刊》第61册。今即据该影印明刊《居家必用事类全集》本录该序于下：

> 尝闻善为政者，必先于治。欲治必明乎法，明法然后审刑，刑明而清，民自服矣。所以居官必任吏，否则政乖。吏之于官，实非小

---

① 中华再造善本工程编纂出版委员会编著：《中华再造善本总目提要·金元编·吏学指南提要》，国家图书馆出版社2013年版，第1052页。

② 对此问题，可参考夏令伟《〈吏学指南〉与〈为政九要〉实为二书辨》，载《江海学刊》2017年第6期；亦可见本书附录三《〈吏学指南〉的误传与原貌》。

③ 可参考以下论文：叶新民《一部元朝公文用语辞典——〈吏学指南〉简介》，载《内蒙古社会科学》1988年第6期；杨世铁《〈吏学指南〉的辞书性质》，载《淮北师范大学学报》2014年第5期。

④ 永瑢等：《四库全书总目》，中华书局1965年版，第1113页。

补。夫吏,古之胥也,史也,上应天文,曰土公之星,下书史牒,曰刀笔之吏,得时行道,自古重焉。秦汉以来,为将为相,立当路而据要津,代不乏人。李唐季年,得权犹甚,官曹称军事院,吏称使院,一登首选,皆以使名,有官大夫加勋者。赵宋因仍,沿其旧制,政和中始以监司诸郡首吏为孔目、主押之号,易都副兵马等使之名。年劳及格之人,得授助教,或摄参军而已。省院台部,互有正法,官称既振,吏权益轻。星书谓土公明则吏道亨,暗则否,数使然也。钦惟圣朝一统,天下同文,繇吏入官,深合古法,凡居是职,可不爱重?但初学之士,妙龄而入,律书要旨,未暇师承,巧诋之风,薰染日著。夫读律则法理通,知书则字义见,致君泽民之学,莫大乎此,彤人欺事之习,恐反阴功。是以不揆荒唐,因摘当今吏用之字及古法之名,首冠以历代吏师,终继于恕刻轨范,类成一书,目曰《习吏幼学指南》。期在启蒙,不敢呈诸达者。与我同志,幸毋诮云。岁次辛丑大德五年良月,吴郡后学徐元瑞自序。①

明刊《居家必用事类全集》本中,该序题为《习吏幼学指南序》;正文开端尚有"吴郡徐元瑞序云"数字,或为刻者所加。该序颇具章法,先是声言吏之于治的重要性,接着缕述唐、宋、元3个历史时期吏的升降起伏,进而总结出本朝"繇吏入官,深合古法"的特点,然后从正反两方面论证了吏学教育的必要性,点明了《吏学指南》的编纂目的与编纂体例。因此,从性质上说,该序实为《吏学指南》的编纂纲领。

(二) 石抹允敬《吏学指南序》

浙江古籍出版社 1988 年《吏学指南》本(简称"浙江古籍出版社本")亦载该序,但与元刻本②相比,错讹、缺漏不少,因此后者颇有正本清源的文献价值。今据元刻本照录全文如下:

---

① 佚名:《居家必用事类全集》,见北京图书馆古籍出版编辑组编《北京图书馆古籍珍本丛刊》第 61 册,书目文献出版社 1988 年版,第 301 页。
② 《吏学指南》元刻本今藏国家图书馆,有《续修四库全书》与《中华再造善本》影印本。本文所说元刻本,以《续修四库全书》影印本为准,见《续修四库全书》第 973 册,上海古籍出版社 2002 年版。凡引该书内容,不再一一出注。

吏人以法律为师，非法律则吏无所守。然律之名义，不学则不知也。不知则冥行而索途，奚可哉！我本府同知公穆虎彬虑吏辈之不知也，乃刻徐氏所编《吏学指南》以示之，俾熟此可以知厥名义，而进于法律，以为政焉。此吾儒《大学》所以欲明明德于天下，必先之以致知格物以为修齐治平之本，顾不美欤！虽然《汉史》为循吏作传，不为能吏作传，《禹范》云好德为福，不言①好才为福，此又为吏者之所当讲，亦我同知公之刻书美意。诚②能乎此，则庶乎非鞅、斯厉之刑③名，则骎骎④然入于皋⑤陶、稷、契之德化矣。致君泽民，孰有加于此者？斯时也，回视此书，特鱼⑥兔之筌蹄⑦□⑧，读者其致思焉。承事郎、云梦县尹山后石抹允敬为之引。

此序为石抹允敬所作，而其人无考。该序旨在阐释《吏学指南》之于吏人学法为政的重要作用，进而归美于其长官穆虎彬主持刊刻此书的行为。在论证中，他有意以儒饰吏，如将吏人学律为政过程比附于《大学》中的修齐治平之说，引《汉史》《禹范》以使吏人扬德抑能，非商鞅、李斯之刑名而尚古代先贤之德化，等等，无不体现了上述用心。该序对认识元刻本的刊刻过程亦有一定帮助。

（三）潘畤《司臬箴》

《吏学指南》元刻本卷八"诸箴"收《司臬箴》一篇，全文如下：

深文以刑人，刻者之为也。屈法以宥罪，恕者之为也。恕贤于刻远⑨矣，或未免于私也。正其心，诚其意，阅实其罪，疑则为轻，庶

---

① "言"，浙江古籍出版社本误为"云"。
② "诚"，浙江古籍出版社本阙。
③ "刑"，浙江古籍出版社本阙。
④ "骎骎"，元刻本不易辨识，据浙江古籍出版社本校。
⑤ "皋"，浙江古籍出版社本作"皋"，当是。
⑥ "鱼"，浙江古籍出版社本阙。
⑦ "筌蹄"，浙江古籍出版社本阙。
⑧ 元刻本不易辨识，疑为"耳"字，浙江古籍出版社本阙。
⑨ "远"，元刻本不易辨认，据浙江古籍出版社本校。

几其①寡过耳。

该文题作"宋江西提刑潘時②作",知作者为潘時。查《全宋文》第225册收潘時文4篇,而此篇失收。然揆之史乘,未见潘時出任江西提刑的明确记载,其官职或为徐元瑞误记。

潘時吏干出众,朱熹《直显谟阁潘公墓志铭》述其任荆湖南路提点刑狱公事时,颇多善政,并说他"于犴狱尤兢兢,然亦未尝纵释有罪也",又云:"近世士大夫间,号精吏道、有科指,而宽猛适宜、大小中度者,无出其右。"③ 与之相应的是,上文即体现了潘時在断狱方面的这一原则与观念。司臬者,即提点刑狱司,主要负责各路司法、监察事务;箴者,乃我国传统文体之一,"有所讽刺而救其失者谓之'箴'……故其品有二:一曰官箴,二曰私箴。大抵皆用韵语,而反覆古今兴衰理乱之变,以垂警戒,使读者惕然有不自宁之心,乃称作者"④。综合来说,潘時《司臬箴》为官箴,是对提刑司官所做的警戒之语。

从内容上看,该箴指出了处理刑狱的两种不良倾向("刻"与"恕")及其表现,并给出了"救其失"的办法,即所谓"正其心,诚其意,阅实其罪,疑则为轻"。正心诚意之说为南宋理学家所特为倡导,可视为断狱的指导思想,而"阅实其罪,疑则为轻"则为这一指导思想下的具体实践,体现了实事求是、宽猛中度的断狱准则,带有以儒饰吏的意味。

从形式上看,该箴没有使用韵语,但在散语中又兼用对语,因此使该箴既便于说理,又不失庄重色彩,最大化地发挥了箴的警戒力量。

此外,还有一点值得申说的是,潘時精善书法,朱熹说他"少喜学书,得欧、颜楷法,劲挺严密,如其为人"⑤,清时尚存澹山岩题名,"三

---

① "其",元刻本不易辨认,据浙江古籍出版社本校。
② "時",浙江古籍出版社本作"時",误。
③ 朱熹:《直显谟阁潘公墓志铭》,见《朱子全书》第25册,上海古籍出版社、安徽教育出版社2002年版,第4320页。
④ 徐师曾:《文体明辨序说》,见王水照编《历代文话》第2册,复旦大学出版社2007年版,第2111~2112页。
⑤ 朱熹:《直显谟阁潘公墓志铭》,见《朱子全书》第25册,上海古籍出版社、安徽教育出版社2002年版,第4320页。

行，行存八字"（见光绪《湖南通志》卷二七三《艺文志》）；加上官箴常刻石以观的情形，"自宋代起，出现了州县官吏将官箴勒为铭石，立于衙署大堂前，即所谓'戒石铭'"①。两者合观，则《司臬箴》极有可能经潘畤书写，刻石以传。

（四）佚名《提刑箴》

《吏学指南》元刻本卷八"诸箴"收《提刑箴》一篇，全文如下：

> 大元建号，盖法乎乾。有仁有威，无党无偏。天开五叶，地大一统。江淮来归，蛮夷底贡。圣念远人，视为近畿。曰守曰令，或公或私。耳目不广，情伪焉知？既遣绣衣，侈颁宝制。问民疾苦，谳狱冤滞。曰官曰吏，自大至小。毋有科取，毋有骚扰。唯守土官，听出使人。玩寇者纠，受财者申。诉讼谓事，自下而上。无俾踰越，仍治诬妄。参署众僚，罔分南北。毋俾争竞，仍察曲直。不修铺驿，不治舟梁。稽留使命，阻滞行商。不务本业，不干己②事。不畏官府，皆当按治。田宅占买，是为归之。人口略诱，其悉③追之。凡巡所部，乡至县到。劝农省风，勉学宣教。若此等事，宁不思之。农业若堕，何以课之？风俗未淳，何以彰之？学校久废，何以劝之？教化未行，何以明之？其有不孝不悌，在所惩之。乱常败俗，在所绳之。豪猾奸凶，在所刑之。大利兴焉，大害除焉。一切不便，率当更焉。若夫以苛为明，以细为密。以多为巧，以虚为实。罗罪生事，卖直市权。暗于大体，岂曰小怨。矧治新国，古用轻典。钦乃攸司，恤哉惟刑。箴以自警，书诸座屏。

该文未署撰人，据篇首"大元建号"语，可确定为元人之文，而《全元文》失收。根据篇题及内容，笔者判断该文作于至元十四年（1277年）至至元二十八年（1291年）之间，作者当为某一提刑按察司官。理由如下：

---

① 白钢：《官箴、戒石铭与行政伦理》，载《光明日报》1999年6月4日。
② "不干己"，元刻本不易辨认，据浙江古籍出版社本校。
③ "归之人口略诱其悉"，元刻本阙漏模糊，据浙江古籍出版社本校补。

第一，该文名为"提刑箴"，而提刑指的是提刑按察司。按，元代监察机构分为三级：中央有御史台，地方上有江南、陕西行御史台与诸道提刑按察司（后改为肃政廉访司）。其中，至元十四年，因新定南宋，为管理其地，遂设江南行御史台及八道提刑按察司。① 依据上文内"江淮来归，蛮夷底贡"一语，可以确定该文是江南行御史台及八道提刑按察司设立之后所作；又，至元二十八年，提刑按察司改为肃政廉访司。② 则此文的写作日期当在此之前。

第二，该文运用韵语形式对提刑职责加以戒勉，但就主体内容而言，却是根植于至元十四年所制定的《江南提刑按察司条画》（简称《条画》）③。该《条画》凡13条，详细规定了提刑按察司的职责权限及行事准则，上述箴文的主体内容便是对此《条画》的概括或发挥。如"唯守土官，听出使人。玩寇者纠，受财者申"概括的是《条画》中的第3、第9条："守土官司，常切觉察，毋致盗贼生发。或有贼人起于不意，即时申报上司，并行移邻近官司，并力捕捉。如申报稽迟，及有失觉察，致令滋蔓结成群党者，纠察。""诸出使人员，若非理骚扰各处官司、因事取受钱物者，仰提刑按察司体究得实，申行御史台施行。"再如"诉讼谓事，自下而上。无俾踰越，仍治诬妄"概括自《条画》的第4条："诉讼人先从本管官司自下而上依理陈告。若理断不当，许赴提刑按察司陈诉。其越诉及诬告者，亦仰治罪。"又如"凡巡所部，乡至县到。……一切不便，率当更焉"一段发挥的则是《条画》的第11条："提刑按察司所至之处，劝课农桑，省察风俗，问民疾苦，勉励学校，宣明教化。若有不孝不悌，乱常败俗，豪猾凶党，及公吏人等紊烦官司，侵凌细民，皆纠而绳之。其利害可以兴除及一切不便于民、必当更张者，开申御史台施行。"这种对应关系还有不少，兹不再举。要之，从内容上来看，该箴是可以归为官箴之类的。然而据文末"箴以自警，书诸座屏"一语来看，该箴又实为私箴，是以私箴言官事，则该文的作者为某一提刑按察司官，也不难

---

① 参见刘孟琛《南台备要》"立行御史台于扬州"条："至元十四年，省、台官钦奉圣旨：迤南设立行御史台、八道按察司事，拟于扬州置台。"赵承禧：《宪台通纪》（外三种），浙江古籍出版社1988年版，第149页。

② 参见李治安《元代政治制度研究》，人民出版社2003年版，第287页。

③ 该条画见于刘孟琛《南台备要》"立江南提刑按察司条画"条，载赵承禧《宪台通纪》（外三种），浙江古籍出版社1988年版，第154～156页。本文凡引该条画处皆出自该书。

确定。

此外要补充的是，《吏学指南》的作者署为"吴郡徐元瑞"，而吴郡是在江南行御史台的辖制范围之内，则该文被收录进《吏学指南》是有一定地缘因素的。

（五）徐琰《吏员三尚》

《吏学指南》元刻本卷八"诸说"收《吏员三尚》一篇，全文如下：

> 一曰尚廉，谓甘心淡薄，绝意纷华，不纳苞苴，不受贿赂，门无请谒，身远嫌疑，饮食宴会稍以非义，皆谢却之。二曰尚勤，谓早入晏出，奉公忘私，虽休勿休，恪谨匪懈，呈押文字，发遣公事，务为敏速，耻犯稽迟，躬操笔砚，不仰小胥，手阅簿书，不辞劳役。三曰尚能，谓练习格例，晓畅行移，是非曲直，先以意决，然后取裁，凡所处画，悉令合宜，文义略通，字无不识，写染端①正，算术精明，举止安详，语言辨②利，无过可寻，有委可办。

该文题作"容斋徐参政作"，则知作者为徐琰。《全元文》第10册收其文9篇，而未载此篇。《全元文》徐琰小传谓：

> 徐琰（？——三〇一），字子方，号容斋，又号养斋、汶叟（元苏天爵《元文类》卷四八），东平（今山东东平）人（清王梓材等人《宋元学案补遗》）。至元初，任陕西行省郎中。后任中书左司郎中。二十三年（一二八六），任岭北湖南道提刑按察使。二十五年，改任南台御史中丞。二十八年，除江浙参政。三十一年，迁江南浙西肃政廉访使。大德二年（一二九八），召拜翰林学士承旨。五年卒，谥文献。著有《爱兰轩诗集》。③

准此，可知上文作于至元二十八年（1291年）徐琰除江浙参政之后。

---

① "端"，元刻本略可辨认，据浙江古籍出版社本校。
② "辦"，浙江古籍出版社本作"辩"，是。
③ 李修生主编：《全元文》第10册，江苏古籍出版社1999年版，第618页。

但是否即作于江浙参政任上，则未可遽定。因为"容斋徐参政"是徐元瑞对徐琰的习惯性称呼，即便在徐琰迁任江南浙西肃政廉访使后，他也是以此相称的。如《吏学指南》卷一"戒石铭"条解释"尔俸尔禄，民膏民脂。下民易虐，上天难欺"云：

  汉唐以来，未尝有之。五代时，蜀主孟昶始颁令箴于诸邑，其文曰……宋朝太宗删烦取简，摘其二联，一十六字，颁行天下。至高宗绍兴间，复以黄庭坚所书，命州县长吏刻石座右，至今官府存焉。至元癸巳，浙西廉司移治钱塘，司官大使容斋徐参政改书其铭曰："天有昭鉴，国有明法。尔畏尔谨，以中刑罚。"

  至元癸巳，即至元三十年（1293年）。据王连起的考证，"徐琰为浙西廉访使，一般都定为至元三十一年。……由此可知徐琰为江南浙西道肃政廉访使，当是至元二十九年下半年或年底任命，至元三十年年初上任的"①。这一结论更正了学界的错误认识（包括上引《全元文》徐琰小传所载），使人确信《吏学指南》所载"至元癸巳"这一时间是正确的。引文称徐琰为"司官大使容斋徐参政"，则可知"容斋徐参政"这一称谓并不限于徐琰江浙参政任上。因此《吏员三尚》也有可能作于徐琰任江南浙西肃政廉访使时，至迟不晚于大德二年（1298年）其召拜翰林学士承旨之时。

  《吏员三尚》被《吏学指南》列于"诸说"之下，而说之一体，"按字书：'说，解也，述也。解释义理而以己意述之也。'"② 也就是说，《吏员三尚》不过是对元代吏员质素要求的解释与发挥罢了。那么，元代吏员有何质素要求？前引《吏学指南》卷一"戒石铭"条所载可见一斑。宋代戒石铭"尔俸尔禄，民膏民脂。下民易虐，上天难欺"注重的是道德感化，而徐琰改作的戒石铭"天有昭鉴，国有明法。尔畏尔谨，以中刑罚"强调的则是刑法准则。在这一宏观要求下，《吏学指南》卷一"行止"条载：

---

① 王连起：《程文海徐琰致义斋二札考》，载《故宫博物院院刊》2015年第6期。
② 徐师曾：《文体明辨序说》，见王水照编《历代文话》第2册，复旦大学出版社2007年版，第2102页。

> 孝事父母、友于兄弟、勤谨、廉洁、谦让、循良、笃实、慎默、不犯赃滥

"才能"条载：

> 行遣熟闲、语言辩利、通习条法、晓解儒书、算法精明、字画端正

而此二条所言其实都出自至元二十六年（1289年）九月的《试选书吏条目》。① 因此可知，元代法律条例对于吏员的德行、才能是有明文规定的。将徐琰《吏员三尚》与之相比，所谓"尚廉""尚勤"是对上引"行止"的解释与发挥，"尚能"则是对上引"才能"的进一步阐释。二者是可以合辙而观的。

三、《吏学指南》的误传与原貌

元代徐元瑞所编《吏学指南》是元史研究的基本文献之一，但目前的整理本却将赵素的《为政九要》阑入，遂以讹传讹，模糊了该书原貌。对此，笔者试作一简论，以正本清源。

日本学者舩田善之曾将《吏学指南》视为解读《元典章》"有关吏牍用语、文书用语、法制史、社会经济史方面术语有用的工具书"之一，并举出了相关版本：

> 徐元瑞：《吏学指南》，《居家必用事类全集》辛集所收。
> 《吏学指南》单行本有：
> 《吏学指南附索引》，文海出版社，1979。
> 杨讷（点校）：《吏学指南（外三种）》（元代史料丛刊），浙江古籍出版社，1988。
> 前者由于有索引，用起来简便，后者与石川重雄《宋元释语语汇索引》（汲古书院，1955）相对应。另外，在东洋史研究会1951

---

① 参见陈高华等点校《元典章》第1册，中华书局、天津古籍出版社2011年版，第456页。

年编的油印本中有佐伯富编的索引。①

这里提到的《吏学指南》版本，除《居家必用事类全集》辛集所收外，其他3种均为整理本，分别由日本、中国台湾及大陆先后出版，可简称为1951年油印本、1979年排印本与1988年点校本。关于这些版本之关系，杨讷在《吏学指南·点校说明》中所言可供参考：

> 此书元刊本一九二九年尚存，傅增湘《藏园群书经眼录》卷七记……可惜我们未能找见。存世还有明刊《居家必用事类全集》本和日本、朝鲜的刻本。一九五一年日本东京东洋史研究会以明刊本为底本，用日本、朝鲜的刻本校补，出了油印本。一九六九年（引者按：应为一九七九年）台北文海出版社据日本油印本改版排印，虽称曾以《居家必用》本覆校，错字仍然不少，标点错误尤多。现在此印本基础上用日本宽文十三年（一六七三年，清康熙十二年）刊《居家必用》本作了校勘，并据《周易》《尚书》《左传》等典籍校正了部分引文，重新标点排印。②

由此可知，1988年点校本的远源为明刊本，而近出于1979年排印本及1951年油印本，四者之不同，在于文字、标点而已。在该本目录中，《为政九要》与其他条目并置，全文则置于最后，作为该书的一部分。由于被列入"元代史料丛刊"，晚出而易得，1988年点校本的影响很大，如《中国学术名著大词典·古代卷》称其"是目前能见到的最善本"③，何勤华《中国法学史纲》第五章设小节论《吏学指南》，依据的便是该本，并说："《吏学指南》的最后，附有'为政九要'，阐述的是官吏从政的九项要求。"④ 这两部著作都未加考辨地接受了《为政九要》为《吏学指南》之一部分的看法。

---

① 舩田善之：《关于解读〈元典章〉——兼谈有关工具书、研究文献》，晓克译，载《蒙古学信息》2000年第3期。
② 徐元瑞撰，杨讷点校：《吏学指南·点校说明》，浙江古籍出版社1988年版，第1～2页。
③ 吴士余、刘凌主编：《中国学术名著大词典·古代卷》，汉语大词典出版社2000年版，第271页。
④ 何勤华：《中国法学史纲》，商务印书馆2012年版，第164～165页。

当然，这一看法并不限于 1988 年点校本或以之为版本依据的学术著作，他如 1986 年出版的《中国历史大辞典》在对《吏学指南》进行介绍时即云，该书"内容分'吏师定律之图'与'为政九要'两大部分……《永乐大典》屡加引用。明司礼监刻《居家必用事类全集》收有此书"①。即使在 2002 年《续修四库全书》、2004 年《中华再造善本》将国家图书馆所藏《吏学指南》元刻本相继影印出版之后，这一看法仍未得到纠正，如《中华再造善本总目提要·吏学指南八卷》所言：

> 今存明刻本《居家必用事类全集》辛集即《吏学指南》一书。与元刻勘比：明本不分卷，行款格式亦不同。前七卷内容两本大致同，个别处排序不同。元本第八卷题名《诸箴》，分别有提刑箴、狱官箴、司臬箴等，皆摘选唐、宋、元人有关吏律箴言为编；而明本题名则是《为政九要自箴》，九箴为因书第一、正心第二、正内第三、正婚第四、禁捕第五、正农第六、急务第七、为政第八、时利第九，其题名及内容与元本完全不同。由此可知，明本卷八内容已非元本之旧。②

此提要作者在对勘时所用明刻本《居家必用事类全集》为中国国家图书馆所藏，该本已由书目文献出版社影印出版，载《北京图书馆古籍珍本丛刊》第 61 册。总体而言，这段提要正误参半。如认为"今存明刻本《居家必用事类全集》辛集即《吏学指南》一书"是错误的，王重民《中国善本书提要·居家必用事类全集十卷》已经正确指出"是书将宋、元间家庭社会实用书，多全部采入，赖以保存者不少，如……辛集载徐元瑞《习吏幼学指南》［大德五年（一三〇一）自序］，赵素《为政九要自箴》（字才卿，宋河中人）。"③ 也就是说，该书辛集实包括《吏学指南》

---

① 中国历史大辞典·辽、夏、金、元史卷编纂委员会编：《中国历史大辞典·辽、夏、金、元史卷》，上海辞书出版社 1986 年版，第 137 页。
② 中华再造善本工程编纂出版委员会编著：《中华再造善本总目提要·金元编》，国家图书馆出版社 2013 年版，第 1052 页。
③ 王重民：《中国善本书提要》，上海古籍出版社 1983 年版，第 347～348 页。按，此处所列书名《为政九要自箴》，明刊本实题为《为政九要》，王重民误署。

与《为政九要》两种，此检明刻本《居家必用事类全集》一看便知①；又如，在对勘明刻本与元刻本时，虽然正确指出了"明本不分卷，行款格式亦不同。前七卷内容两本大致同，个别处排序不同"，但在面对"元本第八卷题名《诸箴》""而明本题名则是《为政九要自箴》"的不同时，仍然误将《为政九要》与《吏学指南》混为一谈。之所以造成这种错误，可能有以下两个原因：

第一，形式编排不够明晰。目录上，明刻本《居家必用事类全集》辛集将《吏学指南》与《为政九要》并列、连续编排，区分不够；正文中，明刻本与元刻本相比，删掉了元刻本的卷八，但由于未对卷目做明确标识，而《为政九要》则紧接其后，且与前者相比，篇幅不大。这些编排的问题使人们即使将明刻本与元刻本对勘，也容易误将《为政九要》视为《吏学指南》卷八内容，更何况前文所提及的3种整理本并未"找见"与参校元刻本。

第二，内容、体式高度相似。《吏学指南》与《为政九要》所言皆属政事，前者元刊本卷八包含箴体（此外还有"诸说"等，前引提要以偏概全），而后者明刊本在篇题之后接以《为政九要自箴序》，这些相似性亦为致讹之由。

上述两个原因属于对明刻本《居家必用事类全集》的误读，导致将《为政九要》阑入《吏学指南》的客观源头即在于此。然而，主观上对《吏学指南》的流传版本未做深入了解才是主要原因。正如《中华再造善本总目提要·吏学指南八卷》所指出的："后人对《吏学指南》一书的刊刻、整理，多依明本《居家必用事类全集》所载，不无缺憾。"② 从杨讷点校《吏学指南》的情况来看，无缘见到元刻本确实是一种缺憾。但是，如果细心查访的话，元刻本自民国以来还是有迹可循的。王国维于1919年至1923年为蒋汝藻所作《传书堂藏书志》中，曾提到"元刊元印本《吏学指南》八卷"，并云：

---

① 参见佚名《居家必用事类全集》，见北京图书馆古籍出版编辑组编《北京图书馆古籍珍本丛刊》第61册，书目文献出版社1988年版，第299～341页。

② 中华再造善本工程编纂出版委员会编著：《中华再造善本总目提要·金元编》，国家图书馆出版社2013年版，第1052页。

> 有"黄一鸢印""黄伯羽""碧梧亭""王懿荣""福山王氏正孺藏书"诸印。①

可见该书曾为蒋汝藻密韵楼所藏，而据王氏所述藏书印亦大略可知在蒋氏之前的该书递藏之迹。不过由于经营失败，蒋汝藻藏书很快散出，其后情况见于杨讷曾提及的傅增湘《藏园群书经眼录》卷七"《吏学指南》八卷"条：

> 钤有"黄一鸢印""碧梧子""黄氏伯羽""任侠书生""况周颐印""桂林况周颐藏书""王懿荣""福山王氏正孺藏书""海上精舍藏本"诸印。（己巳九月见于上海陈乃乾处，索百廿元，已收。）②

从藏书印及文末注释可知，此本当为况周颐、陈乃乾、傅增湘等人所递藏，己巳为1929年，则此时此书已归傅增湘所有。《中华再造善本总目提要·吏学指南八卷》云：

> 是书钤"黄一鸢印""碧梧亭""黄氏伯羽""王懿荣""福山王氏正孺藏书""桂林况周颐藏书""傅增湘印""藏园秘籍""双鉴楼珍藏印"等印，傅增湘《藏园群书经眼录》著录。③

"傅增湘印""臧园秘籍"（引者按：此应为"藏园秘籍"之误）、"双鉴楼珍藏印"等藏书印皆属傅增湘，可见该书后来一直为其所有。1947年，傅增湘将藏书373部捐赠北平图书馆。1950年，其长子傅忠谟又先后将藏园遗书中的480部捐赠北京图书馆。④ 因此可知，国家图书馆所藏元刻本来自傅增湘。总之，自民国以来，《吏学指南》元刻本的递藏情况是十分明晰的。

---

① 谢维扬、房鑫亮主编：《王国维全集》第9卷，浙江教育出版社、广东教育出版社2009年版，第396页。
② 傅增湘：《藏园群书经眼录》第3册，中华书局1983年版，第574页。
③ 中华再造善本工程编纂出版委员会编：《中华再造善本总目提要·金元编》，国家图书馆出版社2013年版，第1052页。
④ 参见梁战、郭群一编著《历代藏书家辞典》，陕西人民出版社1991年版，第409页。

除元刻本外,《吏学指南》还有明刊本。前文所引杨讷《吏学指南·点校说明》曾言1951年油印本"以明刊本为底本",所言明刊本除可能是明刻本《居家必用事类全集》外,也可能是明刻单行本。这一看法的依据在于整理本所保留的元刻本卷八的内容是不见于明刻本《居家必用事类全集》的,则这部分内容的来源当为另外的版本系统。王国维《传书堂藏书志》曾提及一明代翠岩堂本,其所作提要云:

> 前无石抹允敬序,末有"正德己卯孟秋月翠岩堂刊行"牌子。天一阁藏书。《阁目》题"明徐元瑞撰",盖未知此书有元刊也。①

该本当自天一阁流出,为蒋汝藻所得。黄裳《天一阁被窃书目》云:"吏学指南(八卷,吴郡徐元瑞撰。正德乙卯翠岩堂刊本)一本。"② 今查《中国古籍总目》,该本未见著录,或已消失于天壤之间,殊为憾事。因此,对于该单行本的了解,只有王国维所作提要可据,但此提要过于简略,笔者尚无法判断该本的结构形态。也因此对将《吏学指南》与《为政九要》混为一书的始作俑者究竟为何人,还只能存疑。

不过,从明代书目来看,《为政九要》与《吏学指南》是判然而分的。杨士奇编于明正统六年(1441年)的《文渊阁书目》卷四、卷十四分别著录二者:

> 虚白处士《为政九要》一部一册
>
> 《吏学指南》一部一册③

虚白处士即为赵素,金元时人。元好问《皇极道院铭序》云:"虚白处士赵君,已入全真道,而能以服膺儒教为业。发源《语》《孟》,渐于伊洛之学,方且探三圣书而问津焉。计其真积之力,虽占候医卜,精诣绝

---

① 谢维扬、房鑫亮主编:《王国维全集》第9卷,浙江教育出版社、广东教育出版社2009年版,第396页。
② 黄裳:《天一阁被窃书目》,载北京图书馆文献丛刊编辑部编《文献》第2辑,书目文献出版社1979年版,第272页。
③ 杨士奇等:《文渊阁书目》,商务印书馆1937年版,第56、174页。

出,犹为余刃耳。道风既扇,旌车时征,曳裾王门,大蒙宠遇。三年,以母老得请归。在镇阳行台,奉被恩旨,发泉公帑,筑馆迎祥观之故基,是为皇极道院。……处士名素字才卿,河中人,虚白其赐号云。"① 述其行实颇详,可知此人以道名世,又受儒学影响,很受元帝宠遇。其所辑录的《为政九要》意在"俾后进者之为政"②,虽是为统治者服务的,但由于内容包罗甚广,故又有劝世之用。如当时盛如梓《庶斋老学丛谈》卷下云:"近观中州《为政九要》,谓人自取贫者有十,一要贫,学烧银,其言简而切,因书之,以为规利学伪者之戒。"③ 亦可见赵素此书在元代流播情况之一斑。总而言之,从元到《文渊阁书目》成书的明前期,《为政九要》与《吏学指南》实被视为两种书。

此外,还有一个证据可证实上述看法,即明刻本《居家必用事类全集》辛集所载的徐元瑞《习幼吏学指南序》。该序云:"因摘当今吏用之字及古法之名,首冠以历代吏师,终继于恕刻轨范,类成一书,目曰《习吏幼学指南》。"④ 对《吏学指南》的编纂体例与结构形态所言甚明。验之于明刻本,因为删去了卷八内容,所以"终继于恕刻轨范"是无法落到实处的。而在元刊本中,可知所谓"恕"指"仁恕","刻"指"惨刻",二者皆为卷八中的条目,与"诸箴""诸说"并列。

至此,笔者对《吏学指南》的误传及原貌有了一个大致介绍,由于未能占有全部版本,所论或有未稳之处,尚祈专家教正。截至目前,《吏学指南》元刻本除《续修四库全书》《中华再造善本》所收外,黄山书社2012年出版的《元代史料丛刊初编·元代政书》第17册也加以采录,影响可谓日渐广泛。这一刻本对校正整理本之错讹有不少助益,除本文所论外,笔者还以之勘补整理本数处阙误⑤。当然,此本也有不足,如未载徐元瑞《习幼吏学指南序》,因此在使用时须借助明刻本《居家必用事类全

---

① 姚奠中主编:《元好问全集》下册,山西人民出版社1990年版,第66页。
② 赵素:《为政九要自箴序》,见佚名《居家必用事类全集》,北京图书馆古籍出版编辑组编《北京图书馆古籍珍本丛刊》第61册,书目文献出版社1988年版,第334页。
③ 盛如梓:《庶斋老学丛谈》卷下,见《丛书集成初编》第328册,中华书局1985年版,第53页。
④ 佚名:《居家必用事类全集》,见北京图书馆古籍出版编辑组编《北京图书馆古籍珍本丛刊》第61册,书目文献出版社1988年版,第201页。
⑤ 参见本书附录二《〈全宋文〉〈全元文〉补遗》第一则。

集》辛集所载，这是应予说明的。

四、元代王恽生平及著述考辨

（一）《元史·王恽传》勘误四则

《元史·王恽传》[①] 是研究王恽生平行迹的重要资料。笔者在阅读过程中，发现其诸多记载混乱与舛误之处，故而勘正如下：

（1）《元史·王恽传》云："二年春，转翰林修撰、同知制诰，兼国史院编修官，寻兼中书省左右司都事。"

按：王恽转翰林修撰不是在"二年春"，而是在二年秋七月；而"中书省左右司都事"应为"中书省左司都事"，王恽兼任此职似在转翰林修撰、同知制诰之前。

王恽《秋涧先生大全文集》（《四部丛刊初编》本，下文所引王恽撰述皆出此本）卷八二《中堂事记下》载："（中统元年七月）十八日戊寅，翰林国史院保雷膺与恽充本院属官。"据此可知，王恽于七月十八日才被保奏，而真正得到任命则在此之后。《中堂事记下》又载："七月廿七日丁亥，前大名路宣抚史幕官雷膺、前东平路宣抚司同议权详定官王恽，同日授翰林修撰。"关于《中堂事记》的实录性质，《四库全书总目·秋涧集提要》认为："《中堂事记》三卷载中统元年九月在燕京随中书省官赴开平会议至明年九月复回燕京之事，于时政缀录极详，可补史阙。"因此，《中堂事记》记载王恽于中统二年秋七月二十七日转翰林修撰、同知制诰是可信的。

《秋涧先生大全文集》卷九三《玉堂嘉话序》云："再阅月，蒙二府交辟，不妨供职兼左司都事。"王公孺为其父所作的《大元故翰林学士中奉大夫知制诰同修国史赠学士承旨资善大夫追封太原郡公谥文定王公神道碑铭并序》（见《秋涧先生大全文集》附录）亦云："寻被中书召，特授翰林修撰、同知制诰，兼国史院编修官……既而兼中书省左司都事……"两处文字皆认为王恽为左司都事在转翰林修撰、同知制诰之后。然而，据《中堂事记下》载："（中统二年六月）十九日己巳，堂议选中省两司都事，遂以左司授恽。此出史杨二公雅意，辞曰：'据某何人，过蒙擢用，

---

① 宋濂等：《元史》卷一六七《王恽传》，中华书局1976年版，第3932～3935页。

得文翰职足矣。'"似乎在王恽转翰林修撰之前的六月十九日，就有动议让王恽担任左司都事。按：《玉堂嘉话》作于至元戊子（二十五年）冬，乃"因抽绎所记忆者，凡若干言，辑而为八卷"而成，而《中堂事记》编于至元二十四年丁亥岁，乃据当时"直省日录"而成。因此，《玉堂嘉话》所载可能由于记忆偏差而出现错误，而《中堂事记》的可信度更高。但是，由于该条所载并未明言王恽于六月十九日就已担任左司都事，因此为谨慎起见，我们姑且对王恽兼任左司都事早于转翰林修撰一事存疑。另据《玉堂嘉话》卷一载："冬十月，侍中和者思传旨都堂，与文字召静应姜真人去者，恽时为左司都事。"则可知王恽兼左司都事最迟不晚于中统二年冬十月。

《元史·王恽传》谓王恽"寻兼中书省左右司都事"，此处"中书省左右司都事"应为"中书省左司都事"。按，左右司为中书省下属办事机构，分工不同。左司掌吏、户、礼三部事务，右司掌兵、刑、工三部事务。左右司分设郎中、员外郎、都事各两员。前引文字皆云王恽兼任左司都事，《元史》所载不确。

（2）《元史·王恽传》云："十四年，除翰林待制，拜朝列大夫、河南北道提刑按察副使，寻改置诸道制下，迁燕南河北道，按部诸郡，脏吏多所罢黜。"

按：此处叙述王恽官职变动情况极为混乱，容易使人产生误会，问题有二：①《元史》谓王恽"拜朝列大夫、河南北道提刑按察副使"，此处所载官职有误，《元史》于"北"前漏一"河"字，应为"河南河北道提刑按察副使"；另外，时间有误，王恽得授"朝列大夫、河南北道提刑按察副使"应在至元十五年（1278年）而不是至元十四年（1277年）；②王恽迁燕南河北道是在至元十六年（1279年）。

先论第一个问题。河南河北道提刑按察司早在元朝初年设立，据《元史》卷八六《百官志》载："国初，立提刑按察司四道：曰山东东西道，曰河东陕西道，曰山北东西道，曰河北河南道。"因此可知《元史》谓"河南北道提刑按察副使"乃"河南河北道提刑按察副使"之误。

又谓王恽拜朝列大夫、河南河北道提刑按察副使是在至元十五年（1278年）而非至元十四年（1277年），所据有二：①王公孺《大元故翰林学士中奉大夫知制诰同修国史赠学士承旨资善大夫追封太原郡公谥文定王公神道碑铭并序》云："十四年，授翰林待制、奉训大夫。……明年秋，选授朝列大夫、河北河南道提刑按察副使，改除燕南。"此处明言王恽得授河南河北道提刑按察副使是在"明年秋"，即至元十五年秋。②《秋涧先生大全文集》卷五十九《长乐阡表》："迨我有元至元十五年戊寅，不肖孙恽由翰林待制授朝列大夫，充河北河南道提刑按察副使。明年春三月，按部而南，过家上冢，首从二坟，以封以飨。"此处亦明言得授河北河南道提刑按察副使是在至元十五年。《元史》不加区分，容易使人误以为是在至元十四年，与"除翰林待制"同年。

再论第二个问题。所作判断依据有三：①上引《长乐阡表》云："明年（至元十六年）春三月，按部而南，过家上冢，首从二坟，以封以飨。"则可知此表作于至元十六年春三月，其时，王恽尚在河北河南道提刑按察任上。因为，若王恽已为燕南河北道提刑按察副使，则不当言得授朝列大夫、河南河北道提刑按察副使一事。②《秋涧先生大全文集》卷四十四《僮喻》："汝翁且自己卯秋，移官燕南，忽复四禩，以理将去，乃有维扬之命，衮缘投献，遂致祉止，重叙一官，良为匪易。其幸与否，汝等朝夕所亲睹也。及南还滞上，复需后命，今又数月矣。"此处明言"汝翁且自己卯秋移官燕南"，己卯即至元十六年，可证王恽任燕南河北道提刑按察副使的时间是至元十六年秋。③《元史》谓王恽改官燕南河北道是在"改置诸道制下"之后，而上引王公孺《大元故翰林学士中奉大夫知制诰同修国史赠学士承旨资善大夫追封太原郡公谥文定王恽神道碑铭并序》并未言此。查《元史》卷八六《百官志》元代察院变迁：至元十三年，以省并衙门，罢按察司；十四年复置诸道，且增立八道；至元十五年，复增立三道，而燕南河北道则置于至元十二年。《元史·王恽传》谓王恽改官燕南是在"改置诸道制下"，比较不确，难以使人确定具体时间是至元十六年。

（3）《元史·王恽传》云："十九年春，改山东东西道提刑按察副使，在官一年，以疾还卫。"

按：此处"十九年春"为"二十年七月"之误。理由如下：

1）《元史·王恽传》记载王恽生平行迹以时间先后为序，其叙述王恽向裕宗进献《承华事略》一事于改官山东东西道提刑按察副使之前，因此可知王恽进献《承华事略》一事当早于改官山东东西道提刑按察副使。然而《秋涧先生大全文集》卷二三《西池幸遇诗》序云："壬午岁十月十二日，某以《承华事略》求见。引见者，工部尚书张九思。已刻拜太子于宫西射圃内北前，命近侍趋入者再。"壬午岁是至元十九年（1282年），则可知王恽向裕宗进献《承华事略》是在至元十九年十月十二日，恰恰晚于《元史》所载的王恽改山东东西道提刑按察副使的至元十九年春，这正与前面的推论相矛盾。因此可知《元史·王恽传》所载王恽改官山东东西道提刑按察副使的时间不确。

2）《秋涧先生大全文集》卷三《锄镂诗并序》云："至元二十年癸未岁七月四日，赴任济南……"按，济南乃山东东西道提刑按察司治所，故知王恽此行为赴山东东西道提刑按察副使任，时间为至元二十年（1283年）秋七月。

3）《秋涧先生大全文集》卷四二《编年纪事序》云："廿一年余解印西归，休焉而无所事，日缵相务为业。"王恽家卫辉汲县，在济南西边，故曰"西归"。既然王恽从山东东西道提刑按察副使任上西归是在"二十一年"，且据前引《元史》云"在官一年，以疾还卫"，则可推知，王恽改山东东西道按察副使是在二十年，亦可证《元史》之误。

（4）《元史·王恽传》云："二十八年，召至京师。二十九年春，见帝于柳林行宫，遂上万言书，极陈时政。授翰林学士、嘉议大夫。"

按：此段文字所载时间有误，一则王恽被召至京师，应在至元二十九年（1292年）；二则王恽见帝于柳林行宫应在三十年春二月，而上万言书并不是在觐见元世祖之时，而是之后。

王公孺《大元故翰林学士中奉大夫知制诰同修国史赠学士承旨资善大夫追封太原郡公谥文定王公神道碑铭并序》云："廿八年，朝廷以耆宿来征。明年二月，谒见世祖皇帝于柳林行宫，蒙慰谕久之。继上万言书，条陈时政。"所言时间同《元史·王恽传》相一致。然据《元史》卷十七《世祖本纪》所载："（二十九年三月）壬寅，御史大夫月儿鲁等奏：'比监察御史商琥举昔任词垣风宪，时望所属而在外者，如胡祗遹、姚燧、王恽、雷膺、陈天祥、杨恭懿、高道、程文海、陈俨、赵居信十人，宜召置翰林，备顾问。'帝曰：'朕未深知，俟召至以闻。'"可知，王恽等人被召的动议尚在至元二十九年三月，在此之前，王恽等人还处在"朕未深知"的情况中，遑论"慰谕久之"。又，刘赓《紫山大全集前序》云："二十九年制诏以耆儒硕德征，凡十人。公在第一，辞以疾不起，时年甫耳顺矣。"据此亦可确证《元史·王恽传》所言"二十八年，召至京师"之误。

那么，王恽何时被"召至京师"的呢？《秋涧先生大全文集》卷四二《老子衍义序》云："壬辰冬，予应聘至都。"壬辰是至元二十九年（1292年），则知王恽被"召至京师"的时间是在二十九年冬。既然王恽被"召至京师"是在二十九年冬，则可知《元史》所谓"二十九年春，见帝于柳林行宫"之不可能。又据《秋涧先生大全文集》卷二一《朝谒柳林行宫二诗》序云："至元癸巳二月四日，臣膺、恽，臣文海、俨、居信，朝谒春水行宫于泸曲之柳林，优蒙睿眷，诏录年名以闻。引进者中丞崔彧。被沐天恩，敢缀为唐律二诗，以表殊常之遇。臣恽谨序。"癸巳年为至元三十年（1293年），因此可知王恽见帝于柳林行宫是在至元三十年春。

又，前引王公孺《大元故翰林学士中奉大夫知制诰同修国史赠学士承旨资善大夫追封太原郡公谥文定王公神道碑铭并序》云："明年二月，谒见世祖皇帝于柳林行宫，蒙慰谕久之。继上万言书，条陈时政。"于上万言书之前，着一"继"字，可以认为王恽上万言书不是在觐见之时而是之后，《元史》言"遂上万言书"，用语不确。

（二）《全金元词·王恽词》校补

关于《全金元词·王恽词》的校勘成果，《古籍整理研究学刊》2000年第3期发表了许隽超先生的《元词校读胜记》一文，可谓翔实。另外，中国社会科学出版社2000年出版的赵维江师的《金元词论稿》中的部分文字亦有涉及。不过，《全金元词·王恽词》仍然存在许多舛误，故笔者在许、赵二先生的校勘基础上，对王恽词做一复校，并成此校补一文。

许隽超校勘王恽词，是以唐圭璋《全金元词》为底本①，参校以朱祖谋《彊村丛书》及陶湘《续刊宋金元明本词》。关于三书之间的渊源，许文论之颇详，兹不赘述。笔者亦以唐圭璋《全金元词》（简称"唐本"）为底本，并参校以朱祖谋《彊村丛书》（简称"朱本"）及中国书店《影刊宋金元明本词》（简称"影元本"）。按，中国书店《影刊宋金元明本词》实为合辑吴昌绶、陶湘两家四次原刻而成，该书第26册王恽《秋涧乐府》则取自陶湘《续刊宋金元明本词》原刻，即为许隽超校勘王恽词

---

① 许谓《全金元词》中所收王恽词为242首，乃误计，实为244首；又，许所用底本标为"《全金元词》（中华书局，1994，北京）"。按：《全金元词》只有中华书局1979年，之后经过了数次挖改重印。许标为1994年，当为《全金元词》1994年挖改本。

所用校本之一。因此，许文已经校出且没有疑误者，本文不再出校。所标者，遵照许例，为中华书局1979年初版，2000年重印之《全金元词》下册之页码。

校记分为7类：

1. 词人小传可商榷者

《全金元词》载王恽小传："恽字仲谋，号秋涧，卫辉汲（今河南省汲县）人。生于正大五年（一二二八）。……大德八年（一三〇四）卒，年七十七，谥文定。"按：王恽生年颇有争议，唐圭璋先生以王恽生于一二二八年，年七十七而卒，此说值得商榷。据王公孺《大元故翰林学士中奉大夫知制诰同修国史赠学士承旨资善大夫追封太原郡公谥文定王公神道碑铭并序》云："……（恽）不幸于大德甲辰岁六月辛丑以疾薨于私第正寝之春露堂，享年七十有八。"据此可知王恽卒时，年七十八，而唐先生谓王恽年七十七而卒，当属误记。因此，由王恽卒于大德八年甲辰（1304年）可以推知，王恽生年当为金哀宗正大四年（1227年）。

2. "朱本""影元本"均同而"唐本"脱误者，凡16处

（1）第648～649页，《望海潮·为故相云叟公寿》上片："舜朝仪凤，傅岩霖雨，世传昴宿储精。""昴宿"，朱本、影元本皆作"昴宿"，是。按："昴宿"，星宿名。二十八宿之一，白虎七宿中的第四宿。传说汉相萧何为昴星精转世，后借为颂人之辞。

（2）第650页，《水调歌头·和姚雪斋韵》下片："万古乾坤清气，散人诗仙脾鬲，挥洒有余欢。""散人"乃"散人"之误。

（3）第650页，《水调歌头·寿雪斋》上片："歌咏武公志，儆折过铭盘。""儆折"乃"儆抑"之误。

（4）第651页，《水调歌头·寿时相》下片："总道平生襟量，一片丹衷为国，不负幕中筹。""平生"乃"生平"之误。

（5）第651页，《水调歌头·文卿提刑自……》上片："喜按西来佳耗，闻道东山未老，双鬓为谁青。""喜按"乃"喜接"之误。

（6）第651页，《水龙吟·寿都督史侯……》下片："见筹毫不远，凤池消息，醉仙家酿。""筹毫"乃"寿毫"之误。按："寿毫"，犹寿眉，祝寿常用语。

（7）第660页，《木兰花慢》（叹西山归客）上片："潘岳无间可赋，渊明何地堪耕。""无间"乃"无闷"之误。按：西晋文人潘岳作有《闲

（8）第661页，《木兰花慢·奉送节使贤侯……》上片："见雨露思纶，河山带砺，勋府元盟。""思纶"乃"恩纶"之误。

（9）第665～666页，《木兰花慢·居庸怀古》下片："甚三十年来，青云垂翅，素发鬖鬖。""鬖鬖"乃"鬖簪"之误。按："簪"，名词，可与前句"翅"相对。

（10）第666页，《木兰花慢·伏闻銮辂近在山北……》上片："从千宫□□□，望清尘、拜听车音。"此句有两处舛误，一是"千宫"乃"千官"之误，一是"拜"前漏一"齐"字。按：《木兰花慢》一调，此句为五字句，唐本漏载。

（11）第666页，《望月婆罗门引》（小窗人静）上片："有间书遮眼，欹枕松声。""间书"乃"闲书"之误。

（12）第668页，《夺锦标·君卿宣慰来别……》上片："六郡雄藩，会稽旁带，雨浙风烟如昔。""雨浙"乃"两浙"之误。

（13）第680页，《鹧鸪引》上片："野粉宫墙暮两边。洛京依旧锁婵娟。""暮两"乃"暮雨"之误。

（14）第683～684页，《黑漆弩·游金山寺》下片："蛟龙恐下然犀，风起浪翻如屋。""恐"字前漏一"虑"字。按：词牌《黑漆弩》此句为七字句，全本漏载。

（15）第684页，《黑漆弩·曲山亦作言怀一词……》下片："平生道在初心，富贵浮云何有。""道"字前漏一"学"字。按：词牌《黑漆弩》此句为七字句，全本漏载。

（16）第689页，《浣溪沙·寿汤总管》上片："十载烟花紫紫游。嘉谟曾补翠云裘。""紫紫"乃"紫禁"之误。按：古以紫微垣比喻皇帝的居处，因称宫禁为紫禁，此处代指元朝大都。

3. 可据"影元本"校订"唐本""朱本"者，凡5处

（1）第656页，《水龙吟·飞卿系出将种……》下片："腰下铁丝有箭，奈荒寒、冷霾彪穴。""荒寒"，影元本作"荒烟"。按：寒与冷所表达意思相近，似显重复，而荒烟与冷霾相并，一起营造悲凉冷瑟的气氛，故以"荒烟"为优。

（2）第657页，《酹江月·为友人寿中丞子初》上片："人道魁然真宰辅，心在朝家黄阁。几卷闲书，一门清乐，不羡千金橐。诸郎楚楚，凤

毛辉映麟阁。""麟阁",影元本作"磷角"。按:若用"阁",则与前面韵脚"阁"重复,故从影元本,用"角"字。

（3）第658页,《满江红·德元来辞……》上片:"爱赵生、游刃簿书閒,昆刀铁。""閒",影元本作"間",是。按:"閒",一作"閑",一作"間",视不同语境而用。影元本对此严格区分,而朱本则不做区分,一律作"閒"。唐本以朱本为底本,于此却颇为混乱。有的误"閑"为"間",见前文所校《木兰花慢》（叹西山归客）、《望月婆罗门引》（小窗人静）二词；有的则误"間"为"閒","間""閒"不分,如第652～653页《水龙吟》（日边俪景同翻）下片:"总道丹心为国,要春满、人間桃李。"此"人間"作"人間",可到了第669页《喜迁莺·题圣姑庙》下片:"叹流年一笑,人閒飞电。"此"人間"却作"人閒"。相对而言,唐本以"間"为"閒"时为多,据统计,约有30处。为行文简洁,本文不再一一指出,特此说明。

（4）第663～664页,《木兰花慢·谷雨日……》下片:"春风百币绣罗围。""币",影元本作"匝"。按:"匝",周,量词,用以形容"罗围"。是。

（5）第673～674页,《玉漏迟》（越山征路杳）后序:"……二篇自觉语硬音凡,固非乐府正体,望吾子取其直书,可也。""音凡",影元本作"意凡"。按:此处作"意"为妥,因"语"已含音义。

4. 有异文可资参考者,凡11处

（1）第655页,《水龙吟·送崔中丞赴上都》下片:"物胜自余芽栉,恐多输、豸霜摧折。""多",影元本作"都"。

（2）第659～660页,《凤凰台上忆吹箫·为张孝先紫箫赋……》下片:"秦台晚,碧云零乱瑶天。""秦台晚",影元本作"秦台晓"。

（3）第667页,《望月婆罗门引·为吹头管张解愁赋》上片:"秋怀索寞,悠悠心事野鸥边。""秋怀",影元本作"愁怀"。

（4）第668～669页,《喜迁莺·祁阳官舍,早春闻莺》上片:"真成翠鬟双笋,当户玉琴初弄。""翠鬟",影元本作"翠发"。

（5）第671～672页,《感皇恩·乙酉岁八月九日晚……》下片:"世运难前,儒冠何赖。""难",影元本作"虽"。

（6）第673页,《感皇恩·寿董野庄》上片:"健羡玉堂仙,中朝元老。过眼繁华任纷扰。""繁华",影元本作"浮华"。

(7) 第 677 页，《临江仙·八月一日……》小序："……韩明日至滑，得阴疾，后三日舟载西还，夕次淇门东刘家渡而没，得年五十有五。韩予出就外傅时同舍生也。哀哉。""五十有五"，影元本作"五十有九"。又，末句"韩予出就外傅时同舍生也"，据文意，"韩"字下应添逗号。

(8) 第 679 页，《太常引·奉寄……》下片："万屯晓日，一鞭农事，泾水画中春。""晓日"，影元本作"晓月"。

(9) 第 683 页，《西江月·寿王中丞》上片："梅萼暗传春信，菊枝尽傲霜威。""梅萼"，影元本作"梅蕊"。

(10) 第 685 页，《行香子·乙酉岁九月二十五日……》小序，影元本作后序，置于正文之后。

(11) 第 689 页，《浣溪沙·付高彦卿》："彦卿"，影元本作"彦英"。

5. 分片、标点错误者，凡 6 处

(1) 第 650 页，《水调歌头·和姚雪斋韵》未分片。按律此词上片结句应作"清议豁襟颜"，下片换头应作"阅名书"。

(2) 第 659～660 页，《凤凰台上忆吹箫·为张孝先紫箫赋……》上片："惊吹处，籁翻天吹。鹤怨空山。""吹"下句号应为逗号。按："吹"字非韵脚，唐本误点。

(3) 第 665 页，《木兰花慢·为张詹事寿》下片："满酌一杯为寿、鲁连不用千金。""寿"字下顿号应改为逗号。

(4) 第 670 页，《感皇恩》小序："史公总帅子明命，题其弟柔明所写平江捕鱼园，乃以乐府感皇恩歌之。古人称文章与画同一关纽，所愧辞意恐不称于画也。"据文意，"命"字下逗号可删去。

(5) 第 679 页，《太常引》小序："周都运生朝时添寿王村。""朝"字下应添逗号。

(6) 第 691 页，《点绛唇》小序："题绛州花萼堂时大暑回自河中。""堂"字下应添逗号。

6. 漏载、错载朱本校记者，凡 4 处

朱本校记凡 33 条，其中，朱氏疑为底本错误者共有 17 条，校本中的异文被载录者共有 16 条。唐本以朱本为底本，凡朱本校记中朱氏疑为底本错误者，皆予以载录，但也存在不少漏载、错载之处，因此，有必要立此一目，对唐本所载录的朱本校记做一校勘。又，唐本所录朱本

校记,标点并不严格,有的进行了标点,如第649~650页《水调歌头·和赵明叔韵》下片:"十年一官黄散,了不到封侯。朱校云,按下阙云次前韵,是句押留字,侯疑误。自有竹林佳处,满酌洼尊贮酒,一醉共浮休。"有的则未经标点,如第656页《水龙吟·飞卿系出将种……》下片:"百折弥坚,一穷终泰,不容终结。朱校云终结二字疑有误。望伯奇细写,履霜幽怨,洒西风血。""云""字"下分别应加逗号,但是唐本并未标点,类似情况尚有很多,今不一一指出,读者自辨之。下面,核对朱本校记,凡唐本漏载、错载之处,皆录之于下,并做标点。

(1)第653页,《水龙吟·登邯郸丛台》上片:"甚千年事往,野花双塔,依然是,骚人咏。""咏"下应加:"朱校云,咏字失叶,疑误。"

(2)第659页,《满江红·寿康平章用臣》下片:"睿思远,谁能□。朱校云元作亮与下韵复,疑谅误空健倒,骊驹唱。"按:此处所引朱本校记"元"后漏一"本"字,"谅"字应为"量"字,因此,该处校记标点后应为:"朱校云,元本作亮,与下韵复,疑量误。"

(3)第663页,《木兰花慢·为史总帅尊夫人之寿》上片:"猎猎征东朱校云疑似东征汉斾,堂堂南下殊功。"按:此处所引朱本校记漏载"与下句为对",因此,该处校记标点后应为:"朱校云,疑似东征,与下句为对。"

(4)第683页,《黑漆弩·游金山寺》小序:"……昔汉儒家畜声妓,唐人例有音(朱校云音疑乐误)学,而今之乐府……"按:此处所引"朱校云音疑乐误"中的"音"应为"学"字,且全句应在"学"字下,唐本误载。因此,唐本应改作:"……昔汉儒家畜声妓,唐人例有音学(朱校云,学疑乐误),而今之乐府……"

7. 已有研究成果可商榷或错误者,凡2处

(1)第651页,《水调歌头·寿时相》上片:"酿作碧霄清露,暗满庭前细菊,香淡一帘秋。""暗",影元本作"晴"。许校以为:此词上片写清秋佳景,依词意当以作"晴满"为优。按:此处"暗"用以形容菊花幽香,前人多用之,如李清照《醉花阴》"东篱把酒黄昏后,有暗香盈袖"。许校未稳。

(2)第668页,《摸鱼子·赋白莲》上片:"玉华宝供年年事,消得一天清露。"《全金元词·订补附记》认为:"消露"应改作"风露"。误。朱本、影元本皆作"清"。许隽超已校出,从之。

参考文献

[1] 白居易. 白居易集［M］. 顾学颉，点校. 北京：中华书局，1979.
[2] 白寿彝总主编，陈得芝主编. 中国通史［M］. 上海：上海人民出版社，2015.
[3] 班固. 汉书［M］. 北京：中华书局，1962.
[4] 北京图书馆古籍出版编辑组. 北京图书馆古籍珍本丛刊［M］. 北京：书目文献出版社，1988.
[5] 毕沅. 续资治通鉴［M］. 北京：中华书局，1957.
[6] 蔡絛. 铁围山丛谈［M］. 北京：中华书局，1983.
[7] 陈绎. 金罍子［M］//续修四库全书：第1124册. 上海：上海古籍出版社，2002.
[8] 陈彭年. 江南别录［M］//文渊阁四库全书：第464册. 台北：台湾商务印书馆，1986.
[9] 陈思苓. 文心雕龙臆论［M］. 成都：巴蜀书社，1988.
[10] 陈廷敬，王奕清. 钦定词谱［M］. 北京：中国书店，1983.
[11] 陈振孙. 直斋书录解题［M］. 上海：上海古籍出版社，1987.
[12] 陈植锷. 北宋文化史述论［M］. 北京：中国社会科学出版社，1992.
[13] 陈左高. 中国日记史略［M］. 上海：上海翻译出版公司，1990.
[14] 程端礼. 程氏家塾读书分年日程［M］. 合肥：黄山书社，1992.
[15] 程俱. 麟台故事校证［M］. 张富祥，校证. 北京：中华书局，2000.
[16] 程千帆. 唐代进士行卷与文学［M］. 上海：上海古籍出版社，1980.
[17] 邓乔彬. 邓乔彬学术文集［M］. 芜湖：安徽师范大学出版社，2013.
[18] 邓绍基. 元代文学史［M］. 北京：人民文学出版社，1991.
[19] 丁福保. 历代诗话续编［M］. 北京：中华书局，1983.
[20] 范镇，宋敏求. 东斋记事 春明退朝录［M］. 北京：中华书局，1980.
[21] 傅增湘. 藏园群书经眼录［M］. 北京：中华书局，1983.
[22] 顾宏义，李文. 金元日记丛编［M］. 上海：上海书店出版社，2013.

[23] 郭英德. 中国古代文体学论稿 [M]. 北京：北京大学出版社，2005.
[24] 郝经. 陵川集 [M] //文渊阁四库全书：第1192册. 台北：台湾商务印书馆，1986.
[25] 何文焕. 历代诗话 [M]. 北京：中华书局，1981.
[26] 洪本健. 欧阳修资料汇编 [M]. 北京：中华书局，1995.
[27] 洪迈. 夷坚志 [M]. 北京：中华书局，1981.
[28] 洪迈. 容斋随笔 [M]. 孔凡礼，点校. 北京：中华书局，2005.
[29] 洪楩. 清平山堂话本 [M]. 南京：江苏古籍出版社，1990.
[30] 胡道静. 中国古代的类书 [M]. 北京：中华书局，1982.
[31] 胡仔. 苕溪渔隐丛话 [M]. 北京：人民文学出版社，1984.
[32] 胡祗遹. 紫山大全集 [M] //文渊阁四库全书：第1196册. 台北：台湾商务印书馆，1986.
[33] 黄宾虹，邓实. 中华美术丛书 [M]. 北京：北京古籍出版社，1998.
[34] 黄灵庚，吴战垒. 吕祖谦全集 [M]. 杭州：浙江古籍出版社，2008.
[35] 黄昇. 花庵词选 [M]. 北京：中华书局，1958.
[36] 黄时鉴. 元代法律资料辑存 [M]. 杭州：浙江古籍出版社，1988.
[37] 黄震. 黄氏日钞 [M] //文渊阁四库全书：第708册. 台北：台湾商务印书馆，1986.
[38] 黄宗羲. 宋元学案 [M]. 全祖望，补修. 陈金生，梁运华，点校. 北京：中华书局，1982.
[39] 江少虞. 宋朝事实类苑 [M]. 上海：上海古籍出版社，1981.
[40] 康保成. 王季思文集 [M]. 广州：中山大学出版社，2004.
[41] 柯劭忞. 新元史 [M]. 长春：吉林人民出版社，1998.
[42] 黎靖德. 朱子语类 [M]. 北京：中华书局，1986.
[43] 黎崱. 安南志略 [M]. 北京：中华书局，2000.
[44] 李翀. 日闻录 [M] //丛书集成初编：第328册. 北京：中华书局，1985.
[45] 李德龙，俞冰. 历代日记丛钞 [M]. 北京：学苑出版社，2006.
[46] 李德裕. 李卫公会昌一品集 [M] //丛书集成初编：第1858册. 北京：中华书局，1985.
[47] 李昉，等. 太平广记 [M]. 北京：中华书局，1961.
[48] 李昉，等. 文苑英华 [M]. 北京：中华书局，1966.

[49] 李觏. 李觏集 [M]. 王国轩, 校点. 北京: 中华书局, 1981.
[50] 李继本. 一山文集 [M] //文渊阁四库全书: 第1217册. 台北: 台湾商务印书馆, 1986.
[51] 李清照. 李清照集校注 [M]. 王仲闻, 校注. 北京: 人民文学出版社, 1979.
[52] 李焘. 续资治通鉴长编 [M]. 北京: 中华书局, 2004.
[53] 李心传. 建炎以来朝野杂记 [M]. 北京: 中华书局, 2000.
[54] 李修生. 全元文 [M]. 南京: 江苏古籍出版社, 1999.
[55] 李约瑟. 中国科学技术史 [M]. 北京: 科学出版社, 1975.
[56] 李治安. 元代政治制度研究 [M]. 北京: 人民出版社, 2003.
[57] 李廌, 等. 师友谈记 曲洧旧闻 西塘集耆旧续闻 [M]. 孔凡礼, 点校. 北京: 中华书局, 2002.
[58] 梁启勋. 曼殊室随笔 [M] //民国丛书: 第3编第89册. 上海: 上海书店, 1991.
[59] 梁战, 郭群一. 历代藏书家辞典 [M]. 西安: 陕西人民出版社, 1991.
[60] 林岩. 北宋科举考试与文学 [M]. 上海: 上海古籍出版社, 2006.
[61] 林駉. 古今源流至论 [M] //文渊阁四库全书: 第942册. 台北: 台湾商务印书馆, 1986.
[62] 刘敏中. 平宋录 [M] //丛书集成初编: 第3910册. 北京: 中华书局, 1985.
[63] 刘师培. 刘师培全集 [M]. 北京: 中共中央党校出版社, 1997.
[64] 刘熙载. 艺概 [M]. 上海: 上海古籍出版社, 1978.
[65] 刘向编集, 王逸章句. 楚辞 [M] //丛书集成初编: 第1811册. 北京: 中华书局, 1985.
[66] 刘勰. 文心雕龙注 [M]. 范文澜注. 北京: 人民文学出版社, 1958.
[67] 刘昫. 旧唐书 [M]. 北京: 中华书局, 1975.
[68] 刘壎. 隐居通议 [M] //丛书集成初编: 第212-215册. 北京: 中华书局, 1985.
[69] 刘禹锡. 刘禹锡集 [M]. 北京: 中华书局, 1990.
[70] 陆深. 俨山外集 [M] //文渊阁四库全书: 第885册. 台北: 台湾商务印书馆, 1986.
[71] 陆游. 老学庵笔记 [M]. 北京: 中华书局, 1979.

[72] 罗旺扎布. 蒙古族古代战争史［M］. 北京：民族出版社，1992.
[73] 吕仲勉. 论学集林［M］. 上海：上海教育出版社，1987.
[74] 马端临. 文献通考［M］. 北京：中华书局，1986.
[75] 马令. 南唐书［M］//文渊阁四库全书：第464册. 台北：台湾商务印书馆，1986.
[76] 马宗霍. 中国经学史［M］. 台北：台湾商务印书馆，1979.
[77] 纳兰性德. 渌水亭杂识［M］//清代笔记丛刊：第1册. 济南：齐鲁书社，2001.
[78] 聂崇岐. 宋史丛考［M］. 北京：中华书局，1980.
[79] 欧阳修，宋祁. 新唐书［M］. 北京：中华书局，1975.
[80] 欧阳修. 新五代史［M］. 北京：中华书局，1974.
[81] 庞元英. 文昌杂录［M］. 北京：中华书局，1958.
[82] 彭百川. 太平治迹统类［M］//丛书集成续编：第40册. 上海：上海书店，1994.
[83] 彭大翼. 山堂肆考［M］//文渊阁四库全书：第974册. 台北：台湾商务印书馆，1986.
[84] 彭玉平. 诗文评的体性［M］. 北京：北京大学出版社，2012.
[85] 皮锡瑞. 经学历史［M］. 周予同，注释. 北京：中华书局，2004.
[86] 钱易. 南部新书［M］. 北京：中华书局，2002.
[87] 钱钟书. 宋诗选注［M］. 北京：人民文学出版社，1989.
[88] 钱仲联. 元明清词鉴赏辞典［M］. 上海：上海辞书出版社，2002.
[89] 任半塘. 唐戏弄［M］. 上海：上海古籍出版社，2006.
[90] 阮元. 十三经注疏［M］. 北京：中华书局，1980.
[91] 上海古籍出版社. 宋元笔记小说大观［M］. 上海：上海古籍出版社，2001.
[92] 上海师范大学古籍整理研究所. 全宋笔记：第4编［M］. 郑州：大象出版社，2008.
[93] 尚恒元，彭普俊. 二十五史谣谚通检［M］. 太原：山西人民出版社，1986.
[94] 邵伯温. 邵氏闻见录［M］. 北京：中华书局，1983.
[95] 邵博. 邵氏闻见后录［M］. 北京：中华书局，1983.
[96] 邵雍. 皇极经世书［M］. 黄畿，注. 卫绍生，校理. 郑州：中州

古籍出版社, 1993.
[97] 盛如梓. 庶斋老学丛谈 [M] //丛书集成初编: 第 328 册. 北京: 中华书局, 1985.
[98] 施蛰存. 词籍序跋萃编 [M]. 北京: 中国社会科学出版社, 1994.
[99] 施蛰存, 陈如江. 宋元词话 [M]. 上海: 上海书店出版社, 1999.
[100] 施蛰存. 词学名词释义 [M]. 北京: 中华书局, 1988.
[101] 司马光. 涑水纪闻 [M]. 北京: 中华书局, 1989.
[102] 司马光. 资治通鉴 [M]. 北京: 中华书局, 1976.
[103] 司马迁. 史记 [M]. 北京: 中华书局, 1959.
[104] 宋濂等. 元史 [M]. 北京: 中华书局, 1976.
[105] 苏轼. 苏轼文集 [M]. 孔凡礼, 点校. 北京: 中华书局, 1986.
[106] 苏天爵. 元文类 [M]. 北京: 商务印书馆, 1958.
[107] 苏天爵. 滋溪文稿 [M]. 陈高华, 孟繁清, 点校. 北京: 中华书局, 1997.
[108] 苏辙. 龙川略志; 龙川别志 [M]. 北京: 中华书局, 1982.
[109] 孙逢吉. 职官分纪 [M]. 北京: 中华书局, 1988.
[110] 孙光宪. 北梦琐言 [M]. 北京: 中华书局, 2002.
[111] 唐圭璋. 词话丛编 [M]. 北京: 中华书局, 2005.
[112] 唐圭璋. 全金元词 [M]. 北京: 中华书局, 1979.
[113] 唐圭璋. 全宋词 [M]. 王仲闻, 参订. 孔凡礼, 补辑. 北京: 中华书局, 1999.
[114] 陶然. 金元词通论 [M]. 上海: 上海古籍出版社, 2001.
[115] 脱脱. 宋史 [M]. 北京: 中华书局, 1977.
[116] 王安石. 临川文集 [M] //文渊阁四库全书: 第 1105 册. 台北: 台湾商务印书馆, 1986.
[117] 王称. 东都事略 [M] //文渊阁四库全书: 第 382 册. 台北: 台湾商务印书馆, 1986.
[118] 王逢. 梧溪集 [M] //文渊阁四库全书: 第 1218 册. 台北: 台湾商务印书馆, 1986.
[119] 王遽. 清江三孔集 [M] //丛书集成续编: 第 179 册. 北京: 中华书局, 1985.
[120] 王开祖. 儒志编 [M] //文渊阁四库全书: 第 696 册. 台北: 台

湾商务印书馆，1986.

[121] 王辟之，欧阳修. 渑水燕谈录 归田录 [M]. 北京：中华书局，1981.

[122] 王溥. 唐会要 [M]. 北京：中华书局，1955.

[123] 王水照. 历代文话 [M]. 上海：复旦大学出版社，2007.

[124] 王水照. 宋代文学通论 [M]. 开封：河南大学出版社，1997.

[125] 王先谦. 汉书补注 [M]. 北京：中华书局，1983.

[126] 王先谦. 释名疏证补 [M]. 上海：上海古籍出版社，1984.

[127] 王应麟. 困学纪闻 [M]. 上海：上海古籍出版社，2008.

[128] 王应麟. 玉海 [M]. 南京：江苏古籍出版社；上海：上海书店，1987.

[129] 王禹偁. 五代史阙文 [M] // 文渊阁四库全书：第407册. 台北：台湾商务印书馆，1986.

[130] 王禹偁. 小畜集 [M] // 文渊阁四库全书：第1086册. 台北：台湾商务印书馆，1986.

[131] 王恽. 秋涧集 [M] // 文渊阁四库全书：第1200册. 台北：台湾商务印书馆，1986.

[132] 王恽. 秋涧先生大全文集 [M]. 《四部丛刊初编》本.

[133] 王恽. 玉堂嘉话 [M]. 北京：中华书局，2006.

[134] 王铚. 默记 [M]. 北京：中华书局，1981.

[135] 王重民. 中国善本书提要 [M]. 上海：上海古籍出版社，1983.

[136] 王灼. 碧鸡漫志校正 [M]. 岳珍，校正. 成都：巴蜀书社，2000.

[137] 魏泰. 东轩笔录 [M]. 北京：中华书局，1983.

[138] 魏天应编，林子长注. 论学绳尺 [M] // 文渊阁四库全书：第1358册. 台北：台湾商务印书馆，1986.

[139] 吴曾. 能改斋漫录 [M]. 上海：上海古籍出版社，1979.

[140] 吴承学. 中国古代文体形态研究 [M]. 北京：北京大学出版社，2013.

[141] 吴承学. 中国古代文体学研究 [M]. 北京：人民出版社，2011.

[142] 吴澄. 吴文正集 [M] // 文渊阁四库全书：第1197册. 台北：台湾商务印书馆，1986.

[143] 吴处厚. 青箱杂记 [M]. 北京：中华书局，1985.

[144] 吴建辉. 宋代试论与文学 [M]. 长沙：岳麓书社，2009.

[145] 吴亮. 忍经 [M] // 四库全书存目丛书：子部第120册. 济南：

齐鲁书社，1995.

[146] 吴梅. 词学通论［M］. 上海：复旦大学出版社，2005.

[147] 吴讷，徐师曾. 文章辨体序说 文体明辨序说［M］. 北京：人民文学出版社，1962.

[148] 吴师道. 敬乡录［M］//文渊阁四库全书：第451册. 台北：台湾商务印书馆，1986.

[149] 吴师道. 礼部集［M］//文渊阁四库全书：第1212册. 台北：台湾商务印书馆，1986.

[150] 吴熊和. 唐宋词通论［M］. 杭州：浙江古籍出版社，1989.

[151] 吴在庆. 杜牧集系年校注［M］. 北京：中华书局，2008.

[152] 萧统. 文选［M］. 李善，注. 北京：中华书局，1977.

[153] 谢枋得. 新刊重订叠山谢先生文集［M］//宋集珍本丛刊：第87册. 北京：线装书局，2004.

[154] 谢维扬，房鑫亮. 王国维全集［M］. 杭州：浙江教育出版社；广州：广东教育出版社，2009.

[155] 徐规. 王禹偁事迹著作编年［M］. 北京：商务印书馆，2003.

[156] 徐锴. 说文解字系传［M］. 北京：中华书局，1987.

[157] 徐明善. 芳谷集［M］//文渊阁四库全书：第1202册. 台北：台湾商务印书馆，1986.

[158] 徐松辑. 宋会要辑稿［M］. 北京：中华书局，1957.

[159] 徐元瑞. 吏学指南［M］//续修四库全书：第973册. 上海：上海古籍出版社，2002.

[160] 徐元瑞. 吏学指南［M］. 杨讷，点校. 杭州：浙江古籍出版社，1988.

[161] 徐震堮. 世说新语校笺［M］. 北京：中华书局，1984.

[162] 许凡. 元代吏制研究［M］. 北京：劳动人事出版社，1987.

[163] 严可均. 全上古三代秦汉三国六朝文［M］. 北京：中华书局，1958.

[164] 颜真卿. 颜真卿集［M］. 黄本骥，编订. 凌家民，点校、简注、重订. 哈尔滨：黑龙江人民出版社，1993.

[165] 杨海明. 唐宋词史［M］. 天津：天津古籍出版社，1998.

[166] 杨士奇. 历代名臣奏议［M］//文渊阁四库全书：第437册. 台北：台湾商务印书馆，1986.

[167] 杨士奇. 文渊阁书目［M］. 上海：商务印书馆，1937.

[168] 姚奠中. 元好问全集［M］. 太原：山西人民出版社，1990.

[169] 姚宽. 西溪丛语［M］. 北京：中华书局，1993.

[170] 姚燧. 牧庵集［M］//文渊阁四库全书：第1201册. 台北：台湾商务印书馆，1986.

[171] 姚燧. 姚燧集［M］. 查洪德，编校. 北京：人民文学出版社，2011.

[172] 姚铉. 唐文粹［M］.《四部丛刊》本.

[173] 叶方蔼. 御定孝经衍义［M］//文渊阁四库全书：第718册. 台北：台湾商务印书馆，1986.

[174] 叶梦得. 石林燕语［M］. 北京：中华书局，1984.

[175] 叶适. 叶适集［M］. 北京：中华书局，1961.

[176] 佚名. 皇宋中兴两朝圣政［M］. 北京：北京图书馆出版社，2007.

[177] 佚名. 群书会元截江网［M］//文渊阁四库全书：第934册. 台北：台湾商务印书馆，1986.

[178] 佚名. 宋史全文［M］. 李之亮，校点. 哈尔滨：黑龙江人民出版社，2005.

[179] 佚名. 元典章［M］. 陈高华，张帆，刘晓，等，点校. 北京：中华书局；天津：天津古籍出版社，2011.

[180] 佚名. 元婚礼贡举考　皇庆科举诏［M］. 杭州：浙江古籍出版社，1992.

[181] 永瑢. 四库全书总目［M］. 北京：中华书局，1965.

[182] 俞陛云. 唐五代两宋词选释［M］. 上海：上海古籍出版社，1985.

[183] 虞集. 虞集全集［M］. 天津：天津古籍出版社，2007.

[184] 元好问. 元好问全集：增订本［M］. 姚奠中主编，李正民增订. 太原：山西古籍出版社，2004．

[185] 袁桷. 清容居士集［M］.《四部丛刊》本.

[186] 岳珂. 愧郯录［M］//丛书集成初编：第843册. 北京：中华书局，1985.

[187] 曾巩. 隆平集［M］//文渊阁四库全书：第371册. 台北：台湾商务印书馆，1986.

[188] 曾枣庄，刘琳. 全宋文［M］. 上海：上海辞书出版社；合肥：安徽教育出版社，2006.

[189] 曾昭岷，曹济平，王兆鹏，等. 全唐五代词［M］. 北京：中华书

局，1999.

[190] 张邦基，范公偁，张知甫. 墨庄漫录 过庭录 可书［M］. 北京：中华书局，2002.

[191] 张秀民. 中越关系史论文集［M］. 台北：台湾文史哲出版社，1992.

[192] 张彦远. 历代名画记［M］//丛书集成初编：第1646册. 北京：中华书局，1985.

[193] 章如愚. 群书考索［M］//文渊阁四库全书：第938册. 台北：台湾商务印书馆，1986.

[194] 赵承禧. 宪台通纪：外三种［M］. 杭州：浙江古籍出版社，1988.

[195] 赵令畤，彭□. 侯鲭录 墨客挥犀 续墨客挥犀［M］. 北京：中华书局，2002.

[196] 赵维江. 金元词论稿［M］. 北京：中国社会科学出版社，2000.

[197] 中华再造善本工程编纂出版委员会. 中华再造善本总目提要：金元编［M］. 北京：国家图书馆出版社，2013.

[198] 周南瑞. 天下同文集［M］//文渊阁四库全书：第1366册. 台北：台湾商务印书馆，1986.

[199] 朱熹. 朱子全书［M］. 上海：上海古籍出版社；合肥：安徽教育出版社，2002.

[200] 朱易安，傅璇琮. 全宋笔记：第1编［M］. 郑州：大象出版社，2003.

[201] 祝尚书. 宋代科举与文学［M］. 北京：中华书局，2008.

后 记

　　收在本书里的文章是我读研究生以来陆续完成的，因论题相类，故辑在一起。2018年6月，该书入选了中山大学中文系"中国语言文学文库·学人文库"，获得出版资助，让我备感荣幸。

　　这本书记录了我的求学之旅，也见证了恩师们对我的提携之恩。硕士阶段从学于赵维江先生，本书关于王恽的研究即从硕士学位论文中删定而来；博士阶段跟随邓乔彬先生学习，在撰写博士学位论文之外，亦草成数篇词学论文；博士后阶段来到美丽的康乐园，从游于彭玉平先生，本书中编所收即来自当时的出站报告。将近十年之后的今天，彭师又不吝为本书赐序，勉勖之语，一如初见。此薄薄一册，甚罕高明之论，如果值得珍视的话，原因无他，自然是先生们长久以来的春风化雨之功隐于字里行间，却在在可感。

　　本书之成，还要感谢学界多位识与不识的先生。吴承学先生倡导的文体学研究予我以莫大影响，我在2011年以"元代文体学研究"为题申报教育部人文社会科学研究青年项目，便是受先生之学熏染的结果；张海鸥先生的《论词的叙事性》、诸葛忆兵先生的《宋代宰辅制度研究》、祝尚书先生的《宋代科举与文学》等皆是我反复阅读的论著，在这本书中，都留下了影响的痕迹。

　　此外要说明的是，本书中的多数章节已经发表过。其中，与邓乔彬先生联名发表的几篇，因先生的名山之作《邓乔彬学术文集》未予收录，故本书采之；与赵维江先生联名发表的《论元好问以传奇为词现象》一文原刊于《文学遗产》2011年第2期，此次蒙先生俞允收入，光彩倍增。

　　本书的出版得到了中山大学出版社的鼎力支持，责任编辑为此付出了大量心血，在此一并致谢！

夏令伟
2018年10月30日